우노 지요 2

宇野千代

우노 지요 2

宇野千代

우노 지요 지음

조주희 옮김

어문학사

우노 지요(宇野千代)

본 간행 사업은, 고려대학교 글로벌 일본연구원 〈일본 근현대 여성문학연구회〉가 2018년
일본만국박람회기념기금사업(日本万国博覧会記念基金事業)의 지원을 받아 기획한 것이다.

분칠한 얼굴

요코하마橫浜의 하부타에羽二重 수출회사의 책임자인 스위스사람 후버 씨가, 카페 여종업원 오스미お澄에게 월급 60엔의 수당을 지급한다는 협의에는 어떤 확실한 조건이란 없었다.

그날 밤에 후버 씨는 느닷없이 가게에 들어와 파로[1] 팔걸이 의자에 걸터앉은 채 홀짝 홀짝 큐라소[2] 잔을 입술로 핥다가 갑자기 유창한 일본어로

"도대체 당신은 한 달에 어느 정도 들지?"

테이블에서 30센티미터 정도 떨어진 곳에서 한쪽 다리를 다른쪽 다리에 꼬고 앉아 은쟁반의 테두리를 빙글빙글 돌리면서 닦고 있던 손을 멈추고, 오스미는 마음이 끌리는 듯 약간 의아한 표정의 얼굴을 들었지만, 이내 그 타고난 화려한 웃는 얼굴로 돌아가

"60엔은 있어야 겠죠"

---

1 파로(paroi)는 원래 칸막이 벽, 내벽을 말하는데 일본에서는 내장용 장식 시트를 일컬음.
2 큐라소(curaçao)는 리큐어(정제 알코올에 설탕과 향료를 넣어 만든 혼성주)의 일종으로 서인도 제도 큐라소 섬 특산물인 오렌지로 맛을 냈다고 하여 이 이름이 붙여짐

하고 말했지만 물론 특별한 계산도 없이 그저 적당히 말했을 뿐이다.

"오!"

하고 후버 씨는 오스미의 얼굴을 찬찬히 들여다봤다. 눈가에 (넌 옛날부터 찍고 있었어) 라고 말하는 듯한 의미심장한 웃음을 지으며 일단 밖으로 나갔다.

그리고 두 번째로 찾아왔을 때는 일부러 가게에는 들어가지 않고 현관 보이에게 오스미를 불러오게 했다. 가벼운 데생을 디스플레이한 쇼윈도우 저쪽에서 흘러나오는 가스등의 희미한 불빛을 비스듬하게 얼굴에 받으며, 서로 우뚝 선 채로 불과 3분 사이에 이야기를 마치자, 후버 씨는 오스미의 손에 서양식봉투에 든 지폐 6장을 쥐어주고는 성큼성큼 가 버렸다.

돈에 담백한 건지, 자신에게 끌린 건지. 그렇지 않으면 일종의 계략인 건지, 오스미는 그날 밤에 잠자리에 들어서도 정체를 알 수 없는 이방인의 가슴을 열어 보고 싶다고 생각했지만, 아무튼 뭉칫돈 60엔은 감사한 일임에 틀림없었다. 내일부터 카페를 그만두는 건 물론이지만, 그렇다고 해서 이대로 후버의 첩이 되는 것도 아닌 것 같고, 어쨌든 확실한 조건이 없는 애매한 경우에 놓였지만 놀고 먹으며 살 수 있다는 건 정말 좋다고 생각했다.

"오랜만에……"

하고 오스미는 그녀의 옆에서 새끼 쥐 같이 둥글게 틀어올린 머리를 들이대고 메마른 한쪽 팔을 가슴에 대고 멍하게 있는 나이

든 어머니를 보면서 아침부터 밤까지의 일에서 해방된다는 기쁨을 충분히 음미하는 듯한 미소를 띠었다.

다음날 아침 오스미가 두더지같이 눈부심을 느끼며 잠이 덜 깬 멍한 눈을 떴을 때, 해는 이미 높디높게 떠 있었다. 몽롱한 잠 속에서 확실히 어머니가 깨운 것 같은 느낌이 드는, 그 속달우편용 물색봉투가 조금 뒤틀어진 목침 옆으로 삐져나와 있었다. 서툴게 연필로 쓴 가타카나의 그것은 한 눈에 일본 글자에 익숙하지 않은 후버 씨가 쓴 것임을 알 수 있었는데, 오후에 메구로目黑에 경마 경기를 보러가자는 것이었다.

지정된 주차장으로 가 보니 후버 씨 말고도 처음 보는 아가씨가 한 사람 서서 이쪽을 보고 있었다.

오스미는 전혀 예상하지 못했던 이 아름다운 여자를 힐끗 본 것만으로도 어떤 본능적인 불안에 휩싸였다. (심상치 않은) 일이 일어날 것 같았다. (좁쌀만큼의 가치도 없는 너 때문에 우린 엄청 기다렸어)라고 말하는 듯한 차가운 눈초리로 흘낏 쳐다보고는 그 여자는 후버 씨를 재촉하며 성큼성큼 앞으로 걸어가 버렸다. 그 뒷모습을 뚫어지게 바라보던 오스미의 얼굴에 무의식적으로 지었던 애교 웃음이 주눅 들면서 한쪽 볼 구석에서 울음을 터뜨릴 것 같은 주름을 새겼다.

세 사람이 보기[3] 전철을 타고 한쪽에 죽 앉은 모습은 실로 묘한 조합이었다. 한가운데 끼어 있는 후버 씨는 그렇다 치고, 좌우의 여자끼리는 정말 이상했다. 작은 몸집에 보기 좋게 오른 살 위로 보드라운 얇은 기모노가 착 감겨있는, 편하게 입은 것 같으면서도 단 한 치의 틈도 없는 맵시 있는 옷차림으로 후버 씨한테 바싹 붙어서 나긋나긋하고 달콤한 혀 짧은 소리로 끊임없이 재잘대고 있는 그녀에 비해, 오스미는 카페의 가스등불 아래에서는 그럭저럭 속임수가 통하던 새 홑옷의 허리띠 속끈 있는 데와 가랑이 주변이 땀에 좀 절고 염색이 엉성하기조차 한 자기 옷차림에 치명적인 열등감을 느꼈다.

그 옷차림에서 느끼는 열등감을 얼굴로라도 보상하려고 작정을 한 화장이, 화장발이 너무 잘 들어서 떡칠이 된 확 피어버린 모란꽃 같은 얼굴이, 목 위에서 당황하고 있었다. 게다가 한 번 마구 구겨진 기분은 쉽게 풀릴 것 같지도 않았다. 전철이 멈추고 나서 꽤 경사진 언덕을 올라가는 도중에도 한 마디 가벼운 말조차 할 수 없는 게 화가 치밀 정도였다.

식장에 도착해서는 오스미가 있다는 사실을 아예 잊어버린 것 같았다. 얄미울 정도의 자유로움, 더구나 이방인은 눈치 챌 수 없을 정도로 내숭 떠는 천진난만함 때문에 그 아가씨의 요설이, 말이

---

3 bogie, 차축이 자유롭게 방향을 바꿀 수 있도록 만든 화물차

달리고 엎어지고 넘어지고 우는 어지러운 공터에서 열심히 경마를 보고 있는 주변 구경꾼들의 눈을 뺏어버릴 정도였다.

갑자기 여자는 그 자리에서 알게 된 바로 앞자리의 노신사의 등을 세게 밀기 시작했다. 책상으로 삼기에 딱 알맞은 각도까지 끙끙 소리를 내며 얼굴이 빨개지면서 그 등을 눌러서 구부린 것만으로도, 주변 사람들을 실없는 웃음으로 끌어들이기에 충분했다. 하지만 그녀는 좀 더 정성들인 장난을 시작했다.

언제 어디서 잡았는지 그녀는 자기 화장백 안을 뒤져서 매미 한 마리를 꺼냈다. 싹둑 날개가 잘렸지만 그 상태로 살아있는 매미를, 노신사의 등을 구부려 만든 그 책상 위에 종이 한 장을 펼치고 그 위에 약지손가락으로 짓눌렀다.

뭐가 시작될지, 이 공들인 장난이 끝나자마자 홍수 같은 웃음소리를 퍼부으려고 준비한 몇 개의 얼굴이 가끔 경마 쪽으로 마음을 뺏기면서도 그 매미 위로 모이고 있는 것을 충분히 계산에 넣으며, 여자는 일부러 침착하게 작은 만년필로 매미의 주위를 열심히 그리기 시작했다. 그렇게 해서 몇 개인가 동물교과서 속의 삽화 같은 매미가 완성되자,

"저기요, 있잖아요, 당신 매미 그림 필요 없으세요?"

하고 그 달콤한 말투로 주변의 구경꾼들에게 종이를 찢어서 나눠주었다.

잠깐 동안 그 기묘한 선물 위로 모두의 눈이 쏟아지고 있을 때 갑자기

"헉"

하고 마치 목젖을 물리기라도 한 것 같은 비명소리가 나더니, 아까 그 책상이 되었던 노신사가 우뚝 섰다. 그리고 옆으로 내동댕이쳐진 그의 의자 옆에는 그 여자가 나팔에서 터져나오는 듯한 웃음소리를 내며 온몸을 흔들고 있는 것이었다.

이윽고 그 소란은 장난꾸러기 여자가 빈틈을 노려 그녀에게 받은 매미 그림을 열심히 들여다보는 노신사의 목덜미에 아까 그 매미를 몰래 넣은 것이고, 이미 그때는 기름지고 털이 수부룩한 등을 꽤 아래까지 근질근질한 6개의 곤충 다리가 기어가고 있다는 걸 눈치 채고는 춤추기 시작한 산타크로스 할아버지 같은 노신사의 이상한 허리 모양에 모두 터질 듯한 박수갈채를 퍼부었다.

이 소동에는 어지간한 오스미도 웃지 않을 수 없었는데, 이 그룹에서의 자신의 꼴사나운 위치를 똑똑히 알게 되었다. 어떤 역할을 하기 위해서 이 아름답고 소란스러운 여자와 동행한 거지? 하고 생각하니 참을 수 없었다. 동시에 언제나 그 카페의 가스등 불빛 아래에서 제멋대로 색조미인으로서의 긍지를 가져왔던 자기 신세가 얼마나 안이했었는지를 새삼스럽게 생각해 보지 않을 수 없었다.

"어떠세요? 이 다람쥐 같이 귀여운 여자는 제 일행이에요"

하고 말하고 싶은 듯한 부드러운 미소를 머금으며, 여자의 주변 사람들을 계속 보고 있던 후버 씨가 어느 순간에 오스미하고 얼굴이 마주치자 당황해서 눈을 돌려버렸는데, 그 살짝 번득인 눈빛에는 간과할 수 없는 어색함이 있었다. (너 따윈 어디로 좀 꺼져 줘) 하고 말하는 것 같았다.

구경하는 도중에 그는 오스미와 변변히 말도 안했다.

이렇게 해서 오스미는 마지막으로 그 여자와 후버 씨의 피서인
지 피한避寒인지 모를 기분전환용 온천여행에 대한 이야기가 마무
리될 때까지 옆에서 듣고 있어야 했다. 게다가 이렇게 언짢은 기분
으로 미끄러져 들어가게 된 것은 뭐가 시작이고 뭐가 끝인지 전혀
짐작이 가지 않았다.

그녀는 떨떠름한 표정으로 어머니가 있는 집으로 돌아갔다.

다음날 아침 오스미는 마음이 내키지 않았지만 어쩐지 그래야
할 거 같아서 이미 회사에 출근해 있을 후버 씨에게 전화를 걸어
보았다. 그리고 더듬거리는 어색함으로 입을 벌려 그저께는 생각
지도 못한 배려를 해주셔서 황송했다, 어제는 대단히 유쾌했다는
따위의 말을 정중하게 했는데 상대는 내키지 않는 건지 대답조차
아주 가끔 할 정도여서 그 때의 그가 얼마나 화가 난 건지 손에 잡
힐 것 같았다.

예상은 하고 있었지만 너무나도 빨리 그날 저녁에 역시 속달로
후버 씨한테 절교장이 도착했다.

하지만 오스미는 그녀의 모란꽃 같이 분칠한 얼굴이 한낮의 가
을 태양 아래에서 어느 정도까지 환멸을 느끼게 한 건지, 마지막까
지 알지 못했다. 다만 60엔의 수당이라도 보상하지 못한, 어떤 답
답한 술지게미가 가슴 속에 쌓여 언제까지고 사라지지 않았다.

찌르다

답하다

1

따스한 봄날이었다.

나는 앞뜰에서 머리에 수건을 뒤집어쓰고 잔디를 뽑고 있었다. "실례합니다. 아, 계셨군요? 마침 잘 됐네요."하고 그 사람이 말했다. 나는 언제나 이 봄날 일을 떠올리는데 그 때 내가 앞뜰에서 잡초를 뽑고 있지 않았더라면 어쩌면 이런 일에 휘말려들지 않았을 거라고 생각하곤 한다.

그 사람은 그 일을 할 생각이 있는지 없는지 우리 속을 떠보러 온 것이었다. 나는 확실히 정하지 못하고 있었다. 남편 역시 그다지 마음에 내켜하지는 않았다.

하지만 우리는 전쟁이 끝난 뒤에 뭔가 하고 싶었다. 뭐든 할 일이 있다면 하고 싶다. 그런 마음도 있었다.

우리들과 그 사람은 별로 길게 이야기하지는 않았다. 자금은 그 사람 쪽에서 준비해 놓았다고 했다. 이야기를 하고 있는 동안에 나도 할 마음이 들었고 남편도 찬성했다. 이야기란 그런 거다. 이야기하는 동안에 해도 좋겠다는 기분이 들었다.

다음 날부터 우리는 사무소가 있는 마루노우치丸の內의 빌딩까

지 갔다. 아침에 일어나 도시락을 싸서 역까지 1.5 킬로나 되는 언덕길을 걸어가 전철을 타는, 왕복 2시간의 길도 그렇게 걱정되지는 않았다. 어떤 일이든 시작은 그렇다.

마루노우치의 빌딩은 좁았다. 더러웠다. 하지만 그 무렵에는 사무실이 있다는 것만으로도 충분했다. 여동생과 남동생에게 도와달라고 하고 그 밖에 한 두 사람을 더 부탁해서 일을 시작했다.

"저도 벌써 사십이에요. 이렇게 말하는 건 좀 뭐하지만, 지금부터 일을 한다고 하면 제겐 평생 해야 하는 일이에요. 제대로 할 수 있는 일이 아니면 곤란해요"하고 한 남자가 말했다.

나중에 나는 가끔 이 남자의 말을 떠올리곤 하는데 그 때 그 남자는 평생 할 수 있는 일이라는 보증이 필요했던 것이다. 남을 일에 끌어들였을 때 누구나 그 일이 잘못될 거라고 예상하지는 않는다. 하지만 그래도 역시 절대로 잘못되게 만들지 않겠다는 적극적인 보증을 원했던 것이었다. 이일에 대해서는 생각할 일이 나중까지 남았다.

우리는 일하기 시작했다. 날이 저무는 줄도 모르고 일하기도 했다. 자금 준비는 되어 있다고 했기 때문에 그쪽은 신경 쓰지 않고 계획을 세울 수 있었다.

전쟁이 끝나고 얼마 지나지 않았을 때였기 때문에 일의 반응을 예상하기는 어려웠다. 일말의 불안이 있었지만 그러나 일은 시작되었다. 불안은 일 속에 묻혀 잊혀진다. 예약모집 광고에 주문이 쇄도하고 돈이 홍수처럼 밀려들어오자 그 불안은 애초부터 없던 것처럼 사라져 버렸다.

종이에 인쇄된 것은 뭐든 팔렸다. 그런 시대였는지도 모른다. 처음에는 그 정도라고는 생각지도 못했는데 매일 보내오는 환어음의 수가 굉장해졌다.

여기부터 그 이상한 생활이 시작되었다. 빌딩에는 금고 같은 것이 없었기 때문에 우리는 그 환어음을 보자기에 싸서 전철을 타고 언덕길을 내려가 매일 집까지 가져왔다.

그리고 밤에도 여동생과 함께 밥상 위에서 그 어음을 세어 어음과 봉투를 따로따로 보관했다. "손가락이 아파"하고 여동생이 말했다. 생각지도 못한 일이었지만 돈을 세는 게 아니라 뭔가 내근으로 일을 하는 풍경 같았다. 봉투의 주소를 장부에 옮긴다. 그것도 여동생의 일이었다. 나중에는 필요 없어진 그 봉투가 산처럼 쌓여 그걸 태워서 목욕물을 데운 적도 있었다.

숫자를 누적해 보니 그것은 엄청난 금액이었다. 예약금만으로 자금의 몇 배나 되었다. 남의 보조가 필요 없어졌다는 생각에 우리는 안심했다. 다시 말해 자금을 마련해준 사람한테 이제 돈은 필요 없다고 알리는 것만으로 기분이 편해졌다. 하지만 생각해볼 필요도 없이 수많은 얼굴 없는 어음 주인에게 그 대신 빚이 생기는 건데.

요즘에는 생각할 수 없는 일이지만 그 어음은 은행에서도 맡기를 귀찮아했다. 어음이 돈이 되고 그 돈으로 물건을 살 수 있는 그런 평온한 상태가 아니었다.

2

뒷거래 종이를 사기위해 우리는 많은 사람을 만났다. 대부분은 생긴 게 평범하지 않은 사람들이다. 돈이 많다는 것을 과시할 필요도 없었다. 돈의 위력이 그다지 통용되지 않을 때의 일이었다.

거리를 지나면 두루마리 종이를 가득 실은 트럭이 지나간다. 정상적인 루트를 거친 신문사의 종이이다. 우리는 원하는 물건이 공공연하게 덮개도 씌우지 않고 운반되어 가는 모습을 보고 아이 같은 기분이 들었다. 우리가 아니다, 나다. 남편은 이럴 때 자신의 역량 밖에 있는 것을 원하거나 하지 않았기 때문이다.

이런 내 자신의 성격을 생각하면 나한테도 뭐라고 해야 좋을지 모르겠다. 암거래 종이가 그만큼이나 필요한 것도 아니었다. 또한 그걸로 막대한 돈을 얻으려는 것도 아니었는데 그저 종이가 없다는 사실에 마치 구멍을 메우는 듯한 기분으로 종이를 찾아 돌아다녔다. 에너지라고 하기에는 너무나 쓸데없는 단순한 짓이었다.

첫 잡지가 나왔을 때 빌딩의 좁은 계단에 사람들이 줄섰다. 사무실은 4층에 있었는데 그 4층에 이르는 좁은 계단에 사람들이 줄을 섰고, 그 줄은 빌딩 밖까지 이어져 빌딩을 한 바퀴 돌아 다음 골목까지 이어졌다. "뭐야?"하고 사람들은 말했다.

믿을 수 없는 일이지만 그건 잡지를 받으러 온 서점 사람들이었다. 시골에서 온 사람도 있었다. 채소 같은 걸 가져와 "이건 저희 밭에서 딴 건데"하고 말하고 가는 사람도 있었다.

이 반응을 보고 일이 성공했다고는 할 수 없다. 전쟁으로 모든 것이 불탄 뒤라 인쇄물은 귀했다. 잡지라고 이름이 붙은 것의 숫자도 적었다. 우리 잡지가 아니더라도 비슷한 반응을 거두기는 쉬웠다. 다만 빠른 시기에 일을 시작한데 따른 반응이었다. 우리가 성공했다면 그건 어느 봄날 일을 시작하라고 권하러 온 그 사람 덕분일지도 모른다.

"이게 언제까지고 지속되지는 않아. 계속될 리가 없어. 세상이 안정되고 정상적인 상태가 되면 반드시 당신들은 당황할 거야" 그렇게 말하는 사람이 있었다. 지금은 그 사람 얼굴도 확실히 기억난다. 너무 급격한 성공이었기 때문에 세상 사람들이 뭐라고 할지 대략 짐작은 갔지만 그러나 이럴 때 남의 말은 귀에 잘 들어오지 않는 법이다.

엄청난 금액의 돈이 한 번에 굴러들어 왔다. 그건 사업의 성과라기보다는 뭔가 위험한 일의 보수 같았다. 신권의 교체가 이루어지던 때의 일이었기 때문에 아무런 제한도 받지 않고 자유롭게 사용할 수 있는 돈을 다액으로 가지고 있다는 건 그것만으로 불안 비슷한 기분이었다.

3

여기에서 말해두고 싶은 건 돈이 그렇게 한 번에 들어온 것만으로 가슴이 부풀어 오를 만치 기뻤나 하면 결코 그렇지 않았다. 지금도 그 무렵 일을 생각하곤 하지만 역시 아침에 일어나 도시락을 싸서 역까지 1.5킬로미터나 되는 언덕을 걸어가 거기에서 전철을 타는 똑같은 생활이 계속됐다. 그랬다. 언덕 중간에 암거래 쌀을 숨기고 있는 집이 있었다. 거기에서 쌀을 살 정도였다.

욕망은 갑자기 일어나지는 않는다.

가을이 되어 비가 많이 오는 추운 날이 이어졌다. 빌딩의 주인이 바뀌고 우리는 가능한 빨리 사무실에서 나가라고 재촉받았다. 임대빌딩은 다른 데도 있을지 모른다. 나는 자주 거리를 걸어다녔다. 뼈대만 남은 불탄 빌딩이 여기저기에 있었다. 그러나 우리 일에 맞는 작은 방 2, 3개짜리 임대빌딩은 좀처럼 찾을 수 없었다.

사무실을 지으면 어떻겠냐는 이야기가 있었다. 그 말은 누가 꺼냈는지 모른다. 내가 생각나서 남에게 시킨 건지, 누군가가 말을 꺼내 내가 찬성한 건지 지금은 기억나지 않는다. 사무실을 지으려면 땅이 필요하다. 그 때 우리들이 가지고 있는 돈으로 땅을 매입하는 것도 쉬웠지만 그러나 잡지사 일로 많은 돈을 지불하며 땅을 사거나 하는 것이 적절한지 아닌지 그때는 몰랐다. 우리는 편리한 시내 한복판에서 그 땅을 찾았다. 아니 우리가 아니다, 나다. 이 경우에도 역시 남편은 내 생각에 그저 찬성했을 뿐이고 자기 의사를

표시하지는 않았기 때문이다,

바람이 강하고 추운 날이었다. 게다가 비가 내리고 있었다. 시내로 나가자 바람 때문에 우산이 날아가 버릴 것 같았다. 왜 이런 날 땅을 보러 나간 건지 나도 잘 모르겠지만, 나는 바람이 휘날리는 긴자의 큰길을 헤엄치듯이 보면서 걸었다. 긴자도 아직 불에 탄 채로였다. 칸막이로 구분한 가게며 불탄 곳을 보수하고 장사를 하고 있는 가게가 많았다. 가게 안을 분할해서 권리를 파는 데도 있었지만 거긴 너무 좁았다. 내가 어떻게든 오늘 안에 찾아야 한다는 긴박한 기분이 든 것도 바람 속을 걸은 탓인지도 모르겠다. 문득 길모퉁이를 돌다가 그 모퉁이가 잘 아는 양복점이었던 걸 기억하고 그 판자 안으로 들어가 보았다.

나는 지금도 그 땅을 사서 나중에 이런저런 문제의 불씨를 만든 건, 내가 그렇게 바람이 강하고 추운 날을 골라 찾아 돌아다닌 탓이라고 생각하곤 한다.

4

땅은 쉽게 손에 들어왔다. 나중에 많은 문제의 발단이 된 것은 그 땅이 너무 쉽게 손에 들어왔기 때문일지도 모른다. 하지만 그걸 알게 된 것은 훨씬 뒤에 우리들이 해온 일을 어쨌든 뒤돌아보며 생각해야 했을 때였다.

우리의 사무실이 긴자 거리 안에 생긴 것은 확실히 기억나지는 않지만 봄쯤이었던 것 같다. 작년 봄의 그 따뜻한 날에 내가 뜰에서 잡초 뽑기를 하고 있던 바로 그 날로부터 1년이 된다,

사무실은 2층짜리 목조건물로 가건물이었다. 그러나 그래도 불탄 거리에 생긴 최초의 신축가옥이었기 때문에 이상하게 사람 눈을 끌었다. 흰 페인트를 칠한 집이 멀리서도 눈에 띄었다. 우리는 교외의 집에서 그 사무실 아래층에 만든 다다미방으로 이사했다.

여기에서 우리들의 그 이상한 생활이 시작되었다. 사무실이 2층에 있고 아래층에 우리 방이 있었다. 생각해보면 그 집의 구조가 여러 혼란을 초래한 근본이었는지도 모르겠다. 시내의 좁은 땅에 지은 집이라 목욕탕을 어디에 둘까 하는 게 설계 때부터 문제였다. 목욕탕은 길쪽의 입구에 둘 수밖에 없었다. 나중에 나는 이 이상한 집의 배치가 우리의 뒤죽박죽한 생활을 설명하고 있던 건 아닐까 하고 생각하곤 하는데, 당시에는 길쪽으로 난 사무실 입구에 목욕탕이 있다는 것도 단순히 이상한 일로밖에 생각하지 않았다.

우리의 생활은 이 무렵부터 급격하게 바뀐 것 같다. 나는 아침에 일어나면 목욕하고 근처에 있는 단골 미용실에서 머리를 손질하는 습관이 있었다. 지금도 내 눈에 지금 막 세트를 만 컬이 풍성한 머리를 하고 긴 스커트를 입고 바람을 가르며 집으로 돌아오는 나 자신의 모습이 눈에 선하다. 아직 세상이 안정되지 않았을 무렵의 풍속으로서는 이상하게 눈에 띄는 모습이었고, 나 또한 그게 신경 쓰이지 않는 것도 아니었는데, 아무렇지도 않게 거리를 활보하

던 내 자신에게 일말의 저항감을 느낀다. 그건 그 흰 페인트칠을 한 새집과 마찬가지였다. 남들 눈에 어떻게 보일지 모르는 것도 아닌데 그래도 굳이 그런 일을 해버리는 마음은 교만이라고 할까.

지금 와서 생각하는 일이지만, 상상지도 못한 많은 돈을 가진 인간이 예외 없이 빠지는 구덩이에 우리들도 빠진 것이다. 이것은 평소에 우리가 가장 바라지 않는 상황이었는데. 때에 따라서는 아무렇지도 않게 우리가 가장 경멸하는 사람이 될 수도 있는 것이었다.

그러는 동안에 매달 잡지 판매는 급상승해 나갔다. 우리가 빠진 구덩이가 파국을 부르는 원인이 되는 일이었다면 그걸 서두르기라도 하듯 엄청난 액수의 돈이 흘러들어왔다.

돈이 적을 때는 내 손으로 정확하게 세었다. 다 셀 수 없을 만큼 많이 들어오고 부터는 남에게 경리를 맡겼다. 불과 3, 4명으로 시작한 작은 일이 그 무렵부터 17, 8명이나 되는 사람이 일하게 되었다. 남에게 맡긴 돈은 숫자를 정확히 알 수 없었지만, 그것만으로도 왠지 안심이 되었다. 하지만 그 때문에 실제로 들어오는 것보다 많은 액수가 들어온다고 막연하게 믿었던 걸지도 모른다. 일이 커지고 내 손에서 떠나갈 때마다 거꾸로 내 기분은 가공의 것을 기대했는지도 모르겠다.

5

그 무렵 바다에서 일하고 있던 막내 남동생이 돌아왔다. 뱃일은 그다지 잘 되지 않을 때였다. 나는 깊이 생각해 보지도 않고 "여기 와서 일 좀 도와줘"하고 말했다. 남동생은 생각해 보겠다고 했다. 마침내 오기로 이야기가 되어 남동생은 가족을 데리고 고베에서 왔다.

요즘 들어 나는 언제나 이 무렵의 일을 떠올린다. 일에 익숙하지 않은 사람은 돈이 들어오면 언제까지고 비슷하거나, 혹은 더 많은 액수의 돈이 계속 들어올 거라고 생각한다. 우리는 일에 대해 경계하는 법을 몰랐다. 갑작스런 필요에 대비해야 한다는 따위는 생각해보지도 않았다. 정확히 말하면 갑작스런 준비가 필요한 그런 사태가 일어나리라고는 생각도 못해 보았다.

우리는 스스로 우리가 떨어질 장소를 찾고 있었던 건지도 모른다. 저녁 무렵 해가 지기를 기다렸다가 시내의 댄스장에 갔다. 일이 하나 마무리된 후 위로할 겸 네댓 명이, 많을 땐 예닐곱 명의 사원들이 함께 갔다. "어~이!"하고 길모퉁이에 서서 지나가던 빈 트럭을 불러 세워 그걸 타고 여럿이서 외출하기도 했다.

"이상적인 생활이네"하고 어느 날 밤에 남동생이 말했다. 낮엔 일하고 밤엔 술을 마시거나 춤추거나 하는 생활을 소박한 표현으로 남동생은 이렇게 말한 거지만 이 말은 그 후에 오랫동안 내 마음에 남았다. 뱃일이 그다지 잘 되지 않았다고는 해도 우리 일에 말려든 동생의 장래는 아무리 생각해도 행복하다고는 할 수 없는 상태가 되었기 때문이다.

앞에도 말했듯이 일의 수입과 지출을 내 손으로 계산하고 훑어보지 않게 되고 부터는 나는 자연히 많은 돈이 제한 없이 들어올 거라고 상상하는 버릇에서 빠져나오지 못하고 있었다. 매일의 지출 정도로 회사에 타격을 입히는 일은 전혀 없을 거라고 믿고 있었다. 또 실제로도 그랬다. 우리들의 낭비가 없앤 돈 액수는 얼마 되지도 않았다. 하지만 그것은 비가 새서 조금씩 벽을 망가트려가듯 눈에 보이지 않는 어떤 분량이 되어 다른 지출을 불러낸 것 같다.

엄청난 지출을 동반한 계획이 계속해서 채택된 것은 이 무렵의 일이다. 우리는 스스로는 알아채지 못한 채 위험한 모퉁이에 와 있었다. 스스로는 깨닫지 못하고 라고는 할 수 없다. 뭔가 이유를 알 수 없는 불안을 느꼈던 적도 있었기 때문이다. 하지만 내 성격상 모든 것을 계산해서 면밀하게 계획을 세우는 건 어려웠다. 돈을 자유롭게 쓸 수 있다고 오산하고 있었기 때문에 몇 개인가의 위험한 발상도 그것을 시험해 볼 여유가 있다고 생각했던 것일지도 모른다. 이 위험한 생각에 대해서는 또 남들에게 말할 수 없는 숨겨진 원인이 있었다.

6

나는 여기에서 이 숨겨진 원인을 찾아내지 않으면 안 된다. 그건 우리 부부 사이의 변칙적인 결합과도 관계가 있었던 것 같다. 우리는 세상의 보통 부부들에 비해 딱히 이상한 생활을 한 건 아니었다. 표면상으로는 딱히 이상한 데가 없었지만 사실은 완전히 이상한 생활방식으로 살고 있었다, 고 하는 편이 나을까?

우리 부부 사이의 가장 변칙적인 일이라고 하면 나이의 균형이 맞지 않는 것이었다. 하지만 이상하게도 평상시의 생활에서는 그건 잊혀졌다. 하지만 그것은 잊혀지고 있을 뿐이지 생각해보면 나는 그 일에 구애받는 일이 많았다. 그 무렵 날이 저물면 매일 밤같이 근처의 댄스장에 가곤 했는데, 이제는 결코 젊다고 할 수 없는 나 같은 여자가 댄스장에 다닌다는 건 그 무렵의 관습으로서도 일반적이지는 않았다. 아마도 나는 집에 남아 뭔가 하고 있는 편이 좋았을 것이다.

그러나 집 안에 혼자 남아 있을 수는 없었다. 모두가 동행할 때 나도 같이 가는 거라고 믿고 있었기 때문에 나 혼자 집에 남는 데는 일말의 용기가 필요했다. 아니 용기가 아니다, 남들이 하는 일에 무관심해질 수 있는 어떤 마음의 여유였다. 남이 하는 일, 아마 나는 남들이 하고 있는 일에는 무관심해 질 수 있었을 것이다. 하지만 남들이 아닌 남편이 하는 일에는 때때로 지나친 걱정을 할 정도로 무관심해지는 게 어려웠다.

댄스라는 유희가 그런 기분을 돋운 걸지도 모른다. 남편은 지금 그 댄서하고 춤추고 있다, 그 댄서하고만 추고 있다, 그러면 그 일에만 마음이 뺏겨 춤을 추는 진정한 즐거움이란 없었다. "그 여자애하고만 춤추면 싫어"하고 말하려면 할 수 있지만 절대로 그렇게는 말하지 않았다. 다시 말하자면 질투의 재료를 내 눈으로 지켜보기 위해 댄스장에 다니고 있는 것이었다. 아마 내가 조금 더 젊었더라면 질투를 드러내놓고 하는 것도 그리 싫지는 않았을 것이다.

나는 내 자신을 속이고 싶었다. 내가 젊지 않고 내 몸에 매력이 없기 때문에 남편이 나와 춤추는 걸 꺼려하고 젊은 댄서하고만 춤추고 있는 거라고는 생각하고 싶지 않았다. 내가 조금 더 능숙하게 춤출 수 있게 되면, 저 댄서들과 마찬가지로 능숙하게 춤출 수 있게 되면, 하고 극히 가볍게 생각하고 있는 척을 하고 싶었다.

이런 내 모습이 남들 눈에는 우습게, 또한 그렇기 때문에 잔혹하게 보이는 것이었다. 나는 남편에게 말하지 않고 교바시京橋의 빌딩에 있는 어느 댄스 교습소에 다녔다. 더운 날이 계속됐다. 나는 긴 스커트에, 매미 날개처럼 속이 비쳐 보이는 옷을 입고 먼지가 피어오르는 교습소 계단을 뛰어올라가면서 전에도 몇 번인가 이와 비슷한 경험이 있는 것 같은 불안한 기분에 휩싸였다.

이럴 때 사람들이 하는 일은 기묘하다. 자기가 하고 싶은 것과는 멀다고 느끼면서, 그리고 한층 더 멀어지는 것을 느끼면서도 이렇게 하지 않고는 못 견딘다. 나는 밤이 되면 전과 마찬가지로 남편 일행들과 함께 그 댄스장에 가서, 거기에서 마르고 풍채가 별로인, 그러나 춤을 잘 추기로 유명한 강사와 커플이 되어 내가 전보다도 얼마나 능숙하게 추게 되었는지를 보여주려고 했다.

나의 이런 미치광이 같은 시도가 남편의 눈에 어떻게 보였는지는 모르겠다. 어쩌면 남들 눈에는 별 볼 일 없는 여자의 변덕으로 보였는지 모르지만 나 자신은 지쳤다. 더구나 내 질투의 대상이 마치 댄스 그 자체라도 되는 것 같은 이런 행위는 다른 이유에서 한층 더 우스꽝스러운 것이 되었다.

그 무렵 우리는 긴자銀座의 집 외에 한 채 더, 아타미熱海에 작은 집을 가지고 있었다. 아타미는 전쟁 중에 우리들이 피난 갔던 곳이라 아직도 계속해서 생활이 이어지고 있는 듯한 느낌이 든다. 역까지 2, 3분 거리도 도쿄까지 기차로 나가는 데 편리했고 2층이 한 칸, 1층이 2칸인 작은 집 치고는 목욕탕이 널찍하고 조그만 정원도 있었다. 이상한 일이지만 이 집을 샀을 때 우리는 문득 다시 옛날의 평온한 일상이 되돌아 온 것처럼 착각하기도 했다. 아늑한 방 안에서 남편과 둘만이 보내는 아침저녁이, 그 도쿄에서의 황폐한 생활과 분리되었기 때문이기도 했지만 생각해 보면 이 집은 우리가 가진 첫 집다운 집이기도 했기 때문이다.

우리는 이 집에 하루나 이틀 있다가 다시 긴자의 집으로 돌아가곤 했다. 두 개의 집을 왕복하며 전혀 다른 두 개의 생활을 반복하는 게 습관이 되었다. 그리고 어느 새인가 남편은 자기 일인 글쓰기를 할 때만 아타미의 집에 가고, 나 또한 마찬가지로 일을 할 때만 가서, 역시 긴자에서 시는 일 쪽이 많아졌다. 여자인 내가 그 작은 집안의 생활에 마음을 뺏기지 않을 리는 없었지만, 그보다 더 도쿄에서의 어지러운 생활에 휩쓸려버리는 쪽을 원했는지도 모른다.

"아타미에 갈게"하고 말하며 남편은 가죽 가방을 들고 집을 나선다. 잡지 일은 어느 단계에 와서 완전히 부풀어 오른 풍선처럼 외견상으로는 안정된 상태를 유지하고 있는 것 같았다. 때로는 5, 6일이나 도쿄를 비우고 아타미에 가 있기도 했다. 남편은 거기에서 아무에게도 또한 무슨 일에도 구애받는 일 없이 일할 수 있는 것을 기뻐했기 때문이다. 우리는 둘 다 자기 능력을 쉽게 두 가지 일에 나누어 쓸 수 있다고 생각하는 척을 했지만, 또한 그렇게 생각하지 않을 수 없는 상태이기도 했다.

어느 날 오후의 일이었다. 나는 지금도 그 비가 올 듯한 추운 날의 일을 떠올린다. 긴자에는 아직 불탄 건물을 보수한 채 운영하는 가게도 있어서, 해질 무렵의 거리의 등불이 지금 생각하면 일종의 처참한 빛을 띠웠는데 그 빛 속을 화려한 색깔의 긴 스커트를 입은 여자들이 걸어 다녔다. "어머"하고 나는 멈춰 섰다. 거기 양품점 앞에 가죽 가방을 든 남편이 서 있었다. "아타미에 갈게"하고 말했다. 우리 사이에는 (안 돼, 오늘은 가면 싫어) 하고 말하는 습관은 없었다. 남편의 등 뒤에서 뭔가 아양 떠는 목소리를 내며 가게에서 뛰어나오는 젊은 여자를 보았는데, 왜 나는 그 여자가 남편의 일행이라고 단정한 것일까? 여기에서 또 나는 내 자신의 질투를 모르는 척하며 서둘러 남편의 앞을 떠났다.

기다

1

남편이 아타미의 집에 가 있는 동안에 나는 긴자의 집에 남아 어떻게 지냈는지 지금 와서는 말할 수가 없다. 너무나도 많은 일이 있었기에, 어느 것이 진짜 나였는지 떠올릴 수도 없기 때문이다.

이상하게 나는 평온히 지낼 때가 있었다. "그 여자를 만나신 적 있어요? 요 전에 우리 집 울타리 옆을 뛰어가는 걸 봤는데, 붉게 물들인 머리를 뒤로 휙 넘기면서요" 하고 말하는 사람도 있었다. "설마 하고 생각했어요. 왜냐하면 거기 모퉁이 양품점에서 만나서 여기저기 같이 외출했거든요. 당신은 몰랐어요?" 하고 묻는 사람도 있었다. 나는 아직 남편에게 애인이 있다고는 생각하고 싶지 않았다. 나한테는 가까운 사람, 친절하다고 생각하는 사람이 이것저것 알려준 것이지만 그걸 듣는 건 싫었다. 나의 그런 모습은 진심으로 남편한테 사로잡혀 있는 여자라고도 생각되고, 보고 있는 게 안타까워지는 여자라고도 보였다.

하지만 내 마음 속은 그렇지만은 않았다. 남편의 정사를 알고 싶지 않은 기분 속에는 스스로는 아무 것도 할 수 없다는 공포가 있었다. 나와 마찬가지의 상황에 빠진 세상의 여자들이 말하듯이 그저 사실을 알고 싶다. 사실이라면 그게 얼마나 잔혹한 일이라도 상관없다. 사실만 안다면 그걸로 됐다. 그걸로 마음이 가라앉는다. 속는 건 참을 수 없다는 말을 나는 믿지 않는다. 나는 사실을 알고 싶지 않다. 남편의 정사를 똑똑히 알게 되는 건 두렵다. 여자의 집이 어디에 있는 지. 그 방 안의 모습이며 여자의 피부 색깔이며 그 목소리를 아는 게 두려웠다.

나는 내 질투심을 불러일으키는 모든 것으로부터 도망치고 싶었다. 남들은 믿지 못할지도 모르지만 그게 나라는 질투 많은 여자가 생각해낸 단 하나의 간사한 궁리이자 비겁한 호신술이기도 했다.

모르는 일, 못 본 일, 못 들은 일, 그 일은 사실 내게 없는 거나 마찬가지였다는 걸까, 사실을 내가 똑똑히 확인하기 전까지는 그건 뭔가의 착각이고 사람들에게 그렇게 보인 것뿐일지도 모른다고 생각하고 싶었던 걸까?

아주 조금 손을 쓰면 남편의 정사를 확실히 알 수 있는 장면에 맞닥뜨릴 때마다 나는 슬쩍 그 일에서 몸을 뺐다. 아타미에 간다고 집을 나선 남편이 그게 아니라 애인과 함께 딴 데 간 건지 아닌지, 그걸 알기 위해서는 잠깐 아타미의 집에 전화를 걸면 된다. 또 어떤 때, 내가 주문하지 않은 반지가 집에 도착했을 때도 그게 누구 반지인지 그 심부름 하는 사람한테 슬쩍 물어보면 된다. 그럴 때 나는 결코 그걸 확실하게는 하지 않았다. 그만큼 나는 남편을 믿고 싶었던 걸까? 지금 생각하면 그 기분은 사람을 믿는 것과는 거리가 멀었다. 이러한 내 기분의 저 바닥에는 자신의 질투의 고뇌로부터 도망치고 싶다는 나약한 일념밖에는 없었기 때문이다.

그 무렵부터 나의 그 기괴한 생활이 시작된 것 같다. 나는 내 고뇌에서 벗어나기 위해 의식해서인지 아닌지 남편과 전혀 관계없는 생활에 내 마음을 돌리고 싶어졌다. 남편과 전혀 관계없는 생활, 잘 생각해 보면 그런 게 있을 리가 없는데도 나에게는 있는 것처럼 여겨졌다. 그리고 만약 그런 생활이 있다면 나는 거기에 몰입해서 남편의 정사도 내 고뇌도 잊어버리고 싶었다.

다행히, 아니 불행히 라고 하는 편이 낫겠지. 나는 내 변덕 때문에 저지른 일 때문에 나중에 지불하게 될 돈에 대해 회사 사람들한테 이런저런 말을 듣지는 않았다.

"저 눈은 정확하구만, 여자가 쇼핑하는 거 같지 않아" 골동품을 사고 있는 나를 봤다는 사람이 어느 자리에서 그렇게 말했다는 것을 들었을 때, 나는 내 속에 잠자고 있던 어떤 감정이 갑자기 깨어난 것 같은 기분이 들었던 게 생각난다. 좁은 세상이라 누가 뭘 샀다는 게 어떤 특정한 무리들 사이에서는 2, 3일 사이에 전해져서 이러쿵저러쿵 소문이 날 수도 있고, 또한 그저 상인끼리의 인사치레였을지도 모르는데 어째서 그런 일에 마음을 빼앗겼는지 모르겠다. 나는 무리들 사이를 왕래하며 계속해서 어울리지 않는 쇼핑을 하게 되었다.

나는 정말로 내가 좋아하는 물건이 아니라 그것을 사면 반드시 이야깃거리가 되는 그런 물건을 사기도 했다. 허영심이 한때의 질투심을 잊게 해 준다는 걸까. 그것은 사람들이 여자로서의 매력을 운운하는 것과 비슷하지는 않았지만, 뭔가 질투의 감정과 바꿀 수 있다고 생각했던 걸까? 그 무렵의 기괴한 하지만 결코 동정 받지 못하는 기분을 나는 스스로도 비참하게 생각했다. 그리고 그러한 쇼핑에 허비한 돈도 역시 그 최후의 파국을 거든 어떤 원인이 되지 않았을까 하고 생각하기 때문이다.

2

지금 와서 생각하면 그것은 그 후 계속해서 연달아 일어난 나쁜 소식의 첫 전조였을지도 모른다.

추운 아침의 일이었다. 덧문을 두드리는 소리에 이어 우르르 하고 예닐곱 명의 남자들이 들어왔다. 당황하며 나는 일어났다. 아직 어두웠기 때문에 사람들의 얼굴도 안 보이고, 눈 깜짝할 사이에 뭐가 일어났는지 가늠하기도 힘들었는데 나는 "아아, 그거구나" 하고 생각했으니 신기하다. 아직 세상이 어수선할 무렵의 일로, 세상을 상대로 뭔가 일을 하는 사람들의 대부분이 가지고 있는 두려움의 하나를 어렴풋하게 나도 가지고 있었기 때문이다.

하지만 그 때는 내 두려움이 맞지 않았다. 나중에 안 사실이지만 경찰에 투서한 사람이 있는데 이 집안에 다량의 진주군進駐軍의 물자가 숨겨져 있다는 혐의로 조사하러 온 것이었다. 그리고 그게 잘못됐다는 걸 알면서도 마침 우리 집에 머물고 있던 남동생이 끌려갔다.

소란이 있은 후에 나는 혼자 남겨졌다. 맞아, 남편한테 알려야지 하고 그 때 내가 생각했다면 거짓말이다. 이 소동이 일어났기 때문에 나는 아무 주저 없이 아타미의 집으로 전화를 걸 수 있었다. 아타미의 집으로 간다고 하고 사실은 애인과 함께 다른 데 간건지 의심해서 그것 때문에 전화를 걸어보는 게 아니라, 꼭 알려야 하는 일이 생겼다, 그래서 전화를 거는 것이라는 게 그 때의 내게는 몹시 기뻤던 것이다.

남편은 아타미의 집에 있었다. 그리고 언제나 일할 때의 습관처럼 밤새 일어나 있었는지 바로 전화를 받았다. "동생이 끌려갔어" 하고 나는 침착한 목소리로 말하면서도 '아, 이 사람은 아타미의 집에 있어' 하고 나도 모르게 소리칠 뻔했다. 남편에게 애인이 있다는 것은 사실이라도 어쨌든 지금은 그 애인과 함께 어딘가 간게 아니라, 이렇게 확실히 아타미의 집에 있다. 아타미 집에서 일을 하고 있다. 나는 남동생이 끌려간 일도 잊은 것처럼 말할 수 없는 기쁨으로 마음이 부풀어 오르는 것 같았다.

이상하게도 이러한 내 기쁨은 잠깐 동안 나를 평안한 기분으로 만들어주었다. 나에게는 그저 이만큼의 평안만 있으면 그걸로 족하다. 어쩌면 긴자의 길모퉁이의 양품점에서 만나, 언제나 함께 어딘가 간다는 이야기도, 그저 그런 호기심 많은 사람들의 눈에 그렇게 보인 것뿐이고, 남편은 언제나 오늘 아침에 그랬던 것처럼 확실하게 아타미의 집에서 일을 하고 있었던 건 아닐까. 하고 그렇게 멋대로 생각하면서 하나의 사실 같은 기분이 드는 것만으로 내게는 충분했다.

남편은 바로 돌아왔다. 드디어 회사 사람들도 모두 출근했기 때문에 모여서 의논했는데 그 동안에도 내 상쾌한 기분은 사라지지 않았다. "담배 하나나 둘은 어느 집에서나 나오지. 아무튼 빨리 죠니 씨한테 전화해서 그 담배는 죠니 씨에게 받은 거라는 걸 확실하게 서류로 받아두는 거야" 하고 남편은 언제나의 버릇처럼 모두의 앞에 똑바로 서서 확신에 찬 시원시원한 말투로 의견을 말했다. 죠니 씨란 그 무렵 어느 사람의 소개로 1주일에 한두 번 회사 사람들에게 영어 회화를 가르치러 오던 교포 2세의 이름이었다. 나는 그 시원시원한 남편의 목소리를 들으면서 마음속으로는 지금 여기에 닥친 일과는 전혀 무관한, 전혀 다른 일을 생각하고 있는 나 자신을 깨달았다. 그렇다, 작년 여름의 그 무더운 날, 교바시京橋의 댄스 교습소의 먼지 날리는 계단을 올라가 매일 같이 댄스 수업에 열중했던 게 얼마나 우스꽝스러운 일인가. 남편은 그 전부터 쭉 지금의 애인과 관계가 있었을 테니까, 그 젊은 댄서 따위하고는 아무 일도 없었던 거다. 그 댄서와 뭔가 있는 것처럼 보인 건, 진짜 정사를 숨기기 위해서였는지도 모르는데, 하고 거기까지 생각하고는, 나는 지금의 남편에게 애인이 있다는 사실은 인정해도, 그 무더운 여름날에 매일같이 댄스교습소에 다녔던 내 자신의 우스꽝스러움을 떠올리는 쪽이 즐겁다는 걸 깨달았다. 그 때의 내 기분은 하나의 괴로움은 인정해도 또 하나의 괴로웠던 일이 사실은 흔적조차 없는 일이었다고 생각하는 게 기뻤던 걸까.

아무튼 그건 지금 눈앞에 보이는 이런 한 순간의 가족적인 풍경이, 남편이 내 눈 앞에서 회사 사람들과 함께 뭔가 하고 있다는 풍경이 내게 느끼게 한 일종의 안도감이었을지도 모른다. 그리고 실제로는 이 안도도 겁쟁이인 내가 그려낸 가공의 공상을 바탕으로 하고 있는지도 모른다.

그로부터 2, 3일 지나 남동생은 경찰에서 나왔다.

죠니 씨가 써 준 증명서가 도움이 됐던 것이다. 그러나 그보다도 회사 사람의 소개로 우리와는 절친한 사이이기도 했던 경찰 내부의 어떤 사람이 주선하여 사건이 일단락되었다고 그 때는 생각했다. 하지만 실제로는 우리도 몰랐던 일인데, 우리 회사의 여자 직원과 그 사람이 오랫동안 연인관계였고 그게 탈이 되어 오히려 그 사람의 원망을 사서 그 투서도 그 사람 자신이 쓴 것이라는 사실을 알고 너무나 뒷맛이 씁쓸하고 납득이 가지 않는 사건이었다. 그 사람은 얼마 안 있다가 그 경찰에서 다른 경찰서로 옮기게 되었다고 나중에 들었지만.

찌르다

1

하나의 사건이 정리되고 다시 원래의 평온한 상태로 돌아가자 내 마음은 거꾸로 남들은 모르게 가슴이 두근거리고 불안한 마음으로 가득 차니 이상하다.

나는 이런 내 기분이 싫었다. 뭔가 이 기분과 바꿀 수 있는 게 있다면 바꾸고 싶다. 요즘 생각하는 건 오직 이것뿐이다. 아아, 이 두근거림에서 도망칠 수 있다면. 나는 내 힘으로 할 수 있을만한 모든 일을 생각했다. 그리고 내가 편해지고 싶은 만큼 그것을 함으로써 어쩌면 남에게 상처 줄지도 모르는 일까지 스스로는 알아채지도 못하고 계획했다. 이제부터 이야기하는 것은 그 일련의 사건이다.

어느 날 나는 남편에게 "이제 슬슬 새 잡지를 하나 내면 어떨까 하는데" 하고 말했다. 우리 사이의 대화는 이런 일과 관련된 것이면 뜻밖에도 자유로워졌다. "새로운 거? 다른 잡지를 또 낸다는 거야?" "응, 완전히 다른 거로. 소형 사이즈의 아주 통속적인 거로" 남편은 내 얼굴을 보고는 입을 다물었다. 잡지를 경영하는데 통속적이라는 것을 목표로 하는 것이 그렇게 간단하다고는 할 수 없다. 하지만 그 때 나는 그게 귀찮으면 귀찮을수록 애써 그것을 함으로써 그런 무리수를 통해 내 모든 정신이 소모되기를 바라는, 패기라고 하기엔 너무나 부자연스런 악착같은 기분을 품고 있었다.

"나카타 씨한테 편집을 맡기면 어떨까 해. 그 사람 대인배야. 자기 기분에 좌우되는 일은 없으니까 걱정없어" 그렇게 말하는 동안에도 내 기분 속에 생생한 형태를 띠며, 그 잡지의 계획이 계속해서 떠올랐다. 나중에 나는 몇 번이나 이 때 일을 생각하면서 그 독단적인 계획이 뭐에 의해 강행되었는지를 알고는 형언할 수 없는 한기를 느끼지 않을 수 없었다.

동기야 어떻든 떠오른 계획은 살아있는 생물처럼 그 자신의 힘으로 척척 움직여 가는 것 같다. 남편은 내 제안에 찬성하지는 않았지만 굳이 반대하기에는 뭔가 다른, 잡지의 경영과는 전혀 관계가 없는, 어떤 강한 기분이 필요했던 것일까? 나는 남편의 이러한 태도를 억지로 승낙한 것이라고 해석했다.

생각해 보면 나의 그 때의 심리상태만큼이나 이상한 것은 없었다. 나는 남편이 그 정사에 쏟았던 정열을 이런 새 일에 기울였으면 좋겠다고 바라기라도 하는 것처럼, 아니 남편의 정사에 대항하여 나 역시 마찬가지로 새 애인을 만들어 남편의 마음을 동요하게 만들려는 천박한 아내의 정열을, 이런 새 일에 쏟고 싶다고 바라기라도 하는 것처럼 일종의 정신병자 같은 이상한 관심을 가지고 준비에 착수했던 것이다.

나는 매일 돌아다녔다. 어두워진 시내의 다방으로 사람을 불러내어 편집계획을 상의거나 또 정식 루트가 아닌 종이를 사기 위해 먼지투성이 뒷골목의 창고를 뒤지거나 하는 동안에 나는 무엇 때문에 내가 이런 일을 하고 있는 건지 잊어버릴 때가 있었다. 나는 어느 순간 내가 세운 목적이 무엇인지를 잊어버리기도 했다.

"있잖아, 부탁이야. 이번 일에는 내 심혈을 다 기울일 생각이야. 힘닿는 데까지 해 볼 생각이야" 나는 편집 일을 상의하던 남자와 마주보고 있는 동안에 뜻밖에 내 이상한 열의가 상대를 곤혹스럽게 만들고 있는 것을 보았다. "미안. 당신에게 책임을 지게 할 생각 따윈 없어. 다만 내가 참고로 하고 싶을 뿐이야" 남자는 탁자 위에 종이를 놓고 그다지 마음이 내키지 않는 것처럼 보이는 온화한 말투로 자기 계획을 설명했다. 남자로서는 가녀린 그러나 크고 하얀 그 손을 보고 있는 동안에 나는 불쑥 사랑하는 남자를 앞에 두고 주절주절 설득하는 것 같은 어떤 안달복달하는 상태가 되어 내가 얼마나 그 남자의 생각을 의지하고 또 기대하고 있는지를 이야기했다.

나는 상상하고 있었던 것이다. 내가 사로잡혀있는 풀리지 않는 기분을 풀어줄 것이 있다면 모든 것을 버리고 매달리고 싶다고. 나는 내 목적을 잊어버렸다. 그리고 실제로 일에 몰두하고 있으면 그 순간은 지금 남편이 어디에 있는지 생각하는 걸 잊어버렸다.

일은 내 걱정과는 상관없이 순조롭게 진행되는 것 같았다. 회사 내의 분위기는 일이 진척됨에 따라 그게 누구의 무계획적인 계획에 따라 시작되었는지를 운운하기 보다도 아무튼 그것을 성공시키는 것이 급선무라는 식으로 받아들여졌다. 엄청난 자금이 투하됐다.

2

새 잡지는 간행되었다. 소형판의 사람들 눈을 끌지 않는 잡지였다. 그럼에도 불구하고 그것은 사람 눈을 끌고 읽힐 첫 대중잡지였다. 나는 그 때 사람들 눈을 끌지 않는 대중잡지가 어떤 형태로 서점 앞에 진열되어 있는지 보러 간 기억이 없다. 기획 이래 보여준 내 이상한 열의에 비해 이건 이상한 일이었다.

세상은 변하고 있었다. 첫 잡지가 그 발행일에 빌딩 4층까지 이르는 좁은 계단에 사람들이 줄을 서고, 그 줄은 빌딩 바깥까지 이어져 빌딩을 한 바퀴 돌아 다음 골목까지 이어지고 "이건 저희 밭에서 딴 건데" 하고 말하며 야채 같은 걸 가져온 사람까지 있었을 때의 일을 생각하면 완전히 사정이 바뀌었다. 그때로부터 2년이 지났고, 세상은 안정되고 또 많은 잡지가 나왔다. 잡지는 선택된다. 우리 게 아니어도 다른 거라도 상관없었다. 설령 새 잡지가 참신한 기획으로 간행되고 탁월한 내용이었다고 해도 그게 세상에 알려지기까지는 시간이 걸린다. 나는 이 일을 머릿속에 넣고 있었던 걸까.

2개월 후, 60퍼센트가 반품됐다는 걸 알았다. 하지만 발행은 멈출 수 없었다. 다행인지 불행인지 아직 회사 내에는 막대한 이익금이 적립되어 있다고 생각되어, 이 위험한 일도 거기에 사운을 건다는 특별한 말은 적당하지 않게 여겨졌다. 아직 시험해 볼 여유는 있다고 생각했다. 그리고 그 거액의 손해도 시간이 지나면 쉽게 치유되고 보상하고도 남을 정도의 이익이 오를 것이라고 생각했다. 그리고 실제로는 현재 회사의 잉여금은 얼마 있는지, 상처가 치유되기 까지 어느 정도 기다려야 하는지 계산할 필요도 없었다.

"무리한 일은 하지 않는 게 좋아. 우리 회사에서 가능한 한도라는 게 있어" 어느 날 2층 편집실에서 그렇게 말하는 남편의 목소리를 들었다. 나는 1층 거실에서 옷을 갈아입고 있었다. 집안 살림과 회사일이 언제나 함께인 생활이었다. 2층의 넓은 방에서 나는 소리는 죄다 들려온다. 남편은 새잡지를 기획했을 때의 통속적이라는 말의 해석에 대해 의견을 말하고 있었는데, 그건 그 기획의 중요한 요점을 정정하고 있는 것이기도 했다. 나는 남편의 목소리를 들으며 남편도 역시 이번 일의 패거리에 들어갔다고 생각함으로써 평안한 기분이 들었던 것을 지금도 이상하게 생각한다. 나는 무슨 목적으로 애써 이런 위험한 일을 했던 건지도 잊어버리고, 남편도 역시 내 걱정을 분담해 줄까 하고 생각하며 아내적인 감정으로 말할 수 없는 애절한 안도의 기분을 느꼈던 걸까?

평온한 날이 이어졌다. 회사에서는 누구 하나 이번 일이 사운이 기울기 시작하는 원인이 될지도 모른다고 걱정하는 사람이 없었다. 변함없이 날이 저물면 누군가를 데리고 시내의 댄스홀이나 술집에 가는 일이 많았다. 남편과 함께 한 자리여도 나는 더 이상 거기에 모습을 드러내는 아가씨들이 남편의 마음을 잡을 여자일지 아닐지 의심해 볼 필요는 없었다. 남편의 애인은 거기가 아니라 다른 장소에 있었으니까.

그 해가 저물 무렵이었다. 전쟁이 끝난 직후이고 이 무렵만큼 크리스마스라는 축제가 광기 같은 양상을 띠며 사람들을 부추긴 적도 없었다. 나 역시 이 소란 속에 말려들어간 척 하며 내 자신을 잊고 싶었다. 그리고 그건 그 무모한 잡지의 계획을 생각해냈을 때와 마찬가지로, 나의 은밀한 소원을 담아 이것저것 준비했다. 그런데 이게 무슨 악마의 장난이란 말인가, 시내의 양품점 거울 앞에서 눈부시게 아름다운 수입 원단의 이브닝드레스에 감싸인 내 자신의 모습을 보았을 때, 아직 한 번도 본 적이 없는 남편의 애인에 비해, 그것은 한 순간의 환상처럼 가련한 변장한 여자 같다고 느꼈던 걸 지금도 잊지 못하겠다.

그 날 저녁의 일이었다. 나는 그 하얀 페인트칠을 한 목조 2층 집의 온 식구가 크리스마스라는 소음에 휩싸여 있는 가운데 몸단장을 하고 있었다. "계세요?"하고 조금 술기운이 도는 남자가 거실 밖에서 소리를 질렀다. 현관이랄 것도 없는 집 구조였기 때문에 그 봉당에 남이 드나들어도 모를 때가 있었다. 나는 내 모습이 그 안면이 있는 조금 술기운을 띤 남자의 눈에 어떻게 비칠지, 확실히 어떤 도전하는 듯한 마음으로 한순간 서 있던 것을 잊지 못하겠다. 남편에게 잊혀진 가련한 여자가 아직 다른 남자 눈에 어떻게 비칠지 시험해 보고 싶다고 바라고 있던 건지 아닌지 지금 와서 뭐라 말할 수가 없다. 남자의 표정은 딱딱했다. "외출하시는 중이시군요?"하고 말하며 나를 올려다보았다. 그 불안정한 눈빛 속에 오랫동안 내가 잊고 있던 무언가가 번뜩인 것 같아서 나도 모르게 가슴 속에 환희의 감정이 일었던 것을 지금도 잊을 수 없다. "오늘은 약속이 있어서요. 모처럼이지만"하고 대답했을 때의 부자연스러운 서먹서먹함이 나의 감추어진 교만한 마음을 한층 부채질하는 것 같았다. 남자는 곧장 나갔다. 그 뒷모습이 내 자신의 억눌린 마음을 그대로 말하고 있는 거라는 걸 나는 전혀 눈치채지 못했다.

3

이 옛날이야기는 언제나 내 마음 속에서 나 자신을 비웃는 우화이다.

그것은 전갈과 거북이의 우화이다. 어느 날 바다에 나가려는 거북이에게 전갈이 자기는 헤엄칠 수가 없으니 등에 같이 태워달라고 부탁했다. 거북이는 거절했다. 바다에 나가서 나를 찌르려고 그러지 하고 말했다. 그러자 전갈은 "무슨 소리야. 너를 찌르면 나도 같이 바다에 빠져버리잖아. 빠져 죽잖아"하고 말했기 때문에 거북이는 겨우 납득을 하고 그 등에 전갈을 태워서 함께 바다로 나갔다. 하지만 약속은 지켜지지 않았다. 바다 한가운데로 가자 전갈은 그 침으로 거북이의 등딱지 위에서 배까지 뚫을 듯이 찔렀던 것이다. 야, 찔렀구나, 너도 같이 빠져 죽을 거야 하고 말하자 전갈은 슬픈 소리로 말했다. "알고 있어. 하지만 찌르는 건 내 본능이야, 찌르지 않고는 견딜 수가 없어. 용서해 줘"

새 잡지는 얼마 안 되는 판매의 누적을 보였음에도 불구하고 누구의 눈에나 자명하게 실패한 기획이라고 말할 수밖에 없다는 걸 알게 된 것은 반년이나 지나고 나서였다. 아무도 간행을 중지하는 게 좋겠다고 말하는 사람은 없었다. 공공연하게 감히 그것을 말하기는, 그걸 바라면 바랄수록 어려웠다. 그리고 무언가 바닥에 위험을 잉태한 밝은 공기가 어렴풋이 회사를 감싸고 있는 것을 모르는 사람이 없었는데도 모두 그것을 모르는 척하고 있었다. 모두가 이 간행을 굳이 추진했던 나를 비난하게 되지는 않을까 하고 꺼리는 것 같았다. 무겁고 어두운 생각이 나를 감쌌다. 그것은 단지 이 기획이 실패로 끝났다고 해서 될 정도의 것이 아니었다. 남편의 정사를 잊으려고 무모한 계획을 세운 우둔함을 뼈저리게 깨닫게 하는 일이었다. 하지만 희생은 더 커진다. 중지라는 말을 꺼낼 수 있는 사람은 나밖에 없다. 어느 날 나는 큰맘 먹고 그 말을 꺼냈다. 위험한 상태를 구했다는 기분으로 나는 이 때 만큼 칭찬받은 적이 없다. 외부의 사람들까지 말했다. "이만한 잡지를 포기한다는 건 용기가 필요해요. 잘 하셨어요"

내가 저지른 과실은 이렇게 넘어갔다. 확실하게 손익계산표에는 그 숫자가 나와 있을 텐데 아무도 그것을 들추는 사람은 없었다. 그것은 누구나가 내 과실이라는 걸 알아채지 못했다는 게 아니다. 나에 대한 말로는 할 수 없는 연민이, 어쩌면 모두의 입을 막은 건 아닐까 하고 지금 와서 생각한다.

그 일이 있고나서 한층 더 평온한 날이 이어졌다. 하지만 그 평온은 바람이 없는 해처럼 내 마음 속까지 평안하게 해주지는 못했다. 나는 모른다. 집 안에 앉아 있으면 바람 소리가 들리는데 그 바람 속에 몸을 던지고 싶은 그런 기분이었다. 전갈과 거북이의 우화가 또 되풀이된다.

그것은 훨씬 옛날 일인데, 긴자의 동쪽 끝에 팔 땅이 있었다. 전쟁이 끝난 뒤이고 그런 땅은 어디든지 있었다. 우리들은 딱히 뭘 하려는 목적도 없이 거기를 사두고 한 때는 함석벽의 판자집을 짓고 그곳을 반품된 잡지며 종이며 하는 것들을 쌓아둘 창고 대신으로 사용했다. 돈이 쓸 데가 없을 무렵의 단순한 생각이었지만 그러나 이상하게도 그 땅을 진짜 형태로 이용하려고 생각하는 사람은 없었다. 세상이 안정되고 그런 땅이 조금씩 진짜 가치가 발견되게 되었지만 아무도 그 땅에 관해 말하는 사람은 없었다. 그것은 우리 회사가 아직 그런 일까지 신경 쓰지 않아도 될 정도의 여유가 있었기 때문이라고도 할 수 있다. 어느 날 밤 산책에서 돌아오는 길에 나는 그 판자로 울타리쳐져 있는 땅 앞을 지나갔다. 울타리 안에 한 군데 불이 켜져 있는 데가 있고 풀들이 자라난 위를 바람이 불고 있는 게 희미하게 보였다. 내 마음 속에 문득 어떤 생각이 지나갔다. '여기에 우리들이 살 집을 지으면 어떨까' 갑작스런 일이지만 그것은 강한, 단순히 갑자기 떠오른 생각이라고는 할 수 없는 강한 기분이 되어 나를 사로잡았다.

나와 남편 둘만 사는 집다운 집이 필요하다는 것은 보통 일 같았다. 하지만 그 때 내 마음 속에 있던 건 그런 보통 일이 아니었다. 그때까지 생각해 본 적도 없는 어떤 일이었다. 내 기분 속에 숨어 있는 어떤 일이었다.

아타미의 집에 남편이 자주 가는 건 요즘도 변함없다. 어쩌면 전보다도 더 많아졌을지도 모른다. 하지만 나는 역시 전과 마찬가지로 남편이 정말로 아타미의 집에 가서 일을 하고 있는 건지, 그 애인과 같이 어딘가 다른 여관에 가 있는 건지 몰랐다. 아니, 알려고 하지 않았다. 하지만 남편이 아타미의 집에 가 있는 내내, 나는 그것은 진짜 아타미의 집에서 일을 하고 있는 거라고 믿고 있는 척을 하고 있었음에도 불구하고 남들한테는 밝힐 수 없는 두근거림이 계속되었다. 아, 이 두근거림에서 도망칠 수 있다면, 나는 기도하는 마음으로 그렇게 바랬다. 그것은 그러나 가망이 없는 바람이라는 것을 알고 있었다. 아타미의 집보다도 다른 곳에 하나 더, 도쿄에, 그것도 회사 바로 근처에 아타미의 집보다도 더 넓고, 더 쾌적한 집이 생기면 어쩌면 남편은 아타미의 집에 안 가지 않을까? 아니야, 아타미에 간다는 구실을 남편에게서 뺏음으로써 그 애인과 만나는 걸 줄일 수 있지 않을까, 하고 생각했던 걸까. 하지만 이런 아이같은 유추가 얼마나 어리석은 것이었는지는 나중에 알았다.

그 밤중에 나는 이 계획을 남편에게 이야기했다. 말을 꺼내면 그 일은 일단 시작되게 되어 있다. 이상하리만치 활기찬 목소리로 나는 말했다. "왜 거기를 그렇게 내버려 두었는지 모르겠어. 아주 안성맞춤인 땅 아니야? 가부키좌歌舞伎座 바로 옆에 있는데 마치 산속처럼 조용해. 있잖아. 당신도 도쿄에서 일할 수 있고, 이 근처에 우리의 진짜 집을 지으면 어때?"

남편은 바로 대답하지는 않았다. 그 얼굴에는 우리들만의 살기 좋은 집을 도쿄에, 그것도 회사 바로 옆에 짓는다는 기쁨은 떠오르지 않았다. 그러나 그건 언제나의 남편의 버릇이었다. 우리 둘 사이에 생활과 직접 관련이 있는 일은 모두 내가 생각하고 내가 궁리해서 해치워 버리는 게 암묵적인 관습이었다. 지금 와서 생각해 보면 이 관습은 이상했다. 남편 역시 생활에 무관심하지는 않았다. 그러나 남편의 기쁨은 그 생활에 길들여져 있어서 한참 뒤에야 나타났다. 언제나 그 순간에 기쁨을 표현하는 일은 없었다. 이 때도 나는 언제나의 관습으로 생각하며 남편의 기분을 깊게는 생각하지 않았다.

4

드디어 폐간한 잡지 일은 모두 잊혀졌다. 공터는 정비되고 함석은 허물어졌다. 토대의 돌이 놓이고 그리고 기둥이 세워졌다. 설계는 책임 있는 사람이 맡았기 때문에 건축에는 충분한 배려를 기울일 것이다. 그 무렵으로서는 더할 나위 없이 좋은 자재가 모인 것도 생각해 보면 그건 단순히 내 감춰진 생각이 시킨 일이었다.

나는 매일 몇 번씩이나 공사장에 가보았다. 거기에 다른 어떤 목적이 있었다고 해도, 자기 집을 짓는다는 데에는 특별한 관심이 생기기 마련이다. 여기가 거실, 여기가 침실이라고 확실하게 형태를 알 때마다, 하지만 내 마음 속을 잠깐이라도 허무한 바람이 불며 지나가는 일은 없었나? 어느 날 나는 남편을 졸라 공사장을 보러 갔다. 맑은 가을날이었다. 밝은 색 외투를 입고 남편은 공사장 바닥에 깐 나무 사이를 가볍게 날듯이 걸으면서 거기에서 일하는 인부에게 뭔가 이야기를 하고 있었다. 나는 남편이 열심히 이야기하고 있는데도 불구하고 그 마음은 여기에 없다는 것을 알아챘다.

그러나 그럼에도 불구하고 이 맑은 가을 날, 남편과 같이 이렇게 공사장을 보러 오는 나 자신을 생각하면 그것이 만들어진 찰나의 평온함이라고는 생각하지 못하고, 또 우발적인 행동이 만들어낸 어떤 계획이라는 것조차 잊고 있었다. 나는 아무 소리도 들리지 않는 조용한 거리에 울리던 그 대패 소리를 잊을 수 없다.

나는 이 집을 짓기 위해 얼마만큼의 돈이 회사에서 지불되었는지 몰랐다. 자기 집을 짓는데 이 때 우리가 쓴 만큼 자재에 돈을 들인 사람은 없을 거라는 이야기를 들었어도, 그 경비로 인해 회사가 입게 되는 손실을 계산해야 한다고는 꿈에도 생각하지 못했다. 그 정도로 굳이 집을 지으려는 마음속에는 그 고가의 것을 손에 넣었다는 일반적인 만족감은 눈곱만큼도 없었고, 뭔가 허무한, 남일 같은 기분이 들었던 것도 지금 생각하면 이상하다.

집이 완성된 게 무슨 계절이었는지 그것조차 나에게는 기억이 없다. 아주 맑게 갠 거리를 회사 사람들이 웃으면서 책 같은 걸 짊어지고 옮겼던 거 같은데 그것도 착각인지 모르겠다. 우리 짐이라고 해야 아주 적었다. 그 집에는 우리가 그때까지 사용하던 가구가 아니라 그 집을 위해 새로 설계된 것이 각각의 방에 놓여 있었다. 그것은 우아하고 고상한 것들이었는데도 불구하고 방안은 어쩐지 서먹하고 남의 집같이 느껴졌다. 아직은 진짜 우리 집이 아닌 남의 집에 들어온 느낌이었다.

"내 방에서 조릿대가 보여" 나는 남편을 돌아보며 말했다. 바로 얼마 전까지 살았던 교외의 작은 집 뜰에도 이것과 똑같은 대나무가 심겨 있었다. 그 사소한 유사함이 나를 편하게 만들어 주었음에도 불구하고 여기에, 이 집 안에, 오늘, 지금부터 남편과 함께 산다는 기쁨은 바로는 솟아올라오지 않았다. 그 무렵의 내 기분이 정말로 남편의 안주를 바라며 그저 남편과 둘이 같은 집에 사는 것만을 바라고 있던 거라면, 이만한 집이 완성되고 오늘부터 여기에 산다는 기쁨에 어쩔 줄 몰랐을 텐데. 나도 잘 모르겠다. 그건 어쩌면 이 집에 살 틈도 없이 여기를 떠나야만 하는 궁지에 몰리게 되는, 그런 징조였는지도 모르겠다.

5

이 동네에는 커다란 요정과 기생집이 많았다. 낮에도 샤미센三味線 소리가 들렸다. 주변이 조용해서 창문 바로 밖에서 손님들이 이야기하는 소리가 손에 잡힐 듯이 들리는 일도 있었다. 그런 이상한 일도 처음에는 신기했지만 이윽고 그것도 일상처럼 되었다. 자기 집을 유흥가 속에 지었다는 것도 신경 쓰이지 않았던 건, 어쩌면 뭔가 그 무렵 보통상태가 아닌 우리들의 기분을 말해주고 있는 걸지도 모르겠다.

새 집에서 회사까지 200미터나 됐을까? 우리는 매일 앞서거니 뒤서거니 하며 걸어서 시내로 출근했다. 때로는 뭔가 이야기하면서 어떤 가게의 쇼윈도를 보고 지나가기도 했다. 남편도 나도 각자의 방에 틀어박혀 일을 하고 그게 끝난 뒤에 회사에 갔다. 집과 사무소가 따로 있으니 일과 생활이 구분된 것 같다고 생각한 것도 잠깐 동안이었다. 생각지도 못한 일이, 아니 확실히 예측했던 일이 일어났다. 어느 날 저녁 어디에 간다는 말도 없이 나간 채 남편은 돌아오지 않았다. 그 다음날도 또 그 다음 날도 오지 않았다.

나는 새 집이 혼자서 남편이 돌아오는 것을 기다리기 위해 얼마나 잘 지어졌는지 이 때 비로소 알았다. 내 방은 2층 동쪽에 있었다. 그 옆에 서양식 침실이 있었다. 열쇠를 잠가 두기만 하면 하루 종일 아무도 여기를 여는 사람은 없었다. 넓고 그리고 그 때문에 더욱 쓸쓸해 보이는 방 안에서 내가 아무리 몸부림치며 고민한다고 해도 아무도 들여다 볼 사람이 없었다. 거기에 있는지 없는지도 아는 사람이 없었다. 그러나 남들은 상상도 못하겠지만 나는 오랫동안 내 마음 속에 품고 있던 질투가 어떤 감정인지를 잘 알고 있었다. 이렇게나 오랫동안 길들여졌기 때문에 나는 잘 알고 있었다. 이 길들여진 내 기분이 감미로운 것이었다고 하면 믿을 사람이 있을까? 나는 이런 표현이 허락된다면 우는 것조차 기뻤다.

침실 벽에는 커다란 책장이 있었다. 거기에서 닥치는 대로 책을 꺼내 읽고 있자니 팔락거리며 뭔가 바닥에 떨어졌다. 한 장의 작은 사진이었다.

이때의 내 기분을 어떻게 설명해야 좋을지 모르겠다. 그것은 아주 평범한, 어디 딱히 눈에 띄는 데도 없는 젊은 여자의 사진이었는데 흘끗 보고도 나는 그게 남편의 애인이라고 생각했으니 신기하다. 분명히 그 여자는 머리를 붉게 물들이고 뒤로 넘겼다고 알려준 사람이 있었는데, 머리를 일본식으로 하고 어딘가 웃고 있는 듯한 요염한 구석이 있는 그 얼굴을 본 순간에 틀림없이 그 사람이라고 생각하면서, 그건 또 무슨 변덕인지 이게 지금 이 순간까지 내 번뇌의 대상이 된 사람인가, 피부색, 머리색까지 알기를 두려워하던 질투의 표적인 그 사람인가 하고 생각하니, 그 미소와 부드러운 피부색까지 알 것 같은, 남의 마음에 스며드는 것 같은 거의 아이 같은 순진함이 내 마음을 사로잡았다. 내 기분은 침착해졌다. 말하자면 이 사람에게 내 남편을 뺏겼다고 하는 마음은 티끌만큼도 없었고, 만약 이 사람이 내 남편을 뺏었다면 그조차도 용인할 수 있을 것 같은 기분이 들었다. 내가 이 순간에 남편이 바람피우는 걸 이해했다고 하면 남들은 믿을까? 나는 남편이 나를 잊고 이 사람한테 가는 기분을 내 일처럼 알 것 같은 기분이 들었다. 하지만 그래도 나는 괜찮았다. 이 사람과 경쟁해서 한 남자를 서로 뺏는다는 바로 조금 전까지의 기분은 어디로 사라진 건지, 또 왜 사라진 건지 난 이해할 수가 없었다.

6

남편이 돌아온 건 그 후 3일째 오후였다. 이럴 때 일을 가지고 있는 여자는 행복한 걸까? 아무 일도 없는 척을 하며 나는 회사 계단을 올라갔다. 입구에 있던 욕실도, 바로 얼마 전까지 우리가 살던 안쪽 거실도 모두 개조되었다. 긴자 한복판이기 때문에 거기를 개조해서 매점으로 만들면 어떨까 하는 아이디어를 냈기 때문이다. "진열창은 크게 내. 가게가 온통 진열창처럼 되어도 좋아" 나는 일하는 사람들에게 그렇게 말하며 계단을 올라갔다. 그러자 거기에 내 쪽을 등지고 있는 편집 책상 옆에서, 회사 사람과 함께 뭔가를 하고 있는 남편의 모습이 보였다.

남편은 내 쪽을 돌아보았다. "아"하고 말로 표현할 수 없는, 좀 웃는 표정을 지었다. 나는 남편의 그 웃는 얼굴이 걸어오는 말을 잘 알고 있었다. 그리고 그것이 그 한 순간의 친절이었다고 해도 나는 그 웃는 얼굴이 좋았다. 나는 회사사람들이 많이 보고 있는 앞에서 그 남편을 기다리고 있는 동안의 내 기분을 가능하면 지금 바로 남편에게 말해주고 싶었다. 내 기분은 바뀌지는 않았다. 나는 남편의 외박을 비난하지는 않았다. 아니, 그 애인과 함께 보냈을 그 3일간을 나는 원망하지는 않았다. 이상한 생각이 나를 사로잡았다. 나는 한 남편을 사이에 두고 애인과 경쟁하고 있었다. 그 경쟁석에서 스스로 내려온 것이다.

남들은 믿기 어려운 일이겠지만 내 마음 속은 지금까지 내가 걸어온 길을 잘 알고 있다. 오랜 옛날 일이지만 나는 우리가 처음 결혼에 대해 상의하던 때를 일을 기억하고 있다. 그때는 지금보다 젊어서 우리 둘 사이에 연령 차이가 꽤 나는 것을 신경쓰지 않았다. 아니, 그런 의식이 나한테 전혀 없었다고는 할 수 없지만 그 일로 여러 가지를 생각하는 것을 좋아하지 않았다. 평범하지 않은 우리 사이에서는 여러 가지를 신경 쓰지 않고 그 순간에 최선을 다해 사는 게 당연하다고 생각했기 때문이다. 그리고 시간이 지나 걱정해야만 하는 여러 일들이 닥쳐온 지금에 와서 누구에게 뭘 호소할 수 있을까. 오랜 동안의 버릇이지만 나는 이럴 때 "이건 내가 한 일이야" 하고 나 자신에게 말한다. 그리고 나 혼자 마음속으로 정리할 생각들을 기억하고 있었다. 그것은 누구의 눈에나 여자로서 최후의, 그리고 가장 괴로운 일이었다고 해도 당연하다라고 생각했기 때문이다.

"이 사진은 못써. 근데 대체할 게 있을까" 남편은 특별히 누구한테랄 것도 없이 그렇게 말했다. 권두화의 그라비어를 선정하는 마지막 날이었다. 나는 자연스럽게 그 자리에 들렀다. 남편이 늘 사용하는 비누냄새가 희미하게 났다. 우리는 평범한 오후와 마찬가지로 함께 회사 일을 했다.

갑자기 뒤죽박죽이 된 부부 사이의 일 같은 건 날려버릴 듯한 사건이 일어났다. 마침 그런 때를 노려 그 일이 일어난 건 둘 사이에는 행복한 일이었는지도 모르겠다고 훗날 생각하곤 한다. 아래층에서 여러 사람의 구두소리가 났다. 뭔가 싸우는 듯한 큰 소리가 들리더니, 어지럽게 뒤섞인 구두소리가 그대로 2층으로 올라왔다. 경찰은 아니다, 그러나 뭔가 권한을 가진 사람들이라는 걸 알 수 있는, 위압적인 태도를 한 14,5명의 사람들이었다. 한 순간의 일이었다. 2층 안쪽에 있던 경리 부서에 들이닥치더니 거기에 있던 장부라는 장부는 물론이고 메모 조각 파지까지 긁어모으듯이 가방에 처넣었다. 도망치려고 허둥대던 여사원의 핸드백 속도, 그리고 사무실 앞에 놓여 있던 휴지통 속까지도 뒤지며 조사했다. "아무도 밖에 나가지 마세요" 하고 그 중 한 사람이 큰 소리로 말했다. 그리고 회사 사람들의 주머니 속에 있는 수첩까지도 꺼내들었다. 2, 3시간 동안 사무실 여기저기를 모두 뒤지더니 철수했다.

우리가 그 사정을 알게 된 건 날이 저물고 나서였다. "잠시 사장님 부부께서는 댁에 계시는 게 좋을 것 같아요" 하고 영업 담당자가 말했다. 이럴 때 경리에 관해 잘 모르는 우리가 여러 가지 질문을 받고 회사에 불리한 말을 해서 꼬투리가 잡힐 것을 두려워했기 때문일 것이다. 이상한 일이지만 우리 회사의 회계가 어떤 방침으로 운영되고 있는지, 또 운영되어야만 하는지 우리는 전혀 몰랐다. 아니, 관여할 필요가 없을 정도로 그것은 원활하게 또 정확하게 행해지고 있다고 생각하고 있었다. 다시 말하면 우리는 이런 뜻밖의 일이 벌어져도 그게 어떤 종류의 재해인지, 또 그 재해를 어떻게 빠져나가면 되는지 대책이 서지 않았다.

날이 저물고 나서 우리는 회사 사람들과 같이 사무실을 나왔다. 전화로 약속했던 요쓰야四谷의 어느 여관에 모두 모여서 이런저런 상의를 하면서, 비로소 말할 수 없는 공포가 우리의 가슴에도 전해졌다.

7

우리가 그 사건의 전모를 알게 된 것은 2,3개월이나 지난 뒤였
다. 생각해 볼 필요도 없이 우리는 위험한 다리 위에 서서 태연하
게 일을 하고 있던 것이었다. 한통의 투서가 화근이 되어 우리가
모르는 사이에 회사의 회계가 조사받고 있었다. 확증이 하나씩 잡
혔다. 엄청난 금액의 탈세가 이루어졌다는 혐의를 받아서 한 번에
대규모로 조사를 당했던 것이다. "언제까지 이런 일은 계속되지
않아. 계속될 리가 없어. 세상이 안정되고 정상적인 상태가 되면
당신들은 당황할 거야." 그렇게 말한 사람의 얼굴이 내 머리에 떠
오른 것은 이 때였다. 우리는 스스로는 눈치 채지 못한 채 그 엄청
난 액수의 탈세를 배서背書해서 보여주기를 태연하게 하고 있었던
것이다. 그 엄청난 액수의 금액이 남들 눈에 띄게 어떻게 흘러갔는
지. 나는 그 쓸데없는 비용의 지출이 대부분 나로 인해 행해졌다는
걸 알고 공포 속에 찌르는 듯한 고통을 느꼈다.

이런 상태에 놓였을 때 이상하게도 사람들의 기분은 투명해진
다. 나와 남편은 넓은 여관방에 남았다. 오늘 밤부터 2, 3일간 어쩌
면 더 길게 이 여관에 머물러야 한다. 우리 집이 바로 코앞에 있는
데도 돌아가지 못하고, 이렇게 익숙하지 않은 곳에 머무르는 게 왠
지 이상했다. "자, 목욕 한 번 하고 올까" 남편은 태연하게 그렇게
말하면서 일어나 우리 방 옆에 붙어있는 목욕탕으로 갔다. 좌악,
하고 물 끼얹는 소리가 들려왔다. 그건 아주 옛날 일이었다. 남편

과 나 둘만 지금처럼 이런 숙소에 머무른 적이 몇 번이나 있다. 그러나 나는 그 때의 우리들과, 여기에 이렇게 있는 우리가 비슷하다고는 생각하지 않는다. 궁지에 몰려 여기에 와 있는데, 그래도 뭔가 정경이 있다고 할 수 있을까?

우리는 나란히 이불 속에 누웠다. 등불이 꺼진 방안에 어렴풋이 녹색 장지문이 보였다. 우리 둘의 마음속에 공통적으로 흐르고 있는 것은 오늘 사건이었다. 그 공포의 파문 사이로 내 마음을 지나가는 정감이 있었다. 그건 낯선 숙소에서 남편과 잠자리를 나란히 하고 누워 있다는 사실에, 공포와는 전혀 관계가 없는 환희 비슷한 감정이었다. 내 마음 속에 요 2,3일 동안의 일이 천천히 떠올랐다. 그래, 지금 남편에게 전날 밤의 내 기분을 말해 주자. 내게는 그걸 말할 수 있다는 게 무엇보다 기뻤다. 이상한 순간이었다. "앞으로 일이 잘 안 되면 회사를 그만둬도 돼. 어떻게 생각해?" 불쑥 남편이 그렇게 말했을 때, 나는 바로 대답할 수가 없었다. 회사가 붕괴될지도 모르는 사건의 한복판에서 나는 뭘 말하려고 했던 걸까? 남편의 마음을 오가는 생각이 내게도 전해졌다. 공포가 두 사람의 몸을 두 마리의 동물처럼 한데 모았다. "나를 안아주지 않아도 가끔 이렇게 같이 자 줘" 그게 이 때 내가 남편에게 말하고 싶었던 이야기의 전부였다. 내 뺨에 비로소 눈물이 흘러내렸다. 내게는 그게 내 모든 것에 대한 결별처럼 여겨졌기 때문이다.

웃다

1

나중에 생각해 보니, 그 후 우리 회사는 나쁜 길로 잘못 접어든 여행자가 경험하듯 그 뒤에도 계속해서 나쁜 길이 이어지는, 그런 곳에 다다랐다. 마침 이럴 때를 노렸던 것처럼 나쁜 일이 겹쳐서 일어났다. 아니 그리 나쁜 일이 아닌 것도 나쁜 일처럼 생각되었고 드디어 결정적으로 나쁜 결과가 되었다. 사업을 하는 사람에게 있어서 가장 경계해야 할 상태에 몰린 것이다.

탈세의 추징금은 얼마인지, 또 얼마만큼 뺏기면 꾸려나갈 수 있는 건지, 얼마만큼 뺏기면 붕괴하는 건지, 그 때는 몰랐다. 극단적인 낭비가가 어느 날 아침 갑자기 구두쇠가 되었을 때와 마찬가지로 우리는 회사에 남겨진 재산을, 재산이라고 보여지는 것은 모두 꼼꼼히 계산했다. 이 재난의 극복 여부는 이를 커버할 수 있는 재산의 유무라고 생각했기 때문이다. 극단적인 경비절감 방법이 고안되기 시작한 것은 이 무렵의 일이다.

그러나 이 불행이 어쩌면 회사의 재건에 좋은 결과가 되지는 않을까 하고 생각했다. 아마도 그건 한 때의 부질없는 기대가 아니라, 진짜였을 것이다. 회사 사람들은 근면해졌다. 아무도 입 밖에 내지는 않았지만 이 재난이 한통의 투서에 의해 일어났다는데 대해 우리는 어떤 징벌을 느꼈다. 후회는 너무 늦었을까? 그럴 리가 없다. 지금부터도 괜찮다. 자연히 우리는 어깨를 서로 맞대는 기분으로 있었기 때문이다.

　그리고 남편과 나 사이에도 마찬가지 공기가 흘렀다. 남들 눈에는 이 무렵만큼 우리가 긴밀한 사이로 보였던 적도 없었을 것이다. 그러나 내가 이 상태가 계속 되기를 바랐다고 하면, 그건 맞지 않다. 나는 내 과실을, 수도 없는 무계획적인 낭비를 잊지는 않았다. 게다가 내 과실을 되풀이한다면 그건 그 전갈하고 거북이의 우화에서 보이는 그런 치명적인 것이라 생각했다. 나는 어떤 작은 일에도 제안을 덧붙이기를 두려워했다. 회사 내의 공기 또한 일변한 것처럼 보였다.

　기다리던 추징금 통지가 온 것은 이듬해 가을이 되고나서였다. 각오는 하고 있었지만 그 금액은 컸다. 일시적인 동요 후에 그래도 우리는 평정을 찾았다. 이럴 때 언제나 남들은 내가 평온하다고 생각한다. 하지만 우리는 외부에서 이 타격을 눈치 채지 못하기를 바라면서도, 확실하게 그렇다고 알리는 듯한 조치를 잇달아 취했다.

　갑자기 잡지 판매가 중단된 것처럼 보인 것도 이 무렵의 일이었다. 그런 일이 있을 수 있단 말인가? 커다란 총알 한 방을 맞고 모든 걸 날렸다고 생각하고 있었는데, 그 위에 또 두 번째 총알을 맞았던 것이다. "세상이 안정되면 당신들은 당황할 거야" 그렇게 말했던 사람이 이때도 내 눈에 떠올랐다. 불타나게 팔리던 게 점차 보통이 되었다가, 드디어 딱하고 멈췄다. 그게 세상이 안정된 증거라는 것을 우리는 몰랐던 걸까? 그리고 그 일에 대해 당연히 어떤 준비가 필요했다는 걸 잊고 있던 걸까?

어느 날 인쇄소 사람이 우리를 만나러 왔다. 우리 잡지의 인쇄를 도맡아서 하고 있는 인쇄소의 사람이었다. 이런 저런 이야기 후에 그 사람은 웃으며 "실은 부탁이 있어서 왔는데요"하고 말하며 아타미의 우리 집을 팔 생각이 없냐고 물었다. 그 인쇄소에서는 사원들의 기숙사로 쓸 적당한 집을 찾고 있는 중이라고 했다. 우리는 이야기 도중에 그 사람이 말하려고 하는 의미를 깨달았다. 아타미의 그 작은 집이 어느 정도의 금액으로 팔릴지는 모른다. 하지만 그 돈으로 회사의 불황 때문에 인쇄소에 누적되어 있는 대금을 지불할 수 있다. 그 사람의 말은 친절했다. 팔지 않는다고 버틸 이유는 아무 것도 없었다. "훌륭한 집을 지으시고 아타미에는 자주 못 가신다고 들어서요" 하고 그 사람은 말했다. 그 훌륭한 집을 애써 지은 건 나다. 조금 일찍이었다면, 그리고 그게 인쇄소에 지불하지 못한 대금으로 충당하는 게 아니었다면 나는 아타미의 집이 팔리는 걸 얼마나 좋아했겠는가. 나는 이미 남편이 아타미의 집으로 간다는 구실로, 젊은 애인과 만나고 있다는 것조차 잊고 있었다. 질투가 모두 사라진 걸까? 아니, 질투보다 더 절실한 감정이 있었다면 그건 뭘까? 불행 속에서 몸을 지키려는 동물적인 본능이 있었던 걸지도 모르겠다.

반 달 정도 지나고 아타미의 집을 양도하는 날이 왔다. 나는 가재도구를 정리하기 위해 아타미에 갔다. 일은 반나절로 끝났다. 대충 청소를 마치고 나서 나는 밖으로 나왔다. 그곳은 골목 안쪽으로 하얀 담장 안에 만개한 벚꽃이 흐드러지게 피어 있었다. 나는 뒤돌아보았다. 이 하얀 담장은 내가 좋아해서 만든 것이었다. 그리고 이 벚꽃도 내가 심게 한 것이었다. 우리 둘이 이 집에서 지낸 건 아주 잠깐 동안이었지만, 평온했던 생활이 잠깐 내 뇌리를 스쳐지나갔다. 그 때 집 안에서 짐정리를 하던 동안에는 전혀 생각하지 못했던 미련 같은 감정이 나를 사로잡았다. 그런 일이 있을 수 있나? 나도 승낙하고 남에게 양도한 집인데, 하고 그 벚꽃 잎이 깔려 있는 길을 뿌리치듯이 빠른 걸음으로 빠져나왔다. 하지만 그것은 이 집이 아까워서 그런 건 아니었다. 그 때 내 마음을 스쳐지나간 감정은 무엇이었을까? 이 집을 판 것을 시작으로 해서 어쩌면 우리들이 빠질지도 모르는 곤혹스런 사태에 대한 본능적인 두려움이었을지도 모르겠다.

2

"아, 이런 게 있네" 어느 날 나는 회사 안쪽 창고에 넣어두었던 엄청난 양의 잡지의 표지그림을 찾아냈다. 그것은 어느 저명한 화가가 그린 건데, 우리는 매달 이 그림 값으로 목돈을 지불하고 있었다. 잡지 표지라는 제약 하에 그려서 다소 통속성은 있었지만, 그림으로서 어느 정도 가치가 있다고 생각했다.

내가 생각한 재능이 아니, 재능이라고 할 정도는 아니다. 어쩌면 전갈과 거북이의 우화의 결말처럼 끝날지도 모르는 단순한 버릇이, 회사의 발전에 도움이 되는 방향이 아니라 회사의 파멸을 막는 방향으로 향하게 됐다니, 이 얼마나 우스운 일이란 말인가. 창간 이래 매달 표지로 인쇄되었던 그 그림은 굉장한 숫자였다. 이걸 팔자고 생각했다. 이 때 나는 아이들이 가질 법한 희미한 기쁨을 느꼈다. 내 발상으로 아주 조금이라도 회사가 입은 상처가 치유된다고 생각했기 때문이다. 나는 잘 아는 미술상에게 가서 이 이야기를 꺼냈다. "표지인가요?" 하고 그 사람은 말했다. "같은 크기의 것들이죠? 어쨌든 맡아서 여기에 진열해 보죠. 이 화가의 개인전이라는 식으로 해서" 이야기는 정리된 듯이 보였지만 마지막에 값을 매기는 단계가 되자 생각지도 못한, 그것은 값이라고 할 수도 없는 금액이 되었다.

내 가슴 속에 싹 하고 핏기가 가시는 듯한 감정이 흘렀다. 이 거래상에게 한 때는 막대한 금액의 그림을 사서 이 사람이 얼마나 많이 고개를 수그렸는지 모른다. 수치스러움은 내가 과거에 뿌린 교만의 숫자만큼, 딱 그 숫자만큼 받지 않으면 안 된다는 건가? 아니, 그건 매매의 원칙에 따라 이렇게나 사람의 표정이 바뀌는 게 당연하다는 걸 나는 잊었던 걸까? 그게 역경에 서기 시작한 인간의 삐뚤어진 마음이라는 것을 잊었단 말인가?

이 무렵부터 우리는 우리가 가지고 있는 것을 조금씩 파는 습관이 생겼다. 이상한 일이지만 습관이 된 것은 또한 당연한 일처럼 되었다. 어쩌면 그 밖에 다른 수단이 없었던 걸지도 모르겠다. 월말이 다가오고 회사의 영업부에서 부족한 돈을 받으러 오기 전에 뭔가 팔 것을 찾았다. 집 안에 있던 것들이 눈에 띄게 모습을 감추었다. 집을 짓고 2년도 안 지났는데, 그 차분하고 아취가 있던 분위기가 깃털을 뽑힌 것 같았다. 그러나 집은 뼈대만 남아 있어도 살 수 있다. 그리고 밖에서 보면 역시 그것은 '훌륭한 집'으로 보였다. 기구한 운명에 처한 정원도 그대로였다. 마침내 사운이 회복되면 그 상처는 흔적도 없이 사라질 것이다.

어느 날의 일이었다. 옆집 부인이 뒤쪽 부엌문으로 찾아왔다. 2층의 창과 창이 바로 옆으로 열려 있어 양쪽 집 안의 얘기소리도 죄다 들리는, 바로 엎드리면 코 닿을 데 있는 집이지만, 특별히 이야기를 나눈 적은 없는 사이였다. "저" 하고 그 부인은 머뭇거리듯 말했다. "이 댁을 파신다고 들었는데요. 혹시 저.. 그런 일이 있으시면, 꼭 저희에게 주셨으면 해서요" 내 얼굴에서 핏기가 가시는 것을 느꼈다. 앞으로 어쩌면 우리가 살고 있는 이 집을 팔 때가 올지도 모르지만, 이때까지 우리는 이 생각을 한 번도 해본 적이 없었다. 남들 눈에는 이제 곧 당장이라도 집을 팔 것처럼 보였던 건가? 나에게는 그 일 쪽이 강하게 다가왔다. 한 번도 생각해 본 적이 없는데, 실제로 남들 눈에는 이 집을 파는 게 순서인 것처럼 보였다는 게 나를 때려눕혔다. 이 집은 안 판다. 무슨 일이 있어도 이집만은 안 팔 거다. 나는 정신을 차렸다. 그리고 차분한 목소리로 이 집을 팔려고 생각해 본 적도 없다고 말했더니, 당황한 표정을 지으며 그 부인은 돌아갔다.

그 일이 있고 나서 우리 부부는 더욱 더 마음을 합해 살았다. 그것은 상처를 입은 동물이 어깨를 맞대는 것과 닮았다. 우리는 집을 팔지 않기 위해 모든 일을 생각했다.

긴자의 한복판에 있는 사옥의, 원래는 우리 거실이었던 아래층은 지금은 양품점이 되어 있었다. 우리 소유인 그 가게는 경비가 들지 않기도 해서 이익이 올랐다. 이 무렵이었다. 남편의 제안으로 출판하기 시작한 작은 계간 잡지가 조금씩 이익을 올리기 시작했다. 그것은 지금까지 이어진 손실에 비하면 대단한 이익은 아니었지만, 우리 마음에 어떤 희망을 가져다주었다. 작은 행운이 오면 사람은 온순해진다. 그것이 얼마나 때늦은, 그리고 애처로운 심정이었는지. 우리는 이 불행한 상태를 어쩌면 조금씩 극복할 수 있지 않을까 하고 생각하기 시작했다.

3

오랜 시간이 걸려 드디어 탈세 추징금을 완납한 것은 다음 해 겨울이었다. 이 일을 시작하고 나서 세어보니 6년의 세월이 흘렀다. 나에게는 그 동안에 일어난 여러 사건이 한순간처럼 떠올랐다. 마치 누군가의 장난으로밖에 여겨지지 않는, 그 미치광이 같은 회사의 호황에서 지금 상태로 추락하기까지의 과정이 똑똑히 눈에 보인다. 이 일을 시작할 때 함께 동료로 끌어들인 어느 남자가 그때 한 말을 나는 떠올렸다. "저는 벌써 마흔입니다. 이렇게 말하기는 뭐하지만 이제부터 일을 한다면 제게는 평생의 일입니다. 진지하게 할 수 있는 일이 아니면 곤란해요" 그 남자도 이제 쉰 살이다. 만약 우리들에게 그럴 힘이 있다면 여기에서 그만두고 싶다. 역경 상태 그대로라도 상관없으니 지금보다 더 추락하는 것만은 막고 싶다. 아니 바로 지금 이 장소에서 다시 시작하는 거라고 생각하자. 그러나 나중에 생각해 보면, 이때 우리들이 행했던 여러 가지 방책은 얄궂게도 회사의 파국을 가속화시키기만 했던 것 같다.

어느 날의 일이었다. 거리를 걷고 있자니 안면이 있는 어느 젊은 아가씨가 나를 불러 세웠다. "저, 말하러 갈까, 전화할까 고민했어요" 하고 말문을 열더니 "선생님 진짜 불쌍해요. 저쪽 집에서는 목욕탕을 데우려고 불 때는 일도 하고 있어요"하고 말하는 것이었다. 나는 그 아가씨의 울적한, 콧방울을 찡그리며 웃는 모습을 지금도 잊지 못한다. 나는 그 아가씨가 남편의 애인과 같은 가게에서 일하고 있다는 것을 알고 있었다. 사람들의 왕래가 많은 거리 한가운데였다. 눈 깜짝할 사이에 내 마음을 관통하던 생각은 무엇이었을까. 그 애인의 집에서 남편이 어떤 식으로 시간을 보내는지 하는 건, 내가 가장 알고 싶지 않은 일이었다. 남편의 정사가 누구에게나 확실히 알려져 있는 일인데도, 이상하게 나는 그 사람의 집이 어디에 있는지, 또 어떤 분위기의 집인지도 몰랐다. 그걸 알려고 한 적은 한 번도 없다. 나는 알고 있었다. 남편이 그 집에서 어떤 식으로 살고 있든, 내가 그걸 모르면 나한테는 그건 없는 거나 마찬가지다. 나는 그걸 없었던 일로 하고, 모른 척하고 싶었다. 나는 그걸 알 기회가 생기면 서둘러 거기에서 도망쳤다. 하지만 여기는 사람들이 많이 다니는 거리 한복판이었다. 이 젊은 아가씨의 말이 뭘 의미하든 나는 듣지 않으면 안 되었다. 그런 일은 있을 수 없다. 언제나 말끔하게 하고 있기를 좋아하는 남편이 목욕탕을 데우러 불을 지피다니. 그렇게 생각한 순간에 웬일인지, 시골의 목욕탕 같은 아궁이 밖에서 허리를 구부리고 불을 지피고 있는 남편의 모습이 눈에 떠올랐다. 아가씨가 하는 말 따윈 꿈에도 믿지 않으려고 했는데, 그리고 그런 모습을 하고 있는 남편의 모습 따윈 상상할 수도 없었는데. 나는 이 아가씨가 하는 말의 포로가 된 걸까, 남편의 그런 모습이 안 어울린다고 생각하면 할수록 우리 집에서는 결코 없었던 그런 일도, 그 집에서는 재미있게 하며 지내는 건가 하고 생각했다. 한 순간, 그 비가 올 듯 추운 날, 역시 이 거리에서 남편의 등 뒤에서 튀어나온 그 사람의, 단 한번 들은 적이 있는 그 까불거리는 웃음소리가 그 집안에서 들려오는 것 같았다. 나는 잊고 있었다. 남편을 사이에 두고 그 사람과 서로 다투던 그 경쟁석에서 나 스스로 이미 내려왔는데도.

4

지금 그 무렵의 내 마음을 떠올리면 총 맞은 것처럼 상처투성이였던 것 같다. 그런데도 전혀 상처받지 않은 것처럼 행동하며 살던 것을 생각하면 무엇이 나를 지탱하고 있었던 걸까 싶다. 생각하기에 따라서는 내 몸은 이 상처 자국들로 지탱되어 온 걸지도 모른다. 하지만 그래도 사정을 모르는 다른 사람들 눈에는 만족스럽고 행복한 여자처럼 비쳤을지도 모른다. 그리고 이상하게도 나 자신도 다른 사람들의 눈과 마찬가지로 나를 생각했다. 상처 자국은 없는 거다. 없다고 생각하면 되는 거라고.

그 무렵의 일이었다. 내 오랜 친구 중 하나가 유럽에 가니까 같이 가자고 했다. 그 친구의 남편은 벨기에에서 무역 일을 하고 있었다. 여행 경비만 있으면 체재비는 어떻게든 된다고 했다. 처음에 나는 내키지 않았다. 세상이 안정되었다고 해도 아직 일본을 떠나 다른 나라에 가는 사람은 그다지 없던 시절의 이야기이다. "다녀오세요. 우리 잡지에 기사를 보내주시는 것만으로도 얼마나 선전이 되겠어요?" 그렇게 말하는 사람도 있었다. 내가 그렇게 가고 싶어 하지 않는 건 남편을 생각해서 라고 생각하는 사람들도 있었다. 확실히 그런 기분도 있었다. 이상한 일이지만 나는 마치 낯가림을 하는 어린아이처럼 일본을 떠나 낯선 나라로 가는 게 왠지 기분이 무거웠다. 게다가 다른 하나는 아무튼 그 여행 경비조차도 어딘가에서 조달해야 하는 것이었다. 이 일에 대해 남편이 뭐라고 했는지, 지금은 기억나지 않는다. "두 번 다시 없는 기회에요. 다녀오세요. 재미난 기사를 보내 주시면 여비 같은 건 어떻게든 될 테니까요" 하고 말하는 사람도 있어서 어쨌든 출발 준비를 하게 되었다.

어떻게든 된다던 여비는 어느 종이회사 사람이 빌려주게 되었다. 이 일은 생각지도 못한 화근을 남겼지만 그러나 가기로 정하고 나서였기 때문에 아무도 마음에 두는 사람은 없었다.

　출발일이 다가왔다. 여자가 다른 나라에 가는 건 아직 신기했을 무렵이었기 때문에 배웅 나오는 사람이 많았다. 나는 비행기가 떠날 때의 그 순간의 이상한 감각을 지금도 잊을 수 없다. 출발하기 바로 직전까지 그렇게나 마음에 걸렸던 남편 일이, 먼 나라 일이 되었다기 보다도, 전혀 안보이게 되었던 것이다. 그 많은 사람들 속에 확실히 남편의 모습도 섞여 있었을 텐데 그것을 눈으로 찾으려고 하는 것조차 잊고 있었다. 다른 나라로 여행 간다는 것이 그만큼 이상한 감각으로 나를 끌었다니 이 얼마나 행복한 일인가.

　파리에 도착하니 고국의 일에서 꽤 멀어진 느낌이 들었던 것도 지금 생각하면 이상하다. 여기까지 온 여비를 남에게 빌렸다는 것도, 또 제대로 안 되는 일을 남기고 왔다는 것도, 나는 잊고 있었다. 그리고 무엇보다도 마음에 걸렸던 남편 일이, 내가 언제나 염원했던 대로 그것은 전혀 없었던 일처럼 여겨졌다. 아니, 남편의 일 그 자체가 신경쓰이지 않는 것 같았다.

　그건 나의 본성이 그만큼 경박했다는 걸까. 다른 나라의 풍물에 그 정도로 마음을 뺏겼다는 건가. 그리고 남편에 대한 이 기분은 사랑이라는 것과는 확실히 멀고, 단지 집착심이었던 건지. 나는 대답할 수 없다.

　어느 날 아침, 호텔방에서 몸단장을 하고 있자니 친구가 들어왔다. "이거 봐, 러브레터야" 하고 말하며 두꺼운 편지를 내게 건네주었다. 생각지도 못한 일이었는데, 그것은 남편에게서 온 편지였다. 러브레터야, 하고 말했던 그 말을 나는 지금도 떠올린다. 친구의 눈에 그것은 남편이 하루를 천추千秋같이 생각하며 나를 기다리고 있다고 비쳐진 걸까? 내 가슴은 뛰었다. 내가 없는 동안에 회사의 운명이 급변했다는 소식일까 하는 생각에, 그 순간까지 그걸 잊고 있었던 만큼 공포가 몰려왔다. 나는 친구가 거기에 서있는 것도 잊어버리고 봉투를 뜯었다. '오랫동안 걱정 끼쳤던 그 여자와의 일이 내 생각에 끝난 거 같아' 편지의 첫머리는 그렇게 시작되었다. 나는 무엇을 읽고 있었던 건가? 오랫동안 내가 가장 염원하고 있던 일이 일어났는데도 내 마음의 함성은 전혀 다른 데에 있었다. 남편은 지금까지 자기 심경을 나에게 말한 적이 없다. 멀리 떨어진 곳에서 편지를 쓴다는 형식이 그걸 쉽게 만든 걸까. 희미한 환희와 같은 감정이 내 가슴에 일었지만 그건 문자 그대로 수 천리나 떨어진 장소에서의 일이었다. 남편의 말을 믿지 않는다는 건 아니다. 나는 스스로도 나의 이 무관심을 자연스럽다고는 생각하지 않는다. 남편이 나 때문이 아니라도 그 애인과의 관계를 어떤 사정으로 끝낸다는 게 서운하다는 건 과장이다. 오랫동안 길들여온 그 마음의 상처가 치유된다는 게 생각지도 않게 이상하게 여겨진 것이었다. '어쨌든 할 말이 많으니까 그 때문에라도 당신이 돌아오기를 기다리고 있을게' 편지는 그렇게 마무리되어 있었다.

　파리에서의 내 일은 아직 끝나지 않았다. 우리 잡지에 보낸 기사가 성공했다는 것을 믿는 척 하며 나는 바로 귀국하지 않았다. 이 먼 나라의 거리가 그렇게나 내 마음을 사로잡았다고 하면 거짓

말이다. 아니 남편이 내가 돌아오기를 기다린다는 것을 알지 못했다면, 나는 그 두 달이라는 긴 시간 동안 이 거리에 머물러 있지는 않았을 것이다. 하지만 사람의 기분만큼 종잡을 수 없는 게 없다. 어느 날 아침, 나는 길모퉁이의 가게에서 발견한 장난감 새장을 손에 넣었을 때 견딜 수 없어져 부랴부랴 파리 공항을 떠났기 때문이다. 남편에게 그 장난감의 정교한 모양새에 대해 이야기하고 싶어졌다는, 실없는 그러나 통절한 기분에 사로잡혀.

5

남편의 그 다음 정사가 언제 시작되었는지 나는 모른다. 그리고 그 상대 여자가 어떤 사람인지, 그것도 모른다. 그 사람과의 사이가 언제까지 계속되었는지, 또한 완전히 다른 새 사람과의 교제가 있었는지 아닌지, 그것도 모른다. 나는 남편의 정사에 대해 알게 될지도 모르는 장소에서는 완전히 모습을 감추고 있었다. 회사가 불황이기도 해서 젊은 아가씨들이 나오는 장소에 가는 일은 극히 드물었지만, 그러나 그 무렵부터 나는 남편의 감정의 바로 근처에 자리를 차지하는 걸 그만두었던 건지도 모르겠다. 그것은 남편의 정사를 아는 장소에 모습을 드러내지 않은 것과 마찬가지로, 나라고 하는 이 질투 많은 여자가 생각해 낸 단 하나의 호신술이었을지도 모른다.

하지만 이 일은 나에게 많은 생각거리를 남겼다. 남자와 여자 사이에서 상대의 감정이 향하는 장소를 모르고 산다는 것이 어떤 일인지 생각해 보지는 않았다. 같은 집에 살면서 우리는 어쩌면 먼 곳에 있는 것 같은 기분이 든다. 생활의 형식은 완전히 같은데도 단지 우리 사이에 주고받는 대화만은 어떤 기분을 생략하고 이루어졌다. 그리고 그것은 처음에는 다른 나라 말처럼 확실히 어떤 어색한 배려가 필요했지만 드디어 슬며시 자연스럽게 말할 수 있게 되었다. 아무 변화도 없던 것처럼.

아. 내 추억은 언제나 이 장소로 돌아온다. 나는 거기에서, 그 장소에서 남편을 잃어버렸다. 파리에서 남편의 편지를 읽었을 때 나는 왜 모든 일을 내팽개치고 돌아오지 않았을까. 그리고 왜 남편의 가슴에 파고들어 내 기쁨을 큰 소리로 드러내지 않았을까. 또 다음 정사가 시작되려고 할 때 왜 남편의 가슴을 흔들고 남편의 마음을 나에게 되돌리려고 하지 않았을까. 나는 답할 수 없다.

하지만 그래도 역시 남들이 보기에 우리는 사이좋은 부부였다. 실제로 뭐 하나 다투는 일 없이, 모든 일을 이해해 주는 부부였다. 이런 형태의 부부도 있는 법이라고 나는 생각했다. 우리 사이에는 언제나 회사의 운명이라는 공통의 걱정거리가 있었다. 그것은 위험한, 유리병 속의 운명이었다. 이 걱정 또한 우리 사이를 이어주는 하나의 끈이었을까?

다행히, 라고 하면 되는 걸까. 그 무렵에 또 새롭게 하나의 사태가 일어났다. 그리고 그것은 기울기 시작한 회사의 마지막 숨통을 끊는 일이 되었다. 우리는 처음에 아무렇지도 않은 척을 했다. 그렇지 않다. 아니, 있어서는 안 될 일이지. 나도 남편도 필사의 힘을 쏟아 그것을 막았다. 그 때문에 한 때 회사의 공기가 활기를 띨 정도였다. 불꽃이 지기 전의 그 섬광과 같은 것이었을지도 모른다.

그러나 사태는 확실해졌다. 우리 회사에서 발행하고 있는 것과 똑같은 테마의 잡지가 마치 서로 호응하듯 계속해서 발행되기 시작했다. 그 중 하나는 우리 회사와는 비교도 안 될 정도로 큰 자본의 회사 것이었다. 테마가 같은 것뿐만이 아니었다. 종이도 인쇄도 사진도 모든 게 고급이었다. 게다가 선전이 퍼지고 있었기 때문에 순식간에 부수가 올라갔다. 경쟁이 되지 않았다. "아무 것도 아니잖아. 이런 요란한 편집의 어디가 좋은 거야? 처음만 그런 거야. 안정되면 우리 잡지로 돌아올 거야" 나는 그렇게 믿고 있었다. 그리고 그 피투성이 경쟁 때문에 남편의 정사를 완전히 잊어버렸다.

지방 서점을 돌아다니던 회사 사람들이 돌아왔다. "정말이지 말이 안 돼요"하고 그 사람은 말했다. 어느 서점의 점두에나 그 잡지가 산더미같이 쌓여있고, 우리 잡지는 서점 안쪽 끝에 진열되어 있었다. "이게 무슨 일이래요? 옛날에는 당신네 잡지만 팔렸는데" 하고 불쌍하다는 듯이, 하지만 연민의 표정으로 말하는 서점도 있었다. 그 서점에서의 모습을 우리는 억지로 인정하지 않을 수 없었다.

우리는 지쳤다. 할 수 있다면 여기에서 그만두고 싶다. 무익한 경쟁이라는 걸 알면서도 또 일을 계속해 나가는 건 어려웠다. 하지만 일은 그만둘 수 없었다. 우리는 일의 범위를 반으로 아니 그 반으로 줄이지 않으면 안 되었다. 사원의 정리는 못했지만 이렇게 실패가 보이는 회사를 뒤로 하고 한 명 또 한 명 떠나가는 사람들도 있었다. 경비는 극단적으로 삭감됐다. 그리고 긴자의 한복판에 있는 사옥은 어딘가로 이전하고 그 뒤를 이익이 확실히 오르는 다른 일에 사용하지 않으면 안 된다고 생각했다.

그 이후의 우리들의 분별력은 어디에 사용된 건지, 대답할 수 없었다. 우리는 어느 순간에나 태연하다고 생각하고 있었다. 그리고 그대로 파국의 길을 무서운 기세로 내려갔던 것이다.

회사를 이전할 곳은 우리 집으로 결정됐다. 아니 내가 정한 것이다. 나와 남편은 2층 거실과 침실에서만 살 수 있다. 아래층의 응접실에 이어서, 정원으로 지붕을 이어붙이고 거기에 작업장을 만들었다. 맑게 갠 가을날이었다. 원래 회사와 우리 집 사이의 그 번잡한 거리 속을 회사 사람들이, 여자들까지 책상과 의자를 날랐다. 마치 뭔가 유쾌한 놀이라도 하는 것처럼.

6

그 무렵 닥친 생활을 생각하면 지금도 이상한 기분이 든다. 어떤 생활이라도 습관이 되는 건 가능한 걸까. 우리는 맨 처음부터 이런 긴박한 상태에서 살고 있던 것처럼 일종의 평온한 기분으로 매일을 지내고 있었다. 그리고 그 이상한 기분을 전혀 이상하게 여기지 않고 살고 있었다. 어떤 기괴한 생활도 거기에 들어가 버리면 당연한 일처럼 여겨졌다.

이 무렵부터였다. 우리 회사 일은 잡지를 만드는 게 아니라 그저 돈만 융통하는 데 광분하고 있던 것 같았다. 정원을 부수고 만든 영업부 방은 더 이상 영업부 방이 아니라 어음 할인을 하는 사람이며, 대출을 하는 사람들이 만들어내는 어떤 분위기로 가득 차 있었다. 남동생 하나가 그 방안을 왔다 갔다 하고 있었다. 동생은 내가 이 일에 끌어들일 때까지는 어느 선박회사의 선장이었다. 동생도 또한 이 생활을 일상으로 하고 있는 걸까? 어느 날 창틈으로 맑게 갠 하늘이 보였을 때 나는 말로 형언할 수 없는 황당한 기분이 들었던 걸 기억하고 있다.

여기까지 우리를 끌고 온 것은 무언지, 나는 생각해 본 적이 있었던가? 남들은 세상이 안정되었기 때문이라고 했다. 또 어떤 사람은 우리 성격이 일에 맞지 않아서 그렇다고 했다. 하지만 정말로 그랬을까? 나는 모르겠다. 남편의 정사에서 도망치기 위해 내가 제안한 수많은 무익한 계획 때문이었을까? 아니 더 근본적으로, 더 숨겨진 장소에 내 마음의 저 밑바닥에 모든 것을 건전하게 실행할 수 없는 어떤 무언가가 감추어져 있는 건 아닐까? 이 생각이 나를 강타했다.

우리 집의 대문 오른쪽에 차고가 있었다. 풍류가 있는 그 집에 어울리게 결이 고운 삼나무 덧문이 닫혀 있었다. 하지만 거기에 차는 없었다. 지금은 반품이 산적한 창고가 되어 있었고, 그 전에는 언제나 엄청난 종이쓰레기가 흩날리고 있었다. 우리는 그 반품을 또 전부 팔아버리고 그 돈을 융통할 수 있기를 기대하고 있었다.

어느 날 내 여비를 빌려준 종이 회사의 경리가 찾아왔다. 내 여비를 빌린 것을 시작으로 우리 회사는 종이 대금과 기타 등등으로 그 회사에 막대한 빚을 지고 있었다. 그 결재 때문에 온 것이었다. 우리 회사에서는 우리 집을, 사옥을 거래조건으로 내세우고 있었다. 그런데 빚은 우리 집 가격을 훨씬 웃도는 금액이 되어서, 그걸 통지하기 위해 온 것이었다. "마침 우리 사장님 지인 중에 꼭 이 근처에 집을 한 칸 사고 싶다는 분이 계시는데"하고 그 사람은 말했다. 언젠가 와야 할 날이 의외로 빨리 온 것을, 그러나 우리는 의외라고는 생각하지 않았다.

마지막 날이 왔다. 우리가 이것만은 팔지 않을 거다, 절대로 팔지 말자고 결심하고 배수진을 친다는 생각으로 우리가 사는 집을 사옥으로까지 했던 건데, 여기도 역시 남의 손에 넘기게 되었다. 싫다며 거부하려고 하면 가능했을지도 모른다. 그러기 위해서는 더 싫은 일을 더 부조리한 일을 감히 하면. 그러나 우리는 이 집을 떠나기로 정했다. 내 지인 중 한 사람이 바로 옆에 오래된 빌딩을 가지고 있었다. 거기도 1, 2년 사이에는 재건축을 할지도 모르지만 그 짧은 기간 동안 만이라도 쓸 생각이 있으면 쓰라고 해서, 어쨌든 고비를 넘기기 위해 거기로 이사가게 되었다.

이사는 회사만이 아니었다. 우리 부부도 또 어딘가로 이사가지 않으면 안 되었다. 하지만 돈이 드는 집은 안 되었다. 여동생이 살고 있는 집 안쪽의 한 칸에 별채가 있었다. 거기로 옮기자고 이야기가 되어 남편이 그 별채에 살고 나는 그 집 안쪽의 한 칸에 살게 되었다. 이사날도 역시 맑은 가을날이었다. 우리 부부와 동시에 하지만 다른 방향으로 짐을 실은 트럭이 회사에서 나왔다. 남아있던 자질구레한 것들을 어깨에 짊어지고 빌딩이 있는 거리로 나가는 사람도 있었다. "꼭 집시 같네" 남편은 웃으며 말했다.

8년 전, 교외의 어느 작은 집에서 이사한 후에 우리는 몇 번이나 이사했던가. 그러나 이번 이사는 그 어느 것과도 다르다. 우리는 이게 마지막이라는 걸 알고 있었다. 큰돈을 들여 궁리를 하여 지은 집인데 미련 없이, 오히려 서둘러 떠난 것은 무슨 이유일까. 나도 모르겠다. 나중에 들으니 언젠가 옆집 여자가 와서 "혹시 파실 일이 있으면"하고 말했던 바로 그 사람에게 팔렸다는 걸 나중에 알았지만 그 일조차도 원망하지 않았다는 건.

아오야마青山의 생활은 조용했다. 남편은 별채에 살고 나는 다른 건물의 방에 살고 있었기 때문에 같은 집에 있다는 느낌은 적었다. 하지만 이런 일은 지금까지도 있었다. 밤늦게 남편이 밖에서 돌아오는 구두소리가 들리면 나는 둘이 처음으로 집을 가질 무렵의 먼 옛날 일을 떠올리곤 했다. 하지만 그 구두소리는 내가 자고 있는 방 쪽이 아니라 뒤쪽 별채 쪽으로 사라지는 것이었다. 그리고 그 일로 평온한 기분이 망가지는 일도 없었던 것은 생각할수록 이상했다.

7

그 무렵 우리의 단발마라고 할 만한 기분을 생각하면 뭐라고 해야 좋을지 모르겠다. 이런 심각한 사태에까지 이르렀는데, 그러나 우리 마음속에는 여기에서 일을 그만둘 용기가 없었다. 수지가 안 맞는 잡지는 그만둬야 한다. 이렇게 너무나 뻔한 일을 할 수가 없었다. 원래 잡지는 큰맘 먹고 그만두고 남편의 제안으로 시작한 작은 계간 잡지만을 남기고, 정말 4, 5명의 사원으로만 운영해 나가면 영업은 유지된다. 많은 사원을 그만두게 하고 그리고 게다가 발행해 놓은 다액의 어음을 부도처리해 버릴 용기, 아니 결단이 있었다면 어쩌면 살아났을지도 모른다. 하지만 거기까지 내몰렸는데 그리고 그 결단을 단행하는 게 불가능하다는 걸 알고 있는데 뭐가 우리를 주저하게 만든 걸까. 단지 눈앞의 파국을 바라볼 용기가 없었던 것뿐일까? 아니 파국에 직면하여 "그건 우리가 한 일이야" 라고 말할 용기가 없었기 때문일까.

이윽고 그 용기를 필요로 하지 않는 날이 왔다. 어느 날 아침의 일이었다. 우리는 이사 온 빌딩 한 방에 모여 모두 같이 의논을 하고 있었다. 그 두꺼운 벽의 페인트칠이 벗겨진 낯선 방 안에서 황급히 서류를 넘기는 펄럭펄럭하는 소리를 들으면서 '또 그 때 같은 날이 올 거야. 그 사람과 같이 여관으로 도망쳐야 하는 그런 날이 올 거야' 하고 생각하자 나는 갑자기 낭떠러지에 몸을 던지는 듯한 파멸을 향해 몸을 던지는 일에 말로 형언할 수 없는 환희 같은 감정이 번뜩이는 것을 느꼈다. "그냥 여기에서 일을 포기하는 게 아니에요. 부채도 재원도 현재 상태 그대로 오늘 이대로 스톱하고, 그리고 그 스톱 상태에서 일정 기간 유예를 두고 재건의 대책을 생각하는 겁니다. 법률의 힘으로 보호받는 거죠." "그런 일이 가능할까요?" 나는 힘없이 되물었다. 우리가 부탁해서 온 어떤 법률가의 제안이었는데, 그 무렵의 경제사회를 구제하기 위한 이러한 특수한 편법에 우리는 의지하기로 했다. 이 결단은 하지만 남이 생각한 것이었다. 그 일로 공포는 반감되었지만 상담이 끝나고 그 방을 나갈 때 등줄기에 으스스한 전율이 지나가는 것을 느꼈다. 남의 손에 의해 우리 몸이 수술대에 올라가기라도 한 것처럼.

사실상 회사의 운영은 스톱됐다. 회사가 발행한 어음은 그 법률이 적용된 날부터 부도라는 명목이 아니라 그대로 부채라는 형태로 남게 되고, 긴자의 한복판에 단 하나의 재산으로 남아 있던 점포는 독립된 재산으로 간주되어 남았다. 이 유일한 재산은 일정 기간 유예만 되면 충분하게 부채를 커버할 수 있다고 여겨져, 이번 조치의 주목적은 여기에 집중된 것 같았다. 이것으로 '또 남편과 함께 여관 같은 데로 도망칠' 필요는 없다는 걸 알았을 때 그것이 얼마나 요행인지를 깨달으면서 나는 희미한 실망을 느꼈다.

하지만 미련의 감정만큼 사람을 어리석게 그리고 약하게 만드는 건 없다. 다시 한 번 사업을 재개할 수 있다고 생각하기 시작한 우리는 그 때문에 오히려 우왕좌왕했다. 이 최후의 짧은 기간에 나는 내가 저지른 수많은 파렴치한 행동을 결코 잊지는 못할 것이다.

나는 어제 처음 만난 지인에게까지 도움을 구했기 때문이다. 우리 부부는 이미 부부라고 할 수 없는 사이가 된 지금도 그 상처를 서로 보여주며 서로 위로함으로써 굳건하게 이어지고 있었다.

우리는 몇 번이나 재판소에 불려갔다. 어떤 때는 어음을 거치한 채 부채가 된 사람들과 대결하기도 했다. 법률의 보호를 받아 사태를 해결하기까지 이것은 피할 수 없는 일이었다. 어느 사이엔가 우리는 머리를 숙임으로써 뭔가의 특전을 얻으려고 하는 그 비열한 인간의 습성을 익히게 되었다. 수치스러움은 내가 과거에 뿌려둔 교만의 수만큼 딱 그 수만큼 받지 않으면 안 되는 것인가 하는 의문조차도 더 이상 내게는 일어나지 않았다.

8

어느 날 아침 회사로 한통의 내용증명서가 도착했다. "뭐지?" 우리는 우리 신상에 닥친 불행에 익숙해져 있었다. 편지는 긴자의 점포가 있는 땅의, 유일한 재산으로 회사에 남겨진 그 땅의 반환을 요구하는 법률적인 통고였다. 그런 일이 있을 수 있을까? 그 땅은 우리가 비싼 권리금을 지불하고 어떤 지주에게서 빌린 것이었다. 아니 우리가 아니다. 그 권리를 가지고 있던 옆집 양복점이 우리가 지불한 권리금으로 수속을 대행해 주었다. 정확히 말하면 우리가 권리금을 지불하고 그 대가로 손에 넣은 토지의 반은 우리가 사용하고, 나머지 반은 양복점이 사용해 왔던 것이다.

이 양복점과 이웃하여 살며 오랫동안 우리는 사이좋게 왕래했다. 남편도 물론 언제나 그 집에서 옷을 맞췄고 또 우리 지인들에게도 거기에서 양복을 맞추도록 권하기도 했다. 하지만 어디까지나 양복점과 손님으로서의 교제일 뿐이었지만 그래도 우리의 마음속에는 언제나 어떤 감정이 숨어 있었다. 그것은 전쟁이 끝난 후 얼마 동안 양복점은 그 권리금을 지불하지 못하고 지금 사용하고 있는 땅의 권리도 우리가 대신 지불했다. 그 대신에 그 땅의 반을 얻은 거라고 생각했다. 평상시에는 잊고 있었지만 이 생각은 언제나 우리에게 있었다. 그 양복점에서 우리 땅의 반환을 요구하고 있다. 용건이 있으면 만났을 때 말로 하면 될 걸, 내용증명이라는 법적인 서류를 보낸 데에는 생각지도 못한 그러나 엄연한 이유가 있었다. 그 땅은 빌린 땅이었다. 그 빌린 땅의 사용료를 우리는 어느 기간 지불하는 걸 잊고 있었던 것이었다. 아니 지불을 잊은 건 아니다. 사용료라는 극히 적은 돈도 어떤 때는 돈의 융통에 쫓길 때가 있다. 그리고 그 금액이 극히 적기 때문이라는 것과 우리의 은밀한 생각이, 그 양복점 땅도 우리가 권리금을 지불한 것이라는 생각이 우리를 우쭐하게 만든 것이다. 토지 사용료 미지불에 따라 그 얼마 안 되는 토지 사용료 미지불에 따라, 그 일을 구실로 그 양복점이 토지의 반환을 요구하리라고는. 더구나 바로 엎어지면 코 닿을 데 살면서 한 번도 토지 사용료를 청구하지도 않고 있다가 갑자기 법적인 서류로 반환을 요구해 오리라고는.

이 때 내가 생각한 것은 대략 약자의 격분일 뿐이었다. 우리는 회사의 부채를 법률의 힘으로 아무 예고도 없이 미루어 두었다. 그와 똑같은 법률의 힘으로 양복점은 토지의 반환을 요구해 온 것이었다.

나는 그 7년 전의 춥고 비가 심하게 내리던 날 어떻게든 긴자에 사옥을 지을 땅이 필요하다는 기분에 휩싸여, 우연히 그 길모퉁이에 있던 양복점의 판자 안으로 들어갔던 때를 떠올린다. 필요하다는 생각에 휩싸이면 그 땅이 어떤 구조로 되어 있는지 의심해 보지도 않고, 또 상대의 기분을 생각해 보지도 않고 그저 쉽게 손에 들어온 것만을 기뻐한 그 무렵의 바보 같은 기분을 떠올린다. 지금 와서 생각하면 이 많은 분쟁의 화근이 된 것은 모두 나의 이 성급한, 그리고 지각없는 욕망 때문이었던 것 같다. 그리고 무엇보다도 슬픈 일은 내 자신이 그 일을 어렴풋이 깨달으면서도 그만두지 못했던 일이다.

토지의 분쟁은 오랫동안 계속되었다. 그 사이 어쩌면 이 최후의 거점까지 잃어버릴지도 모른다는 걱정으로 회사 안은 동요했다. 그 무일푼과 마찬가지 상태로 엄청난 부채를 껴안은 채 이렇게 많은 사원을 전부 해고하고 사업을 10분의 1로 축소해서 영업을 계속하는 그 모습을 상상하면 어떻겠는가. 어느 날 저녁의 일이었다. 사원들의 대표 격인 네다섯 명이 황급히 회사 안을 가로질러 갔다가 모였다가 하면서 뭔가 이야기하고 있었다. 그 속에는 남편과 내 조카들도 섞여 있었다. 그 얼굴도 뒷모습도 흥분 때문에 공포 비슷한 표정을 띠우며, 사람을 다가가지 못하게 하는 기운이 있었다. 그 공포 같은 것은 우리에게도 전염됐다. "지금 법정관리인 한테 가 있어요" 그렇게 보고하는 사람도 있었다.

법정관리인이란 이번에 회사가 취한 법률적인 조치 가운데 회사의 재산과 운영 같은 것을 재판소를 대신하여 감독하는 사람을 말한다. 우리 회사에 빌딩 한 구석을 빌려준 내 지인이 그 역할도 맡아주고 있었던 것이다. 그리고 그 방도 또 같은 빌딩 안에 있었기 때문에 우리는 그 날 중으로 거기로 불려갔다. "4, 5명 정도의 인원으로 회사의 재건을 꾀하고 싶다고 하셨는데 말이죠. 저도 어떨까 하고 생각하는데, 아무튼 대단한 의욕이세요" 온화한 인품의 그 사람은 웃는 얼굴을 허물지 않았다. "사장님께는 말하기 어려운 일이지만, 이 부분은 저희들에게 일을 맡겨주시면 어떨까 합니다" 쿠데타라는 말이 갖는 최소한의 의미가 그 말 속에 있다는 것을 우리는 바로는 깨닫지 못했다. 사원의 불안은 경영자에 대한 비난과 불신으로 이어지는 법이었다. 그리고 그 주모자 중에 내 조카가 섞여 있다고 해도 그런 일은 흔히 있는 일이었다. 우리는 젊은 사람들의 그 자부심을 사지 않으면 안 되는 걸까? "하지만 이렇게 큰 부채를 짊어지고 운영해 나갈 생각이신가요?" "그게 말이죠. 사장님 내외분이 퇴진하시면 두 분이 책임을 졌다는 형태로 어떻게든 깎아줄 수 있다고 해요" 내 마음속을 많은 생각이 오갔다.

이 긴 시간 동안 공들여 온 일을 지금 여기에서 버린다는 건 그렇게 쉽지는 않았다. 하지만 법률의 힘을 빌려준다고 해도 재건이 쉬운 일은 아니다. 사실 우리는 지쳐 있었다. 우리에게 필요한 것은 우리 조카도 섞여 있는 젊은 사원들로부터 그 존재를 배제당했다고 하는 사실을 여기에서 잊어버리는 것이었다. 쓸모없는 자존심을 억누르는 일이었다.

저녁이 되어 나와 남편은 나란히 회사를 나왔다. 나는 회사 빌딩 바로 앞에 봄에 상영될 연극의 깃발이 세워진, 선명하게 채색된 가부키歌舞伎극장의 현관이 깜짝 놀랄만한 신선한 인상으로 눈에 비쳤던 것을 기억하고 있다. "어떻게 할래? 곧장 아오야마로 갈래?" 남편의 목소리 속에 오랫동안 잊고 있던 상냥함이 있었다. 우리 둘은 지금 말하자면 가슴이 찢어지는 듯한 감정을 똑같이 가지고 있는 것이었다. 나는 이 순간, 오늘 일도 회사의 장래도 잊었다. 각각 다른 방에서 사는 아오야마의 집이지만, 오늘 저녁부터 전혀 새로운 둘만의 생활이 시작된다.

떨어지다

1

회사의 정리가 가닥 잡힌 것은 그리고 나서 반년이나 지나고 나서였다. 젊은 사람들의 계획은 그것이 강행수단으로 획득되었다는 의식 때문에 예상외로 성공했다. 부채는 3분의 1로 감액되고 또한 가장 어려울 거라고 생각됐던 많은 수의 사원의 정리도 저절로 뿔뿔이 흩어진 사람들 때문에 자연히 해결되었다. 우리의 퇴진으로 그런 일들이 강행이 아니라 모두 극히 자연스럽게 이루어진 것이었다. 인간이 생각하고 있는 일의, 행운이 거기에 있었다. 우리는 그 공포 때문에 모든 일을 잘못 계산했던 것이다.

하지만 이런 모든 일이 우리들 없이, 우리를 제외한 형태로 행해졌다는 것에 우리는 살짝 수치심을 느꼈다. 아오야마에서의 우리 생활은 이 수치심 때문에 맺어진 걸지도 모른다고 생각한다. 가끔 법정관리인이 와서 정리의 경과를 보고하고 갔다. 우리가 우리 명의로 은행과 그 밖의 곳에서 빌린 부채의 일부는 회사를 퇴진한 후에 우리가 분담해야 하는 성질의 것이었다.

하지만 그 후 오랫동안 우리가 이 부채의 반환 때문에 고민했다고 하면 과장이다. 남편은 자기 책의 원고료의 일부를, 그리고 나는 그 무렵부터 만들기 시작한 옷의 판매 대금의 일부를 할애할 때마다, 그건 단지 생활상의 의무 비용으로 지불하는 거라는 극히 가벼운 마음으로 이체했던 걸 기억한다. 사실 우리 생활에서 그 액수는 그렇게 가벼운 것은 아니었지만, 그래도 오랫동안 고통스런 생각을 되풀이하게 만드는 재료는 되지 않았기 때문이다.

우리는 이상한 생활을 하고 있었다. 그것은 누가 먼저 이야기를 꺼낸 것도 아니었다. 오랫동안의 습관으로 나는 남편이 바라고 있는 생활의 형태를 저절로 납득할 수가 있었다. 별채에서의 생활은 이 형식을 자연스럽게 만들어 주었다. 양복을 입고 뜰 앞에 있는 남편을 보고 나는 인사했다. "어서 와" "아니, 지금 나가는 길이야" 우리는 서로 웃었다. 그런 말도 안 되는 일이 가끔은 있었지만 그것은 자연스럽기도 했다. 남편은 일을 밤중에 하는 버릇이 있었다. 일어나는 시간대가 달라서 우리는 어느 샌가 따로 따로 식사를 하게 되었다. 지금 와서 생각하면 이 일에는 많은 것이 포함되어 있었다. 보통 가정집이라면 단지 식사 시간이 다르다는 이유로 이런 일이 일어나는 걸까? 그 뒤에 이런 변칙적인 생활로 살기 편안하게 하기 위해 우리가 고안한 방법은, 무슨 일이든 서로를 남처럼 생각하게끔 도와준 것 같다.

그것은 둘 중 누가 먼저 이야기를 꺼낸 것도 아니었다. 그 무렵 우리가 함께 썼던 가정부 한 명을 남편이 있는 별채 쪽에 살게 하면서 우선 형태가 정해졌다. 꼼꼼한 걸 좋아하는 그 여자는 남편의 별채 쪽에서 익숙한 것과 내 쪽에서 익숙한 것을 구별했다. 그리고 두 곳에서 지출한 돈도 확실하게 따로따로 계산했다. "이건 거기 접시니까" 하고 말하며 그날 아침 남편이 좋아하는 절임반찬을 넣어 가져가게 했던 접시를 돌려주러 왔다. 처음 얼마 동안은 그 여자의 확실한 성질을 재미있어 하던 나는 어느 사이엔가 거기에서 부부는 아니지만 사이가 좋은 친척 같은 느낌을 받았는데 그래도 놀라지는 않았다. 사람은 그 때 스스로 가능한 극히 자연스런 생활만 하기 때문이다.

그런데 어느 날, 내가 남편이 좋아하는 음식을 만들어 가져가게 했더니 "남편분은 몸이 편찮으셔서 단 것은 못드세요" 하고 말하며 그 여자가 돌려보냈다. 나는 남편이 아픈지도 모르고 살 정도로 소원해져 있던 걸까? 이 생각은 나를 당황하게 만들었다. 남편은 가벼운 당뇨병으로 그 날부터 단 것은 안 먹기로 했다고 한다. 그러나 내가 그 사실을 모르는 동안에 가정부로부터 음식이 돌려 보내졌다는 것, 그리고 그 여자의 조심성 없고 득의양양한 어조 때 문에 나는 남에게는 말 할 수 없는 어떤 기분이 들었던 걸 기억하 고 있다. 마치 그 여자가 있는 걸 질투라도 하는 듯한.

이렇게 서로 다른 건물에서 완전히 따로따로인 생활이 시작되 었다. 회사가 해체된 후에 내가 은근히 기대하고 있던 생활과 얼마 나 거리가 먼 생활인가.

2

우리가 회사를 그만두고 나서 2년이나 지나고 난 뒤의 일이었 다. 긴자의 토지 분쟁이 정리되고 그 양복점이 얼마인가의 돈을 내 게 하고, 그 대가로서 회사는 완전히 그 토지에서 손을 떼게 되었 다. 그 조치는 어쩌면 타당하게 보일지도 모르지만, 맨 처음에 그 땅의 권리금은 전부 회사가 지불했다는 것을 잊지 않은 내 기분은 석연치 않았다. "하지만 그 돈으로 당장의 변통은 할 수 있잖아" "그게 그 양복점의 목적이지" 우리는 그러나 회사의 뒤처리에 관 해서는 열심히, 그리고 아무런 구애도 받지 않고 서로 이야기할 수 있었다. 이 순간에만 우리는 그 옛날 서로 이해하던 사이좋은 부부 로 자연스럽게 돌아가곤 했다. 매년 신정 3일 동안 우리는 다른 집 과 마찬가지로 소나무 장식을 달고, 설음식을 찬합에 담아 맞이하는 습관이 있었다. 남편은 이 기간 동안은 특별히 일찍 일어나 옷을 입고 밥상 앞에 앉았다. 일 년 동안 여러 가지 일이 있었다. 하지만 역시 설날은 이렇게 모여 젓가락을 드는 거라는 이런 습관에, 나는 새삼스럽게 깜짝 놀랐다. 그리고 설날이 지나도 이 습관은 조금 여운을 끌며 남는 것 같았다. 나는 가끔 "오늘 저녁은 스키야키를 만들 거야"라고 말하며 남편을 마중 나가기도 했다. 어떤 때는 내가 만든 옷 솜씨를 보여주고 싶어서 남편이 있는 별채로 가서 그걸 병풍에 걸어 보여주기도 했다. 그리고 거기에 극히 보통 가정다운 분위기가 만들어지는 것에 일종의 수치심을 느끼며 있었던 걸 나는 지금도 잊지 못한다.

어느 봄날의 일이었다. 나는 지방 도시에 초대를 받아 내가 만든 옷의 전시회를 하기 위해 5, 6일 동안 집을 비운 적이 있다. 그곳은 시골의 작은 동네로 오래된 절의 사당이 식장이었다. 이상하고 좀 뒤죽박죽인 느낌이었지만 모인 손님들은 열심이었다. 나는 화로에 손을 쬐면서 손님 한 명과 이야기하고 있었다. "큰일 났어요. 지금 라디오에서 선생님 남편분이"하고 누군가 뛰어 들어와 알려 줬다. 남편이 쓰러져 응급차로 병원으로 실려 갔다. 중태다. 라디오에서 그렇게 방송했다는 것이다. 나는 그 일을 전혀 눈치 채지 못하고, 이런 시골에서 이런 일을 하고 있다는 찌르는 듯한 생각과 함께 경악했다. 시골이라서 전화도 바로는 되지 않았다. 나는 도중까지는 차로 그 뒤는 비행기로 도쿄로 향했다.

아오야마의 집에는 아무도 없었다. 여동생도 내 쪽 가정부도 병원에 가 있었다. 그 병원까지의 10분도 안 걸리는 차 안에서 내가 생각했던 것은 내가 지금 도쿄에 있다는 사실이었다. 남편은 산소 호흡기를 입에 대고 급하게 호흡을 하고 있었다. 의식은 없다고 한다. 하얀 이불 밖으로 힘없이 떨구어진 그 오랫동안 보아왔던 익숙한 여자같이 흰 손을 보고, 순식간에 나는 거기에 완전히 무기력한 채로 누워있는 남편에게 급히 물어볼 게 생각났다. 그 눈 깜짝할 사이에 내 머리에 떠오른 것은 여기에, 이 자리에, 나 이외에 누군가 불러야 할 사람이 있는 게 아닌가 하는 것이었다. 그 생각은 잠깐 뒤에 사라졌지만 그래도 아무 동요도 없이 그게 가능하다고 생각한 것이 나로서는 기뻤다. 남편이 의식을 회복한 것은 다음 날이었다. 남편에게는 지병인 신경통이 있었다. 그 진통에 잘 든다는 약이 라고 누가 가르쳐준 신약이 탈이 되었던 것이다. 조금만 더 입원이 늦어졌다면 어쩌면 목숨을 건지기가 어려웠을지도 모른다는 이야기를 들어도 그 공포보다도 의식을 회복했다는 기쁨이 컸다. 우리들, 여동생도 가정부도 내가 여행지에서 라디오로 남편의 급변을 알았다는 이야기를 듣자 이상해했다.

남편은 그리고나서 반달 정도 병원에 있었다. 나는 남편이 내가 그 병원에서 처음 남편의 상태를 봤을 때의 기분을 알아줬으면 하고 생각했지만 그것은 말로 할 수는 없었다. 뭔가 중대한 일이 일어났을 때 나와 마찬가지로 아니 나보다도 더 큰 비탄에 잠기는 사람이 있다고 해서, 그 일로 뭔가 말하거나 할 자격이 내게는 없었다. 나는 오랫동안 이 일을 납득하고 그리고 나 자신이 스스로 그것을 받아들이는데 동의하고 있었던 것이다. 남편의 병실에는 꽃이 많이 있었다. 그리고 과일 바구니도 있었다. 나는 그 중 하나를 가져 온 사람을 상처 주지 않고 내 이 기분을 전하고 싶었다면 거짓말이 될까?

나도 모르겠다. 그 무렵의 나에게 있어 만약 납득이라는 것이 남아있다면, 그리고 그런 것을 가지는 게 내게 필요하다면 그것은 스스로 그 사람의 존재를 인정하는 것이었다.

남편이 퇴원하고 나서 얼마 지나지 않았을 때의 일이다. "선생님을 부탁드려요"하며 전화가 걸려왔다. 전화는 양쪽 방에서 같은 전화번호를 돌려가며 사용하고 있었다. 내가 받은 전화를 마침 그 사람도 받고 있다는 걸 알아도, 나는 자연스럽게 아니 뭔가 유쾌한 일이라도 있는 것 같은 목소리로 "잠깐 기다리세요"하고 말하며 그것을 별채로 연결했다. 한 번도 들은 적도 없는데 어떻게 그게 그 사람 목소리라고 알았는지 모르겠다. 무뚝뚝한 뭔가 남자 아이 같은 목소리였다. 나는 그 소리를 기억하고 있었고 나중에 종종 남편 방으로 바꿔주기 위해 전화를 받는 일이 있었는데 어느 때고 그 일이 싫지는 않다는 게 나를 평온하게 만들었다. 이 사람한테는 이상하게 여겨질지도 모르는 일이 내게는 점점 익숙해져서 평온한 생활 중의 하나가 되어 갔던 것이다.

3

그건 언제쯤의 일이었을까? 나의 새로운 일이 된 옷 만드는 일이 점점 바빠지고 그 때문에 사람을 쓰게 되어, 내가 살고 있는 건물에는 이제 내가 잘 방도 없어졌다. 남편이 살고 있는 별채의 복도 같은 마루방의 툇마루를 사이에 두고 다다미 4장반 정도의 별실이 있었다. 그 별실에 밤 동안만 내가 잠자는 장소를 만들게 되었을 때의 일을 나는 지금도 떠올린다.

저녁에 나는 좁다란 정원을 지나 그 별실까지 갔다. 남편은 일을 하고 있었다. 나는 남편 방의 불이 켜진 밝은 창 바로 밖의 처마 끝을 걸으면서 나중에는 아무렇지도 않게 익숙한 곳을 걸어가듯 다녔지만, 그러나 별실의 방에 누워 잠들기까지 짧은 시간 동안 남편 방에서 들려오는 종이 넘기는 희미한 소리, 기침 소리 같은 것이 바로 근처에서 호흡을 전하는 것처럼 가깝게 들려왔다. 그것은 바로 어제 일처럼 여겨졌다. 지금 이 방에서의 일과 마찬가지로 남편은 바로 창호지를 사이에 둔 곳에서 일을 하고, 나는 먼저 잠들어 있다. 말을 거는 건 남편의 일을 방해하는 거라는 걸 알면서도 가끔은 부르는 일도 있었다. 그 먼 옛날의 달콤한, 평온한 생활과는 얼마나 다른가. 그러나 나는 결코 그 일을 비교해서 생각하거나 하지는 않았다. 남편과 적당히 거리를 두며 사는 것이 습관이었던 나는 지금 툇마루의 별실에서 자면서 남편의 기척이 바로 옆에서 느껴지는 것에 이윽고 익숙해지고 또 새로운 평온을 얻은 것 같은 기분이 들었다.

인간의 감정만큼이나 이상한 것이 있을까? 나의 이러한 생각은 극히 자연스럽게, 마치 그것은 물이 낮은 데를 따라 흘러가듯이 길들어졌던 것이다. 내가 기꺼이 그것을 했기 때문에 내 고뇌는 거의 없었다고 해도 과언이 아니다. 남들은 믿지 않을지도 모르지만 그래도 역시 내 생활은 평온했다.

어느 날 밤의 일이었다. 남편의 별채 쪽에 많은 손님이 왔다. 가정부는 아침부터 준비를 하고 있었다. 나는 몇 번인가 그 많은 손님을 위해 나도 그 여자와 함께 뭔가 거들어 만들고 싶다는, 그것은 이상한 충동이라고 할 만한 동물적인 기분에 휩싸여, 별채 부엌의 그 좁은 입구의 유리문을 그만 열 뻔했던 게 기억난다. 어느 샌가 남편의 별채 쪽에 찾아오는 사람들은 내가 모르는 사람들이 많아졌다. 그저 손님들한테 내는 음식만을 스스로 만들고 싶다는 이 기분을 뭐라고 하면 좋을까. 남편과 함께 살았던 긴 시간 동안 나는 언제나 내 손으로 손님들 음식을 만들었다. 그것은 내게 있어 유쾌한 일 중의 하나였다. 그러나 지금은 사정이 다르다. 손님에게 내는 음식을 만든다는 건, 양쪽 건물에 따로 살고 있는 우리의 부지불식간에 생긴 일종의 습관을, 다시 원래 형태로 되돌리는 것과 마찬가지이다. 가정부는 나를 부르러 오지 않았다. 별채 안의 일은 나를 부르지 않아도 가능하다는 것을, 아니 설령 가능하지 않다고 해도 어떻게든 하는 게 자연스럽다는 것을 그것은 말해주고 있었다. 나는 드디어 평온해졌다. 그리고 밤이 되면 언제나와 마찬가지로 그 별채의 밝은 창밖을 지나 자러 갔는데, 밤늦은 시간이 되어도 역시 큰소리로 이야기하는 손님들의 소리가 손에 잡힐 듯 들려서, 그건 남편 동료들의 모임이라는 걸 나도 저절로 알게 되었다. 원래는 나도 같은 일을 한 적이 있다. 그리고 오늘 밤 같은 손님이 오거나 하면 거기에 같이 앉아서 뭔가 이야기 하거나 하는 게 습관이었다. 내 마음 속을 그 때 번개처럼 지나간 생각은 무엇이었을까. 나는 내가 남편의 지금 생활에서 완전히 분리되어 오늘 밤 같은 때에도 이렇게 툇마루 하나 건너에서 혼자 자고 있다는 것이 남들 눈에는 얼마나 기괴하게 비칠까 하고도 생각했지만, 지금의 내게 있어 그것은 범해서는 안 되는 규칙처럼 생각됐다. 드디어 나는 안정되어 잠들었는데 이런 대수롭지 않은 일이 지금도 역시 생각날 정도로 마음에 걸린다는 게 무슨 의미인지 생각해 본 적이 있었나?

4

그 이후의 우리의 생활은 어떤 형태를 유지한 채 표면적으로는 아무런 변화도 없는 듯 지나갔다. 내가 허리를 다쳐서 7개월 동안 누운 채로 지내게 된 것은 그때부터 얼마 지나지 않아서였다.

어느 눈 내리는 밤의 일이었다. 여동생과 함께 길을 걷고 있던 나는 그만 발을 헛디뎌서 콘크리트 위에 세게 부딪혔다. 눈 위에 손을 짚고 일어나려고 했지만 일어날 수 없었다. 밤이 깊은 시각이라 지나다니는 사람은 없었다. 길가에 나를 남겨두고 여동생은 사람을 부르러 갔다. 그리고 어떤 사람이 거들어서 나를 차에 태워 집까지 돌아왔다.

나중에 생각하니 그건 아무 일도 아닌 것 같았는데, 약간의 소동이 일어났다. "아프지 않다니 이상해" 여동생이 말했다. 밤이 깊어서 의사를 부를 수 없었다. 바로 근처에 안마 치료사가 있었다. 힘이 없어진 오른쪽 다리를 찜질하고 있을 때 방문이 열리고 남편이 모습을 보였다. 불과 툇마루 하나 건너에 있는데 누구 하나 남편에게 내 일을 알리려는 사람도 없었고, 또 거기에 남편이 들어온 것을 마치 생각지도 못했던 일처럼 놀랐다는 것도 나중에 생각해 보니 이상한 일이었다. "허리뼈가 어떻게 된 거 같아" 남편의 얼굴을 올려다보며 나는 미소지었다. 내가 부상을 당했기 때문에 남편이 나의 침실에 왔다는 것만으로, 그 때 내 마음 속을 흐르는 그 따뜻한 행복한 마음을 나는 지금까지도 잊을 수 없다. 다쳤다는 것조차 뭔가 즐거운 일이 있었던 것처럼 착각한 걸까?

수술이 끝나고 나는 병원에 2개월 동안이나 있었다. 뼈가 완전히 붙을 때까지 허리부터 발에 깁스를 하고 드러누운 채 움직이지 않고 있었는데, 자는 동안에도 부동의 자세로 있는 것이 괴롭다면 괴로웠지만 이럴 때 이상하게도 나는 그 괴로움에 나를 맡기는 느낌이 들었다.

생각해 보면 태어난 이래 남의 병문안을 간 적은 있어도 내가 병이 나서 입원 같은 걸 한 적은 없었다. 아무한테도 알리지 않았기 때문에 집에서 함께 와 준 여자애가 먹을 걸 만들어다 주고, 그 병원의 입원실 안에서 혼자 자던 긴 시간 동안 그러나 쓸쓸함과는 전혀 다른 그 이탈된 기분을 나는 지금도 이상하게 생각한다.

어느 날 오후의 일이었다. 병실 문이 열리고 불쑥 남편이 들어 왔다. 밝은 색 양복을 입고 손에 꽃화분을 들고 있었다. "어때? 꽤 좋아졌다던데?" 나는 그 꽃이 활짝 핀 화분과 함께 병실 안으로 옮 겨진 화사함과 오랫동안 듣지 못했던 남편의 그 들뜬 것 같은 밝 은 목소리에 그만 마음이 요동치는 것 같았다. 나중에 안 일이지만 남편은 그 무렵 나와 헤어질 것을 생각하고 있었다고 하는데, 나는 이 때 남편의 목소리가 들뜬 것 같이 밝은 것이, 그것을 모르고 있 던 나에 대한 마음으로부터의 연민의 정이 나타난 것이라고 느껴, 그 일을 알고 나서도 감동 때문에 가슴이 뜨거워지곤 한다. 가능하 면 빨리 헤어지고 싶은 여자가 다쳐서 입원해 있다. 그 여자에게 최대한의 상냥함을 보여주었다는 사실에 남편의 마음도 또한 온 화해 진 건 아닐까.

지금 와서 생각하면 병원에서 돌아온 뒤의 내 생활은, 아주 짧 은 찰나 동안의 어떤 가짜 행복이 느껴지는 마지막 시간이었을지 도 모른다. 나는 아직 하루의 대부분을 누운 채 보내고 있었다. 가 끔 병원에서 안마사가 와서 발을 주물러 풀어주거나 했다. 지금 생 각하면 그 좁은 방 안에서의 하루가 금방 저물어 갈 것 같은 착각 은 무슨 이유 때문이었을까. 볼일을 볼 때도 남의 손을 빌려야 하 고, 뒤척이지도 못하고 식사를 하면서 나는 그 일을 편안하게 생각했던 것이다. 옷 만드는 일도 누운 채로 이것저것 여자애한테 부탁하고 또 완성된 것을 이 방까지 가져오게 해서 보거나 했다. 내 생활의 전부가 이 좁은 방 안에서 이루어진다는 일에 나는 뭐라고 형언할 수 없는 이상함을 느꼈다. 그러나 이 방 안에서의 생활이 남편이 있는 방과 한 닷음 거리에서 이루어지고 있기 때문에, 남편이 자고 있는 동안은 소리로 남편의 잠을 깨우지 않도록 하고, 남편이 일어나서 일을 하는 동안에는 이 방의 기척으로 일을 방해하지 않도록 주의하면서 그렇게 배려하는 것조차 기쁜 일처럼 착각했다. 남편이 일어나는 기척도, 신문을 읽고 있는 기척도, 또한 기침 소리도 손에 잡힐 듯 들리는데, 하루 종일 이 방에서 말도 못 걸고 있는 일에도 그러나 지금은 익숙해졌다. 어떤 사건도 그것이 갑자기 닥쳐오는 게 아니라, 그 일에 익숙해질 시간이 주어지기만 하면 사람은 놀라지 않는 법인가? 드디어 찾아 온 우리 두 사람의 최후의 파국에 맞닥뜨려서도 내가 놀라지 않았다고 하면 남들은 믿을까?

5

내가 상처가 아물고 두세 걸음 정도 방안을 걸을 수 있게 된 것은 다음 해 봄이었다. 병원에서 보내주는 마사지사의 도움을 받아 지팡이에 체중을 실으며 한발씩 다다미 위를 걷는 연습은 했지만 이상했다. 불과 반년도 안 되는 동안에 누운 채 있었다고, 걷는다는 운동의 순서를 전혀 기억하지 못하고 아기 때 첫 걸음을 내딛었을 때처럼 오른 발, 왼 발 하고 한 발씩 한 발씩 옮기게 되어 버린 게 이상했다. 몸 위의 기억이란 이렇게도 덧없이 잊혀지는 것이라는 사실이 이상했다.

드디어 좁은 방 안에서뿐만 아니라 장지문을 열고 툇마루 쪽까지 10걸음 정도를 걸을 수 있게 되었다. "나 여기 좀 걸어도 돼?" 하고 말을 걸며 남편이 일하지 않는 틈을 타서 그 방안까지 걷는 게 일상이 되었다. 두 방을 가로막고 있던 장지문이 나의 이런 보행 연습을 위해서만은 쉽게 열린다. 회복기 2, 3개월 동안의 일은 내게는 모두 마음에 남는 일이 됐는데, 그 방에 들어가 기둥을 잡고 창문을 잡고 장롱을 잡으면서 이윽고 거기에 놓여 있는 남편의 침대 끝에 앉아 한숨 돌리곤 했다. 가끔 남편의 눈이 내 발밑에 다가오는 것을 나는 알고 있었다. 나와 헤어지기 위해 하루라도 빨리 내가 걸을 수 있게 되기를 바라고 있던 거라고 나중에 알았지만, 나는 이 때 남편의 눈에 있던 그 부드러운 친절함을 지금까지도 잊지 못하겠다. 남들은 이러한 내 감정을 남편한테 속은 마누라라고 생각할지 모르지만 나에게는 마찬가지이다.

그 해 가을의 일이었던가? 우리의 지인이 갑자기 죽어서 그 장례식 소식을 알리는 전화가 걸려왔다. 그 사람과 우리는 아주 친한 사이였는데, 우리가 갑자기 세상과의 인연을 끊어버리는 생활을 시작하고 나서는 오랫동안 못 만났다. 친한 사람의 장례식이라는 특별한 자리에 참석하는 것이지만, 둘이 함께 거기에 앉는 것에 일종의 어색함, 당황스런 마음을 품으면서, 하지만 사람의 죽음이라는 것에 휩싸여 이런 둘만의 기분을 잊고 있었다. 그 무렵이 되어 지팡이를 짚으면 어떻게든 걸을 수 있게 된 나는 그 사람이 누워있는 머리맡에 지팡이를 놓고 앉았다. 아직 사람들은 대여섯 명 밖에 오지 않았다. 어느 사람이나 모두 우리가 아는 사람들로 그 중에는 죽은 사람과 마찬가지로 우리와 아주 친한 사람도 있었다.

　그것은 장례식장에서의 철야라기보다는 뭔가 즐거운 모임 같기도 했다. 모두의 젊은 시절 이야기를 하는 사람도 있었다. 가끔 소리를 내어 웃는 소리가 들리기도 했다. "이건 돌아가시기 전에 아버지가 드시던 것인데요"라고 말하며 죽은 사람의 젊은 아들이 위스키를 따라주었다. 우리도 그 속에 섞여 이런 저런 이야기를 나누었다. 그 조용한 기쁨이 아주 가까운 사람이 죽은 장례식의 철야라는 것에 어울리는 느낌이 들었다. 마침내 우리는 다른 사람들보다 먼저 자리를 뜨게 되었다. 내가 다다미에 손을 짚고 일어나려고 하자 "이봐, 손 좀 잡아 줘" 하고 옆에 있는 사람이 말했다. 내가 지팡이를 가져 왔기 때문에 내 발이 자유롭지 않다는 것을 알아차린 것이지만, 그러나 그 사람은 남편을 책망하는 게 아니라, 허물없이 자신도 모르게 말한 것뿐이었다. 나는 놀랐다. 이럴 때 남편이 손을 잡아주는 습관은 없었는데 남의 눈에 그렇게 보였다는 게 나를 놀라게 만든 것이다. 남편은 웃으며 내게 손을 내밀었다. 어색한 모습이었지만 남들이 보는 앞에서 했던 그런 모습은 그 후에 내 기억에 남았다. 남들의 눈에는 아직 사이가 좋은 부부로 통하고 있다는 것이 나를 감동시킨 것이다. 그 때부터 1년이 채 안 된 여름

끝무렵에 우리는 역시 헤어지게 되었으니까.

6

우리의 이별은 아주 자연스럽게 이루어졌다. 가을이 되고 나뭇잎이 가지에서 떨어지는 것처럼. 그 일에 고뇌가 있었다고 해도 그것은 나무 잎이 가지에서 떨어지는 순간의 그 희미한 고통과 닮은 것이었다.

어느 날 저녁 밖에서 돌아온 나는 방에서 옷을 갈아입고 있었다. "여보" 하고 남편이 부르는 소리가 났다. 그것은 바로 옆방에서가 아닌 것 같은 큰 소리였다. "할 얘기가 좀 있어"하고 말하고는 바로 내 방으로 들어왔다. 이 바로 옆방에서 살게 된 2년 남짓한 기간 동안, 이런 일은 한 번도 없었다. 남편이 입고 있는 하얀 유카타의 가슴이 크게 뛰는 것을 보고, 뭔가 공포 비슷한 감정이 갑자기 나에게 전염되는 것을 느꼈다. 침대가 놓여 있었기 때문에 겨우 둘이 마주앉을 수 있을 정도의 곳만 비어 있었다. 풀 먹인 유카타는 없는 걸까? 너무 후줄근한데, 하고 나는 생각하며 남편이 입고 있는 그 옷밖에 눈에 들어오지 않는 척을 하면서, 그 1초인가 2초 사이 숨을 죽이고 있었다. 나는 미소 짓고 있었다. 남편이 지금 하려는 이야기가 뭐든지 나한테는 들린다는 것을 보여줄 의도의 그것은 내 버릇이 된 표정이었다. 그러나 그건 정말로 그랬을까? "역시 이혼해 줬으면 해" 하고 남편이 그렇게 말을 꺼냈을 때 그 무뚝뚝한 쌀쌀맞은 목소리는 내 귀를 넘어가 거기 장지문을 빠져나가 밖으로 나가는 것 같았다. 갑자기 나는 몸이 공중에 뜬 것 같은 기분이 되어 "당신이 그렇게 하고 싶다면 나는 좋아" 하고 가는 목소리로 혼잣말처럼 대답했다. 딱~딱~ 하고 몸이 떨리는 느낌이 들었지만 얼른 웃으려고 했다. 그리고 무슨 말을 하는지도 모른 채 또 계속해서 말했다. "그쪽이 자연스럽겠지. 자연스럽게 하면 돼" "호적도 정리했으면 해" "응 좋아" "근데 호적은 어디에 있지?" 하고 다그치듯이 남편이 말할 때 내 가슴에 불쑥 슬픔이 솟아올랐다. 호적 같은 사무적이고 세부적인 일이 거론되면서, 이것이 가공의 일이 아니라 실제로 이루어지는 일이라는 것을 알게 되자 그 일로 갑자기 공포가 솟아올랐다. 나는 큰 소리로 "싫어, 헤어지는 건 싫어" 하고 소리치고 싶었다. "그런 일을 하다니 나는 두려워" 하고 소리치고 싶었다. 하지만 그 때 남편의 벌어진 가슴이 크게 물결처럼 흔들리고 있는 것을 보자 나는 반대로 호적이 있는 곳을 가르쳐 주었다. "오랫동안 당신에게 상처만 줬는데 용서해 줘" 하고 격식을 차려 말했을 때, 갑자기 남편의 눈에 눈물이 어리는 것을 보았다. 남편과 살아 온 긴 세월 동안의 일이 한 순간 눈앞을 스치며 지나갔지만 남편이 말하고 있는 것은, 그것이 남편의 정사로 내게 준 피해라는 걸 의미하는 것이라면 그 일은 내게 실감나지는 않았다. 그 잠들지 못했던 몇 번인가의 밤도, 남편을 기다리던 아침도, 지금 생각하면 어떤 감미로운 감각이기조차 했다. "그건 마찬가지야. 그런 일은 절대 없으니까 마음 편하게 가졌으면 해" 남편과의 생활 동안 의식해서는 아니라고 해도 남편을 곤란하게 만들고, 깜짝 놀라게 만든 일이 없다고 할 수 있나? 그것은 전혀 다른 동기였다고 해도 남편의 생활을 송두리째 흔드는 것 같은 일을 안 했다고 할 수 있을까? 그 전갈의 우화와 마찬가지 일을 꿈에도 안 했다고 할 수 있을까? 나는 나 또한 벌을 받아 마땅하다는 기분이 들었고, 그리고 그 기분만이 이 때의 모든 내 혼란을 구해 주었다.

"다음 달 10일쯤 아파트를 찾아서 이사할 거야" 그렇게 말하며 남편은 일어났다. 그리고 장지문에 손을 대고서 "그리고 그 돈은 어떻게 하지? 매달 나가는" 하고 물었다. 그것은 둘이 헤어지고 난 뒤, 그 회사 빚의 변제금은 어디로 보내면 좋냐는 것이었다. 나는 아무런 동요도 없이 "그건 됐어. 당신도 돈이 들게 될 테니까" 하고 말한 뒤에 갑자기 이걸로 이제 모든 것이 끝났다. 그 회사 돈에 관한 일만이 둘 사이의 연결고리였을지도 모르는데 나의 이 한마디로 그 일조차도 확실하게 일단락이 지어져 버려, 더 이상 이것 이외에는 두 사람 사이를 연결하는 것이 아무것도 없어져 버렸다는 사실이 도랑에 떨어지는 물소리 같이 울리며 나를 흔들었다.

남편이 가 버리고 난 뒤에 비로소 내 눈에 눈물이 왈칵하고 차올랐다. 우리는 25년 동안 함께 했다. 무슨 일이 있었다고 해도 그 오랜 시간 동안 함께 했다는 것으로, 그 상태 그대로 둘 중 하나가 죽을 때까지 살아갈 거라고 생각하면서, 그 일에 아무런 의심도 하지 않았던 건 내 실수였을까? 그러나 지금 와서 보면 나는 그 당시의 생활이 자연스러운 게 아니라, 남편이 다른 곳에 가지 않고 살고 있었다면 그 쪽이 얼마나 무리였을지를 생각하며 이해한다. "왜 당신을 버린 거죠?" 훗날 남들이 종종 묻곤 하는 질문이지만, 그러나 이 말은 나와는 상관이 없다. 오랫동안 내가 사는 곳에 머물고 있었다는 사실이 남편의 나에 대한 배려였다고 생각함으로써 나는 그때도 편안해졌으니까. 눈물이 내 마음을 달콤하게 감쌌다. 서둘러 나는 뭔가 할 일을 찾기 위해 작업장 쪽으로 올라갔다.

7

드디어 남편이 이 집을 나간다고 말한 그 날이 왔다. "이것만 가져갈게" 남편은 방 한구석에 모아놓은 가재도구를 가리키며 말했다. 4, 5일 전부터 창을 열어놓은 채 책을 정리하고 가재도구를 떼어내고 하는 게 보였다. 엄청난 숫자의 책이 툇마루에 쌓였는데, 그것은 언뜻 보니 햇빛에 빨래를 말리는 것처럼 보였다. 나는 남편이 갑자기 나가지 않고. 이렇게 며칠인가 그 준비를 위해 소비한 날이 있음으로써 그 일에 익숙해졌다. 지금은 이 광경을 마음에 동요 없이 보고 있을 수 있다. 그것은 오랜 여행을 떠나는 사람을 배웅하는 기분과 비슷하다.

나는 남편이 나가는 것을 가능하면 기쁘게 보내고 싶다는, 그런 식으로 배웅하는 것이 내가 할 일이라고 생각했다. 언제나 그 방 안에 절대로 들어가지 않는 게 규칙이었지만, 일부러 거기에 들어가서 짐 싸는 걸 돕거나, 별실에서 내 일을 돕고 있는 남자 아이들을 불러 무거운 짐을 트럭에 싣는 것을 거들게 했다. 내가 스스로 그 일을 함으로써 내 슬픔이 전혀 다른 것으로 변형되는 것을 나는 경험으로 알고 있기 때문이다.

남편은 벌써 옷을 입고 있었다. "날씨가 좋아 다행이야" 나는 그렇게 말했다. 이삿짐센터 남자가 툇마루에 발을 얹고 엄청난 책의 산더미를 눈 깜짝할 사이에 묶어서 상자에 담는 모습을 나는 감탄하는 척하며 보고 있었다. 그것은 단지 짐을 옮기는 것뿐인 것처럼. 우리는 훨씬 전에 아무 일도 없었던 무렵과 마찬가지로 극히 보통 이야기를 했다. 그리고 그게 이상하리만치 수다스러운 이야기였던 것도 나중에 생각해 보니 우리 둘의 이별의 언어였는지도 모르겠다.

"잘 다녀와" "그럼 다녀올게" 가방을 든 채 낮은 쪽문을 빠져나간 남편의 모습은 트럭과 전신주의 그림자가 되어 안 보이게 되었다. 나는 달려 나갔다. 남편의 모습을 다시 한 번 보고 싶은 것처럼. 남편은 뒤돌아보지 않았다. 처진 어깨도, 한 걸음 한 걸음 발을 디디는 듯한 걸음걸이도 나에게는 익숙한 것이었다. 그리고 두 번다시 이 집에는 돌아오지 않는다는 사실을 알고 있어도 그 때 내마음에 떠오른 것은 슬픔과는 다른 어떤 별개의 것이었다. 남편이 가는 곳에서 시작될 생활은 남편이 바란 일이자, 나 또한 바람직하다고 생각하고 싶었기 때문이다.

들불

1

바람이 분다. 나뭇잎 뒷면이 하얗게 물결처럼 흔들린다. 정원이 아니라 숲 속 같다. 바람소리와 물소리와 새소리뿐이고 하루 종일 사람의 소리는 들리지 않는다. 멀리서 가끔 발파장치 소리가 들린다. 이 부락에서는 1년 내내 발파 소리가 끊이지 않는다. 때로는 강하게, 몸이 떨릴 정도로 울리기도 한다. 길을 닦는 작업이 계속되고 있기 때문이다.

장마라는데 비는 그다지 오지 않는다. 내리나 싶으면 바로 갠다. 구름 조각 사이로 햇빛이 비치면 이끼 위로 알록달록한 나무 그림자가 떨어진다. 이 이끼는 가즈에─枝가 심은 것이다. 가즈에는 하루 종일 작은 삽을 가지고 골짜기를 따라 이끼를 찾으러 다닌다. 이끼를 찾는 건 재미있다. 이윽고 작은 물통에 가득차면 정원의 나무 그늘 어두운 곳에 심는다. 가즈에는 올 봄에 교토의 절에서 이끼를 보고 자기 집 정원에 심을 생각을 하게 됐다. 그 절에서는 주지 스님의 조상이 이끼를 모아서 심었다고 한다. 자기도 그 흉내를 내 볼 생각이 든 것이다. 이끼를 심고 아침저녁으로 물을 준다. 그 일이 욕망으로 이어진다. 그 절에서 본 것처럼 정원 전체에 이끼가 퍼질 것이라고 믿고 있는 건가?

가즈에는 언제나 무의식중에 자기 마음이 쫓아가는 대상을 찾는다. 그게 지금은 이끼가 되었다. 교토의 절에는 미치지 못하지만 그래도 여기 정원은 넓다. 정원 안을 연못이 흐르고 있다. 자연의 형태 그대로 정원은 높은 데도 있고, 낮은 데도 있다. 이름이 뭔지 모르는 잡목이 무성하게 피어 있는 아래쪽에는 적당한 습기가 있어서, 군데군데 자연히 이끼가 나 있는 것을 발견한다. 그러니까 이 정원 전체를 이끼로 덮는 것도 아마 그다지 귀찮지는 않을 거라고 가즈에는 생각한다. 남이 들으면 어이없어 할지도 모른다. 그러나 가즈에는 그게 가능하다고 생각하니 신기하다.

골짜기에는 통나무로 짠 다리가 걸려 있다. 비 때문에 물이 불어나 있다. 물속에 큰 돌이 있고, 폭포처럼 되어 있다. 모두 자연 그대로인데 누군가가 손질을 한 것처럼 보인다. 다리 곁에는 지장보살이 놓여 있다. 무성한 나무 밑에 있어서 빗방울이 떨어지는 건지, 지장보살의 법의 자락과 발가락, 그리고 입술 패인 곳에 새파란 이끼가 피어 있다. 이 지장보살의 얼굴은 어딘가 가즈에의 헤어진 남편 얼굴을 닮았다. 그렇게 생각한 것은 옛날로, 지금은 그렇게 생각하지 않는다. 지장보살도 골짜기를 낀 정원 전체의 풍물 속에 묻혀 하나가 되었기 때문이다.

가즈에는 모든 일을 바로 물건으로 바꿔놓고 생각한다. 그렇게 생각하는 게 버릇이 되었다. 일흔을 이미 넘겼으니 당연하다. 옛날 일을 생각하며 끙끙 거릴 일도 없다. 그런데도 아직 자기 마음이 쫓아가는 대상을 찾고 있는데, 그러나 이상하게도 그것은 살아 있는 것에 대해서가 아니다. 이끼를 쫓고 있다고 하면 남들은 웃을까? 쫓아가도 아무도 상처받지 않을 것을 찾는 건가?

　여기로 이사 온 지 3년이 된다. 다른 사람 손에 이끌려 이 땅을 봤을 때 가즈에는 한 눈에 여기에 집을 짓고 싶다고 생각했다. 이름도 없는 잡목림뿐인 땅이었다. 얼룩조릿대가 땅을 덮고 있었다. 새가 울고 있었다. 가즈에는 이 땅을 아주 조금만 사고 싶었다. 그리고 그 한 구석에 딱 한 칸인 조립식 주택을 짓고 싶었다. 3년 동안 땅을 조금씩 사서 모았다. 집도 처음에는 다다미 6장 1칸이었는데 조금씩 증축을 했다. 골짜기 건너편 땅을 사서 거기에도 집을 지었다. 그저 작업장이라고 생각했는데 어째서 이렇게 넓은 땅과 몇 채나 되는 집이 필요한 건지. 필요한 건 아니다. 다만 가즈에의 마음이 쫓아가는 대상을 찾아낼 뿐이다. 그러나 가즈에는 자기의 이런 버릇을 이상하게 생각하지 않는 건 아니다. 처음에 한 칸뿐인 조립식 주택을 지었을 때에도, 가즈에는 그게 완성될 때까지 산속의 온천장에 묵으며 기다렸다. 조립식 주택은 그저 조립만 하면 된다. 1주일만 있으면 완성된다는 말을 듣고 가즈에는 그 동안 책상과 이불과 냄비를 옮겨서 여관에서 기다리고 있었던 것이다. 이 때 일을 생각하면 가즈에는 이상해진다. 말을 안 한다, 집이 완성되기를 기다리는 거니까 그걸로 됐다. 그러나 냄비와 이불을 준비하고 기다리거나 하는 게 만약 이게 사람을 기다리는 거라면 어떨까? 올 사람은 이러한 가즈에의 행동을 성가시게 생각할지도 모른다.

가즈에는 이제 사람을 기다리지 않는다. 지금은 사람이 이끼가 되고 집이 되었다. 그리고 조립식 주택이 완성되자 조금 더 넓은 방을 증축했다. 또 복도를 사이에 두고 좀 더 넓은 방을 증축했다. 그리고 나서 또 작년 여름부터 골짜기 저쪽 땅에 2층짜리 집을 지었다. 앞에도 말한 것처럼 그 집들은 가즈에에게 꼭 필요한 것은 아니다. 다만 가즈에의 마음이 쫓아가는 대상이 되었을 뿐이다.

마지막 집은 아직 완성되기 전에는 어딘지 면사무소 같았다. 그게 하얀 페인트를 칠하자 뭔가 세련되게 보였다. 그 하얀 집도 나무들이 짙은 녹색 속에 묻혀 있는 것을 보고, 가즈에는 일종의 흥분을 느꼈다. 아무에게도 제어받는 일 없이 사물을 쫓는다. 이것이 가즈에의 욕망의 잔재인가 하고 생각하면 이상해지지만.

2

"어제 큰 일 났었어요" 밭에 오이 모종을 심고 온 정원사가 말한다. 산 정상 계곡에 터널이 생긴다. 이 폭파 공사로 부상자가 생겼다고 한다. "발이 튕겨나가서 아마 양발 모두 못 쓰게 된 모양이더라구요" 부상을 당한 건 젊은 남자로 피투성이가 되어 쓰러져 있었는데, 역시 같은 작업장에 있던 그 남자의 아내가 "싫어, 아, 싫어" 하고 말하며 다가가서 도와주기는커녕 뒷걸음치며 남편 곁에서 도망쳤다고 한다. "젊은 여잔데. 근데 도망친다는 건 말이 안 되죠" 하고 정원사는 말한다. "그 젊은 나이에 피투성이가 됐는데 말이에요" 하고 정원사가 또 말한다. "부인이 도망친 건, 역시 기분이 나빴던 걸까?" 가즈에는 건성으로 천천히 말한다.

어제는 장마라고 생각되지 않을 만큼 좋은 날씨였다. 가즈에는 고원의 내리쬐는 햇빛 아래에 있는 피범벅이 된 남자의 얼굴이 눈에 보이는 것 같았다. "역시 기분이 나빴던 걸까" 하고 말한 자기 말이 가즈에를 움찔하게 만든다. 그건 한 순간의 일이었다. 가즈에의 마음속을 저 먼 옛날의 그림자가 스쳐 지나간다. 50년, 아니 훨씬 더 옛날 일이다. 밭에 흰 감자 꽃이 피어 있었으니, 지금하고 비슷한 장마 무렵이었다. 남자가 온다고 해서 가즈에는 감자를 안채에서 받아서 쪘다. 6장짜리 다다미방이 있고 옆은 마루방이었다. 그 위에 왕골이 깔려 있었다. 구석에는 베틀이 놓여 있었다. 거기에서 남자와 저녁을 먹었다. 그것은 가즈에가 아니다. 가즈에와 전혀 다른 젊은 아가씨이다. 전혀 다른 사람이라고 생각함으로써 가즈에는 안심하고 그 날 밤을 떠올린다.

날이 저물었다. 램프에 불을 붙이자 장지문이 어렴풋이 밝아진다. 누에 냄새가 났다. 그 때 왜 다다미 위가 아니라 왕골 위에 누운 걸까? 가즈에는 남자를 좋아하는 건지 아닌지 잘 모른다. 남자가 자주 만나러 오니까 기다리는 게 습관이 되었다. 어둠 속에서 이야기가 끊기면 가즈에는 호흡하기가 힘들었다. 가즈에 역시 당연한 일이 일어날 걸 알고 있었다. 그것을 두려워하면서도 기다리고 있던 걸까? 가즈에는 떨고 있었다. 가즈에는 자기 몸이 어떻게 될지 그것을 자기 눈으로 보고 싶었다. 도망치려면 도망칠 수 있었지만 가즈에는 도망치지 않았다. 소리도 지를 수 없었다. 마루방 왕골 위에 눕혀졌을 때 가즈에의 등이 바로 왕골 위에 닿았던 게 기억난다. 가즈에는 벗고 있었나? 그건 가즈에가 기다리던 일이었다. 몸에 전류가 흐르는 것 같았다. 그리고 그 때 남자의 양손이 몸을 감싸는 것을 가즈에는 뿌리치지 않았다. 짐승처럼 가만히 있으면서 남자 몸속에 웅크리고 있었다. 이게 그 일인가? 이게 그 변신인가? 어떻게 하지? 가즈에는 자기가 기꺼이 거기에 몸을 누였다고 생각하자 수치심 때문에 사라져 버리고 싶었다. 자기 몸이 어떻게 됐는지 남들에게 알려질 바에야 죽고 싶었다. 이제 곧 날이 밝는다. 어째서 이 남자에게 얼굴을 보였지? 한 순간 가즈에의 뇌리에 번뜩인 생각은 그거였다. 가즈에는 갑자기 발버둥쳤다. 그렇다. 미치광이가 되자. 그렇게 생각한 순간에 가즈에는 큰 소리로 횡설수설 했다. 미쳤다는 걸 알면 남자는 여기를 도망치겠지. 아, 뭐라 말할 수 없는 해방감인가? 가즈에는 전신을 감싸고 있던 수치심이 사방으로 흩어지는 걸 느꼈다. 그 순간 남자는 몸을 일으켰다. 당황해서 큰 소리로 가즈에의 이름을 불렀다. 가즈에의 몸을 심하게 흔들다가 그대로 덧문을 열고 쏜살같이 뜰로 도망쳤다. 어둠 속으로 그 발소리가 사라져 가는 동안 가즈에는 광기를 이어갔다. 자기 스스로도 자기의 광기를 믿으면서.

이것이 가즈에가 처음으로 남자를 속인 일이었다. 50년 아니

곧 60년이나 되는 옛날 일이다. 남자와 잔 수치심을 숨기기 위해 미쳐버린 그 거짓을 가즈에는 굉장하게 생각한다. 그러나 그래도 지금은 남의 일 같다. 그 남자가 어떤 얼굴을 하고 있었는지, 어떤 목소리를 하고 있었는지도 기억나지 않는데 그날 밤에 어둠 속에 사라진 남자의 발소리가 들리는 것 같지? 아니, 그 발소리도 잊어버렸는데 왜 정원사의 말을 듣고 폭파공사로 튕겨나간 젊은 남자와 그 남자가 오버랩이 되는 걸까?

그 일이 있은 뒤에 가즈에는 시골을 떠났다. 그리고 나서 10년이나 지났을 무렵이다. 그 남자한테 편지가 왔다. 가즈에는 젊은 아가씨 시절에도 그 남자한테 편지를 받은 적이 없다. 뭘까? 도로공사 감독을 하던 그 남자가 폭파공사로 튕겨나가서 양손과 양발이 절단됐다. 입으로 글씨 쓰는 법을 배워 이 편지를 쓴다. 낮 동안은 매일 관음경을 베껴 쓰고 있다. 옛날 일은 못 잊겠다고 쓰여 있었다.

가즈에는 정원수가 이야기한 젊은 여자가 "싫어, 아 싫어"라고 말하며 뒷걸음쳐서 도망간 기분을 손바닥 보듯이 안다. 편지를 읽었을 때 가즈에는 남자가 불쌍하다고 생각했나? 양손 양발이 절단되고 어쩔 수 없이 입으로 글씨 쓰는 법을 배워 매일 낮에는 관음경을 쓴다는 그 남자를 불쌍하게 여겼나? 그 일이 있고나서 편지를 받기까지 10년의 세월이 지났다. 그 일과 그 젊은 남자가 폭파공사로 튕겨나간 일은 뭔가 연결고리라도 있는 건가. 가즈에는 그 편지에 답장을 쓰지 않았다. 머리 한 구석에 옴짝달싹 못하는 그 남자의 모습을 떠올리고 진저리를 쳤다. 그리고 이내 그 그림자를 지워버렸다.

이걸 마음이 모질다고 해야 하나? 남자의 편지에 가즈에는 뒤쫓아 오는 것의 위력을 느낀 건가? 사람은 어떻게 해 볼 도리가 없을 때에도 자기의 박복함을 호소해서는 안 된다는 건가? 가즈에는 생각하지 않는다. 지금 젊은 남자가 폭파공사로 튕겨나갔다는 이야기를 들은 이 순간에도 가즈에는 생각을 피한다.

비가 그쳤다. 흰 구름이 천천히 움직인다. 믿을 수 없을 정도로 파란 하늘이다. 가즈에는 빗방울이 얼굴에 떨어지는 것을 닦지도 않고 뜰의 나무그늘을 걸으면서 아직 이끼를 심지 않은 낮은 얼룩조릿대의 습지를 바라본다. 머지않아 거기에도 이끼가 가득하게 될 것이다. 언제가 될지 모르지만 그 정원이 눈에 선하다.

새가 지장보살의 어깨를 스치며 낮게 날았다.

3

다시 가을이 왔다. 양지로 나가면 가즈에는 덥다고 느끼지 않고 따스하다고 생각한다. 이 감각은 언젠가 다른 사람과 같이 있으면서 달라붙는 것을 기쁘게 생각했을 때의 느낌이다. 지금은 그 일은 생각나지 않고 그저 따뜻하다고만 느낀다. 그렇다고 해서 쓸쓸한 건 아니다. 산길을 걷다가 벚나무 하나가 깜짝 놀랄 만큼 진홍색으로 단풍들어 있는 걸 발견한다. 그리고 길가의 풀도 흙에 달라붙은 채 진홍색 잎으로 되어 있는 걸 깨닫는다. 풀이 단풍들다니.

가즈에는 멈춰 서서 완성된 자기 집을 올려다본다. 작년 봄부터 시작해서 이번 여름에 겨우 완성된 집이다. 필요한 것도 아닌데 가즈에의 마음이 따라가서 그렇게 완성된 집이다. 이제 이걸 마지막으로 더 이상 집이라는 건 짓지 않을 것이다. 집을 따라가는 건 이걸로 마무리 짓고 싶다. 2층집인데 경사진 땅에 지어서 남쪽은 3층으로 보인다. 전체를 흰 페인트로 칠하고, 베란다의 손잡이와 홈통은 진한 감색이라는 배색 탓에 이 산동네에서는 녹색 나무들 사이에서 갑자기 존재를 주장하는 것 같은 인상을 준다. 그 때문에 가즈에는 이 집을 전에 한 번 봤다고 착각한다.

그것은 도쿄 교외의 넓은 잔디 위에 지은 집이다. 그 넓은 잔디를 타고 뻗듯이 지은 단층집이라서 이 집과 전혀 안 닮았다. 그래도 가즈에는 그저 흰 집이라는 사실만으로 그 집을 떠올렸다. 30년인가, 어쩌면 40년도 더 옛날 일이다. 가즈에는 어떤 남자와 거기에 살았다. 그 집은 가즈에가 지은 집은 아니다. 그러나 가즈에 또한 그 집을 짓는 것을 반대하지 않았다. 집은 돈이 생기는 것과 반대로 계속 완성됐다. 돈이 필요했다. 그것도 거액의 돈이. 가즈에는 남자가 그린 그림을 들고 간사이關西로 팔러 갔다. 남자의 그림을 팔러 돌아다니는 일은 그 때까지도 여러 번 있었지만 이번에는 달랐다.

가즈에는 시내의 호텔에 묵으며 그림을 한 장, 두 장씩 들고 다녔다. 그 일은 결코 비참하지 않았다. 비참한 것은 가즈에가 그 그림을 어떻게든 팔아야 한다고 생각한 일이다. 가즈에는 그 일을 지금도 납득할 수 없다. 그림을 팔면서 동시에 자기 몸도 팔았나? 그렇지 않다. 가즈에는 단지 궁지에 몰린 자기 기분에 갑자기 종지부를 찍고 싶어서 그 사람과 잔 건가? 그 찰나의 기분은 지금도 이해할 수 없다.

그 후에 가즈에는 마치 그 사람과 사랑에 빠진 것처럼 몰래 그 남자를 만나게 되었다. 그 진지함은 그림을 팔면서 몸도 판 거라고 스스로 생각하지 않기 위해서 흉내낸 건가? 그 사람의 심정의 깊이 역시 그림을 사면서 가즈에의 몸을 산 거라고 생각하지 않으려고 흉내낸 건가? 지금 와서 생각하면 이해할 수 없다.

가즈에는 샛길에 선 채로 하늘을 올려다본다. 이루 말할 수 없이 파랗다. 여기에서는 간토關東평야가 희미하게 보인다. 들불 연기가 끝없이 올라가고 있다. 낮은 산의 능선까지 올라가고 있는 것처럼 보인다. 30년, 아니 40년 전의 일은 그 들불의 연기 같다. 보이는가 싶으면 사라진다. 산 하늘 아래는 순식간에 안개에 휩싸이기 때문이다. 자기 몸도 그 안개에 묻히기 때문이다.

그 사람과의 정분은 오래 가지 않았다. 어느 날 갑자기 소식이 끊겼다. 가즈에가 보낸 편지에도 답장이 없었다. 어디 여행 갔나? 일 때문에 외국에 나가는 일도 있었다. 불안한 채 반 년이나 지났지만 소식은 없었다. 이럴 때 남녀의 기분은 똑같다. 가즈에는 뒤쫓아가지 않기로 결심한 후에 간사이로 갔다. "어머, 몰랐어요? 그 양반 일이 잘 안 돼서 자살했어요, 여기 신문엔 그게 크게 나왔는데"하고 두 사람을 잘 알고 있는 여자가 말했다.

모든 게 명백해졌다. 그 사람의 파국을 가즈에도 거든 걸까? 아니 그럴 리는 없다. 가즈에가 판 그림이 그 사람의 파국을 거들었다고 해도, 그것은 100분의 1, 아니 1000분의 1의 금액도 안 되지 않나? 그보다도 가즈에는 단 한마디도 그가 죽었다는 소식도 연락받지 못하고, 상관없는 사람으로 간주되지 않나? 가즈에는 그게 당연하다고 이해할 때까지 시간이 필요했다.

바람이 울린다. 나무들의 술렁거림과 물소리가 그 순간에 가즈에를 편안하게 만든다. 맑게 갠 하늘에 잠자리가 두 마리 높이 나는 게 보인다. 마치 새처럼.

4

단풍이 졌다. 아주 조금 가지에 남아있던 붉은 잎이 단풍 레이스처럼 드문드문 남았다가 마침내 모두 져버렸다. 이 정원에는 잎이 지는 잡목만 심었는데 놀랍게도 어느 날 아침, 모든 나무가 한꺼번에 벌거숭이가 되었다. 갑자기 정원 안에 있는 집만 드러났다. 바람이 불 때마다 소리를 내며 굴러가는 낙엽이 굉장히 많이 쌓여 있는 위를 걸으니 몸이 묻힌다. 낙엽을 태운다는 건 낙엽이 좀 적게 있는 경우의 발상일 것이다.

1년 중에 가장 쓸쓸한 이 가을의 끝자락도 가즈에는 좋아한다. 낙엽 아래에 아직 파란 이끼가 숨어 있는 게 보인다. 이윽고 눈이 쌓이고 그 눈이 사라질 무렵에 눈 밑에서 새파란 이끼가 나타나 정원을 덮을 것이다. 가즈에가 따라간 이끼는 땅 위를 뻗어서 정원에 퍼진다. 봄이 가깝다.

빗소리

1

아는 사람의 시상식이 있어서 도쿄회관에 갔을 때의 일이다. 밖에는 비가 내리고 있었다. 나이 들고 나서 외출할 때는 누군가를 데리고 다니는 게 버릇이었는데, 그 때는 혼자였다. 식이 끝나고 입구에서 좀 주저하며 비가 내리는 밤거리를 바라보고 있었다. "고모"하고 누가 불렀다. 보니까 옆에 히구치 마사오樋口正夫가 서 있었다. "저도 5층에서 모임이 있었어요" 술이 좀 들어간 얼굴을 하고 있다. 아이 때같이 볼에 보조개가 있다. "왜 너는 그렇게 순수하니 하고 누가 묻길래 그건 어렸을 때 요시노 가즈에吉野—枝가 키워줘서 그래 하고 지금 막 그런 이야기를 하고 왔거든요. 그랬더니 고모가 여기에" 하고 말했다. 정확히 34, 5년 전의 마사오의 아버지와 같은 나이가 되었구나 하고 생각했다. 마사오의 말은 사실이 아니다. 지금의 마사오가 순수한 건 내가 마사오를 키웠기 때문이 아니다. 술이 들어간 탓도 있지만 이렇게 입구에 서서 그런 식으로 말을 하는 마사오의 기분에는 단지 세상 사람들이 하는 아부가 아니라 내 기분에 맞추고 싶다는 그런 친절함이 있다. 나는 그렇게 생각했다.

마사오와는 4, 5년 전에 아오야마青山에 있는 우리 집에 그가 찾아왔을 때 한 번 더, 만난 적이 있다. "오늘 밤부터는 겨우 안심하고 잘 수 있을 거 같아요. 15, 6년 동안 몇 번이나 전화했는지 몰라요. 도대체 왜 만나주지 않는 건지 몰랐어요." 마사오는 그렇게 말했다. 이 말 속에 있는 과장이 이때도 불쾌하게 들리지 않았다. 그것은 옛날에 어떤 남자에게 들었던 프로포즈와 비슷했는데, 그래도 역시 그렇게 불쾌하게 들리지 않는 게 이상했다.

내가 마사오의 아버지와 같은 집에 살던 것은 지금부터 34, 5년도 전의 일이다. 마사오는 나중에 들어와서 같이 살게 되었다. 마사오는 나를 '고모'라고 불렀다. 누가 그렇게 부르라고 시킨 것도 아닌데 자연스럽게 그렇게 불렀다. 이 호칭이 보여주듯이 마사오는 내게 의붓자식이 아니라, 그저 같은 집에 사는 남의 자식이었다. 그 일은 집안의 방 배치를 봐도 알 수 있다. 미사오의 아버지는 집의 거의 반 정도를 차지하는 커다란 아틀리에 안에 있었고, 나는 남향의 서재에 있었다. 나중에 온 아들을 위해서는 방이 없어서 되는대로 북향의 옷방 같은 데를 주었다. 그 방은 좀 어두웠다. 그런데도 나는 볕이 잘 드는 내 방과 바꿔주는 게 좋겠다고는 생각하지 않았다.

가끔 마사오의 엄마가 와서 묵고 가는 일이 있었다. 마사오의 아버지와 어머니가 헤어지고 나서 꽤 시간이 흘렀을 무렵의 일이었다. 마사오의 방에서 유쾌하게 떠드는 소리가 자주 들렸다. 또 반대로 엄마가 오지 않을 때 마사오는 그 어두운 옷방에서 꼼짝하

지 않을 때도 있었다. 가 보면 마사오는 엄마가 가져온 봉제 곰인
형을 안고 몸을 웅크리고 울고 있었다. 내 눈에 비친 것은 일곱 살
인가 여덟 살 때의 마사오의 모습이다.

그 마사오가 듬직한 40대 남자가 되어 가끔 내 눈 앞에 모습을
드러내게 되었다. 어머니는 돌아가셨다고 한다. 아이 때와 마찬가
지로 볼에는 보조개가 있는 부드러운 얼굴이 한순간 듣는 사람에
대한 아부라고도 생각되는 말을 그대로 믿게 만든다. 헤어져 있던
기간은 길었다. 내 마음 속에 남아있는 마사오의 모습은 언제나 연
약하고 슬펐지만, 그 마사오와 지금의 마사오가 내 마음 속에서 역
시 어딘가 연결이 된다. "고모"하고 부르며 마사오가 들어왔다.
센다가야千駄ヶ谷역 근처에 집을 빌려 혼자서 살고 있을 때의 일이
다. 어깨에 가방을 메고 있었다. 학교에서 돌아오는 길에 들른 건
데, 여기에 내가 살고 있다는 것을 누가 가르쳐 주었는지 지금은
기억이 안난다. 그때도 마사오의 얼굴은 기뻐 보였다. "응접실에
아주 큰 거울이 들어왔거든, 아주 예뻐" 하고 말했다. 그 거울이 아
주 크고 아주 예쁜 것을 마사오는 나에게 말하러 들렀던 것이다.

내가 나온 뒤에 그 집에는 마사오와 그의 아버지가 남았다. 응
접실에 거울이 들어왔다는 것을 말하러 온 아이의 마음은 그 거울
을 보러 한 번 더 집으로 돌아오지 않겠냐고 말하는 것 같다는 것
을 그 때 나는 알아챘다. 그러나 아이가 느끼는 것과 실제는 다르
다. 그 거울은 나에게 보여주기 위해 들여온 게 아니었으니까. 그
리고 역시 나와 마사오의 아버지는 이때부터 완전히 헤어졌다. 남

녀 사이에 아이가 끼어있는 것은 생각지도 못한 때에 그림자를 드리우는 법이다. 자식이 없던 나는 원래 내 자식이 아닌 아이와 함께 살아도, 상대방 남자 일에는 마음을 뺏겨도 그 사람의 아이에게는 신경을 쓴 적이 없다. 그저 상대 남자와 함께 사는 아이라고밖에 생각되지 않았다. 그 때문에 요즘 들어 한층 아이의 모습이 가련하게 떠오르는 건지도 모르겠다.

2

나스那須에 좋은 땅이 있다고 한다. 값이 쌌다. 내 스스로 살 생각은 없었지만 남에게 부탁을 받아 보러 가게 되었다. 작년 가을의 일이었다. 가 보니 그것은 내가 살고 있는 곳과는 꽤 떨어져 있었다. 이런 데도 나스라고 하나? 하고 생각했다. 정면에서 가로가 18미터, 세로가 36미터 정도[4]의 지형에 북향이다. 논밭 옆이고 어쨌든 좋은 땅이라는 인상은 아니었다. "어떨까" 하고 내가 말했다. 그만둘 생각으로 돌아가려고 하다가 갑자기 발 근처에서 잎이 새빨갛게 단풍들어 있는 20센티 정도의 작은 나무들이 피어 있는 것을 발견했다. 나는 함께 온 여자 애하고 열심히 그것을 뽑았다. 서른 그루 정도 뽑았을까? 차로 돌아오는 도중에도 무슨 나무인지 이름도 모르는 그 단풍의 가련함에 마음이 두근두근했다.

---

4 원문에는 폭이 10간(間), 깊이가 30간(間)으로 되어 있는데, 1간 = 1.1818m를 나타내는 단위로 편의상 미터화 시켰다.

집에 돌아와 바로 화분에 심었다. 키가 큰 것부터 작은 것 순으로 계단식으로 심어, 열네다섯 그루를 한 화분에 심었다. 작은 나무인데도 단풍숲처럼 보였다. 아주 조금 녹색과 노란색이 남아있고 나머지는 불타듯 빨겠다. 점점 가을이 깊어가는 모습을 한 눈에 보는 것 같은 느낌이 들었다. '요시무라한테 가져가야겠다' 나는 갑자기 생각했다.

요시무라는 작년 봄부터 병으로 누워 있다. 잠시 입원해 있었지만 그 무렵에는 자기 집으로 돌아와 요양하고 있었다. 오랜 병이었다. 오랜 병 때문에 먹는 데 제한이 있어서 그로 인해 식욕을 잃고 있었다. 병문안으로 가져가는 것이라야 과일밖에 없었다. 그 요시무라에게 이 단풍 화분을 가져가면 틀림없이 기뻐할 것이다. 그렇게 생각했다. 나처럼 이런 고원에 집이 있어서, 거기에서 돌아가는 길에 선물로 가져가기엔 가장 좋은 것이라고 생각했다.

그럴까? 뭔가 생각이 나면 앞뒤 가리지 않고 바로 달려 나가는 게 내 버릇이다. 물을 뿌리고 비닐봉지를 조심스럽게 씌운 단풍 화분을 들고 기차에 탔다. 나는 지금까지 요시무라네 집에 간 적은 없었다. 아카사카赤坂에 살고 있다고 들었을 뿐이고 그게 어떤 집인지 몰랐다. 우에노上野에 도착해서 아오야마의 집에 가는 도중에 화분을 전달할 생각으로, 집 앞에 차를 세우고 여자 애한테만 들려 보내고 나는 차 안에서 기다리고 있으려고 했다.

왜 요시무라의 집 안에 들어가는 게 망설여지는 걸까? 일반적으로 보면 헤어진 남자가 다른 여자와 사는 집에 들어가는 건 이상한 일임에 틀림없다. 그러나 내가 망설였던 건 그런 게 아니었다. 언제나 나는 어떤 상황에서 내가 자연스럽게 하고 싶은 일만을 하는 게 버릇이었다. 집 밖에서 기다리는 것도 처음부터 예정했던 일이다. 거기는 맨션이었다. 밖에서 구조를 봐도 좋아 보이는 곳이었다. 여자애는 바로 나왔다. "어땠어?"하고 나는 물었다.

나는 내가 화분을 보고 재미있다고 느꼈던 기분을 요시무라도 똑같이 느낄 거라고 생각했다. "선생님은 소파에 누워 계셨어요. 아주 예쁘다고 하시며 기뻐하셨어요" 여자애는 그렇게 말했다. 소파 위에 누워 있다고 한 요시무라의 모습이 내 눈에 떠올랐다. 아마 그 화분은 요시무라가 보기 쉬운 선반 위나 탁자 위에 놓였을 것이다. 본 적은 없지만 그 방 안도 본 것 같은 느낌이 든다. 장식장과 찻장과 도자기 종류 중에는 요시무라와 함께 살았을 때 사용했던 것도 있다. 나는 그런 것들을 보고 마음이 움직이는 것을 피하고 싶었던 것이다. "사모님께서도 선생님께 안부 전해 달라고 몇 번이나 말씀하셨어요. 사모님도 분재를 아주 좋아하셔서 테라스 창에 많은 화분을 진열해 놓고 계셨어요" 여자애는 그렇게 말했다.

우리 집에서는 요시무라하고 그 부인에 대해 이야기하는 게 결코 금기가 아니다. 나는 요시무라를 병문안 하러 갔을 때 요시무라의 아내를 한 번 만났을 뿐이지만, 전화로 이야기를 나눈 적은 종종 있었다. 전화로 듣던 목소리는 자연스럽고 꾸며낸 느낌이 없었다. 모든 것을 있는 그대로 전하는 그녀의 말씨도 내게는 느낌이 좋았다. 나와는 부모와 자식만큼이나 나이 차이가 있었지만 내가 부럽게 생각한 건 그녀의 그 자연스런 태도였다. 요시무라가 병이 걸린 뒤에는 요시무라에게 용건이 있을 때, 전부 그녀가 전해 주었다. 이것도 일반 사람들의 습관과는 달랐지만 그러나 그게 당연한 것처럼 되어 있었다.

올 봄의 일이다. 그녀한테 온 전화에 따르면 요시무라가 병 때문에 몸에 생긴 습진이 그 즈음 심해져서 그 가려움 때문에 밤에도 못 잔다는 것이었다. 그런 말을 들어도 나는 대충 듣는 척하고 멀리서 지켜보고 있을 뿐이었다. 그 사이에 우리 집에 어떤 사람이 와서 그 병을 잘 아는 사람한테 들었다고 하면서 말해 준 내용에 따르면 "그건 노인성 습진이라고 해서 피부병이 아니에요. 좋은 방법을 알려드릴게요. 쌀겨를 주머니에 넣은 걸 목욕물에 넣어 하루에 두세 번 목욕하는 거에요. 그 가려움을 잡으려면 그 방법밖에 없어요. 두세 달이면 완치돼요" 하는 것이었다. 그 말투에 확신이 있었다. 두세 달에 완치된대요. 라는 말까지 전하며 나는 그녀에게 전화했다.

이상한 일이지만 우리 집에서 일하는 여자애들은 모두가 요시무라의 일을 걱정하고 있었다. 요시무라가 나와 함께 있을 무렵부터 우리 집에 있던 여자 애 하나가 "선생님 우리 집에서 주머니를 만들어 드려요. 쌀겨도 넣어서 가져다 드려요" 하고 말했다. 그리고 여자애들 손으로 순식간에 주머니가 완성되어 요시무라네 집까지 주러갔다.

이것도 남들이 들으면 이상하다고 할지도 모르겠다. 주인인 내 기분 탓에 여자애들이 그렇게 되었다는 것과는 다른 뭔가가 있어서 요시무라의 일을 하는 것이었다. 그리고 그건 내게도 마음 편한 일이었다. 그렇게 해서 온 식구가 아주 자연스럽게 요시무라를 친한 집안사람으로 대하는 게 습관이 되었다.

쌀겨주머니를 보내고 2, 3일 지나 내 쪽에서 전화를 걸었다. 쌀겨주머니의 효과가 어땠는지 소식이 있을 때까지 기다릴 수가 없었다. "쌀겨주머니 어땠어요?" "아주 상태가 좋대요. 온 몸이 매끈매끈하고 가려움이 없어지는 느낌이 든다고 해요" "아, 다행이다" 그 때 나는 한 번 더 두세 달에 완치돼요 하고 말했던 사람의 말을 떠올렸다. 그러자 계속해서 그녀가 말했다. "저도 해봤는데 아주 기분이 좋아요" 그 말을 듣는 순간 내가 뭘 생각했는지, 깜짝 놀라 그 일은 나 스스로도 믿기 어려울 정도였다. 쌀겨주머니를 넣은 욕조에 그녀가 들어갔다고 들은 순간 내 눈에 요시무라와 그녀가 같이 목욕하고 있는 모습이 확하고 떠오른 것이었다. 그런 일이 있을 수 있나? 요시무라와 그녀가 함께 목욕했다는 걸 알고 그것 때문에 깜짝 놀랐다고 할 수 있을까? 헤어지고 7, 8년이나 지났고 보통 남녀 사이보다 더 소탈하다고 믿고 있던 내 마음 속에 이런 감정이 있다는 걸 어떻게 생각해야 할지. 그러나 장본인인 내 자신이 못 느껴도 확실하게 그걸 느낀 것은, 내 기분 어딘가에 질투의 원형 같은 것이 숨어 있다가 내 마음 속에서 환영처럼 나타난 걸까?

나는 그러나 그런 환영도 금방 잊어버렸다. 무슨 일이 있든 금방 잊어버리는 게 내 버릇이긴 하지만, 아니 어쩌면 그 보다도 더 곤란한 일이 생겼다는 게 맞는 말일지 모르겠다. 어느 날 고산식물에 대해 잘 안다는 사람한테 니스에서 따온 작은 단풍나무에 대해 이야기했다. "아, 그건 2, 3년생 옻나무이에요. 작년 가을 도치기栃木의 분재시장에서 봤는데 너무 멋져서 깜짝 놀랐습니다. 당신이 만든 화분이 얼마나 아름다울지 압니다." "정말 그게 옻나무일까요?" 그게 옻나무라니. 요시무라의 습진은 그 옻나무 탓이다. 그렇게 생각한 순간에 내 마음 속을 공포의 기분이 스쳐지나갔다.

지금 생각하면 보통 옻나무 잎 크기의 20분의 1 정도로 작은 이 파리였는데, 확실히 옻과 똑같은 모습을 하고 있었다. 나는 당황했다. "옻이 오른다는 게, 저렇게 20분의 1정도로 작은 잎도 오르나요?" "글쎄요, 오르기 쉬운 사람은 오를지도 모르죠"

내 마음 속을 달리던 공포의 기분을 지금도 잊을 수 없다. 스스로는 생각도 못했던 일이지만 어쩌면 그 환상의 질투처럼 내가 한 걸까? "여보세요, 여보세요" 나는 전화로 그녀를 불렀다. "너무 걱정이 돼서 그러는데, 언젠가 가져다드린 단풍 분재, 아직 댁에 있나요? 아직 있으면 바로 버려주세요" "아니, 왜 버리라는 건지" 잠깐 동안 나는 그 대답을 할 수 없었다. "저... 그 나무는 옻이래요. 요시무라 씨의 습진은 그 옻 탓이에요" "그 일 말인가요? 그렇다면 다행인데.. 그게 아니에요" 그녀의 목소리는 밝았다. "요시무라의 습진은 원인이 달라요. 그 병이 원인이니까 병이 낫지 않으면 습진도 안 나아요. 게다가 그 나무를 받기 전부터 이미 걸려 있었는 걸요. 걱정하지 마세요" 나는 전화 앞에서 그대로 주저앉았다. 아니라고 확실히 들었는데도 아직 마음이 요동치는 것을 어찌할 수가 없었다.

3

그 날은 죽은 남동생 사다키치定吉의 33주기 날이었다. 나는 절대로 죽은 사람 일을 생각하지 않지만 사다키치 일만은 그렇지 않았다. "우리 집에서 셋이서 밥 먹고 사다키치 이야기를 하자" 나는 그렇게 말했다. 셋이란 6형제 중 지금 살아있는 나와 여동생과 남동생을 말한다. 사다키치의 위패는 우리 집에 없었지만 남동생 집에서 천으로 싸서 가져왔다.

책상 위에 위패를 놓고 그 앞에서 향을 피우고 약식으로나마 합장을 했다. 내게 사다키치는 뭐라고 할까, 하나하나가 마음 어딘가에 남는 데가 있는 것 같다. 사다키치는 그 무렵 어느 신문사에 근무하고 있었다. 저녁에 잠깐 동안이라도 사다키치의 공부를 봐준다는 구실로, 나와 마사오의 아버지가 살던 집에서 같이 지낸 적이 있다. 본심은 그렇지 않은 구석도 있었지만 쾌활한 성격이었다. 마사오도 잘 따르고, 마사오의 아버지도 호의를 가지고 대했던 것 같다. 눈을 감으면 햇빛이 내리쬐는 잔디가 깔린 정원에서 마사오와 볼을 주고받던 모습이 떠오른다. 서양종의 큰 개가 있었다. 개도 함께 볼을 쫓아갔다.

하지만 얼마 지나지 않아 나는 마사오와 그 아버지가 있는 집에 사다키치를 남기고 나왔다. 사다키치는 내가 집을 나가는 심정을 알고 있었을 것이다. 하지만 내가 나간 후에도 거기에 남아 있었다. 그러는 동안 나와 마사오의 아버지가 확실히 갈라서기로 하고, 어느 날 저녁 나는 짐을 가지러 그 집에 갔다. 그 집 안에 확실히 있었는데도, 사다키치는 내 앞에 모습을 드러내지 않았다. 나는 차에 짐을 싣고 그 차에 탔다. 짐을 싣기 위해 정원 안까지 차를 탄 채로 들어가 있었다.

그 차가 돌아 나가면서 잔디 위에 자국을 남겼다. 게다가 대문의 쇠장식 문고리에 아슬아슬하게 닿으면서 요란한 소리를 냈다. 이것은 내가 마사오의 아버지에게 일부러 보여주려고 내가 타고 온 차에게 그렇게 하도록 명령했다고도 해석할 수 있다. "바보, 조심해야지" 뒤돌아보니 사다키치가 테라스 창에서 몸을 내민 채 소리 지르고 있는 것이 보였다. 사다키치의 그 행동을 어떻게 해석하면 좋을까. 내가 떠난 뒤 아직 그 집에 남아 있는 건, 마사오의 아버지에 대한 아부 때문일까? 그렇지 않을 거다. 그렇다면 그건 무엇 때문일까? 그 때의 내 마음에 사다키치에 대한 분노가 없었던 것은 지금 생각해도 이상하다. 그로부터 얼마 지난 뒤의 일이다. 마사오의 아버지는 전부터 예정했던 대로 한 여자를 집에 들였다. 그 집에는 마사오의 아버지와 그 여자와 마사오와 사다키치가 살게 되었다. 누구 눈에나 그것은 이상한 조합처럼 보였다. 하지만 그래도 사다키치는 거기에서 나가지 않았다.

사다키치가 거기를 나온 게 언제였지? 나 역시 그 뒤에 요시무라하고 살게 되었다. 마사오의 아버지와 내가 두 번 다시 같이 살 일이 없다는 걸 확인하고 사다키치는 그 집을 나온 거라고 말하는 사람도 있다. 이 일에 대해서 나는 사다키치한테 아무 말도 듣지 못했다. 나중에 사다키치는 나와 요시무라가 같이 사는 고이시카와小石川의 집에 와서 다시 같이 살게 되었다. 언제나 나와 상대 남자가 살고 있는 집에 와서 함께 사는 사다키치는 무슨 생각이었을까?

어느 겨울날, 사다키치는 심하게 열이 났다. 결핵이라고 했다. "이런 병은 병도 아니야. 편안하게 있으면 금방 나아" 하고 그 때 우리가 부른 의사는 그렇게 말하며 긍정적인 암시를 주었다. 하지만 사다키치의 병은 진행이 빨랐다. 우리 집에서 누워 있는 걸 두려워한 사다키치는 병원에 입원하고 싶다고 했다. 그리고 우리가 말리는 것을 듣지 않고 나카노中野의 결핵요양소에 들어갔다. 사다키치가 있는 그곳에 나는 가끔 음식을 해다 날랐다. 요양소 뜰에 풀이 무성하게 자라 있었다. 조잡한 건물이었다. 왜 그런 곳에 가고 싶어 했는지, 사다키치의 기분은 알고 있었다. 병문안하러 갔다가 돌아올 때 사다키치는 여윈 맨발에 슬리퍼를 신고 현관까지 배웅해 주었다. "병문안하러 너무 자주 오지 마" 웃으면서 그렇게 말했다.

그리고나서 얼마 후의 일이었다. 그 전부터 이야기가 되어 있어서 나와 요시무라는 만주에서 화북지방까지 여행가게 되었다. 전쟁 전이라 그 여행은 우리들에게 즐거운 일이었다. 내 마음 속에 사다키치가 있었지만, 그러나 출발했다. 하얼빈에서 호텔에 묵으면서 백계러시아인이라고 불리는 사람들과 함께 하기도 했다. 외국인이 생활 속에 들어온 첫 경험이었다. 드디어 텐진에서 베이징으로 돌았다. 베이징에는 볼거리가 잔뜩 있었다. 납작돌이 깔려 있는 오래된 거리를 걸었다. 길가에 있는 가게에서 고서적과 탁본을 사기도 하며 돌아다니다가 숙소로 돌아오니 전화가 와 있었다. "사다키치 위독, 급 귀국"

사다키치의 병 상태가 안 좋은 건 출발 때부터 알고 있었다. 그렇다고는 해도 한 달도 안 되는 이 여행 중에 이런 소식이 오리라고는 생각하지도 못했다. 돌아갈 채비를 하고 있는 내 손을 보고 "어때? 조금 더 있을 수 없을까? 다시 여기에 오는 건 아주 번잡하니까 말이야" 요시무라가 그렇게 말했다. 요시무라의 그 기분은 알고 있다. 베이징에는 나도 있고 싶다. 나만 돌아갈까? 그렇게 말하자 요시무라도 돌아가게 되었다.

도쿄역에 도착하자 곧장 우리는 요양소로 갔다. 사다키치의 머리맡에 여동생이 있었다. "사다키치, 언니가 돌아왔어" 살아 있는 건지 죽어 있는 건지 사다키치는 눈을 감은 채 있었다. "제 때 도착해서 다행이야" 여동생은 그렇게 말하며 눈물을 참았다. 의사의 말로는 이미 사다키치의 목숨은 다했다고 한다. "누나는 아직이야?" 몇 번이나 그렇게 물었다고 한다. "사다키치" 하고 나는 그 이름을 불렀다. 사다키치는 눈을 뜨고 똑똑히 나를 보았다. 그리고는 바로 툭하고 고개를 떨구었다. 사다키치는 죽었다. "사다키치는 언니한테 뭔가 할 이야기가 있던 거야" 그렇게 말하고 여동생이 울었다. 30 몇 년인가 전의 사다키치의 마지막 모습이 지금도 눈에 보일 듯 떠오른다. "사다키치. 나는 잘 알고 있어. 네가 뭘 생각하고 그 집에 남아 있었는지" 사다키치의 위패 앞에 합장하며 나는 그렇게 말하고 싶었다.

4

나와 요시무라는 처음부터 결혼은 생각지도 않았다. 요시무라보다도 내 쪽이 결혼할 생각이 없었다. 그런데도 우리는 뻔질나게 드나들었다. 나는 센다가야역 근처에 작은 집을 빌려 살고 있었다. 요시무라는 센다가야역 앞을 지나 메이지신궁明治神宮의 정원外苑 안에 있는 큰 외길을 오른쪽으로 꺾은, 말하자면 우리 집하고는 그저 산책길 정도 밖에 안 떨어져 있는 곳에 살고 있었다. 그렇게 가까운 데 살고 있으면서도 어느 쪽 집에서도 자고 가는 일은 없었다.

요시무라에게는 유키라는 딸아이가 있어서 집을 비우는 게 걱정이 되었기 때문이기도 했다. 아직 둘이 한 번인가 두 번 만났을 무렵의 일이었다. "내 결혼 상대는 내 위주로는 생각하지 않아요. 아이가 있으니까 아이를 위해줄 사람, 이라는 제한이 무의식 속에 있어서요" "하지만 역시 당신이 좋아하는 사람이 아니면 안 되죠" 나는 그렇게 말했다. "아이를 위해서 라고는 해도 그게 과연 아이를 위하는 일이 될지 어떨지"

요시무라의 아내는 1년 전에 아이를 남기고 죽었다. 아이에게는 손이 많이 갔다. 유키라는 그 아이는 카리에스 때문에 등에 깁스를 대고 있었다. 속눈썹이 길고, 언뜻 보기에 인상적인 얼굴을 한 아이였다. "어머 이렇게 귀여울 수가" 유키가 걷고 있는데 어떤 사람이 보고 말했다. 언제나 칭찬받는 데 익숙해져 있는 아이는 자기가 보통이 아닌 몸을 하고 있다는 것조차 몰랐다. 어느 날 근처에 사는 아이가 놀러 왔을 때 "미쓰코는 깁스를 안 하고 있네. 이상해" 하고 말했다. 아이란 모두 자기와 똑같이 깁스를 하고 있다고 믿고 있는 거라고 말하며 요시무라는 유키를 측은해했다.

이 아이를 나는 기꺼이 도왔을까? 마사오의 아버지의 집에 마사오가 같이 살았을 때와 마찬가지로 나는 이 아이를 요시무라와 함께 있는 아이, 그렇게 밖에는 생각하지 않았다. 우리는 요시무라의 집과 우리 집 사이에 있는 외길을 자주 산책했다. 아이가 함께일 때도 있었다. 그럴 때 처음엔 확실히 그것을 의식하고 있었는데 어느 사이엔가 아이를 남기고 앞으로 걸어갈 때가 있었다. "유키가 없어" 나는 그렇게 말했다. 아이는 혼자서 자기 집으로 돌아가 있었다.

나는 이 아이가 있어서 그래서 요시무라하고 결혼하고 싶지 않다고 생각한 건 아니다. 앞에도 썼지만 나는 둘이 함께 사는 데 있어서 아이 문제는 그다지 걱정되지 않았다. 병든 아이하고 같이 살면 힘들다고도 생각하지 않았다. 그 정도로 아이 일을 신경 쓰지 않았다. 나와 요시무라는 나이 차이가 열 살이나 났다. 그래도 사이좋게 지내며 왕래하는 데는 전혀 지장이 없었다. 하지만 보통 사람들처럼 이런 두 사람이 결혼하게 된다면 이야기는 다르다. 단지 사이좋게 지내는 이 관계가 언제까지 지속될지. 그건 모른다. 아마 마침내 어느 쪽에서도 만나러 가지 않는 날이 오겠지. 그 때는 그게 불가능하다 해도 나는 헤어질 것이다. 그렇게 생각하고 있었다.

남자와 여자 사이는 그게 어떤 사이든 그 형태 그대로 그 사이가 습관이 된다. 그저 사이좋게 지낼 뿐인 사이였는데 어느 사이엔가 나는 이 습관이 오래 지속되지는 않을 것이라고 생각하게 되었다. 그리고 혼자서 울기도 했다. 사랑을 하는 사람의 달콤한 눈물이었고 물론 남들에게 알려지는 건 꺼려했다. "이 그림을 봐 주세요. 이 그림을 보고 내가 당신을 뭐라고 생각하는지 알아주세요" 어느 날 요시무라로 부터 그렇게 쓴 종잇조각과 함께 한 장의 그림이 도착했다. 내 얼굴을 얇은 붓으로 그린 것이었다. 이 그림으로 요시무라가 나에게 무엇을 전하려고 한 건지 모르겠다. 그저 내 얼굴을 그린 것뿐일지도 모른다. 지금 와서 생각나는 건 이 그림과 내 슬픔이 아무 관계도 없는 것이라고 내가 여겼던 일이다.

요시무라와 나는 예상과 달리 그 때부터 27,8년이나 되는 세월 동안 같이 살았다. 이 그림은 그 후에 어디에 넣어두었는지 떠올리는 일도 없었다. 둘이 헤어지고 얼마 지났을 무렵 나는 나스에 집을 지었다. 2층의 내 서재는 벽면이 넓었다. 뭔가 그림을 걸고 싶다고 생각하고 있을 때 "이 그림은 어떠세요?"하고 여자애가 가져왔다. 그을린 금테두리 액자에 넣은 심플한 그림이었다. 아, 이건 마사오의 아버지가 그린 그림이다. 나는 그렇게 생각했다. 마사오의 아버지가 그리는 그림에는 특색이 있었다. 일종의 달콤한 분위기의 공예적인 그림이다. 이 그림은 본 적이 있다. 나는 그렇게 생각하며 2층 서재 벽에 그것을 걸었다. "히구치의 그림이야" 나는 마사오의 아버지 이름을 말하며 그렇게 설명했다.

여자애는 웃었다. "아니에요, 선생님. 요시무라라고 사인이 되어 있어요" 그런 일이 있을 수 있단 말인가. 요시무라가 그린 것을 히구치 것으로 착각하다니. 그건 그렇다 치고 이 그림은 히구치가 그린 것과 닮았다. 먼 기억 속에 나는 이 그림과 함께 요시무라가 보내온 종잇조각의 문구를 떠올렸다. "그래. 이건 요시무라가 그린 내 얼굴 그림이야" 요시무라의 사인이 있는데 그것도 자세히 보지 않고 히구치 것으로 혼동하다니 어찌된 일일까. 헤어진 남자 중에 어떤 남자가 그린 그림인지 전혀 신경 쓰지 않을 정도로 내 기억은 먼 옛날 일이 되었다는 건가? 나이 들어 옛날 일을 잊는다는 건 자연스런 그 무엇인가? 지금 와서 떠올리는 일들은, 어쩌면 사실이 아니라 떠올리는 게 내게 유쾌한 일들만, 아니 그렇지 않은 일도 즐거운 일인 것처럼 다시 만들어서 떠올리는 건가? 그게 나이 든 사람의 자연스런 모습인 건지. 모르겠다.

5

나와 요시무라가 결혼하게 된 계기는 뭐였을까. 나는 센다가야의 집에 있는 동안에 일을 하나 시작했다. 내가 생각한 것은 아니었다. 다른 사람이 권해서 작은 잡지를 만들게 되었다. 그 잡지에 '스타일'이라는 이름을 붙였다. 그 무렵 '스마일'이라는 안약이 있었는데, 이름 탓인지 잘 팔렸다. 그것을 흉내 내어 '스타일'이라는 이름을 붙인 것이었다. 안약 이름을 모방해서 붙였을 정도이니 처음에는 그저 장난 같은 생각이었다. 그러는 사이에 장난으로는 안되는 일들이 여러 가지 일어났다. 나의 이 일을 요시무라가 거들었다. 스타일이 좋아 라는 말로 표현하는 것이 이 잡지의 테마가 되었다. 요시무라가 돕기 시작하면서 발행부수는 몰라볼 만치 늘어났다.

남자와 여자 사이를 연결하는 것이 돈이라고 들었을 때 나는 얼마나 웃었던가. 그런데 돈은 생활을 편리하게 하는 법이다. 우리 사이에는 잡지 일로 의논해야 할 일이 많이 생기고 대부분의 시간을 둘이 함께 하게 되었다. 요시무라의 집과 내 집, 이렇게 집을 두개로 할 필요가 있을까? 우리에게는 둘이 함께 하는 게 자연스럽게 여겨졌다. 연령 차이를 걱정하는 것도 어떤 때는 잊어버렸다. 그일도 극복하고 둘은 서로 사랑했다. 내게는 그렇게 느껴졌다. 돈이 들어오는 길을 편리하게 하기 위해 둘이 결혼했다는 식으로 남들이 생각할까?

우리는 집을 보러 다녔다. 고이시카와의 고지대에 좋은 집이 있었다. 두 집에 있던 짐을 가져와 비로소 그 집에 같이 살았다. 요시무라의 딸인 유키도 같이 왔다. 아무 일도 없었다. 이것저것 생각했던 건 모두 기우였다. 아니 기우였다고는 해도 그 때는 생각하지 않았다. 잡지 일은 그대로 센다가야의 집에서 계속하게 되었다. 요시무라와 함께 고이시카와 집에서 센다가야의 작업장까지 매일 다녔다. 어떤 날은 요시무라는 작업장에 가고, 나는 집에 남아 있는 날도 있었다. 정말이지 결혼한 남녀의 생활 같은 아주 당연한, 그리고 평온한 날도 있었다. 유키 일도 그대로였다. 마사오 때와 마찬가지로 나를 '고모'라고 불렀다. 유키는 나를 자기를 위해 엄마 역할을 대신해 주는 사람이라고는 생각하지 않고, 집 안에 같이 사는 사람이라고 생각하고 있었다. 유키에게 있어 이 집은 아버지와 둘이 있을 때보다 쓸쓸하지 않은 집, 그렇게 여겨졌던 것이다.

참 이상한 일도 있다. 어느 날인가 아는 사람이 와서 요시무라와 나에게 결혼식은 안했지만 어딘가에서 피로연을 할 생각은 없냐고 했다. 나는 세상의 관습에 전혀 구애받지 않는다, 라기 보다도 구애받을 틈이 없다는 쪽이 맞을 것이다. 그 정도로 생각난 것을 그대로 실행해 버리는 게 버릇이라서 이런 제안은 농담처럼 들렸다. 그러나 그건 농담으로 끝나지 않았다. 세상에는 뭔가 떠들썩한 일을 계획하는 걸 좋아하는 사람도 있다. 그렇다고 해도 이 이야기에 우리들이 응한 것은 지금 와서 생각해 봐도 도저히 믿겨지지 않는다. 우리는 우리의 결합을 세상에 과시하고 싶다고 생각하지는 않았다. 세상에 통용되지 않는, 다시 말해 보통의 그런 평범한 사이가 아니었기 때문에, 그 때문에 더욱 더 세상 사람들에게 인정하게 만들고 싶다, 그렇게 생각했던 것도 아니다. 뭔가가 마치 미친 듯이 될 때였던가? 제국호텔이 식장이었다. 우리 둘의 중매인이 서고 나와 요시무라가 섰다. 태어나서 처음으로 입은 흰 레이스의 이브닝드레스가 나를 변신시키기라도 한 걸까? "어떤 얼굴을 하고 있는지 한 번 볼까?" 그렇게 생각하고 온 무리들의 모습도 있었다. 많은 사람들이 왔다. 신문사도 왔다. "1년이나 갈까?" 어느 잡지사 사장이 그렇게 말했다는 걸 나중에 들었다.

우리의 결합이 그리 오래가지 않으리라는 건 누구나 알고 있는 일이었다. 그러나 이상하게도 이렇게 남들에겐 농담처럼 보이는 피로연에도 뭔가 역할이 있다는 것을 나중에 알았다. 연회장에 요시무라의 나이든 부모님이 참석했다. 그 분들 눈에 이것은 엄숙한 하나의 식으로 비쳤다. 내 마음 속에 어느 순간, 이 부모님의 기분에 보답하고 싶다는 기분이 생겼다. 예상했던 건 아니지만 나와 요시무라 사이는 어울리든 어울리지 않든 그대로 세상에 승인됐다는 형태를 취했기 때문이다

지금 와서 보면 이 기간 동안의 시간의 관계를 잔혹하리만치 확실하게 알 수 있다. 그 때는 감춰져서 보이지 않던 일들이 지금은 확실히, 마치 표면에 써놓은 것처럼 확실히 눈에 보인다. 그렇다고는 해도 그 때 감춰져서 보이지 않았던 게 얼마나 다행인가. 마침 그 때는 감춰져서 보이지 않았다. 얼마나 그게 다행스러운 일

인가.

　피로연이 끝나고 얼마나 시간이 흘렀을까. 유치원에 간 유키가 열이 나서 돌아왔다. 의사에게 보이니 홍역이라고 한다. "따님은 카리에스가 있어서 열이 심해지면 척추가 곪아요. 신경 써서 돌봐주세요"라고 말하며 의사는 돌아갔다. 그런 아이를 유치원에 다니게 한 건 실수였다. 돌이킬 수 없는 일을 했다. 그렇게 생각했다. 유키의 몸은 어느 집 아이나 한 번은 걸린다는 홍역의 열을 감당하지 못했다. 유키의 병이 심한 날, 요시무라는 외박하고 들어오지 않을 때도 있었다.

　마침 그날 요시무라는 다른 여자 집에서 잤다. 여자가 요시무라의 아이를 막 낳았을 때였다. "하룻밤 정도 자고 가. 자고 가도 괜찮잖아?" 여자가 그렇게 말했다. 요시무라는 이 말을 나중에 자기가 쓴 소설 속에서 여주인공에게 시켰다. 카리에스를 앓는 아이가 아픈 날에 여자네 집에서 자고 가야만 했던 일을 요시무라는 그 소설에서 쓰고 있었다. 요즘 들어서는 나 또한 요시무라의 고통을 고스란히 알 수 있다.

　나는 그 여자에 관해 훨씬 뒤까지도 몰랐다. 그건 잡지 편집을 도우면서 요시무라의 조수를 하던 여자였다. 꾸밈없는, 남자 아이처럼 보이는 여자였다. 내가 센다가야 집에 가면 "선생님, 선생님" 하며 잘 따랐다. 아니, 잘 따르는 것처럼 보였다. 말괄량이 같은 면도 있었다. 햇빛에 그을린 피부에 분은 안 발랐다. 나중에 생각하니 눈이 아주 큰 특별한 여자였다. 요시무라는 언제까지고 그 여자를 잡지 못하고, 거꾸로 그 일로 여자에게 정신이 팔린 거라고 나에게 말해준 사람이 있었다. 훨씬 나중의 일이었다.

유키가 죽은 게 언제였지? 카리에스 깁스를 대고 있던 몸을 의사가 소독할 때 요시무라는 반 미치광이처럼 울었다. 나에게는 유키의 죽음 그 자체를 애도하는 것보다도 요시무라의 그 비탄을 보는 쪽이 괴로웠다. 여자 일을 몰랐던 나는 요시무라의 비탄은 그 아이에 대한 깊은 사랑에서 오는 것이라고 생각했기 때문이다. 아직도 유키의 유체를 작은 관에 넣어 고지대의 언덕길을 내려갔던 날의 일이 생생하게 기억난다. 한 가지 일이 아니라 많은 일이 숨겨진 채 남들 눈에 띄지 않은 것은 신의 은총이다. 그게 아니라 왜 우리와 같은 약한 인간이 태어나서 살아갈 수 있는 걸까. 나는 그렇게 생각한다.

6

나와 요시무라 사이에 평온한 날들이 이어졌다. 여자 일을 몰랐던 나는 유키의 죽음으로 둘 사이가 전보다도 더 밀접해졌다고 생각했다. 이상한 일도 다 있다. 그런 생활이 내게 습관이 되었다. 만약 행복이라는 게 있다면 바로 이 시기의 내 심정이었다. 어느 날 우리는 영화를 보러갔다. 미국 영화였다. 시끌벅적한 무도회 장면이었다. 어느 노부부가 2층 손잡이에 기대어 아래층의 화려한 무도회를 내려다보고 있었다. "봐"하고 남편이 말했다. "여기에서 보면 이렇게 많은 여자가 있는데, 당신보다 예쁜 여자는 없어"
그저 이렇게 말했을 뿐인데 무슨 착각을 한 건지, 그 때 내게는 우
리가 나이 들어서 똑같은 말을 요시무라가 나에게 하는 거라고 생
각을 한 건가? 내 귀에 그 때의 남편 목소리가 언제까지고 남아있
다.

전쟁이 시작된 건 그 무렵이었다. 요시무라가 전쟁터에 간다고
는 생각지도 않았는데 어느 날 소집되었다. 보통 군인이 아니라 민
간인 신분인 채로 가는 것이었는데 그 취급은 군인과 마찬가지였
다. 아카사카赤坂의 연대에 입대하고 어느 눈 내리는 아침 거기에
서 자바로 출발했다. 자바라는 건 나중에 알았다. 어디로 가는 건
지 아무튼 그날 아침 출발한다는 이야기를 듣고 나는 요시무라의
아버지와 함께 연대 앞에서 시나가와品川역까지 걸었다. 수많은
낯선 병사들 속에 섞여 요시무라가 있다고 들었는데도 시나가와
에 도착할 때까지 병사들 사이에서 그 모습을 찾을 수 없었다. 바
람이 불어왔다. 눈송이에 섞여 아무도 없는 역 플랫폼에 종잇조각
이 떨어졌다. 늦은 건 아니다. 일부러 출발 시간을 숨긴 것이었다.
"아버님 돌아가요" "그래"하고 아버님은 말했다. 아버님이 딱 지
금 내 나이였을 무렵이었다.

그 때부터 삼십 몇 년이나 지났다. 요시무라는 갑자기 요즘, 어
느 잡지에 자바에서의 생활을 쓴 소설을 발표했다. 요시무라는 거
기에서 한 혼혈 네덜란드 여성과 사랑을 했던 것이다. 이 먼 옛날
이야기를 읽고 지금은 남의 이야기를 듣는 것처럼 '어머, 어머'하

고 생각한 것을 나 스스로도 이상하다고 생각한다. 요시무라에게 있어서 여자와의 관계는 여자가 자기를 사랑했다는 것으로 시작되었다. 그것은 아이가 장난감을 손에 넣었을 때의 감정과 비슷했다. 기분 좋은 이 감정을 요시무라는 버리기가 아쉬웠던 것이다. 자기도 여자와 마찬가지로 여자를 좋아했건, 좋아하지 않았건 요시무라는 여자에게 응했다.

요시무라와 나의 경우도 역시 요시무라의 이러한 습관에서 예외는 아니었다는 생각이 든다. 요시무라와의 첫 만남을 생각하면 내 쪽이 먼저 요시무라를 좋아하게 되었다. 좋아해, 라는 말을 하지 않아도 어딘가 좋아하는 남자를 대하는 행동을 했던 것 같다. 그 때문에 나이 차이가 열 살이나 나는 것도, 처지가 물과 기름만큼이나 차이가 나는 것도, 그 때 요시무라를 선택하는 데는 전혀 상관이 없었다는 것을, 요즘 들어 나는 남의 일처럼 확실하게 알 수 있다.

우리는 자주 영화를 보러 다녔다. 영화관 안은 어두웠다. 분명히 눈앞에는 영화가 상영되고 있었는데도, 나는 가끔 바로 옆에 앉아 있는 요시무라 쪽을 봤다. 자리가 어둡고 상대가 알아차릴 우려가 없다고 생각하면 또 봤다. 탐하며 봤다. 어둠 속에서 요시무라의 여자 같은 하얀 얼굴의 윤곽이 밝은 데서 보는 것보다도 한층 더 확실하게 보였다. 요시무라가 안 보고 있는 곳에서 그런 일을 한다는 한 순간의 사로잡힌 생각이 얼마나 즐거웠는지를 나는 지금도 떠올리곤 한다. 남자와 여자 중에서 어느 쪽이 그런 생각에 끌리고, 또 그에 응하는지 모른다. 다만 그 순간에 마음속을 스쳐 지나가는 것이 사랑과는 얼마나 먼 일이었나 하는 생각이었다.

7

8월의 어느 날, 나스의 집에서는 지장보살제라는 축제를 하는 게 관례였다. 이 집 정원에 지금은 크고 작은 19개의 정원용 불상이 놓여 있다. 6년 전 도쿄의 백화점에서 3800엔에 산 게 시작이다. 어느 집 정원에나 있는 석등이 이 산의 잡목만 무성한 뜰에는 어울리지 않아서 석등 대신에 불상만을 모아 두기로 했다. 정원사가 운반해 온 것은 2번째 지장이다. '어머'하고 생각했다. 그 지장님은 살아 있는 사람 같은 얼굴을 하고 있었다. 그 먼 옛날 영화관에서 탐하며 보았던 요시무라의 얼굴과 어딘가 닮아 있다. 얼굴 이외에는 어느 시골 길에나 있는 지장보살과 비슷한 모양으로 정말 지장보살답게 조각되어 있어서, 얼굴 모양의 생생함이 오히려 선명하게 보인다. "이노치라는 돌입니다"라고 말한다. 한자를 물으니 江持 라고 쓴다고 한다. 하얗고 표면이 거칠지만 단단한 돌이라고 한다.

나는 그것을 조교[5] 옆에서 좀 떨어진 곳에 놓게 했다. 잡목이 무성한 그늘이라 나무 잎에 비가 오면 그 물방울이 떨어져 이끼가

5 성문 등에 달아서 올렸다 내렸다 하는 다리

빨리 핀다고 생각했기 때문이다. 그로부터 5년이 된다. 오늘 아침에 보니, 어깨에도 옷 주름에도 머리 꼭대기에도 귀의 움푹 팬 곳에도, 입술에도 시퍼런 이끼가 끼어 있고, 양쪽 발은 마치 초록색 신발을 신고 있는 것처럼 진한 이끼에 덮여 있다. 이 지장보살은 훨씬 옛날부터 여기에 놓여 있었던 것 같은 어떤 안정된 풍취가 있다.

이상한 일이다. 얼굴이 요시무라를 닮았다고 생각하고 요시무라와 아직 무언가 있는 것처럼 느끼거나 했던 일이 이것으로 사라졌다. 지장보살은 이 정원의 풍물의 하나가 되었기 때문이다. 과거는 가끔 나타났다가 다시 사라진다. 그 때마다 상처가 아니라 어떤 감미로운 것으로 변모된 생각이 스쳐지나가는 것도 지장보살 덕인가? 상처라고 생각한 것은 그 한순간일 뿐, 모든 것이 풍물 속에 사라지는 것 같은 기분이 드는 것도.

5년 동안 다른 사람한테 산 것도 있고, 받은 것도 있고 모르는 사람에게 이야기를 들어 그 집까지 받으러 간 적도 있다. 시부야渋谷의 술집에서 전화가 와서 가 보니 목이 없는 아라비아풍의 석상이 다다미 위에 놓여 있었다. 바지를 입고 팔찌를 하고 있다. 목 대신에 돌멩이가 준비되어 있다. 어깨 위에 놓으니 그 돌멩이는 두건을 쓴 사람 머리처럼 보였다. 지금 보니 그 두건의 머리에도 바지 주름에도 파란 이끼가 피어 있다. "이걸 가지고 가서서 다른 지장님에게도 공양을 드려 주세요"하고 말하며 지장과 함께 신슈信州

소면⁶ 을 준 노파도 있었다. 교토의 염색집에서 가마쿠라鎌倉시대 불상을 하나, 겐로쿠元禄시대 것을 하나 보내 주었다. 그 중에 하나 나라奈良의 불상가게에 부탁해서 조각해 받은 실물 크기의 좌상도 있다. 돌은 아와阿波의 사지미카게佐冶御影로 이 돌은 영원토록 닳아 없어지지 않는다고 들었다. 백화점에서 산 정원용 불상에서 시작하여 점점 과열되어 마침내 이렇게 되어 버린 것이다.

멈추지 않는 내 버릇이 이 600평 정원의 나무 그늘이나 돌 그늘에 숨겨진 것처럼 놓여 있다. 이상한 일도 다 있는 법이다. 나이가 들어 더 이상 사람을 사랑할 수 없어진 지금, 마치 사랑에 빠졌을 때와 마찬가지 모습으로 불상을 모으고 있다. 아침에 일어나면 이 열아홉 구의 정원용 불상에 물을 주는 것이 내 하루 일과였다. 매일 이끼가 짙어지는 것이 보이는 것 같았다.

이 날을 연중행사로 기다려 주는 사람도 있었다. 나는 아침부터 요리를 했다. 모든 지장보살 앞에 만두와 포도를 올리고 촛불을 켰다. 문 앞의 큰 벚꽃 나무 잎으로부터 시작하여 감나무, 녹나무, 후박나무, 단풍나무 등 정원의 모든 나무들의 잎에 망을 치고 빨간 제등을 달았다. 제등 안에는 소형전구가 들어 있다. 스위치를 켜면 일시에 정원의 제등에 불이 들어오는 장치로 해 두었다. 여름날은 날이 저무는 게 목이 빠질 정도로 늦다. 손님은 많이 왔다. 산 아래

---

6 신슈(信州)지방의 유명한 건면(乾麵)

마을에 부탁해 둔 초밥집 사람이 와서 큰방 해치 뒤쪽에 가게를 차렸다. 수박과 맥주와 사이다는 연못 속에 넣어 차게 해 두었다. 신앙이 전혀 없는 내가 하는 축제인데 준비를 하고 있는 동안에 마치 산골의 할아버지, 할머니들의 마음속에 있는 것 같은 기분으로 가득했으니 이상하다.

"여러분 뭐든지 드세요" 탁자 위에는 아침부터 내가 만든 요리가 놓여 있다. 내가 만든 것을 남이 먹어주는 즐거움도 남들한테는 밝힐 수 없는 나의 살아있는 일에 대한 기쁨이다. 보고 있는 동안에 여자들이 유카타로 갈아입고 춤추기 시작했다. 남자들도 하나가 되어 여자들의 유타가와 똑같은 유카타를 입고 둥글게 서서 춤추기 시작했다. 나도 역시 유카타를 입고 춤췄다. 나이가 들고 몸이 삐쩍 말라 있는 내 춤은 남이 보면 못이 춤추고 있는 것처럼 보일지도 모른다. 그래도 나는 춤췄다. 우리 집에서는 5, 6년 전부터 민요의 레슨을 하고 있었다. 민요라는 것은 약간 우스꽝스러워 보이기도 한다. 하지만 이럴 때 모두 함께 춤추는 것이 얼마나 즐거운 일인가. 레코드에서 흘러나오는 큰 반주 소리도 이 산속 집에서는 아무에게도 방해가 되지 않는다.

날이 저물었다. "자, 등불을 밝힐게요" 누군가가 큰 소리로 말했다. 우선 사람들은 정원 불상 앞에 묻은 싸구려 양초에 하나 하나 성냥으로 불을 붙이며 걸어갔다. 바람도 없는데 땅에 심은 것 같은 양초불이 하늘하늘하고 흔들렸다. 그와 함께 제등의 스위치를 켜니 정원 전체가 확하고 한 번에 밝아졌다. 그런데 별도 없는 밤의 정원은 아직 밝다고 할 정도는 아니다. 다만 어두운 나무 그늘과 풀 사이에 수없이 등불이 흔들리고 있다. 현수교를 건너 연못 반대편에서 보니 심야의 가로등불 같다. "지장님이 기뻐하고 계세요." 누군가 그렇게 말했다.

매년 같이 이날 밤은 어둡다. 나라奈良에서 트럭을 타고 온 좌상 지장보살만은 이 정원에 놓을 때 스님을 모셔와서 개안식[7]이라는 걸 했는데 그날 밤도 가랑비가 내리는 어두운 밤이었다. 양초를 켰다. 스님이 "가쓰喝!" 하고 말하자 갑자기 지장님의 눈이 열렸다. 열린 것 같았다. 나중에 보니 확실히 눈 안에 조각되어 있음에 틀림없는, 그리고 낮 동안의 밝은 태양빛에서는 결코 보이지 않았던 눈동자의 선이 아래로부터 양초 빛을 받자 그 음영 때문에 마치 눈동자가 떠진 것처럼 보였던 것이다. 지금도 그 앞에서 합장을 하면 지장보살은 뭔가 웃어주는 것처럼 눈을 살짝 실눈처럼 뜨고 눈부신 듯이 내 쪽을 보고 있다. '요상하다'는 것은 이런 장치를 말한다. 문명의 불빛이 아니라 어두운 양초 빛이 아니고서는 볼 수 없는 이런 장치 말이다. 1년 중에 단 한 번, 이날 밤에만 만날 수 있는 불가사의함이다. 탁탁하고 굉장한 소리가 나면서 불꽃이 올라갔다. 여자들이 길에 모여 웅성거렸다.

---

7 불상이나 불화가 완성될 때 올리는 의식

8

요시무라가 자바에 가 있는 동안에 나는 '사랑의 편지'라는 소설을 썼다. 전쟁 중이었기 때문에 '사랑'이라는 글자는 불성실하게 여겨졌다. 그래도 역시 이런 제목으로 한 것은 전장에 나가 있는 요시무라를 향한 내 마음이 그런 제목에 어울린다고 여겼기 때문이다. 제목은 불성실해도 전쟁터에 나가 있는 남편을 향한 것이라는 의미로 발매금지는 되지 않았다. 유별난 출판사 사장이 있어서 책으로 만들어 주었다. 벚꽃 잎이 가득한 빨간 색종이 같은 표지였다. 딱 주머니에 들어갈 정도 크기의 얇은 책이어서 위문품용으로 잘 팔렸다. 마치 전쟁터에 나간 사람을 향한 편지의 역할을 하는 것처럼 보였기 때문이었다. 지금 생각하면 이 책은 요시무라가 자바에서 거기 아가씨하고 사랑을 했던 딱 그 무렵에 나왔던 것이었다. "아무 것도 몰랐었군" 하고 웃는 사람이 있었다고 해도 내게는 그 일이 없었던 거나 마찬가지다. 나는 그 때 내가 몰랐던걸 수치라고 생각하지 않을 뿐 아니라 행복하기조차 했다. 요시무라의 어느 여자에 관한 일도 그게 교묘하게 숨겨 있었기 때문이 아니라 내가, 내 자신이 전혀 알려고 하지 않았다. 그 때문에 알고 있는 사람들도 역시 나 때문에 감춰 주었던 것이다.

요시무라가 자바에서 돌아온 후였는지, 전이었는지, 내가 하던 잡지는 이름이 바뀌었고 그리고 나서 폐간되었다. 일을 그만 둔 뒤에 계산해 보니 그래도 어느 정도의 돈이 남았다. 언제 끝날지도 모르는 전쟁 통에 우리가 쓴 책에서 들어올 거라고 예상되었던 돈이 있을까? 이상한 일이지만 나도 그리고 요시무라도 잡지에서 들어올 돈을 포기하고 있었기 때문에, 갑자기 상대를 믿는 마음이 깊어진 것이었다. 약한 인간에게는 불행도 또한 행복이다. 이 전쟁 중의 3, 4년 동안만큼 우리 사이가 긴밀한 적은 없었다. 결혼했을 때 저렇게 안 어울릴까 하고 생각됐던 사이였는데, 지금은 누가 보더라도 다른 조합은 생각할 수 없다고 여겨졌으니 이상하다.

고이시카와의 집에서 우리가 아타미로 피난 간 게 언제였지? 큰 가재도구는 요시무라의 고향인 도치키의 집에 보내고 책과 옷, 그 밖에 운반할 수 있는 것만을 아타미로 가져갔다. 그것은 마을에서 떨어진 언덕 중간에 있는 집이었다. 큰 저택이었다. 우리는 바깥방은 그대로 두고 뒤쪽 방 2개하고 부엌만 빌렸다. 가끔 집 주인 가족들이 도쿄에서 왔다가 자고 가기도 했다.

고용인 한 명 없는 우리만의 생활은 단조로웠다. 아침에 일어나 내가 아침을 준비하는 사이에 요시무라는 먼지떨이로 장지문을 털고 빗자루로 방을 쓸었다. 이런 일을 생각이나 했을까? 그 다음에 요시무라는 책을 읽고 뭔가 썼다. 어느 작가의 책이나 다 그랬지만, 쓴 것을 발표하기 위한 허가가 언제 날지 몰랐다. 여기 아타미에 피난 와 있는 지인이 두세 명 있었다. 가끔 그 사람들과 왕래하는 일이 있었지만, 그래도 어떻게 이런 단조로운 생활을 훨씬 전부터 쭉 해왔던 것처럼 계속 할 수 있었을까? 그 때 누구나 규제 받고 있던 어떤 힘 속에서 우리는 살고 있었다. 그 생활은 단조롭지 조차 않았다. 어쩌면 우리는 더 혹독한 제약 속에서도 감수하며 생활하지 않았을까? 나도 요시무라도 그 속에서 작은 기쁨을 발견했다. 지금 생각하면 그것이, 그 생활이 가장 충실한 걸 잉태한 시기가 아니었을까 하고도 생각한다. 방안에 틀어박혀 요시무라는 하루 종일 뭔가 쓰고 있었다. 그건 마치 겨울이 되어 벌레가 땅속에 들어가 가만히 봄을 기다릴 때처럼 자연스러웠는데, 그게 나중에 내가 알게 된 어떤 때의 그 요시무라와 같은 요시무라였다고 어떻게 믿을 수 있을까.

부엌에서 나는 먹을 걸 만들었다. 탁주도 밀주했다. 사람들이 식량이 없다고 할 때도, 이곳 아타미에서는 손을 쓰면 뭐든지 있었다. 살아있는 새우도 있었다. 나는 하루 종일 그런 것들을 찾아 다녔다. 뭐든지 손에 들어왔다. 그것은 먹을 것이었지만 뭔가 쾌락을 부르는 종류였다. 전쟁이 격해져서 우리는 아타미에서 다시 한 번 도치키의 시골집으로 피난갔는데 우선 요시무라가 먼저 출발하고 나는 뒤에 남아 자질구레한 것을 정리하고 그 후에 출발했다.

그 때 사서 모아둔 것 중에 석유깡통 가득한 참기름이 있었다. 철도편으로 보냈다가 참기름이라는 게 발각되면 바로 몰수당한다. 나는 그 깡통을 큰 보자기로 싸서 등에 짊어지고 기차를 탔다. 그 기차가 시나가와品川 근처를 질주했을 때였다. 공습 사이렌이 울리고 급정차했다. 나중에 생각하니 기차는 그대로 달리는 편이 좋지 않았을까? 석탄을 나를 때 같은 무개無蓋 기차였다. 콩나물시루에 타고 있던 승객들 위로 여기저기 소이탄이 떨어졌으면 어쩔 뻔했을까? 등에 기름 깡통을 짊어진 내 몸은 새까맣게 타버렸을 것이다. 그뿐인가, 기름이 퍼져서 콩나물시루에 탄 승객 전부에게 불이 옮겨졌겠지. 그러나 탄환은 맞지 않았다. "무서웠어"하고 나중에 이 일을 나는 요시무라에게 이야기했다. 정말로 나는 무서웠나? 나는 무섭고 뭐고도 없었다. 기름에 불이 붙는 것도 두려워하지 않고 나는 기름을 옮긴 건가? 가족들이 기뻐하는 얼굴을 보려고 그 기름을 옮긴 건가? 그렇지 않았다. 나는 뭔가 쾌락 거리라도 될 만한 것으로 기름을 옮긴 것이었다. 전쟁은 내게 있어 일종의 기쁨이었다고 하면 거짓말일까?

도치키의 시골집은 넓었다. 요시무라의 아버지는 그곳에서 공식적으로는 의사를 하면서 은거하듯 살았다. 내게는 시부모와 함께 같은 집에서 사는 첫 경험이었지만, 여기에서도 열 살이나 위인 아들의 부인이라는 대우를 안 받은 게 지금도 이상하다. 아침에 늦게 일어나는 나 때문에 시부모님은 잠에서 깨었어도 잠자리 속에서 내가 일어날 때까지 기다려 주었다.

"가즈에가 지은 밥은 맛있어"라고 말해 주었다. 세 번의 조림요리 중에는 아타미에서 가져온 그 참기름이 들어가 있었다. 나는 이 기름으로 확실히 시부모님의 마음을 차지한 것이라고 지금도 생각한다. 내가 음식을 만들고 있는 사이에 요시무라는 넓은 집 안의 장지문을 먼지떨이로 털었다. 효자 아들과 그 부인이라는 두 사람의 역할이 얼마나 자연스러웠던지.

요시무라의 아버지는 러일전쟁 때 군의관이었다. 그 전쟁 때의 이야기를 하는 게 버릇으로 가끔 "그래, 그 밤은 환한 달밤이었지"라든지 "인간이라는 건 묘해서, 내일도 모르는 처지에 전쟁터를 걷고 있어도 어느 샌가 짐이 늘어나. 화분이라든지 도마라든지, 빈 깡통으로 만든 재떨이라든지. 그리고 그렇게 되고 보면 버리기도 아깝고 말이야" 라든지 "러시아에서도 자반연어는 먹었던 거 같아. 그 때 연어는 맛있었지"라는 식으로 이야기를 꺼내곤 했다. 전쟁 이야기라고 하지만 조금은 장난스럽고 태평스러운 것도 있어서 가끔 나는 "아버님, 그 이야기 또 해 주세요" 하고 말하곤 했다. "러일전 기록"이라는 내 작품은 이렇게 해서 나온 건데 이것도 연세 드신 시아버지를 기쁘게 한 일 중의 하나였고, 또한 가혹한 전쟁의 말기임에도 불구하고 내가 발표할 수 있었던 유일한 작품이었다. 재미있는 건 종군기라고도 할 만한 그 이야기가 암울하지 않고 즐겁게 조차 들렸던 것이었다.

종전을 맞이한 것은 이곳 도치키의 시골집에서였다. 가족들이 방에 앉아 천황폐하의 칙서를 들었다. 뜰의 메밀잣밤나무에서 시끄럽게 매미가 울었다. 아버님은 잠자코 일어나 문갑 뚜껑을 열어 뭔가를 찾았다. 그리고 해가 내리쬐는 뒤쪽 밭두렁을 걸어 마을로 갔다. "우체국에 가신 거야" 하고 요시무라가 말했다. 현금을 인출하기 위해서였다. 패전과 동시에 그 날의 생활을 생각하는 뭔가가 있다고 해도 나는 웃을 수 없었다. 하얀 모시옷을 입은 아버님의 그 뒷모습을 보면서 애처로움 같은 것을 느낀 것을 나는 지금도 잊지 못하겠다.

나는 언제나 우에노上野에서 나스로 돌아오는 기차로 우쓰노미야宇都宮를 통과할 때 '이 앞에 그 집이 있었지' 하고 생각한다. 그 집은 우쓰노미야에서 기차를 내려서 2개 역 정도를 되돌아간 작은 마을에 있었다. 언제든 갈 수 있다고 생각하면서 그 2개 역 정도를 되돌아가는 게 그만 귀찮아진 건지. 하지만 그 집에 지금은 아무도 살지 않는다. 요시무라의 아버님도 어머님도 돌아가시고, 저택도 다른 사람한테 넘어갔다고 들었다. 저택 뒤편에 절이 있었다. 아버님의 묘도 어머님의 묘도 거기에 있을 것이다.

9

그 전화가 있은 지 오늘로 벌써 한 달이나 된다. 당연히 만사를 젖혀두고 달려가야 하지만, 아직 움직이지 않고 있다. 요시무라가 오늘 숨을 거둘까 하고 생각한 날도 있었지만, 그래도 아직 안 가고 있는 내 기분을 나는 잘 알고 있다. "병문안하러 가는 게 좋을지 안 가는 게 좋을지 고민하면서 매일 안 가고 있어요" 어느 날 그녀에게 전화로 그렇게 말하자 "아, 아니에요. 아무쪼록 걱정하지 마세요. 안 오셔도 괜찮아요" 하고 서둘러 답하는 소리가 들렸다. 그녀는 요시무라의 병세가 악화되기 시작할 무렵에 "꼭 한 번 오세요" 하고 말했었다. 나는 그녀의 이 말을 "한 번 오셔서 이별의 말씀을 나눠 주세요" 라는 뜻으로 들었는데, 지금은 그 똑같은 그녀가 오지 말라고 한다.

나는 아, 요시무라가 그렇게 말하는 거구나, 마지막 모습을 내게 보여주고 싶지 않은 거구나, 하고 생각했다. 그 생각 속에는 많은 것들이 담겨 있었다. 봄에 한 번 병원에 갔을 때에도 요시무라는 야위어 있었다. 음식을 먹지 못하는 지금은 더 말라서, 이게 요시무라인가 하고 생각할 정도로 달라져 있을 게 틀림없다. 왜 마지막에 나를 만나고 싶어 하는 걸까. 지금 요시무라에게 있어서 나는 남이다, 아니 그렇다기 보다 더 절실한 슬픔이 내 마음 속을 지나갔다.

2년 전 가을이었다. 나는 어느 병원에서 위 수술을 받았다. 위를 5분의 3 정도 잘라냈다. 대수술이었기 때문에 죽을지도 모른다고 생각했다. 그런데 수술대로 옮겨질 때의 그 평온한 기분은 무엇이었을까. 나 스스로는 아무 것도 못하고 또 아무 것도 하지 않고 그저 남에게 맡기고 있던 그 기간 동안의 기분이 평정함을 초래한 건가? 그러나 그럼에도 불구하고 회복될 때까지 1개월간은 내가 병으로 입원하고 있다는 것을 아무에게도 알리지 않았다. 물론 요시무라에게도 알리거나 하지 않았다. 그렇지 않아도 나이 들어 비쩍 마른 나는 뼈와 가죽만 남아 있었다. 나 스스로도 거울을 보는 게 두려웠다. 수술 후에 처음으로 목욕하면서 거울에 비친 내 나체를 봤을 때의 그 오싹한 기분을 못 잊겠다. 아다치가하라安達が原의

마귀할멈[8]이 이런 모습일까? 하고 생각했다. 이 모습을 남들이 본다면 차라리 죽는 편이 나을 것이다. 이런 죽음의 순간까지 내 몸이 남의 눈에 띄는 것을 싫어하는 기분은 뭘까? 그러나 진짜 죽는 건 더 뒷일이다, 요시무라는 아직 죽지 않는다. 분명히 한 번 더 체력을 되찾을 것이다. 나는 그렇게 생각했다.

10

아오야마 거리에서 묘지 쪽으로 빠져나가는 좁은 길을 오늘도 그 유명한 부부가 지나갔다. 한쪽에는 집을 부순 뒤의 밭이 있고, 한쪽에는 생선가게, 부동산, 우유가게, 스시집, 이발소 따위가 늘어서 있는 좁은 길이다. 남편인 할아버지가 아내인 할머니를 손수레에 싣고 지나가니 두 사람의 얼굴은 지나가는 사람들과 한 번에 마주친다. 이 때 두 사람 모두 똑같이 생글생글 웃는 얼굴을 하고 있는 게 보는 사람의 마음을 울린다.

나이는 둘 다 이미 일흔이 넘었다. 아마 할머니는 반신불구일 것이다. 천으로 덮어 싼 다리 한 쪽만 무슨 이유인지 빨간 털실 신발을 신고 있다. 할아버지는 그 수레를 미는 게 기쁘고, 할머니는 그 수레를 타고 있는 게 기쁜 듯한 모습을 하고 주변 사람들의 눈을 의식하지 않는 모습은 한 장의 그림처럼 보인다. "어떤 거로 할

---

8 오슈(奧州)의 아다치가하라(安達が原)에 사는 무서운 마귀할멈으로 지나가는 나그네들을 잡아먹었다는 전설 속의 인물

래? 이건 비싸려나?" 우리 집에서 일하는 여자애들은 그 부부가 마
켓의 매장에도 수레를 민 채로 들어가 의논하는 모습도 자주 본다
고 한다.

어느 작가가 부부 사이에 사랑이 있다면 그것은 버리지 않는다
는 뜻이다, 라고 쓴 글을 읽은 적이 있다. 어쩌면 남자 쪽에서 보면
그럴 것이다. 여자 쪽으로 보면 참는다는 게 아닐까? 하지만 이 명
물 부부 사이에서는 어떨까? 버리지 않는 것도 아니고 참는 것도
아니고 더 자연스러운 온화한 것일 것이다. 나는 남자하고 무엇을
했나 하고 생각하며 이 명물부부를 볼 때마다 어떤 흐뭇한 기분이
든다.

11

요시무라와 내가 요시무라의 고향인 도치키의 시골집에서 도
쿄로 나온 것은 종전이 되고 얼마 지나지 않았을 때였다. 이상한
일이지만 '스타일'이라는 잡지가 폐간되었을 때 우리가 수입과 지
출을 계산해 보니 얼마인가 돈이 남았는데, 그 돈을 다 썼을 때가
마침 이 종전 때였다. 우리는 내일이라도 당장 뭔가를 해야 했다.
그럴 때 누구나가 그렇듯이 우리는 도쿄로 나왔다. 갈아입을 옷과
얇은 이불을 짊어지고 목숨보다도 중요하다고 생각한 작은 자단
紫壇책상을 짊어지고. 그랬다. 그 때도 전쟁 중에 내가 기름을 날랐
던 기차처럼 콩나물시루 같은 무개 기차였다. 옷을 입고 작은 책상

머리 쪽을 등에 딱 붙인 요시무라의 모습은 기묘했지만 아무도 감동하지 않았고, 또 웃지도 않았다.

우리는 여동생이 있는 센다가야의 어느 집에 정착했다. 거기는 우리가 처음 서로 알게 된 메이지신궁 바깥 정원의 그 산책길에 접해 있었다. 우리는 거기가 우리 사이에 사랑이 싹튼 그 길이라는 사실을 떠올리지도 않았다. 당연히 그럴 수 밖에 없었다. 창에서 바라보는 그 길에는 주둔군 병사가 넘치고 젊은 양공주들이 우왕좌왕하고 있었다.

여동생은 바로 얼마 전까지 그 집에서 한 30m 정도 떨어진, 우리가 잡지사를 했던 그 집 뒤편에 살고 있었다. 우리가 아타미로 가 버리고 나서 그 집을 지키면서 살고 있었는데 큰 공습이 있어서 불탔다. 그래도 그 때까지 그 집 앞에 파놓은 방공호 속에서 살기도 했었는데, 겨우 이 집 2층의 다다미 6장 1칸[9] 을 빌릴 수 있었던 것이다. 그 단 6장 1칸의 방에 동거하려고 생각할 정도로 우리는 절박한 심정에 사로잡혀 있던 걸까. 집 주인은 도쿄에서 청소하는 인부였다. 주둔군의 암거래 물건을 들고서 집에 돌아오는 일도 있었다.

어떻게든 잘 곳을 찾아야 했다. 우리는 단 한 군데, 그런 곳이 있는 것을 떠올렸다. 아니 처음부터 거기에 정착할 작정이었는지

---

9 다다미 1畳=90cm x 180cm 정도로 다다미 6장 1칸은 대략 탁구대 2개 정도의 크기를 말함

도 모르겠다. 그 집은 오모리大森 마고메馬込에 있었다. 여동생이 센다가야의 집으로 오기 전까지 살고 있던 집이다. 아니 여동생이 아니라 내가 그때부터 12, 3년 정도 전에 다른 남자와 같이 살던 집이다. 그 무렵 그 집은 무밭 속에 있었다. 그 남자와 결혼해서 처음으로 지은 집이었다. 그것은 내가 스물네다섯 살 때였다. 저걸 집이라고 할 수 있을까 하고 생각할 정도로 기묘한 집이었다. 근처에 있던 농사꾼의 헛간을 끌어다가 무밭 안에 지은 집으로 방이 딱 한 칸인 초가지붕집이었다. 나중에 밭 위 언덕에 한 채 더, 이번엔 방이 2칸 되는 집을 지었다. 초가지붕집 쪽은 지주에게 넘기고, 나와 그 남자가 헤어진 뒤에 언덕 위의 집에 여동생이 살았던 것이다. 그랬다. 그 남자는 어느 날 그 언덕의 집에서 나간 채 돌아오지 않았기 때문이다.

여동생과 우리는 몇 번이고 그 언덕 위의 집에 부탁하러 갔다. 센다가야로 여동생이 옮기고 나서 그 집은 어느 노부부에게 빌려주었다. 노부부 외에 아들들이 동거하고 있었다. 종전 바로 후에 도쿄에서 잘 데를 찾는 건 애초에 불가능한 일이었다. 2칸 있는 방 중에 좁은 쪽인 거실만이라도 돌려줬으면 좋겠다. 그렇게 부탁하러 간 것이었다. 이제 와 생각해 보면 그런 집에 요시무라와 내가 동거하려고 한 것은 무슨 생각이었던 걸까? 우리는 마치 집은 거기밖에 없다는 듯 발이 닳도록 부탁하러 갔다. 그건 종전 다음 해 봄이었다. 요시무라는 책상을 짊어지고 나하고 여동생은 다른 얼마 안 되는 짐을 들고 그 집에 이사 갔다.

언덕 위에서 보면 바로 눈 아래에 초가지붕 집이 보인다. 지금은 모르는 사람이 살고 있는데 밤이 되면 그 창에 불이 켜진다. 초가지붕집인데 그건 확실히 내가 선택해서 만든 진한 감색 커튼이 걸려 있고, 등불은 그 안에서 뿌옇게 비춰 보인다. 그 남자와 둘이서 살았을 때와 조금도 바뀌지 않았다. 그렇게 생각해도 좋을 텐데, 나는 그 때 그 창을 그저 옆집 창으로 볼 뿐이었다. 그 초가지붕 건너편에는 그 남자의 형부부와 아이들이 지금도 살고 있을 것이다. 우리는 그래도 그 언덕의 집으로 온 것이다. 내가 그것을 신경 쓸 겨를도 없었듯이 요시무라도 또한 거기에 대해서는 한 마디도 하려고 하지 않았다.

어느 날의 일이다. "실례합니다" 하고 말하며 누군가 찾아왔다. 그것은 전쟁 전에 내가 잘 알고 있는 사람이 보낸 심부름꾼이었다. 이 날 일을 생각할 때마다 나는 그게 있을 수 있는 일처럼 아무렇지도 않게 그 이야기를 듣고 있던 내 자신이 미치지 않았나 하고 생각한다. "그 잡지를 다시 한 번 해 볼 생각은 없는지 물어보고 오라고 하셨습니다" 하고 그 사람은 말했다. 우리가 전쟁 중에 폐간시킨 그 잡지를 지금 이렇게 전쟁 중보다 더 혼란스럽고 물자가 편재해 있는 상황에서 어떻게 할 수 있단 말인가. "하신다고 정해지면 종이는 확보해 두었습니다. 지금도 융통할 수 있고, 뭐하시면 좁고 더러운 곳이지만 유라쿠초有楽町의 불탄 터에 대충 지은 사무실도 있습니다" 그게 가능한가?

나중에 생각하니 그 사람은 전쟁 전에 우리가 했던 그 잡지가 전쟁이 끝나고 세상의 모든 것이 확하고 미국화 되어 가는 것처럼 보이는 지금 시기에 가장 알맞는 잡지가 되지 않을까? 자금도 빌려 주고 종이도 제공한다고 해도 그 일은 보고만 있어도 재미있지 않을까. 그렇게 눈독을 들인 건지도 모른다. 그건 전혀 황당한 예측은 아니었을지도 모른다. 그렇다고 해도 그 때 우리가 생각하기에 그렇게 하기 위해서는 막대한 자금과 종이가 필요했다. 그것을 무상으로 제공한다는 것이었다.

내가 그 사람의 말을 아무 의심 없이 믿었다는 게 이상하다. 그때는 당장 내일 일도 모르는 궁지에 몰린 절박한 심경이었는데, 꿈같은 그 사람의 계획을 나는 그대로 받아들인 것이었다.

나는 그 후에 종종 이 때 일을 생각한다. "그 때 그 사람이 하는 말을 믿지 않았더라면" 이 모험으로 보이는 일이 우리에게 가져온 것은 무엇이었을까. 그것은 훨씬 뒤에 남들이 생각하는 일이었다.

12

우리는 아침에 일찍 일어나 도시락을 싸서 역까지 가는 언덕길을 1.5 킬로미터나 걸어서 콩나물시루 같은 전철을 탔다. 불탄 터속의 빌딩 4층에 그 방이 있었다. 한 명인가 두 명 정도 원래 잡지사에서 일하던 사람을 불러서 함께 일을 시작했다. '잡지 스타일 재발행. 1년간 예약구독료 366엔' 두 세군데 신문에 그런 광고를 내자 어느 날 아침에 한통의 어음이 왔다. 또 왔다. 쇄도해 왔다.

이런 일이 있을 수 있단 말인가. 그러나 나중에 생각하니 색이 칠해진 종잇조각조차 없던 전쟁 직후의 그 시절에 가볍고 유쾌하기조차 한 잡지가 나온다. 그렇게 생각한 사람들이 보내온 어음이었던 것이다.

"아, 손끝이 아파" 여동생이 그렇게 말했다. 여동생이 어음 봉투를 열고, 나는 이름을 수첩에 기입했다. 그건 뭔가 손으로 하는 부업과 비슷했다. 우리는 매일 보내오는 그 어음을 보자기에 싸서 사무실에서 집까지 가지고 돌아왔다. 그리고 다음날 아침에는 역 앞에 있는 은행에 맡겼다. 믿기 힘든 일이지만 그 어음 봉투로 우리는 목욕물을 데웠다.

우리의 성질만큼 변덕스러운 게 있을까. 기왓장과 자갈투성이의 거리를 보고 있는 동안에 우리는 어떤 뜻밖의 일이 벌어져도 놀라지 않는 사람이 되어 있었다. 이런 우리의 일상 속에서 평정을 유지하거나 하는 게 가능했을까. 매일 아침 우리는 도시락을 싸서 역까지 가는 언덕길을 걸어 콩나물시루 전철에서 흔들리면서 겁 없는 사람이 되고 있었다. 어음으로 그 사람에게 빌려야 했던 자금이 필요 없어지자 잡지의 복간을 생각한 게 누구였는지 그조차도 떠올리지 않았다.

복간 제1호가 나왔을 때의 일을 우리는 잊었나? 잡지를 하루라도 빨리 받기 위해 모여든 사람들의 줄이 빌딩을 두 바퀴 돌아 뒷길까지 이어졌다. "이건 우리 밭에서 딴 건데" 하고 말하며 무를 가져온 사람이 있었다. 4층 창을 열고 이 모습을 보아도 우리는 놀라지 않았다. 성공은 당연하다고 생각했기 때문이다. 아이러니하게도 금지되었던 뒷거래 종이가 계속해서 손에 들어오고 큰 인쇄소에서 대량의 부수가 소화되었다. 뭔가 잘 짜인 속임수처럼 이러한 착오는 발견되지도 않았다.

그리고 그 뒤에 일어난 일은 우리를 어떤 한 개의 구덩이 속으로 유도해 간 것 같다. 돈이 물처럼 들어왔을 때 그것을 버리는 방법이 고안된다. 어느 날 유라쿠쵸의 빌딩이 팔리게 되어 우리는 어딘가 다른 곳에 사무실을 얻어야했다. 아무데도 그런 곳은 없었다. 언제나 그럴 때 나는 꼭 충동이랄 수밖에 없는 움직임으로 휙 하고 움직이기 시작한다. 이러한 내 성질을 뭐라고 해야 할지 모르겠다. 그런 데가 없다는 사실이 나를 움직이기라도 한 건가? 기왓장과 자갈 속을 방황하는 사이에 나는 내 사무실을 그 기왓장 속에 세우고 싶다고 생각했다. 비가 내리고 있었다. 이 동네에서 저 동네로 걸었다. "아! 선생님" 하고 그 남자가 말했다. 그 사람은 아주 옛날에 요시무라의 옷을 만든 적이 있는 양복가게 주인이었다. "어딘가 작은 사무실을 지을 데가 없을까요?" "있죠, 선생님" 하고 그 남자가 말했다.

그 남자는 바로 거기 긴자의 길모퉁이에 딱 40평 정도 되는 땅의 소유권을 갖고 있었다. 그러나 그 권리금으로 지불할 돈이 없었다. 지금 그 40평분의 권리금을 전부 지불해 준다면 40평의 반을 양도해도 좋다는 이야기였다. 이런 이야기가 가능한가? 20평 있으면 사무실을 지을 수 있다. 이런 도쿄의 도시 한 복판에 사무실을 지을 수 있다. 거래는 빗속에서 성사됐다. 잡지를 발행하는데 긴자 한복판에 사무실을 가질 필요는 없다는 등의 이야기는 지금은 생각할 때가 아니었다. 그렇다고는 해도 요시무라가 이 이야기를 들었을 때 어떤 표정을 지었는지 지금은 떠오르지 않는다. 아마 긴자 한복판이라고 해도 싫다고는 안 했던 거 같은데, 그리고 그 뒤 2, 3개월 동안 거기에 목조 2층의 사무실이 완성될 때까지 우왕좌왕했던 내 모습은 확실히 생각나는데, 요시무라의 모습이 떠오르지 않는 건 이상하다. 나와 같이 있는 동안 언제나 이럴 때 요시무라는 어떻게 하고 있었지? 어쩌면 어떤 경우든 부지불식중에 나만 달리고 있던 걸까? 요시무라가 할 일이 뭐가 있었지? 이 일은 둘 사이가 결정적으로 어긋나는 원인이 되었던 것 같다.

13

거리에는 아직 목조건축의 집이 한 채도 없던 시절의 일이었다. 흰 페인트를 칠한 그 새하얀 2층집이 가건물과 불탄 자리에 대충 지은 빌딩 사이에서 얼마나 사람들 눈에 띠었겠나. 2층 사무실은 넓고 아래층의 주거공간은 쾌적했다. 채광창을 넣은 안뜰도 있었다. 목욕탕도 있었다. 바로 1년 전에 책상을 짊어지고 시골에서 올라왔는데 지금은 이렇게 긴자 한복판의 새 집에 이사했다. 나는 지금도 그 때 일을 떠올릴 때마다 어떻게 그게 전쟁이 끝난 직후의 혼잡한 틈을 탄 가공할만한 사건이라고 생각하지 않았는지 모르

겠다. 짐을 정리할 시간도 아까워서 우리는 그 집을 나왔다. 초가
지붕집은 역시 거기에 있었지만 뒤돌아보지도 않았다.

"이상적인 생활이네요" 하고 그 무렵 어느 사원이 했던 이 말
을 나는 지금도 떠올린다. 낮에는 일하고 밤에는 술을 마시며 노는
생활을 그렇게 말한 것이다. 어느 사이엔가 사원은 12, 3명이 되었
다. "어이!" 하고 우리는 차를 불렀다. 회사가 끝나면 길모퉁이에
서서 차를 부르는 게 습관이었는데 가끔은 빈 트럭을 세우기도 했
다. 술집과 댄스장은 어디에나 있었다. 돈이 물처럼 있는데 뭘 생
각할 필요가 있을까. 오늘은 돈이 들어왔지만 내일은 안 들어 올
거라는 따위를 어떻게 생각할 수 있겠는가. 아침에 일어나면 습관
처럼 늘상 나는 근처 미장원에 갔다. 이마 위에 컬한 머리를 얹고
발뒤꿈치가 안 보일 정도로 긴 스커트를 휘날리며 거리를 걷고 있
던 게 나였단 말인가.

어느 날의 일이었다. "변호사가 와 있어. 그 여자 돈에 관해서
말이야" 하고 요시무라가 말했다. 인간이란 참 이상한 존재이다.
내 자신이 이보다 더 경박할 수 없을 정도로 들떠 있는 생활을 하
고 있을 때는, 상대가 아무리 쇼킹한 일을 고백해도 그걸로 충격을
받을 정도로 순진한 기분은 아닌 것이다. "그 여자라니?" 하고 나
는 아무렇지도 않게 되물었다. 그 여자 일이 있은 지 벌써 5년이나
된다. 언제 내가 그걸 알았는지 기억나지 않는다. 그렇다. 그 때다.
아타미에 피난갔을 때였다. 나는 뭔가 짐을 들고 있었다. 신바시新
橋역 바로 앞에 있는 다리 근처에서였다. "나한테도 책임이 있으

니까"하고 요시무라가 말했다. 사람들이 왔다 갔다 했다. 해질녘
이라 요시무라의 얼굴은 보이지 않았다. 요시무라는 일이 있어서
도쿄에 남고, 나만 아타미로 돌아갈 때였다. "여기서 헤어져 줘"
하고 요시무라가 말했다. "그 여자한테 가는 거야?" 하고 내가 말
했다. 어두운 거리라서 그랬는지 나는 울지 않았다. 한창 전쟁 중
이었다. 헤어질 수 없어도 헤어지지 않으면 안 되었다. 나는 그렇
게 생각했다. 나 스스로도 믿을 수 없는 일이지만 이럴 때 나는 언
제나 그 당시의 내 기분과는 반대로 "그래, 좋아"하고 말했다. 사
람들이 걷고 있었기 때문에 그렇게 말하는 게 쉬웠는지도 모르겠
다. "그럼, 잘 가" 하고 말하고 걷기 시작했을 때 왜 뒤도 안 돌아
봤는지 모르겠다. 요시무라가 아타미의 집에 돌아온 것은 그 다음
날 저녁이었다. '그대로 헤어졌더라면 어떻게 됐을까?' 나는 혼자
그렇게 생각했다. 그리고 우리는 아무 일도 없던 것처럼 지금까지
살아왔다. "아이 양육도 있고 지금부터는 확실히 금액을 정해서
매달 그 변호사한테 돈을 보내래" 그렇다. 아이가 있었다는 것조
차 나는 생각하지 않았다. 단지 돈만 요구해 오거나 하니까, 지금
은 그 여자와 요시무라 사이에 감정의 교류조차 없어졌다는 것을
이해하는 것만으로 충분했다. 내 눈에 그 센다가야에 있었을 무렵
의 그 여자의 큰 눈이 떠올랐다.

　그 순간 나는 그 커다란 눈을 증오와 비슷한 기분으로 떠올렸
다. 그와 동시에 지금은 그 여자가 단지 돈만 요구하는 여자가 됐
다는 사실에, 일종의 환희의 감정을 품었던 걸 잊지 못하겠다. 이

럴 때 어째서 여자는 남자의 상대가 됐던 여자만을 미워하는 걸까? 틀림없이 그 여자도 또 다른 여자들처럼 말로 할 수 없는 많은 감정을 가지고 있었을 거라고 왜 생각하지 못하는 걸까? 그 여자만 미워하면 이야기가 끝나기 때문이다. 지금은 나도 이걸 잘 안다. 요구받은 금액이 얼마였는지 잊어버렸지만 이야기는 정리됐다. 이것이 내가 그 여자에 대해 들었던 마지막 이야기였다. 돈이 물처럼 들어오는데 옛날 여자와 그 아이에게 좀 나눠주면 안 되나? 중재하는 사람이 그렇게 말했다는 걸 들어도 나는 침착함을 잃지 않았다. 그리고 나는 한 달음에 이 일을 잊었다. 나는 언제나 기쁘지 않은 일이 있으면 서둘러 잊으려고 했다. 떠올리지 않도록 했다. 그리고 완전히 잊어버리게 됐다. 이것이 나의 인생관이기도 했지만, 그러나 나는 몰래 생각한다. 나는 그만큼 나약하고 겁쟁이인지도 모른다고.

14

비가 갰다. 어딘가 멀리서 아직 천둥소리가 들리는데 벌써 새가 울고 있다. 구름 사이로 깜짝 놀랄 만큼 파란 하늘이 보인다. 나는 납작한 고무 샌들을 좋아한다. 발바닥에 딱 달라붙어 마치 맨발로 걷는 것 같은 느낌이 들기 때문이다. 경사진 산의 정원은 비가 금방 빠진다. 그런데도 얼마나 이끼가 피는지. 불과 60센티 정도의 폭도 안 되는 길에 까지 피었다. 이 정원을 만들 때 나는 매일

이끼를 찾으러 다녔다. 사랑을 하지 않게 되고나서 매일 이끼 찾기인가 하고 웃으면서 작은 소쿠리와 호미를 들고. 이끼는 어디에나 있었다. 소쿠리는 금방 가득 찼다. 집에 돌아오면 정원석 그늘이나 나무 밑에 심었다. 교토의 이끼절苔寺[10] 도 처음에는 절의 노승이 산에서 따와서 심은 거라고 들었다. 그 이끼절처럼 될지도 모르겠다. 그렇게 생각했다. 그러나 정원을 만들고 2년째의 일이다. 눈이 녹고 풀의 싹이 나기 시작할 무렵에 보니 내가 심지 않은 장소에까지 희미하게 이끼가 자라고 있는 게 아닌가? 뜰에 세워놓은 부처의 옷주름에도 발가락에도 살짝 이끼가 피어있다. 이끼는 심는 게 아니라 나는 것이다. 그렇게 생각하기 시작했다. 지금은 안뜰 어디나 파랗다. 그 중에서도 웅크림[11] 과 정원석을 덮고 있는 벨벳 같은 이끼의 깊이란. 고무 샌들을 통해 어렴풋이 이끼의 감촉을 느끼는 즐거움은 각별하다.

여기에도 지금은 하나의 마을이 된 것처럼 집이 세워졌다. 작년 가을에 앞에 빨간 지붕 집이 세워지고. 올 봄에 아직 나무 싹도 돋아나지 않았을 무렵에 처음 와서 보니 우리 집으로 돌아가는 길 모퉁이에 낯선 큰 2층집이 세워져 있었다. '어머'하고 생각했다. 길을 잘못 들었나 하고 깜짝 놀랐다. 이 뒷집은 1년 내내 여기에 산

---

10 교토시 서부에 위치한 사이호지(西芳寺)라는 사원으로, 경내를 120여종의 이끼가 덮고 있어서 '이끼절(苔寺)'이라고도 불린다.
11 툇마루 가까운 뜰이나 다실 입구에 설치해 놓은 손 씻은 물그릇.

다고 한다. 아침 7시가 되면 아이가 가방을 들고 학교로 가는 모습이 보인다. 산 아래 학교까지 1리 정도 될까? 빨간 작은 자전거와 그네가 보인다. 잔디를 심은 정원은 우리 정원과는 정반대로 하루 종일 햇살이 가득 비치고 있다. 집도 정원도 확실히 서양식인데 우리 연못과 이어진 위쪽 연못에 물을 깊게 파서 흡사 시골의 작은 시냇물에서 돌리는 것 같은 물레방아를 돌리고 있었다. "우리를 위해서 만들어 준 거네" 우리는 그렇게 말했다. 땅보다 연못이 낮은 그 집에서는 보이지 않지만, 우리 집 정원에서도 복도에서도 아직 물에 익숙하지 않은 새 물레방아가 잘 보였기 때문이다.

다른 집이 생겼다는 건 묘한 기분이 드는 법이다. 산 속의 외딴 집으로 밤에도 오로지 우리 집에서 새어나오는 불빛만이 나무들 사이를 지나 땅을 더듬어가는 거라고 생각했는데, 지금은 뒷집에서도 앞에서도 동시에 불이 켜진다. 언제나 거기에도 사람이 산다는 감각이 있다. 나 같은 변덕쟁이 노인의 눈에도 이렇게 산이 사람 사는 마을로 되어 가는 모습을 보는 것이 싫지는 않다.

내가 이 산 속에 처음으로 집을 지은 것은 6년 정도 전이었다. 그것도 집이라고 할 수 있을까. 조립식의 다다미 6장 1칸의 집이었다. 100평 정도의 땅을 사서 거기에 세운 집이었다. 조릿대에 덮인 아직 원시림 속 같은 그 대지에 어떻게든 집을 짓고 싶다고 생각한 내 기분을 나도 모르겠다. 내 손에는 그 정도의 돈밖에 없었다. 언제나 나는 내가 가진 돈을 다 써서 뭔가 시작하는 버릇이 있었다. 마을에서 여기까지 오는데 1리는 됐다. 돌멩이가 굴러다니는 길에서 질주하는 차 주위로 먼지가 일었다.

그 집은 열흘에 완성됐다. 열흘 정도면 된다고 했기 때문에 지을 생각이 들었던 걸지도 모르겠다. 나는 그 동안 이불과 책상을 가지고 산 아래 마을의 여관에서 기다리고 있었다. 냄비와 이불을 가지고 집이 완성되기까지 기다린다는 건 얼마나 이상한 일인가. 아무리 이상한 일이라도 그걸 하는 게 나에게는 뭔가 의미라도 있던 걸까. 조잡한 목재 냄새가 났다. 그러나 다다미 위에 앉아서 내 땅에 이어진 원시림의 그 조용함을 봤을 때 어떤 감동이 일었다. 봄이었다. 새가 울고 있었다. 나무들의 싹이 막 트기 시작했을 무렵이었다. 아직 전기도 수도도 나오지 않았는데 연못으로 내려가 얼음을 깨고 양초 불로 밤을 새운 것도 어제 일 같다. 이윽고 언제나 그랬듯이 대지를 골짜기 저쪽까지 사서 확장하고 집을 두 채나 지어서 늘리고, 마치 이런 집짓는 일밖에 할 일이 없는 것처럼 푹 빠져서 5년 동안 살았던 것 같다.

혼자 살게 된 후, 누구도 내가 하는 일을 말리는 사람이 없었다. 생각이 떠오르는 순간에 나는 시작했다. 나이가 들었으니 죽을 때까지 할 일을 하루라도 빨리 해 버리고 싶은 건가 하고 남들이 이상하게 생각하기도 했지만, 그러나 이 버릇은 나이 먹고 생긴 게 아니다. "벌써 일흔을 훌쩍 넘겼는데도 아직도 집을 짓겠다니, 그 속을 모르겠어" 하고 남들이 말했다고 한다. 죽을 때까지 앞으로 며칠밖에 없다는 걸 알아도 그 며칠 동안 기쁘게 여길 일이 내게는 필요하다. 집이 완성되고 나서 골짜기에 걸쳐 있는 넓은 정원에 계속해서 나무를 심었다. 어떤 때는 단풍나무에 빠져서 단풍나무만 70그루나 심었다. 소나무며 삼나무며 겨울이 되어도 잎이 파란 나무는 모두 베어냈다. 정원 가득 잡목만 심은 것은 봄, 여름, 가을, 겨울의 풍경이 각각의 멋으로 단일해지기 때문이다. 돌은 산에서 트럭으로 날라 왔다. 이름 있는 돌은 아니지만 형태와 크기를 보고 배치를 정하는 건 재미있는 일이었다. 마지막으로 골짜기 양쪽을 잇기 위해, 베어낸 나무를 통나무 채로 같은 길이로 자른 것을 나란히 늘어놓아 작은 다리를 만들었다. 돌이 물을 막고 골짜기 안에 폭포가 생기고 물이 물보라를 치며 흘러가는 건 장관이었다. 그래도 집이며 나무며 물이며 돌이며 아무리 만지작거려 보아도 소리를 내지 않는 것만을 상대로 하며 사는 것이 노인의 특색이라는 걸까.

15

"머리를 휙 하고 뒤로 넘기고 거기에서 달려나왔어요. 언제나 남들 눈에 띠는 일만 하는 여자에요" 하고 말한 사람이 있다. "언제나 그 가게에서 만나서 같이 외출하는 거에요. 그 있잖아요, 가로수길 모퉁이에 있는 아자미라는 양장점이요" 하고 말하고 간 사람도 있었다. 나는 그런 말 중 어느 하나도 제대로 듣지 않았다. 아니, 제대로 듣지 않는 척을 했다. 세상에는 그 남자와 관련된 여자의 어떤 행동거지도 모두 빠지지 않고 알고 싶어 하는 여자도 있다. 나는 그런 사람만큼 용기가 없었다고 할까. 그런 종류의 어떤 이야기도 듣는 게 싫었다. 가능하면 어떤 이야기도 모르고 끝내고 싶었다. 모르고 있기만 하면 내게는 그런 어떤 일들도 없는 것과 마찬가지였다. 그러나 남들은 그런 나를 안타깝게 여겼다. 언젠가 이런 이야기를 들어도 아무렇지도 않을까? 라는 식으로 다음과 같은 말을 한 사람이 있었다. "그 여자 집에 있을 때는 요시무라 씨는 목욕물까지 데워요"

나중에 요시무라는 자기 소설 속에 그 여자에게 집을 사준 일을 썼다. 돈 있는 남자는 누구나 그런 일을 하는 법이다. 그래도 그 여자 집에 있을 때에는 목욕물까지 데운다는 이야기는 내게 어떻게 들렸을까. 요시무라는 집 안에서는 무슨 일이든 남에게 명령하고 시켰다. 내 눈에 떠오르는 것은 목욕탕 아궁이에 쭈그리고 앉아 성냥으로 불을 붙이고 있는 요시무라의 모습이었다. 요시무라에게는 그 일마저도 즐거운 일이었다는 걸 나도 잘 알고 있었다. 그러나 나는 서둘러 요시무라의 그 모습을 머릿속에서 지워버렸다. 만약 내게 자존심이라는 게 있다면 얼마나 괴로웠을까하고 여겨지는 이 일까지도 나는 서둘러 잊었던 것이다. 이런 종류의 소문을 들은 누구나가 해를 가한 자를 칭찬하고 해를 입은 자를 비웃는다는 것조차 이 때의 내 마음에는 떠오르지 않았다. 그리고 요시무라에게는 여자에 관해서 한마디도 묻지 않았다.

그 후의 내 생활은 무의식 속이기는 했지만 그 여자 일을 잊는다는 것으로 가득했다. 나는 언제나 무슨 일엔가 매달려서 그 일을 떠올리지 않으려고 했다. 그런 일에는 천재였다. 내게는 내 자신을 열중하게 만드는 일이 잔뜩 있었다. 나는 그것을 생각난 순간에 이미 시작하고 있었다. 전쟁이 끝난 지 얼마 안 됐고, 어디든 땅이 비어 있었다. 여기가 좋겠다고 생각한 곳에 땅은 어디든 있었다. 어느 날, 쓰키지築地의 불탄 터를 걷고 있자니 불과 한 채 인가 두 채 새롭게 요리집이 들어서 있고, 그 사이에 빈 땅이 있었다.

뜻밖에도 전쟁 전에는 누구누구라고 불린 기생들이 인력거를 타고 왕래했던 동네일 것이다. 이상하게도 그런 여자들에 관해 잘 모르는 내 마음 속에, 숨겨진 동경 같은 게 있었다. 그 날 중으로 그곳을 사기로 정했다. 그러나 나는 그 일을 요시무라에게는 말하지 않았나? "여기에서 1, 200미터 떨어진 곳이야. 연무장 좀 앞이야. 지금처럼 아침저녁 생활과 일의 장소가 같은 건 몸에 좋지 않은 거 같아. 딱 산보하는 정도의 거리니까 좋잖아?" 확실히 그렇게 말했던 기억이 있는데, 그것을 들은 요시무라가 뭐라고 했는지 전혀 기억이 나지 않는다.

나는 집 일에 빠져 있었다. 그때까지 나는 네다섯 채의 집을 지었다. 마고메의 무밭 속의 초가지붕 집이 처음이었다. 어느 때고 그 때마다 정성을 다해 집을 지었는데 생각대로 되지 않아 허술한 데가 있었다. 요시무라와 결혼하기 전에도 교외의 밭 가운데 집 한 채를 지었다. 본채와 별채를 긴 복도로 연결한 집이었다. 가쓰라리궁桂離宮을 본뜰 생각이었다. 그 집도 요시무라와 결혼해서 필요 없어졌다. 살고 2, 3개월 지나 그대로 반년이나 방치해 두었을까?

어느 날 가보니 객실 다다미와 다다미 사이에 죽순이 나 있었다. 뒤쪽 대밭의 뿌리가 집의 마루 아래까지 뻗어와 다다미 사이에서 뾰족하게 30센티 정도 되는 죽순이 나있던 것이다.

내게 집은 단지 짓는 것일 뿐 거기에 몇 년이고 계속 살면서 정성을 다하고 소중히 할 물건은 아닌 건가? 이 때 고비키쵸木挽町에 지은 집도 그 무렵에는 천금을 들였다고 할 정도로 호화스러운 것이었는데 이윽고 완성되고 3년도 안 지나서 거기에서 내쫓기듯 도망쳐야 된다는 걸 그 때 알았을까? 그래도 나는 그 때 이 집에 관해 요시무라와 상의했던가? 아니 확실히 긴자의 그 2층짜리 사무실에서 잡지 편집을 하고 있는 사원들이 보고 있는 앞에서 그 설계도를 펼치고 "여기 2층 큰 방이 당신 서재야. 현관 옆은 차고이고. 차고까지 좀 보면 일본풍의 판자처럼 되어 있는데 이설계사의 자랑이야" 그런 말을 한 기억이 있는데 그 때 요시무라가 어떤 얼굴을 하고 그 말을 듣고 있었는지 그 얼굴은 떠오르지 않는다.

그랬다. 요시무라는 그 이야기를 듣고 있지는 않았다. 내가 하는 일은 뭐든지 하도록 내버려 두었다고 할까? 그렇기도 했지만 그 때 요시무라에게 사실은 집 같은 건 아무래도 상관없었다. 내가 짓는다는 집이 어떤 집이어도 그저 그 안에 살면 됐다. 지금 생각해도 내가 설계한 그 2층 큰 방에 요시무라가 책상을 놓고 거기에서 일을 하던 모습은 전혀 떠오르지 않는다. 그랬다. 요시무라는 그 긴자의 어수선한 사무실이나, 아니면 내가 모르는 다른 곳에서 일을 하고 있었다. 내가 설계한 집은 요시무라에게 있어 임시거처라고 할 만한 것이었으니까.

집이 완성되자 나는 이것저것 집 안에 둘 가재도구를 사러 다녔다. 그 무렵에는 아직 좋은 걸 모으는 건 곤란했다. 그런 골동품이라고 할 만한 오래된 것 들 중에는 재미있는 것도 많았다. 서화, 도자기 같은 종류의 오래된 것을 사는데 분주했던 게 바로 이 무렵이었다. 그렇긴 해도 그건 뭐였지? 아침저녁으로 바쁘게 뛰어다니면서 문득 멈추어 서면 마음속을 불며 지나가는 바람 같은 그 생각은.

고비키쵸의 집 일에서 손을 떼자 나는 또 아타미에 집을 샀다. 아타미는 전쟁 중에 우리가 피난갔던 곳이었다. 역 바로 근처의, 그러나 화단이 있는 한적한 집이었다. 낡은 집이었지만 현관을 다시 만들고 주위의 울타리를 토담식으로 고치자 몰라볼 정도로 풍아한 멋이 풍기는 집이 되었다. "이 집에서라면 일이 되겠지? 도쿄에서 완전히 떨어져 있잖아. 마음도 안정되고 게다가 집 안에 온천이 있다니 얼마나 멋져" 그런 말을 요시무라에게 한 기억이 있다. 그러나 또 이 집도 3년도 안 지나서 다른 사람 손에 넘어가게 될 거라는 걸 어떻게 그 때 생각이나 했겠는가? "아타미에 다녀올게" 하고 말하며 나간 요시무라가 3, 4일이나 돌아오지 않을 때는 아타미의 집이 아니라 내가 모르는 다른 집에 있던 거라는 걸 그 때 어떻게 알았겠나?

16

그때까지 발행하고 있던 스타일 이외에 새 잡지를 하나 더 기획한 것도 이런 일련의 방대한 지출경비 중의 하나였을까? 나는 아타미에 집을 산 후에 또 엉뚱한 일을 생각해낸 것이다. 잡지가 하나 있지만, 하나 더 새 잡지를 내는 게 왜 나쁜 일인가? 스타일은 젊은 여성용 잡지이다. 읽을거리가 풍성한 성인용 잡지를 하나 더 내는 게 왜 나쁜가? 새 잡지를 내는 게 얼마나 곤란한지 생각할 바가 아니었다. 곤란하면 할수록 거기에 마음이 뺏기는 일이 많겠지. 나는 시작했다. 이름은 '도서잡지'로 결정됐다. 스타일의 방식과 반대로 좀 딱딱한 이 잡지 이름이 얼마나 내 마음에 들었는지.

편집방침은 정해져 있었다. 아직 그 무렵에도 인쇄소나 종이가게와의 교섭에는 많은 지장이 있을 거라고 생각됐는데 예상과 달리 모든 일이 착착 진행됐다. 집필을 의뢰하기 위해 나는 많은 사람을 만났다. "어떻게 생각하세요? 옛날 멤버를 늘어놓고 여기에다가 생각지도 못한 신인을 넣는 거에요" 계획서를 앞에 두고 내가 이렇게 물은 건 요시무라가 아니었다. 그곳은 긴자 거리에 새롭게 생기기 시작한 멋진 고급 커피숍 안이었다. "글쎄요, 상당한 모험일지도 몰라요" 그 남자는 바로 대답하기를 주저하듯 웃으며 말했다. 탁자 위에 희고 큰 손이 있었다. 그 순간 내 눈에는 그 하얀 손이 꼭 남편의 그것처럼 보였던 것을 지금도 못 잊겠다.

잡지는 나왔다. 3개월 지난 뒤에 70퍼센트가 반품됐다는 걸 알았다. "창간호가 확 팔리는 건 아니에요. 조금 더 상태를 봐야죠" 내가 낙담하지 않게 사람들이 그렇게 말했다. 요시무라가 어떻게 말했는지 이 때도 기억나지 않는다. 그 잡지가 폐간된 것은 1년 지나고 나서이다. 그 1년 동안 도대체 얼마만큼 손실이 쌓였는지 누구 하나 나에게 숫자를 보여주는 사람이 없었다. 물처럼 돈을 벌었는데 내가 저지른 과실이라고 할 수 있는 수많은 비용 때문에 회사 자산이 흔들린다는 따위의 일이 있을 수 있나? 나는 그렇게 믿어 의심치 않았다.

어느 해 연말이었다. 나는 벨기에에 집을 가지고 있는 어떤 사람의 권유로 파리에 가게 되었다. 웬일인지 이 외국여행도 내게는 그다지 내키지 않는 일이었다. 지금 와서 생각하면 요시무라가 있는 곳을 떠나는 게 싫었던 건가. 내게는 처음 보는 유럽의 풍물에도 호기심이 일지 않았다. "가면 좋아요. 나를 따라오면 돼요. 아무 걱정도 필요 없어요" 하고 그 사람은 말했다. 확실히 가면 됐다. 요시무라 일을 걱정하면서 내게 뭘 할 일이 있었을까? 나는 파리에서 입기 위해 옷을 만들었다. 많은 사람들이 배웅하러 왔다. 아직 세상이 안정된 시대는 아니라서 유럽 같은 데로 가는 사람은 거의 없었다. 비행기 앞머리 부분에 서서 손을 들어 배웅 온 사람들에게 답하고 있을 때 요시무라의 모습이 사람들 뒤로 작게 보였다. 뭔가 서로 손이 닿지 않는 곳에 있는 사람처럼.

파리에는 3개월이나 있었을까? 어느 날 요시무라한테 편지가 왔다. 긴 편지였다. '당신이 떠나고 나서 여러 가지 일들을 생각했어. 언제 도쿄로 올 거야? 바로 돌아올 거라고 생각하지만 그 날이 오기를 기다리고 있을게. 여자 일은 모두 정리했어. 더 이상 당신 마음을 아프게 하는 일은 절대 없을 거야' 그런 내용을 쓴 편지였다. 그것을 다 읽었을 때 그건 환희라는 기분이었을까? 그렇지 않다. 내 마음 속을 달린 것은 깊은 슬픔 같은 기분이었다. 하지만 그 편지보다도 15일이나 전에 온 편지에는 이런 내용이 쓰여 있었다. '혹시 파리 교외를 흐르는 마른강 근처에 갈 일이 있으면, 강가에 떨어져 있는 나뭇잎을, 어떤 것이든 상관없으니 한 장만 주워서 가져와 줄 수 있어?' 무슨 말을 하는 건지 어슴푸레 알았다. 마른강은 우리가 자주 읽었던 프랑스의 어느 소설에 종종 등장하는 강이다. 그 강가에 떨어진 나뭇잎을 원한다는 건 나에 대한 어떤 암묵적인 친절함인가? 하지만 나는 그것을 바로 주우러 가지는 않았다. '그 나뭇잎을 주우러 가야겠다' 이번에 도착한 장문의 편지를 읽은 뒤에 나는 그렇게 생각했다. 그 나뭇잎에 뭔가 특별한 의미라도 있는 것처럼 나는 그것을 주우러 간 것을 지금도 잊을 수 없다.

파리에서 돌아온 뒤에 우리 사이는 어땠나? 많은 일들 속에 묻혀 확실하게는 기억나지 않는다. 지금도 눈에 새겨질 만큼 확실히 기억나는 건 그 광경이다. 어느 날 아침, 긴자의 사무실 입구에서 우르르 하고 7, 8명의 양복을 입은 남자들이 난입했다. "그대로 그대로 거기 앉으세요. 움직이지 마세요" 하고 큰 소리로 많은 사원들을 제지하면서 아래층의 부엌 선반, 2층 편집실 서랍에서 여사무원의 핸드백 속, 뒷문의 휴지통 뚜껑까지 열고 뭔가 찾기 시작했다. 국세청에서 갑자기 사찰 나온 남자들이라는 건 나중에 알았다.

17

취조는 1개월 남짓 걸렸다. 나중에 그 취조하러 나왔던 한 사람과 잡담할 수 있게 되고나서의 일이었다. 우리가 무슨 계기로 이 돌연한 사찰이 진행되었는지를 물었더니 그 사람은 웃으며 대답했다. "대개의 경우 동업자의 투서가 원인이에요. 이런 투서가 왔거든요" 하고 말하며 보여준 것은 원고지 쓰기에 익숙한, 알기 쉬운 펜글씨로 우리 회사 업적을 상세하게 거론하며 얼마나 방대한 숫자의 탈세가 있는지를 조사하는 게 좋지 않을까 하고 쓰여 있었다.

그 글씨는 본 적은 없지만 담당자가 말한 대로 이게 동업자의 비방이라고 해도 당연하게 생각했다. 아니 비방이 아니었다. 취조가 진행됨에 따라 그 투서에 있는 대로 방대한 숫자의 탈세가 밝혀졌다. 탈세. 우리는 이 단어를 지금까지 우리의 일로 의식해서 들어본 적이 있던가? 나도 요시무라도 잡지를 만든다는 건 편집을 하는 거라고 생각했다. 지금까지 한 번도 경리를 담당하던 사람들이 하는 일을 눈여겨 본 적이 있었나? 탈세를 계획하는 것이 회사의 운영을 담당하는 사람의 공적의 하나라고 생각한 건 아니었나? 아니, 그게 아니라 그렇게 하는 것이 나와 요시무라의 무제한적인 지출을 만들어내기 위한 단 하나의 방법이라고 생각하고 있던 건 아니었나?

여기까지 생각하다가 비로소 나는 서 있는 양다리가 떨렸다. 투서한 동업자의 눈에 "당해봐라"하고 생각할 만한 것이 띄었다고 해도 당연하게 생각됐다. 3개월 지난 뒤에 국세청의 사정査定이 있었다. 추징금도 더해지자 억에 가까운 금액이었다. 어쩌면 사장인 요시무라는 어떤 죄명으로 체포될지도 모른다고 했다.

이상한 일이다. 사람이란 여기까지 몰리면 무슨 일이든 각오하는 법이다. 그 순간에 우리는 앞으로 우리가 더듬어 가야할 길을 떠올렸지만 그러나 곤란은 대부분 생각지도 못한 방향에서 찾아온다. "유호友朋사에서 이번에 새 잡지가 나온대요. 아주 인쇄가 예쁜, 젊은 여자 취향의 잡지가 말이에요" "상관없어. 우리 잡지보다 편집이 재밌으면 한 번 보지" 그러나 그 잡지의 창간호가 나왔을 때의 일은 지금도 잊지 못하겠다. 아침에 신문을 펼치니 어느 신문에나 전면 크기의 커다란 광고가 나와 있었다. 어느 거리에나 그 잡지의 빨간 입간판이 서 있고, 각 서점의 점두에는 칼라풀한 전단지가 잔뜩 걸려 있었다. 이런 일이 있을 수 있나? 우리는 종전 직후부터 근 5, 6년 동안 세상이 얼마나 안정되었는지 몰랐나? 간 떨어질 만한 대단한 계획은 없었지만 그 잡지는 유쾌했다. 정교한 칼라 사진이 가득 있었다. 아마 우리도 같은 일을 할 수 있었을 것이다. "돈 있는 놈은 못 당해요" 사원 중 하나가 말했다. 탈세분의 납품은 아직 전부 끝나지 않았다. 그렇다. 그 물처럼 있던 돈이 이제 우리에게는 없었다.

우선 인쇄소와 종이회사에 대한 지불이 늦어졌다. 굉장한 숫자의 어음이 발행된 건 당연했다. 어느 날 종이회사의 간부 한 명이 와서 말했다. "우리 사장님 지인 중 한 분이 그 있잖아요, 선생님들도 아시잖아요. 소슈相州제지의 야마가타山形 씨에요, 그 분이 아타미에 적당한 집을 찾고 있는데, 혹시 댁의 그 저택을 파실 생각은 없으신가 해서요. 아니, 요즘엔 거기에 잘 안 가신다고 들었거든요" 그 남자가 말한 대로였다. 돈을 준비하기 위해 분주한 이 회사의 분위기 속에서 아타미 집 같은 데 가는 일은 전혀 없었다. 팔아넘기기는 싫다고 할 수 있었나? 이 아타미의 집과 교환 조건으로 종이대금으로 지불할 어음 몇 장이 공제됐다. 안심했다는 건 찰나의 일이었다.

진정한 의미에서 유호사에서 나온 새 잡지가 우리의 경쟁잡지로 서점의 매장에 진열된 것은 이 무렵이었다. 천천히 눈에 띄게 우리 잡지는 무너졌다. 일단 발행부수가 달라졌다. "어떻게 된 거에요? 그렇게 잘 팔렸는데"하고 말하며 불쌍해하는 서점도 있었다. 영업 사원들은 서점 돌아다니기를 싫어했다. 바로 얼마 전까지 "이건 우리 밭에서 딴 건데" 하며 무를 들고 왔던 그 서점이 퉁명스럽게 얼굴을 돌린다는 것이었다. 우리가 당황하지 않았다고 할 수 있을까? 이건 어떨까 하고 정했던 편집 계획은 하나도 안 맞았다. 잡지 매상은 격감했다. 매일 지출되는 현금을 지불하는 것도 부족했다. "뭐라고요? 급료가 모자라다니" 그러나 내 수중에는 아직 팔 것이 남아 있었다.

돈이 물처럼 들어왔을 때 회사 돈과 우리 돈을 혼동한 것과 마찬가지로, 순식간에 회사의 운명이 기울어질 때 우리 돈과 회사 돈은 마찬가지로 혼동되었다. 나중에 많은 곤혹을 불러일으킨 원인이 된 은행으로부터의 다액의 차입금은 모두 우리의 보증이었다. 내가 미치광이처럼 사 모았던 서화, 골동품 종류도 남김없이 팔아 버린 건 당연한 일이었다. "네즈미시노鼠志野 향로가 25만에 팔렸어" 샀을 때 15만 엔이었던 것이 25만 엔에 팔렸다. 하다못해 그게 자랑이었다니 불쌍했다.

어느 날 저녁의 일이었다. 옆 집 요정의 안주인이 와서 "저, 이런 일을 묻는 건 실례라고 생각하지만" 하고 말했다. 우리의 거처인 2층 창에서 딱 정면으로 그 집 2층 창이 열려 있었다. "아, 여보, 그런 농담을" 따위를 말하며 웃는 여자 목소리까지 죄다 들리는데, 옆집 사람으로서의 교류는 없었다. 우리가 지금 살고 있는 이 집을 판다면 꼭 자기네한테 말해 줬으면 좋겠다. 그런 이야기였다.

18

"어디에서 그런 이야기를 들으셨어요?" 나는 침착하게 대답했다. 금방 이 집을 팔 거야. 그런 소문이 돌아서 손님 귀에 들어갔다고 해도 나는 놀라지 않았다. 바쁘게 손님이 돌아갔을 때 그러나 나는 집을 지은 이 땅이, 조심성 없이 잠입해 들어간 낯선 땅 같은 느낌이 들었다. 비슷한 시기에 인쇄소에 지불하기 위해 발행한 다액의 어음은 한도에 도달했다. 종이회사에 지불할 때 그랬던 것처럼 인쇄소의 간부 한 사람이 와서 "어떠세요? 이런 말씀을 드리는 건 좀 그렇긴 하지만, 눈 딱감고 이 저택을 파시면. 마침 우리 사장님 친구 분이 꼭 이 근처에 적당한 집이 필요하다고 하시는데" 하고 말을 하다가 "실은 말이죠, 아직 이건 비밀인데, 돌봐주는 여자한테 이 근처에 요정을 하나 차려주고 싶다, 거기에는 실례지만 이 저택이 그런 집으로 안성맞춤이라서" 조금도 웃지 않고 말하는 것이었다. 이 집이 여자를 숨기는데 안성맞춤이라니 무슨 말인가. 그러나 우리는 그 제안조차도 거절하지 못했다. 하물며 옆집 안주인의 소개가 아닌 곳에 팔고 싶다고 그렇게 생각했나 하면서도, 어쩌면 그게 같은 사람 손에 들어갔는데 우리만 그걸 모르고 있던 건가 하고도 생각한다.

추운 겨울 아침이었다. 짐을 실은 차가 먼저 나가고, 우리는 그 뒤에 집을 나왔는데 지금 생각하면 한 번도 뒤를 돌아보지는 않았다. 이상하게도 내 마음은 지금부터 이사가는 아오야마의 작은 집에 사로잡혀 있었다. 내게 있어 이미 이 집은 집이 아니라 빈껍데기였으니까. 우리 신세가 언덕을 굴러가듯 떨어진다고 해도 거기는 길의 중간이었다. 언제든지 내 마음은 앞으로의 일에 사로잡혀 있었다.

그러나 그 앞일은 보이지 않았다. 유일하게 단 하나의 재산으로 우리 손에 남겨진 것은 긴자의 사무실이었다. "아깝다. 긴자 한복판에 저대로 사무실로 남겨 두다니. 점포로 나누어서 빌려주면 돈이 돼요" 하고 말하는 사람이 있었다. 권리금을 받을 수 있는데다가 매달 임대료가 올라간다. 그저 그 뿐인 일이 궁지에 몰린 우리에게는 어떻게 생각됐을까? 아래층도 위층도 분할해서 몇 사람에게 빌려주게 되었다.

그리고 잡지 편집만을 하기 위해서 가부키좌 근처에 있는 어느 빌딩의 방 하나를 빌려 그 때까지 아직 퇴직하지 않은 불과 열두세 명의 사원들이 각각 의자, 탁자를 자기들이 짊어지고 거리 안을 이사해 갔다. 기왓장과 자갈의 거리였던 긴자가 지금은 점포가 늘어서면서 옛 모습을 회복하고 있었다. 회사 2층의 한 귀퉁이를 빌린 것에도 우리는 생각지도 못한 많은 권익을 부여받게 되었다. 단 하나뿐인 재산이었던 긴자의 사무실이 어떻게 됐는지. 나중에 여러 가지 분쟁의 원인이 된 어떤 종류의 사람들이 들어온 것도 이 때였다.

그 무렵이 돼서 우리는 확실하게 현금으로 바꿀 가망도 없는 어음까지 어쩔 수 없이 끊게 되었다. 은행에서는 돈을 빌려주지 않았다. 고리대금업자라는 종류의 사람들이 모습을 드러내기 시작한 것도 당연하다. 다만 사무실 2층의 한 귀퉁이를 빌린 사람의 동료가 그랬다고는 생각하지도 못한 일이었다. 어째서 그 때 일을 그만두지 못했을까. 그만둘 수는 없었다. 이 고비를 넘기면 좋아질 거야. 그렇게 생각하지 않은 순간이 없었다. 지금도 생각나지만 이 무렵에 내가 고안한 계획이라고 하면 어디에서 어떻게 돈을 만들까 하는 것 뿐이었다.

막바지까지 왔다. 그 따뜻한 봄날 아침, 다시 한 번 옛날 잡지를 할 생각은 없냐며 마고메의 집에 심부름꾼을 보내준 사람의 얼굴이 떠올랐다. 그 때부터 몇 년 지났더라? 내리막이 된 길은 종이에 그린 것처럼 확실히 알고 있었다. 왜 이 때 일을 그만두는 걸 싫다고 생각했는지, 지금도 모르겠다. 나의 매일은 그저 미친 듯이 돌아다니는 일뿐이었다. 최후에 일격을 가한 사건이 일어났다. 어느 날 한 통의 내용증명이 된 서류가 배달되었다. 발신인은 그 긴자의 양복점 주인이었다. '임대료 미지급에 따른 토지 명도明渡 청구'라고 쓰여 있었다. 우리는 이 남자에게 매달 지불할 토지의 임대료를 4개월 간 지불하지 않았다. 3개월 이상 지불이 정체됐을 때에는 해약한다는 문서에 의거하여 이 서류를 보낸다는 것이었다.

이 양복점 주인의 얼굴을 떠올릴 때 우리는 이 서류가 누군가 다른 사람 손으로 쓰인 거라고 생각했다. 임대료는 얼마 안됐다. 설령 미지불이라고 해도 엎드리며 코 닿을 데 있는데 바로 받으러 올 수 있을 터였다. 그랬나? 혹시 이 약간의 임대료조차 지불할 수 없었던 건가? 어쩌면 더 절박한 일 때문에 임대료 지불은 뒤로 미루었나? 어쩌면 임대로 지불이 늦어질 만큼 그 친한 이웃이었던 양복점 주인이 이런 청구를 한다는 건 꿈에도 생각하지 못했었나? 나는 언젠가 비 오는 날 불탄 들판의 모퉁이에서 "땅은 있어요. 여기에요." 하고 말했을 때의 그 양복점 주인의 얼굴을 떠올렸다. 만약 이 남자의 손으로 이 청구가 이루어졌다면, 단 한 발의 총알로 상대가 쓰러지는 순간을 교묘하게 노리고 그런 건가?

재판 결과 우리는 패소했다. 회사가 도산한 것은 이 마지막 거점을 잃고 나서 얼마 지나지 않았을 때이다. 우리는 기진맥진했다. 그날 밤은 아오야마의 집에 돌아가지 않고 교바시京橋의 작은 여관에 묵었다. 창 아래를 물이 흐르고 있었다. "지금까지 용케 잘 해 왔어"하고 요시무라가 말했다. 어두운 등불 아래에서 본 요시무라의 얼굴을 나는 지금도 잊을 수 없다.

19

남동생이 고향에 집을 보러 간다고 해서 나도 따라 가게 되었다. 고향을 떠난 지 벌써 50년이나 지났다. 아무도 살 사람이 없어서 12, 3년간 남에게 빌려주었다. 불과 반 달 전에 그 사람이 다른 데로 이사 간 뒤에 이제 이 집은 들보가 빠지고 두꺼운 마루대가 꺾이고 지붕이 패여 거기에서 비가 새고 있다. 그렇게 연락이 왔다. 어쩌면 텔레비전에서 본 것 같은 인구과소지역에 버려진 그런 집처럼 되어 있지는 않을까? 나는 그렇게 생각했다.

해가 비치고 있다. 즐거운 소풍을 가는 것 같은 기분이었다. 과소지역의 집을 보러가기에는 어울리지 않는, 조금 활기찬 기분이었다. "후지산이 보여요" 일하는 여자애가 말했다. 차창으로 보이는 여문 벼의 황금색 논에도, 낮은 산 속의 하얀 길에도 밀감밭에도 집들의 지붕에도 햇살이 가득 비치고 있어서일까? 그래도 이 과소지역 집을 보러 가는 것이 어째서 이렇게 즐거운지 남들은 모를 것이다. 비가 샐 정도이니 아마 다다미도 썩어 있을 것이다. 도대체 오늘 밤에 기차가 도착하면 그 집 안에서 이불을 깔고 잘 생각인 건가? "마을에 훌륭한 호텔이 있는데 하룻밤 호텔에 묵고 낮에 집을 보러 가면 되는데" 하고 여동생이 말했다. 시골 마을에도 사람들에게 알려진 유명한 다리가 있었다. 그 다리를 보기 위해 관광객이 모여들어서 마을에는 어울리지 않는 훌륭한 호텔이 있었다. 그러나 나는 대답하지 않았다. 집을 보러 간다고 정했을 때, 무슨 이유에서인지 나는 도착하면 바로 그 집에서 잘 생각이었다. 그 생각으로 2, 3일 전에 이불도 미리 보내놓았다. 그러나 어쩌면 철도 파업으로 이불은 도착하지 않을지도 모른다. 그 때는 그 때 생각하자 하고 우습게 생각하고 있었다. 반 달이나 사람이 살지 않은 낡은 집이 어떤 것인지 알고 있었지만 웬일인지 나는 그게 걱정되지 않았다. 굳이 말하자면 그게 재미있었다. 나스에서 조립식 주택이 완성될 때가지 마을 여관에서 기다리던 때의 그 기분과 비슷했기 때문이다.

　남들은 믿지 못하겠지만, 굳이 말하자면 나는 뭔가 곤란한 일이 있으면 그것을 조금씩 고쳐가는 것을 좋아한다. 남동생이 집을 보러 간다고 했을 때 나는 이미 그 집을 수선할 생각이었다. 그렇다. 그저 수선할 뿐이다, 그렇게 생각했다. 그 이상한 집을 옛날 그대로 복원하고 문과 미닫이도 현관의 봉당도 목욕탕도 그 형태 그대로, 수리하지 않고 그저 고치기만 하는 거다. 그렇게 생각한 순간에 언제나의 버릇처럼 그것을 하나하나 고쳐가는 여정을 힘들다고 생각하지 않고 재미있겠다고 생각했다. 추운 겨울 동안 눈에 갇힌 나스의 집에서 사는 건 어떨까? 그 동안 그 따뜻한 시골집에서 살자. 그렇게 생각한 것은 나중 일이었다. 2년 전 수술한 뒤에 고혈압이라는 걸 알았기 때문에 그걸 위해서는 따뜻한 시골로 가는 건 분명히 좋을 테지만 그게 시골행의 발상은 아니었다. 오카야마에서 환승하여 시골까지 가는 7시간도 괴롭지 않았다. 내 기억에 옛날엔 하루 밤낮, 어쩌면 더 걸렸던 걸 생각하면 이 긴 여행도 꿈만 같다.

"여긴가?" 차에서 내리자 나는 잠시 멈추어 섰다. 길가에 붙어 있는 집이었다. 확실히 격자문이 있었다. 덧문을 열자 훅하고 청소한 뒤의 먼지 냄새가 나고, 거기에서 본 것은 내가 태어난 집이었다. 뒤쪽 툇마루도 연못 쪽으로 나 있는 방도, 문과 미닫이도 열린 채였다. "새집이 청소를 해뒀구만 그려" 남동생은 사투리를 섞어서 설명했다. 새집이란 남동생의 죽은 아내의 친정을 말한다. 100미터 정도 떨어진 곳에서 옛날부터 쌀집을 하고 있었다. 그 집 앞으로 이불도 부쳐둔 것이라 우리가 오는 걸 알고 있었다. 그 이불 꾸러미가 보자기째 방 한 가운데 굴러다니고 있을 뿐, 그 밖에는 아무 것도 놓여 있지 않았다. 여기에 도착할 때까지 내가 멋대로 상상했던 여러 일들을 모두 정정하게 하고 분리시키며 집은 옛날 그대로 있었다. 그립다는 것은 아니다. 50년 동안이나 돌보지도 않고, 방치해둔 집이 눈앞에 있는 게 이상했다. 뒤쪽 툇마루에 서자 밭을 넘어 노랗게 여문 논이 이어지고, 어릴 때 무코다이向う提

라고 부르던 길에 쉴 새 없이 차가 지나간다. "저긴 갓길이네" 하고 남동생이 말한다. 밭에 이어진 데 있던 우리 대나무숲이 지금은 흔적도 없다. 목욕탕 옆에 붙어 있던 우리 셋집은 한 채도 없다. 나라와 나라 사이의 국경선이 바뀐 것은 진 나라가 잃어버린 영토 때문인 것처럼, 우리가 생각하는 것도 어린 시절에 대한 추억인가? 아니면 땅에 얽힌 아버지의 기억이 우리에게 남아 있기 때문인가? "목욕물이 끓고 있어" 하고 남동생이 말한다. 부엌에는 프로판가스도 놓여 있다. 도착해서 바로 목욕하고 차를 끓일 수 있는 건 역시 사돈댁의 배려이다. 예상과 전혀 다른 이런 배치는 과소마을의 집에서 하룻밤을 지새울 호기심을 버리게 만들었지만 역시 살았다는 기분이 들었다. "네 네, 네 네" 새된 소리로 대답을 하는 옆집 아이의 목소리가 들린다. 그 높은 톤이 이 시골 사투리의 특징이다. 어느 샌가 나는 툇마루 기둥을 양손으로 감고 먼바다를 바라보고 있었다. '어머! 이 자세는 어릴 때 했던 거네' 하고 문득 깨닫는다. 집 밖으로 나가는 게 금지됐던 어린 시절, 이렇게 하면서 먼바다를 보곤 했다. 먼바다란 밭을 넘고 논을 지나 저 먼 곳을 말한다. 할멈이라고 불린 생선장수 할머니가 그쪽에서 왔다. 때로는 남사당패 일행이 오기도 했지만 그 길은 지금 갓길이 생기고 거기에 기차가 달리고 있다. 더 이상 수호신을 모신 숲은 보이지 않는다.

"아, 연어를 가져갔어" 하고 부엌에서 일하는 애가 소리쳤다. 검고 마른 고양이 서너 마리가 무리지어 도망가는 게 보였다. 저녁 식사 때 먹으려고 도쿄에서 가져 온 자반연어를 비닐봉지 채 물고 도망쳤다고 한다. 다섯 토막이나 들어 있었는데, 하고 말한다. 부엌에는 갓 없는 전등이 하나 매달려 있다. 마루대가 부러져 있다는 건 여기를 말하는 건가? 비가 새고 다다미가 썩고 그 위에 돗자리가 깔려 있다. "돗자리 위에도 개미새끼들이 지나다녀요. 모기도 잔뜩 있고 벌레까지 식량에 굶주려 있는 거 같아요" 여자애는 그렇게 말하며 웃었다. 아, 귀뚜라미가 울고 있구나 하고 나는 생각했다. 60 몇 년인가 전에 울던 곳과 똑같은 데서, 우리가 물항아리라고 부르던 큰 물통 밑의 어두운 곳에서 옛날과 마찬가지 소리로 울고 있다는 게 강하게 내 마음에 와 닿았다.

나스에서 가져온 고무샌들을 신고 뒤뜰로 나갔다. 시계가 있어서 시계방이라고 불렀던 방의 낮은 복도 바로 밖에 있던 작은 석가산도 연못도 흔적도 없다. 여기에 옛날처럼 작은 정원을 만들자. 나는 그렇게 생각했다. 큰 우물의 두레박은 길어 올려진 채였다 우물난간이 나무가 아니라 콘크리트로 발려 있는 게 이상하게 눈에 띄었다. 이것도 부수고 나무 난간으로 고치자. 그렇게 생각했다. 목욕탕은 옛날 그대로 철제목욕통이었다. 불편한 목욕통임에는 틀림없지만 이대로 놔둘 생각이었다. 우물가에서 본 밭은 이 또한 틀림없이 사돈댁이 정성들여 가꾸었겠지만, 얼마 안 되는 토란이 알알이 나 있고, 나머지는 풀밭으로 가득했다. "저 밭은 언제나 어머니가 정성들여 괭이질을 해서 뭔가 심으셨던 곳이잖아" 하고 남동생이 말했다. 어머니의 고생을 잊지 않기 위해서 거기만은 밭 그대로 놔두고 싶다는 건데, 내 눈엔 거기에 작물은 없고 온통 밀감

밭이었던 옛날 풍경이 떠오른다. 그 밀감 나무는 지금은 한 그루도 없고 사이사이에 심었던 감나무가 하늘 높이 가지가 뻗어 있고, 작은 나무 한 그루만 그 커다란 잎이 아름답게 단풍들어 있었다. 열한 그루나 됐다. "열매 난 게 한 그루도 없네" "비료를 주면 열릴지도 몰라. 아! 저기에 파란 열매가 하나 열려 있어" 그 가지를 가리키며 나는 말했다. 넓은 밀감밭에서부터 이쪽 방의 툇마루 있는데 까지 있었던 포도시렁은 자취도 없지만, 가능하면 그것도 다시 한 번 옛날처럼 시렁을 만들고 싶다. 내 눈에 그것들을 심었던 옛날 모습이 떠오르자 뭐라 할까? 어두운 밤에 저 아래 대나무숲에서 밀감밭으로 불어오던 바람 소리가 어린 아이의 귀에 들리고, 내가 지금 죽어도 그 바람소리만은 들릴 거라고 상상했던 그 어린 날의 죽음에 대한 공포가 가슴에 되살아나는 것을 느꼈다.

"비가 내리기 시작했어. 빨리 목욕해야 돼" 하고 부르는 남동생의 소리가 들렸다. 아주 조금이긴 하지만 뚝뚝하고 비가 새는 목욕탕에서 목욕하는 것도 이상한 일이다. 목욕물을 데우는 아궁이의 감촉에도 기억이 있다. 여기에서도 옛날과 같은 곳에서 귀뚜라미가 울고 있다. 목욕을 마치고 어두운 부엌에서 밥을 먹었다. 들보를 뽑은 다다미 위에 앉아서 어머, 이건 그 옛날하고 똑같은 자리 순서네, 하고 생각했다. 장남인 남동생이 상석에 앉고 여자인 내가 그 아래 앉았다. 밀폐용기에 넣어서 도쿄에서 가져온 콩자반과 콩깍지 찐 걸로 저녁식사를 마쳤지만 그래도 맛있었다. "연어를 뺏긴 게 화나요" "열두세 마리나 있어요. 저기에" 하고 여자애가 말했다. 어두운 툇마루 아래에 모여 있다. 들고양이라고 한다. 마침 이런 폐허가 된 집이 살기에 안성맞춤인 걸까?

20

잠에서 깨자 이상한 생각이 들어 잠시 동안 누워 있었다. 확실히 객지에서 얇은 이불만 덮고 잔 익숙하지 않은 잠자리였는데, 이렇게 전혀 움직이고 싶지 않은 안정된 느낌은 뭐지? 내 감각 밖에 뭔가가 있었다. 내가 태어난 집에서 잠들었다는 감각인가? 옆방에는 남동생이 자고 있다는 감각인가? 아니, 더 근원적인 안도감으로 숙면한 것이었다. 이 방은 오랫동안 아버지가 병으로 누워 있던 방이었다. 그건 추운 2월의 눈 내리는 아침이었다. 아버지의 유체는 고타쓰에 눕힌 채였다. 불이 꺼진 고타쓰였다. 그 잠깐 동안 방안에는 아무도 없었다. 이불을 젖히자 아버지의 여윈 뼈만 남은 파란 발이 있었다. 얇고 퍼런 피부에 모맥毛脈[12] 처럼 피가 흐르고 있었다. 왜 아버지의 발을 봤을까, 이게 아버지와의 마지막이었다. 나는 열다섯 살이었다. 지난밤에도 아버지가 누워 있을 때와 같은 방향으로 이불을 깔고 잤는데 아버지는 꿈에 나타나지 않았다. 대나무숲을 불며 지나가는 바람 소리도 들리지 않았다. 정말 평온한 밤이었다고 나는 다시 생각했다.

---

12 피모와 혈액을 통틀어서 일컫는 말로, 가볍고 약한 맥을 말함

"다카모리高森에는 선물 안 가지고 갈 거야?""안 갈 거야. 성묘만 하고 올 거니까" 아침 일찍 길에 지나가는 차를 발견하고 나는 집을 나섰다. 이 집에서 다카모리까지 편도로 4리나 된다. 그 다카모리에 성묘하러 간다니 나도 믿을 수 없다. 대체로 나는 성묘라는 걸 하지 않는 사람이다. 죽은 사람에 대해 무관심한 건지, 묘라는 것을 못 믿는 건지 잘 모르겠지만. 그런데도 다카모리의 묘에만은 성묘할 생각으로 도쿄를 떠날 때 염주도 제향도 가져왔다. 다카모리에는 아버지가 태어난 집이 있었다. 태어나서 바로 친엄마가 죽은 나는 그 집에 맡겨져 몇 년인가 거기에서 자랐다. 어렸을 때도 종종 그 집에 갔기 때문에 그 집이 어떻게 되었는지 보고 싶고, 그 집 식구들과 같이 성묘도 하고 싶다고 생각했는데, 왜 다카모리의 묘에만 성묘하고 싶은 걸까? 그건 지난밤에 내가 태어난 그 집에서 하룻밤을 지새웠을 때의 그 말로 표현하기 힘든 감각과 닮은 건가? 나도 또 나이 들어 어쩌면 내 뼈를 묻을 장소를 내 눈으로 보고 싶었던 걸까?

차는 평탄한 갓길을 달렸다. 이제 고개에 있던 찻집은 없어졌다. 어렸을 때 이 고개의 언덕길을 몇 번이나 오르내리며 왕복했던 4리의 길을 차는 순식간에 도착했다. "길 한 가운데 예쁜 강이 흐르고 있어요. 강 양쪽에 버드나무가 심어 있는 그 길로 가 주세요" 운전사도 그 동네 사람이 아니었다. 어릴 때의 기억에 의지해서 그 집을 찾았지만 못 찾았다. "요시노라는 큰 집이에요. 옛날에는 양조장이었고, 동네 한 가운데 있는 큰 집이니까 누구나 금방 알아요" 나는 큰 집이라고 반복해서 말했다. 그러나 그 집을 알 수 없었다. 몇 번이나 왔다 갔다 했지만, 강이 있는 그 동네가 없었다. 운전사는 내려서 사람들에게 물어봤다. "알았어요. 저기 양품점 안쪽이에요." 그런 일이 있을 수 있나? 그 집이 양품점이 되다니 상상이 가나? 나는 차를 내렸다. 하야토 라고 가타카나로 쓴 포럼이 걸린 확실히 양품점 같은 작은 가게 옆을 들어간 좁은 입구에, 본 적 있는 그 튼튼한 쪽문이 있었다.

"실례합니다" 어둡고 햇빛도 잘 통하지 않을 것 같은 썰렁한 집안이었다. 거기에는 옛날에 여기에서 본 그대로 검고 윤이 나는 커다란 기둥과 현관 귀틀과 넓은 방이 이어져 있었다. 안에서 여자가 나왔다. "당신은 누구세요?" 하고 내가 물었다. 이 질문은 외부에서 온 내가 받아야 하는 것인데 내 쪽이 물었던 것이다. 그녀는 내게는 사촌뻘인 사람의 막내 동생의 부인이라고 했다. 나는 방문한 이유를 알린 뒤에 그 넓은 봉당 안을 왔다 갔다 하면서 말했다. "저, 집안을 좀 보여주실 수 없을까요? 옛날에 여기에서 자라서요" "잘 알고 있습니다. 자, 어서 올라 오세요" "아니오, 여기에서 괜찮아요. 아! 이 목욕탕" 나는 멈춰 섰다. 봉당에서 마루방을 지난 곳에 목욕탕과 화장실이 그대로 있었다. 부엌의 마루방에 이어진 넓은 다실에서 여러 식구가 밥상을 늘어놓고 식사를 했다. 그 안쪽의 한 단 높은 곳에 다리가 마비된 큰 아버지가 여름이건 겨울이건 고타쓰에 들어가 거기에서 온 집안을 지휘하던 온화한 미소가 지금도 눈에 보이듯 선하다. 지금은 이 넓은 집 안에 이 부인

말고는 아무도 없는 건가? "이 집을 좀처럼 찾기 어려워서" "그렇죠. 입구를 다른 가게에 빌려줘서요" "아니, 그... 동네 한 가운데 강이 있는 데라고 철석같이 믿고 찾고 있었거든요" "진짜요? 차가 많아져서 그건 아주 옛날에 부숴버렸어요. 정말이지 오늘은 이렇게 지저분해서"하고 그녀는 말했지만, 그러나 옛날 그대로 잘 정돈된 집 안에 사람 그림자가 안 보이는 게 내 마음에 와 닿았다.

작은 물통을 든 그녀와 함께 집을 나섰다. 그 물통도 본 기억이 난다. 몇 십 년이나 사용해서 그을려 있다. 절은 도로를 가로질러 바로 막다른 데 있었다. 묘지의 한 구석에 무리지어 묘가 늘어서 있다. 이끼를 뒤집어 쓴 오래된 묘 안에 새 묘도 있었다. 누군가 어제인지 오늘 성묘를 한 건지, 모든 묘에 새 붓순나무가 꽂혀 있었다. 분큐文久 2년(1862년), 요시노세사 우에몬吉野瀬左右衛門이라 적힌 묘가 맨 처음 사람 것이었다고 한다. 큰 아버지 것도 있었다. 사촌들 것도 있었다. 물통의 물을 붓고 향을 피워 합장한다. 커다란 은행나무 잎이 잔뜩 떨어져 있었다. 여러 가지 것들이 흔적도 없이 그림자를 감추고 있는데, 여기만은 변하지 않았다. 내 가슴 속에 토착민이 느끼는 그 안도감이 천천히 흘렀다. "저, 기타무라北村의 집은 아직 있나요?" 나는 숙모의 집을 물어보고 거기에도 같이 가기로 했다. 요시노에 있는 집에서 바로 네 다섯 집 앞이었다. 거기도 옛날 그대로였다. 안채를 사이에 둔 별채에 어렸을 때 같이 놀던 사촌 여동생이 살고 있었다. "당신은 노부코信子?" 햇빛에 그을려 있지만 어렸을 때 얼굴이 그대로 남아있는 것을 보고 나는 그렇게 말을 걸었다. 산발한 머리가 새하얘도 나는 놀라지 않았다. 우리는 거의 70년 동안이나 안 만났으니. 그러나 그 별채를 뒤로 하고 밖으로 나와 문득 맑은 가을 하늘에 걸린 흰 구름을 보니, 어릴 때 읽었던 그 우라시마浦島[13] 가 고향인 바닷가에 도착했을 때의 감정을 닮은 아련한 감동에 사로잡히지 않을 수 없었다.

집에 돌아가자 부탁해 두었던 목수가 와 있었다. 젊은 목수이다. 남동생과 함께 꼼꼼하게 집을 둘러보았다. "여기는 손을 보는 것보다 새로 다시 짓는 게 낫겠네요" 목수는 웃으며 말했다. 부엌의 봉당을 사이에 두고 어릴 때 건넌방이라 불렀던 곳은 심하게 망가져서 장지문을 닫고 그 위에다가 널빤지 조각을 박아서 부엌에서 안 보이게 해 두었다. 널빤지 조각 사이로 부러진 두꺼운 들보가 쓰러져 있고 거기에서 하늘이 보였다. 돈이 들지도 모른다. 나는 그것을 두려워했다. 여기에 써도 되는 돈이 별로 없다. 가능한 손을 대지 않는다는 게 내 방침이었는데, 이 상태로는 도리가 없었다. 건넌방만 놔뒀다가 나중에 보강할까 하고 고민했지만 역시 원래 상태대로 다시 짓기로 했다. 옛날에는 여기에서 손님이 많이 올 때마다 밥상이며 밥공기를 잔뜩 쌓아놓고 하녀들이 분주하게 서

---

13 일본의 옛날이야기로 주인공 우라시마 타로오(浦島太郎)는 거북이를 구해준 덕분에 용궁으로 가게 되어 그곳에서 성대한 대접을 받는다. 집으로 돌아가려 하자 절대로 열어서는 안 된다는 보물 상자를 받는다. 하지만 고향 바다에 도착해 보니 용궁에서 지낸 시간 보다 훨씬 오랜 시간이 흘러 있었고 실의에 찬 우라시마는 그만 보물 상자 뚜껑을 열어 버리고 그 벌로 백발의 할아버지가 된다는 내용이다.

서 일했다. 정월에는 봉당에 절구를 놓고 떡방아를 찧던 곳이다. 어디나 옛날 그대로, 하고 나는 마음 속으로 되뇌었다. "누나, 여기야" 남동생은 뒤쪽 목욕탕 건너편에 서서 말했다. 옛날에는 거기에 우리 셋집이 있었다. 어느 틈엔가 남의 손에 넘어갔지만 거기와 우리 집 사이에는 작은 개천이 있었다. 울타리가 쳐져 있어서 그 경계는 누구 눈에나 딱 보이는데, 지금 보니 옆집의 2층 콘크리트 집이 테라스의 난간을 개천 닿을랑 말랑한 데까지 내고 있었다. 지금까지는 건넌방이 부서진 채 방치되어 있어서 다행이었지만, 우리 집이 원래대로 복구되면 어떻게 될까. 토지 소송 따위는 남의 일이라고 생각했는데, 이 시골집에 돌아와 내 집 일처럼 묻는 게 이상했다.

목수가 돌아가고 얼마 안 있어 "실례하겠구먼유" 하는 소리가 뒤에서 들렸다. 사돈댁 주인이 온 것이다. 손님은 바깥 쪽 현관에서만 온다고 할 수 없다. 부엌문에서도, 뒷문에서도, 2개 있는 툇마루 어느 쪽인가에서도 온다. 그게 시골의 관습이었다. "잘 오셨구만유" "아, 여러 가지로 번거롭게 해드렸어요. 목욕물까지 데워놓아 주시고" "뭘유. 근데 저, 시방 도쿄 댁에서 우리 집으로 전화가 와 가지고, 급허게 전화 달라시는데. 그게 아주 가까우신 댁의 양반이 오늘 돌아가셨다고 허네유" 서 있는 내 두 다리가 떨렸다. 요시무라가 죽은 것이다.

21

다시 한 번 목숨을 건질 거라고 생각했던 요시무라가 죽었다. 더구나 이렇게 멀리 와 있는 사이에. 전화 저쪽에서 집을 지키고 있는 일하는 여자애가 우는 소리가 들렸다. "나는 지금 못 가니까, 네가 내 대신 장례식에 다녀와 줘. 맞다, 꽃은 지난번에 병문안 때 가져갔던 그 꽃으로 해 줘" 내 목소리는 떨렸지만 정신은 또렷했다. 그 이야기를 들은 순간에 왜 돌아가지 않았을까. 돌아가서 요시무라와 마지막 이별을 하지 않았을까. 모르겠다. 내가 만약 도쿄에 있었다면 뛰어갔을지도 모른다. 이렇게 멀리 와 있어서 안 가는 건가? 아니, 그렇지 않다. 만약에 도쿄에 있어도 안 갔을 거다. 작년 가을에 그 옻나무 화분을 들고 요시무라의 맨션까지 갔을 때, 나는 자전거를 탄 채로 거기에서 기다리고, 일하는 여자애만 집안으로 들여보냈던 그 기분과 비슷하다. 요시무라가 죽은 그 순간에도 그 집 안에 들어가는 것이 망설여지는 건가? 많은 친척들 속에 섞여서 내가 슬퍼하는 모습을 남에게 보이고 싶지 않은 건가? 요시무라의 임종 순간에도 그렇게밖에 생각하지 못할 만큼 내 마음은 차가운 건가? "이 시골에도 두 분이서 자주 오셨더랬는디" 하고 사돈댁 주인이 말한다. 그런 일이 있었나? 이 시골에 같이 온 적이 있었나? 나는 기억이 나지 않았다.

나는 먼 하늘을 바라보았다. 요시무라의 모습을 떠올리려고 하자 "여보" 하고 내가 불렀을 때의 지그시 얼굴을 돌리면서 내 쪽을 바라보는, 그 요시무라의 눈이 떠올랐다. 언짢은 그리고 건조한 눈이었다. 왜 이럴 때 그 눈이 떠오르는 걸까? 둘이 무관심한 채 함께 살았던 기간은 길었다. 그런 눈을 하고 내 쪽을 봤을 때가 많았기 때문에, 그래서 그 눈이 떠오른 건가? 요시무라의 웃는 얼굴이 멋지다고 사람들이 말한다. 둘이 사귀기 시작했을 무렵에 나 역시 요시무라의 그 얼굴을 사랑하고 잊을 수 없었다. 요시무라가 죽었을 때 왜 그 웃는 얼굴이 떠오르지 않았을까? 우리는 그렇게 긴 세월 동안 함께 살았는데 갑자기 보통 얼굴이 되어 버린 그 언짢은, 건조한 눈만이 떠올랐는지. 모르겠다. 그렇다고 해도 그 때 내 뇌리에는 요시무라가 죽은 일이 일종의 추상적인 형태로밖에 떠오르지 않았다. 우리가 헤어진 지 거의 10년이나 된다. 요시무라가 살아 있어도 바로 가까운 데 있다는 느낌은 없고 언제나 멀리 떨어져 있는 느낌이었다. 생사를 통해 이 감각이 거의 같은 것처럼 여겨지고, 그 언짢은 건조한 눈도 한순간 지나가는 바람 같은 것이었다. 사돈댁에서 돌아오는 길에 나는 멍해 보이는 이 조용한 시골 마을 길을 걸으면서 내 육체가 느끼는 살아있는 감각이 요시무라가 죽은 지금 그게 얼마나 요시무라의 죽음과 멀리 떨어진 것으로 여겨졌는지 두려울 정도였다.

다음 날 낮, 나는 예정대로 미리 예매해 두었던 기차를 타고 도쿄로 돌아왔다. 내 얼굴을 보자 여자애들은 또 다시 울기 시작했다. "선생님은 정말이지 아름다운 부처님 같은 얼굴이 되셔서" 하고 말했다. "저는 사모님과 함께 손을 맞잡고 엉엉 울었어요" 내 눈에 부처님 같다는 그 요시무라의 죽은 얼굴이 선명하게 떠올랐다. 그렇다. 그건, 그 나스의 정원에 놓여 있는 그 에모치江持라는 돌로 조각한 지장보살의 얼굴이다. 그렇게 생각했다. 내가 도착한 건 밤이었다. 마침 다음날 발인에 맞게 온 것이 내게는 다행으로 여겨졌다.

장례식장은 센다가야의 센니치다니千日谷회관이었다. 그렇게 크지 않은 그곳이 내게는 휴 하고 숨 쉴 수 있는 장소 같은 기분이 들었다. 우리가 갔을 때 벌써 거기에는 상복을 입은 사람들이 많이 모여 있었다. 아는 얼굴도 있었다. "와 주셔서 감사합니다" 하고 말하며 내게 인사하는 사람이 있었다. "모두 어디에 계시죠?" "이쪽이에요. 오세요" 하고 말하며 젊은 사람이 안으로 안내해 주었다. 다다미가 깔린 넓은 방에 그 사람들이 앉아 있었다. 어느 사람이나 모두 10년 전에 내가 친하게 왕래했던 사람들이었다. 그 사람들이 한꺼번에 얼굴을 들어 내 쪽을 보았다. 눈물로 붉어진 얼굴이었다. "도요코 씨, 당신은 마사에 씨" 하고 나는 그 얼굴들을 불렀다. 요시무라의 여동생과 두 딸이 있었다. 무릎 위에 아이를 안고 있었다. 조카들이 있었다. 10년 세월 사이에 사람들에게 일어난 변화는 그러나 완만했다. 마치 어제 만난 사람 같았다. "어서 이쪽으로 올라오세요" 하고 나 역시 상주집 사람처럼 말했다. 나는 눈으로 요시무라의 아내를 찾았다. 그 모습을 보았을 때 우리 사이에 어떤 암묵적인 무언가가 있는 것 같은 느낌이 들었다. 나는 그녀의 눈물 젖은 눈을 아름답다고 생각했다. "선생님을 꼭 뵙게 하고 싶었는데, 고통스런 얼굴이 그 순간에 부처님같은 아름다운 얼굴이 되어서" 시골에서 돌아왔을 때 여자애들한테 들은 똑같은 말을 했다. 내 눈에 갑자기 눈물이 솟았다. "이쪽으로 오세요" "아니에요. 저는 저쪽에" 하고 나는 서둘러서 제단 있는 데로 갔는데, 마루에 있는 의자에 앉아 있는 동안에 내 볼에 또 눈물이 끊임없이 흘렀다. 일부러 그러는 것처럼 높은 억양으로 독경을 읽는 소리가 머리 위를 누르듯 오랫동안 이어졌다. 검은 리본을 단 요시무라의 사진은 크고 볼이 처지고 입술이 일그러진, 내가 한 번도 본적이 없는 얼굴이었다. 요시무라는 이제 죽었다.

요시무라의 아내로부터 전화가 온 것은 그로부터 1주일 정도 지났을 때였다. "선생님 저, 요시무라 선생님 댁에서 27일에 도치키의 절에서 집안 식구끼리만 장례식을 하신다는데 선생님도 꼭 와주셨으면 한 대요" 하고 여자애가 말했다. "나는 못 가. 나는 안 가지만 나중에 나스로 돌아가는 길에 절에 들른다고 그렇게 전해 줘" "저…그렇게 말씀드렸더니 그럼 내년 1월에 시골에서 납골식을 하니까 그 때는 와 달라고 하시는데요" 우리 집에는 내가 일을 하는 곳에서 떨어진 별채에 전화가 있었다. 내가 이 전화를 받는 것도 시간이 걸렸다. "여보세요" 하고 나는 말했다. "시골에 있는 절에는 찾아뵙고 싶기는 하지만, 역시 안 가겠습니다. 부인이나 저나 요시무라나 우리 사이에서는 잘 알고 있지만, 다른 사람이나 시골 사람들은 그렇지 않아요. 이해하시죠? 장례식에도 납골식에도 참석하진 않겠지만 나중에 나스로 돌아가는 길에 일하는 애를 데리고 참배하러 갈 생각이에요" "잘 알겠습니다. 여러모로 감사합니다" 그녀의 목소리는 전에 자주 전화를 걸어왔을 때에 들었던 것과 마찬가지로, 필요 이상의 감정을 섞지 않은 자연스러운 목소리였다. 이 목소리 때문에 나는 언제나 안도 비슷한 기분으로 그것을 들었다. 내 눈에 도치키의 그 시골 절이 떠올랐다. 종루 옆에 커다란 푸조나무가 있었다. 요시무라의 아버지 묘도 어머니의 묘도 거기에 있다. 나스에서 돌아오는 도중에 나는 몇 번이나 '여기에 그 집이 있었지' 하고 떠올렸던가? 우리가 살던 그 집은 이제 없다. 그러나 그 집에 있는 동안 친하게 지냈던 사람들이 이번에는 요시무라의 묘에도 참배하러 올까? 곧 그로부터 30년이나 된다. 등에 바싹 책상을 동여매고 그 마을을 출발했을 때의 요시무라의 모습이 장난감 인형처럼 내 눈에 떠올랐다.

22

오랜만에 나스에 왔다. 반 달 정도 사이에 놀랄 만큼 단풍 색이 짙어졌다. "올해 단풍은 별로에요. 작년엔 그렇게 예뻤는데" 하고 운전사가 말했지만 잇겐차야一軒茶屋에서 엔나塩那 스카이라인으로 돌아가는 도중에 있는 계곡과 구릉, 산과 숲의 아름다움은 눈을 번쩍 뜨게 만든다. 단풍 색을 보고 옻나무 잎, 철쭉 잎, 단풍나무 잎 이렇게 종류를 아는 것도 이 고원에 살게 된지 올해로 6년이 되는데 그 사이에 익힌 지식이다.

아직 해가 저물기까지 시간이 있다. 짐을 현관 앞에 놓고 나는 정원으로 나갔다. 이 집에 도착하면 언제나 하던 습관대로, 나는 우선 정원으로 나가 한 바퀴 돌았다. 이 정원에는 상록수는 한 그루도 없다. 어느 것이나 모두 낙엽수뿐이라 잘 보면 아직 파란 잎이 섞여 있는데 정원 전체가 불타오르듯 새빨갛게 보인다. 단풍나무는 곧장 하늘 높이 뻗어 있고, 그 나뭇가지 끝의 빨강은 마치 염색한 것 같았다. 70그루나 심었는데 그 3분의 2가 벌써 단풍들어 있다. 좁은 길을 골짜기 쪽으로 걸어 내려가면 도토리 열매가 잔뜩 떨어져 있다. 이 정원에는 없는 밤 껍데기도 떨어져 있다. 이름도 모르는 얇은 나무에 빨간 열매가 엉클어져 열려 있다. 길바닥 가득 낙엽이 떨어져 깔린 위를 바스락 바스락 소리를 내며 걷고 있으면 뭔가 짐승이 된 것 같은 느낌이다.

나는 선 채로 주변의 풍경을 넋을 잃고 바라보고 있다. 요시무라는 작년 봄에 4, 5일 일정으로 여기에 오기로 했었다. 요시무라의 아내도 같이 오겠다고 하고 표까지 사 놓았다. 이제 기차를 탔으려나? 하고 생각할 무렵 그녀에게서 전화가 와서 갑자기 발작이 일어나 지금 의사를 불렀다. 4, 5일 지나 안정되면 가겠다는 연락이 있었다. 4, 5일 지나도 병세는 좋아지지 않았다. 바로 입원했다. 그 후 가을 단풍 계절이 되면 갈 테니까 하고 말했는데 그게 위안이 되었다. 나는 요시무라에게 넌지시 골짜기 근처의 지장보살을 보여줄 셈이었다. "이거 봐, 당신 닮았지?" 하고 말할 생각이었다. 어쩌면 그 말은 요시무라에 대한 마지막 애교였을까? 단지 농담이었을까. 현수교를 건너면 바로 있는 나무그늘에 마치 사람 눈을 피하듯 그것은 숨어 있었다. 그 위에도 새빨갛게 단풍든 잠목이 덮여 있다. 옷을 입은 어깨 근처 한 군데에 새똥이 떨어져 딱 붙은 흔적이 하얗게 남아 있었다. 나는 그것을 손가락 끝으로 싹싹 문질러서 벗겼다. 반쯤 뜬 눈은 속눈썹을 내리깐 것처럼 보인다. 6년 전에 처음으로 여기에 설치했을 때 맑고 깨끗하던 돌은 비바람을 맞고 이끼가 덮여 몇 십 년이나 지난 것 같은 탁한 청태색으로 변했다.

어제는 여기도 비가 심하게 내리고 해서 저수지 물의 양이 늘어나 새빨간 잎과 파란 잎 그리고 마른 잎들이 하나가 되어 빠르게 빙글빙글 춤추면서 소리를 내며 떠내려가고 있다. "안녕하세요" 하고 말하며 어떤 사람이 거기를 지나갔다. 옆집 문을 무단으로 빠져나와 우리 울타리 무너진 데를 타고 넘어가 이 현수교를 건너지 않으면 여기는 지나갈 수가 없다. 아마 그 사람은 내가 이 정원의 주인이라는 걸 알고 있어도 태연하게 이 길을 지나가겠지. 그게 이 산속 생활의 관습이라는 것을 나도 잘 알고 있다. 아마 여기는 큰길을 지나가는 것 보다 3분의 1로 갈 수 있는 지름길이니까. "선생님, 토란을 구울게요" 하고 여자애가 말했다. 엄청난 낙엽더미에 불을 붙이자 한줄기 느릿하게 연기가 피어오른다. 하얀 연기다. 토란을 구워먹는 것도 작년 가을부터이다. 연기를 따라 하늘을 올려다보니 바쁘게 달려가는 흰 구름이 멀리 나스산의 연기와 하나가 된다.

저녁 식사를 하고 있는데 도쿄에서 전화가 걸려왔다. 역시 문상 편지가 와 있다는 소식이었다. 요시무라가 죽은 뒤에 전보로 문상을 보내오는 사람도 있었다. "낙담하지 마세요" 하고 말하며 일부러 우리 집에 문상하러 온 사람도 있었다. 그런 문상들은 내게는 자연스러워도 남들 눈에는 수상하게 여겨지는 건 아닐까? 그래도 역시 내 기분은 포근하게 누그러진다. "저거 봐요, 또. 베란다에 도토리가 잔뜩 떨어져요" 하고 여자애가 말했다. 탁 탁 하고 베란다 돌바닥 위로 도토리 열매가 떨어지는 소리가 난다. 유리문을 열자 엄청난 도토리 열매 사이로 하얀 꿀벌의 애벌레가 떨어져 있었다. 올해는 처마 밑의 벌집이 물통만한 크기가 되었다. 제비벌이라는 종류로 그 유충까지도 둥글둥글 살찌고 크다. 날씨가 추워져서 구멍에서 벌집 밖으로 떨어진 건가? 또 전화가 온다. 시골집의 사돈댁에서였다. 부탁해 두었던 전화가 겨우 연결됐다. 지금 걸고 있는 이 전화는 댁의 전화로 걸고 있는 거다. 목수한테 전갈이 있었는데 집 수선은 다음달 10일 무렵부터 시작한다. 그렇게 알려왔다. 먼 시골 동네에서 이 산 속 집에까지 비로소 전화가 연결됐다고 생각하니, 그 아무 것도 아닌 당연한 일이 내 기분을 밝게 했다. 그렇다, 그 집을 다시 짓는 거였지, 하고 새삼스럽게 다시 생각했다.

23

그것은 지금부터 17, 8년 전의 일이었다. 스타일사가 도산한 후에 나와 요시무라는 아오야마의 집으로 도망가서 살았다. 거기는 내가 숨어서 일하는 장소로, 여동생이 살고 있는 땅의 일부에 지어놓은 불과 3칸 정도의 작은 집이었다. 아오야마의 큰길에서 좁은 길을 빠져나가 다시 골목을 돌아서 그 안쪽에 있었다. 그런 곳에 그런 집이 있다는 것은 아무도 몰랐다. 너무 작은 집이라서 빚을 변제하는 데 돌리지도 못하고 남아 있었다. 아니, 여동생의 집 그 자체가 회사 빚의 담보로 되어 있었다. 이럴 때 세상과 떨어져 요시무라와 둘이서 살기에는 안성맞춤의 장소라고 생각했다. 그래도 몇 천 만 엔이라는 액수의 빚을 지고 어떻게 살아갈 수 있을까? '이럴 때 세상 사람들은 목매달아 죽는 거구나' 우리는 그렇게 생각했다. 그러나 우리는 죽지 않았다. "목숨까지 잡아먹으려는 건 아닙니다" 그렇게 말하며 우리를 위로하는 사람도 있었다. 고리대금업자에게 발행한 어음은 폭력단의 손에 넘어갔다. 이 집을 어떻게 찾아냈는지 모르겠다. 점잖은 교섭 뒤에 그 어음을 가진 남자들 중 한 명이 칼을 꺼냈다. 우리에게 아직 그 돈을 지불할 여력이 있는지 없는지 모르겠다. 그 어음은 수신인을 바꾼 다른 사람의 것으로 바뀌어져 있었고 금액이 배가 되어 있었다. 우리의 개인보증으로 은행에서 빌린 엄청난 액수의 돈은 끊임없는 은행의 독촉으로 기일의 연체가 허락되지 않았다. 믿을 수 없는 일이지만 우리는 개인보증이라는 것이 어떤 것인지 그 조차도 확실히 생각하지 않고 말기의 회사 부채를 짊어졌던 것이다. 이 때 우리는 은행도 역시 고리대금업자와 마찬가지라는 것을 생각해야 했던 걸까?

아오야마의 이 작은 3칸 밖에 안 되는 집은 낮이고 밤이고 모든 종류의 빚쟁이들로 포위되었다. 우리는 그 사람들을 능숙하게 정리하고 상대한 걸까? 생긴 순간에 낚아채간 금액은 얼마 안 되었지만 우리 마음에 무시무시한 인상을 주었다. 이런 재해를 몸으로 받아낼 사람이 우리 밖에 없다는 걸 알았을 때 둘은 짐승처럼 몸을 바싹 대었다. 마치 서로 사랑하는 사람이 함께 몸을 맞대는 것처럼. 나는 울지 않았다. 이런 가식적인 상태가 가련한 우리를 고무시키기라도 한 것처럼 무슨 일이든 했다. 이 사이에 요시무라가 한 일은 작품을 쓰는 일이 아니었다. 돈이 되는 거라면 뭐든지 써갈겼다. 그리고 나 역시 글 쓰는 사람이 절대로 하지 않는 일을 태연하게 했다. 옷감을 사서는 염색하고 닥치는 대로 팔았다. 그래도 역시 우리는 그것을 두부장수가 두부를 만들고, 생선가게가 생선을 파는 것과 마찬가지로 살아가기 위해 당연한 일로 여겼다. 이 경험은 그 이후 오랫동안 계속됐다. 우리의 양심이 어디에 있는 건지 찾을 수 없었다.

이윽고 내가 하는 일이 규모가 커져서 일을 도와줄 여자애를 두세 명 고용했다. 나는 요시무라가 있는 곳에서 별채로 되어 있는 여동생의 집 2층으로 옮겨 일을 하게 되었다. 처음에는 낮 동안만 여기 2층에서 일했는데 더 바빠지자 밤낮으로 각자 따로따로 사는 일이 많아졌다. 어느 샌가 우리는 다른 공장에서 일하고 있는 두 명의 직원처럼 됐다. 사람은 언제나 지금 무엇 때문에 이런 일을 하고 있는 건지 그것조차 잊어버릴 때가 있다. "오늘 밤은 스키야끼니까" 하고 요시무라를 불러서 같이 식사를 하는 일도 있었지만, 그런 일도 드물어졌다. 그 때까지 두 사람 모두를 돕고 있던 여자애가 이 무렵부터 요시무라 일만 돕는 담당자가 되었다. 나와 요시무라는 공통의 빚을 갚기 위해 상대가 지금 무엇을 하고 있는 건지, 그것조차 몰랐다. 요시무라가 무엇을 쓰고 있는 건지 내가 생각한 적이 있었나? 어느 날 내가 만든 옷이 정말 아름답게 염색됐다고 생각해서 그것을 불쑥 요시무라한테 가져가서 보여주고 싶어 견딜 수 없었다. "있잖아, 똑같은 꽃잎만을 반복해서 놓은 거야" 하고 설명했다. 내가 아름답다고 생각한 것이 요시무라에게 그대로 전달되지 않을 리가 없다고 생각했던 걸까? "예쁘네, 배색이 예뻐" 요시무라는 힐끗 보고 그렇게 말했는데 그건 단지 옆집 사람의 비평밖에 안 됐다. 나는 그걸 바로 깨달았다.

우리는 일의 내용을 서로 모르게 되고 그와 동시에 도대체 지금 상대는 무엇을 하고 있는지, 그조차 모르게 되었다. 모자를 쓰고 두 건물 사이의 그 좁은 골목을 빠져나가 요시무라는 어딘가로 외출했다. 또 내가 골목 밖으로 나가면 마침 건너편에서 걸어오는 요시무라를 만나기도 했다. "안녕!" 하고 인사라도 하듯이 상대의 얼굴을 보고 웃기는 했지만 어디에 가는 건지 묻는 일은 없었다. 어쩌다가 밤이 으슥해져서 돌아오는 요시무라의 구두 소리가 들리기도 했다. 가끔 그 집에 손님이 와서 떠들썩하게 웃고 이야기하는 소리가 들린다. 손님의 목소리도 저건 누구누구 소리라는 걸 나도 알았는데, 지금은 그걸 모르겠다. 부엌에서 탁탁하고 바쁘게 써는 소리가 난다. 원래는 언제나 내가 손님을 위해 뭔가 만들었는데. 그렇다. 나는 손님을 위해 음식을 만드는 걸 얼마나 좋아했던

가. 나는 별채의 집에 관한 일을 아무 것도 모르게 되었다. 이상하게도 지금은 모르는 게 당연한 일처럼 되었다.

그래도 우리 사이에 뭔가 공통된 생각이 있었을까? 그건 하루라도 빨리 빚을 갚고 싶다. 갚고 활기찬 기분으로 살고 싶다는 것이었다. 이 뒷동네로 이사 오고 벌써 몇 년이 됐나? 불이 붙은 것 같았던 빚은 이미 끝났다. 나머지는 2, 3개 은행에서 빌린 돈 중에 장기할부만 남았다. 매월 말 어느 날, 우리 둘은 그 달 동안 자기가 번 것을 가져와서 은행에 냈다. 둘이 얼굴을 맞대는 게 이 때뿐이라는 걸 알았다면 그 애처로움에 두려워했을까? 우리는 이 빚만 다 갚으면 다시 옛날의 둘로 돌아가는 거라고 생각해서 그 애처로움조차 아무렇지 않았던 걸까?

어느 눈 내리는 밤이었다. 나는 밖에서 돌아오는 도중에 발이 미끄러져 넘어졌다. 일어나려고 했지만 일어날 수 없었다. 아프지도 않고 아무렇지도 않은데 다리가 세워지지 않는 것이었다. 다른 집 앞이었다. "아, 이상하네. 왜 못 일어나는 거지?" 함께 걷던 여동생이 달려왔다. "나한테 업혀" 하고 말했다. 집까지는 100미터도 안 되는 길이었다. 그 눈빛으로 어슴푸레한 길을 돌아올 때의, 그 한가한 기분은 뭐였을까? 다음날 아침, 근처 의사에게 보이자 허리뼈가 부러졌다고 했다. 아프지도 않고 아무렇지도 않은데 허리가 부러지다니. "다다미 위에서 넘어졌는데 그걸로 골절이 된 사람도 있어요" 하고 말한다. 노인의 뼈는 그만큼 약하다는 건가? 여동생은 나를 고비키쵸木挽町 근처에 있는 외과병원으로 데리고 가서 바로 입원시켰다. "야오마사八百政 바로 뒤쪽이야" 하고 여동생이 말한다. '야오마사'란 고비키쵸의 그 집에 살았을 무렵에 언제나 내가 야채를 사러 다닌 가게였다. 거기를 돌면 그 집이 있다. 그 일조차 잊어버렸을 정도로 그건 먼 과거 일이 된 건가? 그 집에 있는 동안 하나하나 몸에 지닌 모든 것을 몽땅 털리듯이 뺏긴 그 일도 벌써 잊어버렸나? 내 관심은 부러진 뼈에 금속 봉을 대어 메우는 이 수술이 순식간에 끝나버리고 나머지 3주간 침대에 묶인 채 부동의 자세로 누워 있어야 한다는 그 일에만 있었다. 이상한 일이지만 이때도 역시 나는 단순히 생각하면 절대로 불가능하다고 여겨지는 이 일이, 내 몸을 포기하고 거기에 따르면 의외로 편하게 몰입할 수 있다는 것을 깨달았다. 같은 병실 안에 같은 상태로 누워 있는 사람이 나 말고도 있었다. "가만히 있으면 가려워서 미쳐버릴 것 같아" 하고 말하는 사람이 있었다. 내게는 그 일도 참을 수 없는 건 아니었다. 깁스는 제거되었다. 앞으로 4, 5일 뒤에 퇴원이었다. 양손에 꽃을 들고 요시무라가 병실로 들어왔다.

24

"바로 퇴원이래. 이제 걸을 수 있을 거야" 하고 말하며 내 침대로 다가왔다. 그 얼굴은 부드럽고 친절했다. 이런 일이 다 있나? 어느 샌가 헤어진 것처럼 나한테 말을 건네는 일 조차 없던 요시무라의 이런 웃는 얼굴을 보리라고는 꿈에도 생각하지 못했다. 우리는 아무 것도 변하지 않았다. 변한 것처럼 보인 것은 빚을 갚는 것만이 목적인 이런 건조한 생활 때문이었던 것이다. 이 시기가 끝나면 다시 원래처럼 되는 거라고 생각하니 내 기분도 온화해졌다. 그러나 나중에 그 당시 일을 요시무라는 자기 소설에 썼다. 요시무라에게는 7, 8년이나 전부터 사귀던 여자가 있었다. 나와의 관계는 그 사이에 정리가 될 거라고 생각했다. 그 시기가 이제 곧 눈앞에 왔다고 생각했는데, 그때 내 다리가 부러진 것이다. 이것 때문에 다시 합의를 할 수 없게 되었다. 요시무라는 그렇게 생각했다. 그러자 하필 딱 그 때 다리를 다친 나를 자기도 모르게 미워하게 되었다. 그렇게 쓰고 있었다. 병원에 왔을 때는 어쩌면 그렇게 생각하던 바로 그 때가 아니었을까? 그럼 그 상냥한 미소는, 그런 자기 기분을 숨기기 위해 만든 것이었나? 어쩌면 아무 것도 모르고 그 꽃을 받아든 나에 대한 연민 때문이었나? 지금도 나는 요시무라의 그 웃는 얼굴이 후자의 경우였다고 믿어 의심치 않는다.

병원에서 돌아온 후에도 나는 걷지 못했다. 걷게 될 때까지 아직 한 달은 걸린다고 했다. 어디에 내 침대를 두면 좋을까? 옷 일을 하는 별채 2층은 좁다. 요시무라의 방에서 1칸 정도 마루방을 사이에 두고 다다미 3장짜리 별실이 있었다. 나는 거기에서 자게 되었다. 어떻게 거기에서 자는 게 나쁘다고 생각하겠는가? 하지만 오랫동안 별채에서 살면서 다시 여기로 돌아왔다는 안도감 비슷한 감정이 나에게는 있었다. 부동의 자세로 오랫동안 누워 있었기 때문에 뼈는 붙었지만 근육이 경직되어 걸을 수 없었다. 병원에서 매일 마사지사가 왔다. 치료 후에 그 사람 팔에 매달려 걷는 연습을 했다. 두 세 걸음 걷고 다시 걸었다. "저기... 이 방까지 와서 연습해도 될까?" 요시무라는 아직 일을 시작하지는 않았다. 아침에 늦게 일어나는 버릇이 있는 요시무라는 마침 그때 신문을 읽을 시간이었다. "그래, 힘들지?" 하고 말하며 눈을 들어 내가 훈련하는 걸 바라보았다.

　그 무렵 어느 날, 우리가 친하게 지내던 어떤 사람이 죽었다는 연락이 왔다. 그 무렵이야말로 그다지 만날 일은 없었지만 원래는 거의 매일같이 왕래했던 사람이었다. 나와 요시무라는 준비를 하고 함께 집을 나섰다. 한 차에 타고 외출하는 일이 벌써 몇 년 동안이나 없었다는 것조차 잊고 있었다. 그 사람은 가족과 헤어져 다른 곳에 혼자 살았다. 그래도 우리가 갔을 때 벌써 대여섯 명이 와 있었다. 이불 속에 그 사람의 유체가 누워 있었다. 그 사람이 자주 그렇게 했던 것처럼 취해서 잠깐 잠들어 있는 것 같았다. 아내 되는 사람이 나중에 왔다. 모여 있는 사람들은 같은 일을 하는 동료들이었다. 밤을 세운다기 보다도 이런 저런 잡담을 주고받고 있었다. 나와 요시무라는 오랫동안 다른 생활을 하고 있었기 때문에 그 동료들 사이에 섞여 뭔가 벗어난 듯한 느낌이 들었다. "저, 저희는 먼저 실례할게요" 하고 말하며 나는 지팡이를 짚고 일어나려고 했지만 발이 엉켜서 제대로 일어설 수가 없었다. "이봐, 손 좀 잡아 줘" 하고 말하며 요시무라에게 주의를 주는 사람이 있었다. 아직 발이 다 낫지 않아서 못 일어나는 내 바로 옆에 요시무라가 있는 것을 보고 어이, 좀 도와서 일으켜 드려, 하고 허물없이 주의를 주기까지 했는데, 우선 그 말을 들은 내가 당황하고 그리고 요시무라가 당황했다. 내가 못 일어나서 우물쭈물 하고 있어도 바로 일어나겠지 하고 옆에서 보고 있는 게 우리 둘 사이의 습관이었다. 남들이 보는 앞에서 요시무라가 나를 거들다니 어떻게 그런 일이 있을 수 있을까. 우리 사이에 그런 일이 있었던 건 얼마나 먼 옛날이었던가? 그런데 사람들 눈에는 못 일어나는 나를 요시무라가 도와주는 것이 극히 당연한 일처럼 비친 건가 하고, 그 일 때문에 우리는 깜짝 놀랐다. 어색하게 요시무라가 내 몸을 손으로 부축해서 일으켜 주었다. 우리는 한층 더 멀어진 듯한 기분이 든 채로 그곳을 나왔다.

그 일이 있고나서 얼마 안 지나서였다. 우리가 아오야마에 와서 6, 7년이 됐을 무렵 겨우 빚의 변제가 모두 끝났다. 아, 이걸로 완전히 끝났구나 하는 기분이 들었나? 이상한 일이지만 너무 기간이 길었기 때문에, 마치 우리 둘 사이에 하나의 습관처럼 되었던 일이 끝나서 없어져 버렸다는 일종의 맥 빠지는 기분이 들었던 게 기억난다. 이 일은 지금도 이상하게 생각하지만, 어쩌면 나는 이 빚이 끝나면 둘 사이를 잇는 것이 이제 아무 것도 없어진다, 그렇게 생각한 게 아니었을까?

그것은 따뜻한 봄날이었다. "할 이야기가 좀 있는데" 하고 말하며 내가 있는 방으로 요시무라가 들어왔다. 바로 1칸 정도의 복도를 사이에 두고 있을 뿐인 그 방에 그 때까지 한 번도 온 적이 없는 요시무라였다. 내가 쉬기 위한 침대가 놓인 그 방은 아주 좁았다. 요시무라가 앉자 옆으로 하고 앉은 내 다리와 요시무라의 무릎이 닿을락 말락했다. "전부터 생각한 일인데 가능하면 헤어져 주지 않겠어?" 하고 말했다. 그 순간에 나는 미소를 지으려고 했지만 일그러진 얼굴이 되지 않았나 싶다. 나는 요시무라와 얼굴을 마주 했다. "그래, 좋아" 하고 나는 대답했다. 그게 몇 년 정도 전이었지? 전쟁 중의 일이었는데 요시무라와 같이 아타미의 집으로 돌아가는 도중에 신바시역 바로 앞의 작은 다리 있는 데서 갑자기 멈춰 서더니 요시무라가 "여기서 헤어져 줘"하고 말을 꺼냈을 때가 떠올랐다. 비가 내리고 있었다. 손에는 짐을 잔뜩 들고 있었다. 그 때문에 그 중대한 제안을 그것이 어떤 일인지 생각할 겨를도 없이, 역시 지금과 마찬가지로 "그래, 좋아"하고 대답했던 일이 생각난다. 요시무라가 나에게 헤어져 달라고 한 것은 이걸로 두 번째이다. 내 생각은 달랐지만 이럴 때 나는 절대로 헤어지는 게 싫다고 우기지는 않았다. 생각해 보면 나와 요시무라는 거의 30년 정도 같이 살았다. 하지만 지금은 반 정도 헤어져 있는 것과 마찬가지 생활을 하고 있다. 지금 헤어진다고 해도 헤어지기 힘든 둘 사이를 무리하게 잡아떼어 놓듯이 해서 헤어지는 게 아니다. 오히려 헤어지는 것이 자연스러운 상태라고도 생각됐기 때문에, 요시무라와 헤어져도 그걸로 내가 괴로워할 거라고는 생각하지 않는다. 그렇게 요시무라는 생각했던 걸까? "그럼 좀 기다려 줘" 하고 말하며 방에서 잠깐 나간 요시무라는 뭔가를 쓴 한 장의 종잇조각을 내 앞에 펼쳤다. 이혼신고서였다. 나는 잠자코 그것을 보았다. 그리고 펜을 들어 서명하고 도장을 찍었다. 요시무라가 장지문을 닫고 방을 나간 후, 나는 거기에 앉은 채 소리 없이 울었다. 눈물이 끊임없이 흘렀다. 그 감정을 말로 해 보면 '오랫동안 같이 살았구나'하는 애석한 눈물이었다.

그리고 나서 5, 6일 동안 요시무라는 이사 준비로 바빴다. 요시무라가 어디로 이사 가는 건지 몰랐지만 그 이별을 견디기 어렵다고 생각하지 않으려고 나는 슬쩍 짐 싸는 걸 도와주기도 했다. "선생님은 다른 맨션을 빌려서 거기에서 일을 하실 거야. 모두 도와드려"하고 여자애들에게 말했다. 여자애들은 기꺼이 거들었다. 이 때 요시무라가 이 집을 나간 게 다른 맨션에서 일하기 위해서가 아니라, 나와 헤어지기 위해서라는 걸 그녀들이 알고 있었다는 건 훨씬 뒤의 일이었다. 트럭이 와서 짐을 실었다. "어머, 저건 도자기잖아. 깨지지 않을까?"하고 여자애들이 까불거리는 소리를 냈다. "시노야, 놀러 와"하고 말하는 애도 있었다. 요시무라의 담당이 된 여자애는 기쁜 듯이 손을 흔들었다. 우선 트럭이 나갔다. 그 뒤에 요시무라가 나갔다. 그 모습이 골목을 돌려고 드디어 전봇대 그늘에 보이지 않게 되었을 때 그만 나는 뒤를 따라갈 듯이 가다가 다시 멈추어 섰다. 요시무라는 뒤돌아보지도 않았다.

25

내가 사촌인 산키치三吉와 결혼한 것은 열아홉 살 때였다. 산키치는 나보다 두 살 위인 스물 한 살이었기 때문에 우리 둘 다 이것을 결혼이라고는 생각하지 않았다. 결혼이라고 생각하지 않았다는 건 무슨 말인가 하면, 우리는 젊었고 그 젊음 때문에 세상의 관습을 조금도 신경 쓰지 않아서 그랬는지, 사촌지간이라서 아무렇지도 않게 함께 살고 있었기 때문인지 잘은 모르겠다. 그러나 우리 엄마와 산키치의 부모님은 암묵 중에 둘을 결혼시킬 생각이었다. 우리는 처음 잠깐 동안은 교토에서, 그리고 나중에 도쿄에서 살았다. 산키치는 대학에 다니면서 아르바이트로 관공서에서 근무했다. 나 역시 다른 집의 바느질을 하거나 가게의 장부정리를 하기도 하고, 가정교사를 하거나 나중에는 서양요리점에서 서빙을 하기도 했다. 사람들 눈에는 어떻게 보였는지 모르겠지만 나는 산키치를 "오빠"하고 불렀다. 내게 산키치는 애인도 아니고 하물며 남편도 아니었다. 마음이 잘 맞는 남매라는 표현이 가장 잘 어울리는 느낌이었기 때문이다.

그러나 도쿄로 이사 온 지 2년째에 우리 사이에 아이가 태어났다. 여자아이였다. 전부터 여자애가 태어나면 이 이름으로 하고 싶다고 생각했던 이름이 있었다. 그것은 초오코寵子라는 이름이었다. 총애의 총자를 딴 이 이름을 어떻게든 붙이고 싶었다. 내가 자고 있는 옆에서 초오코가 잠들어 있다. 누군가가 그 잠든 얼굴을 사진으로 찍었다. 잠들어서 눈꺼풀을 닫고 있는 눈 있는 데가, 안구가 커서 그런 건지 톡하고 불거져 있었다. 그게 병아리가 눈을 감았을 때의 눈 같다고 생각했는데 사진에도 역시 그대로 눈이 찍혀 있었다. 이 사진은 그 후에 어디에서 잃어버렸는지도 모르게 없어졌다. 그것은 내가 어렸을 때 죽은 친엄마의 사진과, 조금 자라서 사별한 아버지의 사진과 마찬가지로 어느 샌가 없어졌다. 초오코가 이 세상에 살아 있던 건 단 3시간이었다. 추운 밤이었다. 산파가 보온팩을 넣었다. 그게 갓난아이의 심장 근처에 닿아서 그 때문에 죽은 거라고 들었지만, 그 일로 산파를 힐책한 기억은 없다. 아이는 7개월에 태어난 미숙아였다. 처음부터 자라지 못할 아이라고 생각했기 때문일지도 모른다.

아이의 시체는 작은 관에 들어갔다. 정말이지 귤 박스만큼이나 작은 관이었다. 관 위에 뚜껑을 덮고 툭 툭 하고 못 박는 소리가 들렸을 때. 자고 있던 내 눈에 끊임없이 눈물이 흘렀다. 초오코라는 이름이 정말로 총애라는 글자에서 한 글자를 떼어 만든 걸까? 그러나 나는 이 아이에 관해서 어느 정도 확실히 기억하고 있었는지 모르겠다. "초오코가 살아 있었더라면" 하고 불쑥 말을 꺼낸 것은 언제나 내가 아니라 여동생이었다. 여동생이기는 하지만 이것은 단순히 남의 말이다. 나는 한 번도 이 아이가 살아서 크게 자라 있는 걸 상상한 적이 없다. 어쩌면 이 아이가 이 세상에서 사라졌을 때 바로 잊었다고 해야 할지도 모르겠다. "정말 애석하게도" 하고 말하는 사람도 있었지만 그것은 우리와 아주 친하게 지내던 극히 일부의 사람들뿐이었고, 대부분의 사람들은 내가 아이를 낳은 줄도 몰랐다. 임신했다는 사실을 거의 몰랐기 때문이다. 우리는 그리고 나서 바로 원래의 바쁜 생활로 돌아갔기 때문이기도 하다. 그리고 어느 순간 아이가 죽은 걸 잊어버렸다. 잊는다는 건 그 밖에도 여러 가지 생각할 일이 있다는 것이기도 했다. 아니 그렇지 않다. 젊었을 때는 그게 아무리 괴로운 일이라고 하더라도, 태연히 잊을 수 있는 것이기 때문이다.

그러나 이 일이 젊다는 것과 똑같이 생각할 수 있는 일인가? 요즘 들어 나는 충격처럼 이 일을 생각하기도 한다. 이 노년의 해석이 어떻게 이 기억과 연결이 되는 걸까? 또 그 해석이 과연 맞는지 어떤지 모르겠다. 신문기사에 종종 나오는 사물함에 영아의 사체를 집어넣고 그대로 도망가는 젊은 여자들의 그 행위와, 아이의 죽음을 바로 잊어버린 젊은 시절의 나 사이에 차이가 있다면 그게 어느 정도일까.

26

산키치와 같이 홋카이도로 건너간 것은 산키치가 대학을 졸업한 해의 가을이었다. 산키치는 내 친척뻘인 어느 실력자의 비호로 그 지방의 신문사에 자리 잡게 되었다. 그 사람을 우리는 "숙부님"이라고 불렀다. 숙부님의 집은 어느 대로에 인접한 굉장한 저택이었다. 우리는 그 집에서 숙부님의 부인인 숙모님에게 처음으로 홋카이도라는 지방의 강인한, 거의 섬 전체에 퍼져 있는 관습에 대한 이야기를 들었다. "이걸 보렴" 하고 말하며 숙모님은 깨끗하게 세탁한 버선 한 켤레를 보여주셨다. 버선은 바닥은 물론 나막신의 끈에 해당하는 부분에도 거의 천이 안 보일 정도로 두꺼운 흰 실로 꿰맨 흔적이 있었다. 그녀는 "이건 내가 올해로 만 13년이나 신은 거야" 하고 말했다. 그리고 그분들은 이런 방법으로 오늘날의 부를 일구었다는 것을 이야기해 주었다. 내가 홋카이도에 있었던 12년의 짧은 기간 동안, 몇 번이나 나는 숙모님의 이 이야기를 마음속으로 되새겼던가. 나와 산키치는 이 숙부님, 숙모님 앞에서 더 이상 결혼한 남녀가 아니라는 건 말도 안 되었다. 이상한 일이다. 이때가 되어 비로소 산키치는 내 의식 속에서 확실한 남편이라는 형태를 띤 것이었다. 그렇다. 나는 이 남편과 함께 이 땅에 뿌리를 내리고, 이 땅에서 죽을 때까지 일하는 거다. 그렇게 생각하지 않은 날이 없었다.

산키치가 없는 오랜 낮 동안 나는 다른 집의 바느질도 했는데 어느 날 도쿄의 신문에 투고한 단편소설이 1등으로 당선되어, 그때 내게 있어 거금이라고 여길만한 금액의 돈을 받은 적이 있었다. 이 일이 내게 행복했는지 어떤지 남들은 모를 것이다. 내게는 이때 소설을 쓰는 일이 돈을 버는 가장 지름길인 것처럼 생각됐다. 눈에 갇힌 긴 겨울 밤, 나는 산키치가 돌아오기를 기다리는 동안 썰매의 방울 소리를 들으면서 책상에 달라붙어 있었다. 100매 정도의 원고가 완성됐을 때 안면이 있는 어느 잡지사의 편집장 앞으로 그것을 보내놓았다. 아무리 기다려도 채택 여부에 대한 대답이 오지 않았다 "도쿄에 잠깐 다녀오고 싶어. 그 원고가 도착됐는지 아닌지, 읽어줄 건지 아닌지, 직접 가서 물어보고 싶어" 어느 날 나는 산키치에게 그렇게 말했다. 벌써 4월이 되었지만 홋카이도의 봄은 늦다. 기차로 도쿄에 가서 바로 그 길로 편집장을 만나러 갔다가 대답을 들으면 바로 돌아올 거다. 기차가 왕복 이틀 밤낮 걸린다고 해도 3일째에는 돌아올 수 있을 거다.

그러나 출발하는 날 아침에 뒷밭에 있는 벚나무 뿌리 근처에 아직 남아있는 눈 사이로 작은 제비꽃 한 송이가 피어있는 걸 봤는데, 그게 내가 홋카이도에서 본 마지막이 되리라고 누가 생각이나 했을까. 역까지 산키치가 바래다주었다. "바로 돌아올게. 그 동안 밥은 숙모님 댁에서 먹어. 모레 밤기차로 꼭 돌아올게" 기차가 움직이기 시작했다. 모레까지의 이별인데 어떻게든 원고에 관해 물으러 가야한다는 걸 생각하면 이, 단 이틀간의 이별이 견딜 수 없고 괴로워서 플랫폼 뒤편으로 작아져 가는 산키치의 모습도 눈물 때문에 뿌옇게 흐려져 안보이게 되었다. 이 눈물을 누가 거짓이라고 의심할 수 있단 말인가. 하지만 그래도 나는 그 때 도쿄에서 두 번 다시 홋카이도로 돌아오지 않았다. 생각지도 못했던 일이 일어나, 나는 그대로 도쿄에 눌러앉게 되었기 때문이었다.

나는 도쿄에서 전혀 다른 남자와 같이 살게 되었다. 믿기 어려운 일이지만 나는 그 동안에 홋카이도에 남은 산키치가 어떻게 살고 있는지 생각해 보려고도 하지 않았다. 사람은 무슨 일이 있든지 아무렇지도 않게 살아가는 법이라고 생각하고 있던 걸까? 아니면 산키치와 나 사이가 형제 같은 것이었기 때문에 무슨 일이 있든지 용서받을 수 있다고 생각했던 걸까? 어쩌면 그런 일 조차 생각해 보지도 않고 태연하게 다른 남자와 살았던 건가? 그때부터 50년 아니, 54, 5년이나 되는 지금이 되고 보니 그 때 일은 흐릿해져서 남의 일 같은데, 지금 요시무라와 헤어지고 트럭이 먼저 나가고, 그 뒤로 천천히 나간 요시무라의 모습이 곧 전봇대 뒤로 보이지 않게 된 그 광경과 닮았다고 생각하는 걸까? 아니, 이 두 개의 일 사이에 조금이라도 닮은 데가 있다고 생각한다면, 그건 노년이 된 인간의 일종의 쇠약한 환영이 아닐까.

27

아이들은 아무렇지도 않게 살아있는 잠자리의 날개를 자른다. 그것은 아이이기 때문이다. 내가 알고 있는 어느 도사는 어린 시절에 싸우다가 상대 아이의 귀를 주머니칼로 벤 적이 있다는 이야기를 했다. "불쌍하게" 하고 어른이 된 인간은 말한다. 이 말도 역시 나는 어른이 된 인간의 일종의 쇠약한 환영이 그렇게 말을 시키는 거라고 생각하는 걸까? 밤에 나는 습관처럼 침대 속에 누워서 내가 살아온 긴 세월 동안의 여러 가지 일들을 생각해 보곤 한다. 내게도 역시 젊은 시절에 아무렇지도 않게 잠자리 날개를 자른 것 같은 기억이 몇 개인가 있다. 그들 기억을 양심의 가책도 느끼지 않고,

회개거리로도 생각하지 않는 것을 이상한 기분으로 떠올린다. 어쩌면 그런 행동들은 마음의 작용을 수반하지 않을 정도로 재빨리, 내 자신도 믿을 수 없을 만큼의 찰나 동안에 행해져 버렸기 때문일까? 분명히 남에게 상처를 줬음에 틀림없는데 그것조차 생각이 미칠 틈이 없을 정도로 그것은 빨리 행해졌다. 이상한 일이지만 비슷한 일로 남에게 해를 입었을 경우 나 역시 태연하게 내가 입은 상처를 겉으로 드러내놓고 지그시 참는 것을 당연하게 생각했다.

그것은 내가 아주 젊었을 때의 일이다. 사정이 있어서 나는 남자와 헤어져 조선에서 살았다. 매일 남자한테 올 편지만 기다리고 있었다. 어느 날 아침, 남자로부터 이런 편지가 왔다. '앞으로는 절대로 편지 보내지 마. 계속해서 너한테 편지가 오거나 하는 걸 알면 나는 파멸이야. 나를 소중하게 생각하는 마음이 조금이라도 있으면 더 이상 편지 보내지 마. 내가 보내는 편지도 이게 마지막이야' 이렇게 쓰여 있었다. 나는 그 날 중으로 준비를 하고 조선을 떠났다. 돌아오는 길에 관부關釜연락선[14] 이 오는 시간을 기다리면서 부산의 거리를 걸었다. 거리에는 전등이 눈부시게 켜있고 길 양쪽의 상점을 비췄다. 내가 이렇게 밝게 전등이 켜 있는 거리를 본 것은 태어나서 처음이었다. 철물점 가게 앞의 진열창에 과일을 깎기엔 조금 큰 단도가 장식되어 있었다. 번쩍번쩍하고 단도는 빛났다.

---

14 일본이 패전할 때까지 부산과 일본의 시모네세키(下関) 사이를 운항하던 연락선

칠하지 않은 나무 손잡이가 달려 있었다. "저기요" 하고 말하며 나는 가게 안으로 들어갔다. "저 단도 주세요" 하고 말했다. 가게를 지키고 있던 나이든 주인은 의아한 듯이 내 얼굴을 보았다. 그리고 물건을 종이에 싸서 건네주었다.

그 단도로 남자를 죽일 생각은 꿈에도 없었다. 그럼 왜 그런 걸 산 걸까? 그 때 내 기분은 나도 모르겠다. 단지 그걸 본 순간에 사고 싶어졌다. 남자가 있는 곳은 고향 마을에서 4, 5리나 떨어진 산속이었다. 거기 절의 별채를 빌려 살고 있었다. 나는 고향 마을에서 기차를 내려 그 산속까지 걸어갔다. 조금도 피곤하지 않았다. 밤이 되었다. "실례합니다" 하고 나는 말했다. 램프가 켜져 있었다. 장지문이 열리고 남자가 나왔다. 뜰은 어둡고 누가 있는지 몰랐다. 그 먼 조선에서 내가 돌아오리라고는 꿈에도 생각하지 못했던 걸까? 램프를 위로 들어 올려 뜰을 봤다. 놀라서 소리를 질렀다. "아, 당신이야?" 하고 말했다. "왜 돌아온 거야. 자, 어서 돌아가. 들어오지 말고 돌아가" 하고 말하면서 툇마루에서 뜰로 뛰어내려 왔다. "남들이 보면 어쩔려구. 자, 빨리 가 줘. 어서 가" 하고 말하면서 내 몸에 손을 대려고 하다가 허리춤에 숨겨 두었던 그 단도에 손이 닿았다.

이 때의 남자 기분은 그게 내가 맞닥뜨린 것처럼, 지금 와서 보니 불 보듯이 뻔 하게 알 것 같다. 애증의 기분은 날아가 버렸다. "이 단도로 협박하려구? 냉큼 꺼져버려" 그렇게 말하며 내 몸을 밀쳤다. 차가운 흙의 감촉 때문에 나는 정신이 번쩍 들었다. 하고 싶은 말이 잔뜩 있었지만 하지 못했다. 남자가 말한 대로 몸을 일으키자마자 그대로 쏜살같이 산을 내려갔다. 어두운 밤길을 어떻게 걸었는지 모르겠다. 마을에 있는 우리 집에 도착한 것은 아직 날이 새기 전이었다. "엄마"하고 어머니를 부른 채 소리 내어 울었다.

이 기억은 지금까지도 내 가슴을 벌렁거리게 만든다. 그 단도는 그 때 남자한테 빼앗겼다. 그것을 뺏기지 않고 불쑥 내가 그 칼집을 뺐다면 어떻게 됐을까? 뜰은 깜깜했다. 잘못해서 그 칼집을 빼지 않으리라고 누가 장담할 수 있을까? 빼느냐 안 빼느냐 단지 그 차이이다. 만약 칼집을 빼서 남자를 상처 입혔다고 해도 그건 어린 아이가 잠자리 날개를 자르는 것과 마찬가지일까? 나는 자주 "젊었을 때는 혈기왕성하니까" 하는 말을 한다.

28

비가 내렸다. 심하게 내릴 것 같았다. 롯본기六本木의 넓은 거리로, 그곳은 아름다운 유리창이 달린 멋진 서양과자점 바로 앞이었다. 나는 서둘러 가게 안으로 들어갔다. 입구는 과자 매장이었는데, 가게 안은 카페처럼 되어 있어서 비를 피하는 손님들로 가득했다. "어머, 시노 아냐?" 하고 여자애가 말하는 것과 동시에 "선생님" 하고 말하며 검은 롱스커트 풍의 옷을 입은 아가씨가 우리 자리로 왔다. 요시무라가 나갔을 때 요시무라를 따라 같이 나갔던 시노였다. 오랫동안 배웠던 옷 만드는 기술로 독립하여 지금은 아카사카赤坂에 작은 맨션을 빌려 거기에서 일을 하고 있다고 한다. 내가 집을 자주 비우는 생활을 하고 있어서 벌써 4, 5년이나 만나지 못하는 동안에 제법 그럴 듯한 디자이너가 되었다고 한다.

커피가 나왔다. 우리 사이에서는 뜻밖에 요시무라에 관한 이야기가 나왔다. 시노는 눈시울을 붉혔다. "제가 그 집에서 그만두고 나서도 도련님에 관해서는 여러 가지로 듣고 있어요"하고 말했다. 생각지도 못한 일이지만, 시노는 요시무라의 아이에게 매달 간접적으로 돈을 보내는 역할을 했다는 것이었다. 어째서 나는 그 아이에 관해 잊고 있던 걸까? 그 여자에게 매달 돈을 보내는 걸로 이야기가 마무리되었을 때, 그게 단지 돈 이야기뿐이라서 내 마음 속에 일었던 환희와 비슷한 감정을 나는 잊고 있었던 걸까? 그 순간에도 나는 아직 그 여자를 증오하고 있었다. 그런데도 지금은 그 여자에게 아이가 있었다는 것조차 잊고 있었다. 요시무라는 그때부터 약속을 지켜 돈을 계속 보냈다는 것조차 생각해 보지도 않았다. 그랬다. 그 아이가 어른이 되었다고 생각하자, 내 마음 속을 따뜻한 물 같은 것이 흐르는 것을 느끼지 않을 수 없었다. 나는 불쑥 시노에게 물었다. "그 아이는 어디 있어?" "분명히 아직 소르본에 계실 거예요. 거기에 들어가셨을 때 선생님께서 아주 기뻐하셨어요"하고 말하며, 시노는 자기도 이 이야기를 하는 게 기쁜 듯이 눈을 가늘게 뜨면서 "도련님은 아주 선생님을 많이 닮으셨어요. 붕어빵이에요. 게다가 일도 선생님하고 비슷한 일을 하고 계시니까요" "어머, 그래?" 하고 말했을 뿐 나는 형언할 수 없는 감동 때문에 말이 안 나올 정도였다.

요시무라는 죽었다. 마치 그 죽음을 덧그리듯이 그 아이가 자라서 요시무라와 똑같은 풍채를 하고, 일도 요시무라와 같은 일을 지망하고 있다. 그렇게 생각한 건 내 달콤한 망상일까.

요시무라의 사후에 신문잡지 상에 실린 많은 조의문 중에 어느 젊은 작가가 쓴 글에 눈이 멈췄다. 그 사람이 어느 날 요시무라를 방문했을 때, 요시무라는 갑자기 "자네, 아이는?" 하고 물었단다. 그 사람에게는 요시무라의 그 질문이 왠지 당돌하게 여겨졌지만, 자기를 위로할 생각으로 그렇게 말해 준 것으로 생각하고는 약간 당황해서 "네, 하나 있습니다" 하고 대답하자 "아, 그래? 나도 하나 있었는데 죽었거든" 하고 말했다고 쓰여 있었다. 나는 지금 여기에서 그 젊은 작가가 쓴 글을 떠올리며 깜짝 놀랐다. 요시무라는 그 때 얼마나 그 사람에게 "나도 아들이 하나 있어. 지금 소르본에 가 있지만 말이야" 하고 말하고 싶었을까.

비는 좀처럼 멈추지 않았다.

어느 한 여자의 이야기

1

가즈에—枝가 태어난 집은 그다지 큰 집은 아니었다. 불단이 있는 방과 거실과 가게방, 안쪽의 골방과 시계방, 그리고 현관과 뜰을 지나서 부엌과 건넌방이 있었다. 그래도 그 시골 마을에서는 꽤 큰 집이라고 생각됐을지도 모른다. 집 주위는 3미터 정도의 검은 널판장으로 둘러싸여 있고, 가게방에는 적색 안료로 칠한 격자문이 달려 있었다. 왜 가게방이라고 했는지 모르겠다. 가즈에 네 집에서는 이 가게방에서 물건을 팔거나 한 적은 없지만, 그렇게 부르는 게 이 지방의 관습일지도 모른다. 뜰이라고 하는 것도 이 지방 사투리로, 진짜 뜰이 아니다. 현관에서 집 뒤쪽으로 빠져나가는 통로를 말하는데, 가즈에의 집에서도 현관의 봉당 옆쪽 문을 열고, 부엌을 지나서 건넌방 앞을 빠져나가 연못이 있는 뜰로 나가는 어두컴컴한 통로였다. 목욕탕과 우물은 별채에 있어서, 비가 오는 날에 물을 길러 가려면 처마끝에 붙어서 가야했다. 우물가에서 말짐방이라고 불리는 마굿간의 지붕이 보인다. 그 건너편에 밀감밭과 대나무숲이 이어져 있다.

지금부터 70 몇 년인가 전에 가즈에는 이 집에서 태어났다. 그러나 가즈에는 자기를 낳은 어머니의 얼굴을 전혀 모른다. 아가씨가 되고 나서, 가즈에가 마을을 걷고 있으면 마을 여자들이 다가와서 자주 "세상에, 가즈에 님은 어머님을 쏙 빼닮으셨구먼유" 하고 말했기 때문에, 자기와 얼굴이 비슷한 여자였을 것이라고 생각했다. 무슨 까닭인지 사진 한 장 없다. 그러나 가즈에는 이런 엄마를 한 번도 그리워한 적이 없다. 또 엄마를 일찍 여의어서 불행하다고 생각한 적도 없다. 너무 일찍 사별했기 때문에 엄마에 대한 기억이 전혀 없기 때문일지도 모른다. 집 안에 이건 엄마가 쓰던 거라든지, 이건 엄마가 입던 거라든지 하는 물건도 없었다. 다만 불단 안에 어머니의 계명과 속명이 적힌 위패가 있을 뿐이었다. 가즈에가 어른이 되고나서 이런 이야기를 들은 적이 있다. 엄마가 죽을 때 가즈에는 겨우 걸음마를 시작하던 무렵이었다. 불을 붙인 빨간 초롱을 들고 엄마가 누워 있는 이불 주위를 아장아장하고 걷고 있었다. "이 아이가 걱정돼" 하고 말하며 엄마가 울었다고 한다. 이 이야기는 소녀소설처럼 들린다. 그러나 가즈에는 그런 어린 시절의 자기 이야기를 들어도 슬퍼지지는 않았다. 엄마의 이 말을 그대로 믿어도 슬퍼지지 않는다. 가즈에 안에 있는 엄마의 모습은 추상적인 것이어서, 살아있는 엄마라고 여겨지지 않았기 때문이다.

하지만 바로 얼마 전에 가즈에가 일흔을 이미 넘겼을 때의 일이다. 어느 날 뭔가를 생각하다가 자기의 이 살아있는 몸뚱이가 이세상에 태어난 불가사의함에 대해 생각이 떠올랐을 때, 갑자기 얼굴도 생각나지 않는 이 젊은 엄마에게 감사함을 느낀 적이 있었다.

이런 나를 잘 낳아주셨다고 생각하니, 뭐랄까 가슴에 물같이 따뜻한 것이 흐르는 것을 느꼈던 것이다.

가즈에의 최초의 기억은 뭘까. 그건 가즈에가 겨우 걸음마를 하던 때였나? 거실에서 보면 불과 10센티 정도 가겟방의 다다미가 꺼져 있었다. 가즈에는 거실 기둥을 잡고 가만히 가게방의 다다미를 본다. 그리고 한쪽 발을 살짝 빗겨서 낮은 쪽으로 내린다. 이윽고 온몸의 중심을 옮겨 다른 한 발을 디딘다. 내려왔다. 그 약간의 위험 섞인 환희의 감정을 가즈에는 잊지 못한다. 지금으로부터 7, 8년 전의 일인데, 가즈에는 허리뼈를 다쳐서 수술한 적이 있다. 허리에 깁스를 대고 부동의 자세로 7개월 동안이나 누워 있었다. 겨우 뼈가 붙고 나서의 일이다. 양쪽 겨드랑이를 지팡이로 지탱하고 다다미 위를 걷는 연습을 했는데, 7개월 동안 누운 채 걸은 적이 없었기 때문에, 걷는다는 게 어떤 식으로 하는 건지, 다리를 서로 엇갈리게 하여 나가는 그 동작이 아무래도 생각나지 않았다. 아니, 생각나지 않는 게 아니다. 모르게 된 것이다. "왼발이에요" 하고 도우미가 말한다. "이번엔 오른발이에요" 하고 다시 말한다. 말을 들을 때마다 가즈에는 천천히 그 발을 내밀었다. 아! 이건 그, 어렸을 때 가겟방의 다다미로 내려갈 때 의심 많은 여우가 조심조심하는 그 기분과 똑같지 않나? 이 생각이 어린 시절로 이어진다.

엄마가 죽고 난 후에 가즈에는 잠시동안 다카모리高森에 있는 아버지의 생가에 맡겨졌다고 한다. 다카모리의 집은 가즈에의 집에서 4리 정도 더 안쪽에 있다. 안쪽이라는 것은 마을이 아니라, 산

속이라는 의미인 거 같은데, 철이 들고 나서도 가즈에는 종종 이 다카모리의 집에 갔다. 4리나 되는 산길을 차로 간 적도 있고, 말 등에 올라타서 간 적도 있고, 걸어서 간 적도 있다. 산마루의 찻집에서 쉬기도 하면서 점점 산속 깊은 데로 올라가는 건데, 다카모리까지 가면 갑자기 넓은 길이 나온다. 넓은 길 중간에 작은 개천이 있고, 그 양쪽 기슭에 버드나무 가로수가 있고, 길은 가로수 밖에서 둘로 나뉘어져 얼마 안되는 마을의 집들이 양쪽 길을 사이에 두고 늘어서 있다. 아버지의 생가는 그 중간 정도에 있었다.

가즈에는 지금도 그 다카모리의 넓은 길을 떠올릴 때마다 왜 그 산속에 불쑥 그렇게 아름다운 마을이 있었는지 이상하게 생각한다. 아버지의 생가가 있었기 때문에 거기 불과 70미터 정도의 마을이 그런 식으로 되어 있었을지도 모른다고 생각한 건, 그 집을 특별한 것으로 생각하는 가즈에의 착각인가? 아버지의 생가는 선조대대로 이어오는 양조장이었다. 두꺼운 격자무늬가 들어간 흰 벽이 어디까지고 이어져 있었다. 가게의 처마 끝에는 '요시노 술 곳간'이라고 새긴 두꺼운 간판이 걸려 있고, 그 밑에 커다란 초롱 같은 벌집이 있었다.

가게 앞에는 엄청난 숫자의 술통이 쌓여 있었다. 그 앞에 두꺼운 노송나무 판자가 있고, 크고 작은 됫박이 걸려 있다. 술을 사러 오는 사람들이 허리를 구부리고 들어오는 데 비해, "팔아주마" 하는 식의 좀 건방진 태도로 지배인이 술을 달고 있다. 그 주객전도의 풍경이 집의 격식을 말해주는 걸까? 가게 안에 한단 높이 있는 다다미 위에 아버지의 형, 가즈에의 큰아버지가 앉아 있다. 큰아버지는 선천적인 절름발이였다. 여름이고 겨울이고 고타쓰[15]를 놓고 앉아 있었는데, 질타하는 게 아닌 일종의 힘 있는 목소리로 가게를 지휘하고 있었다.

가즈에는 이 집에서 어린 시절을 보냈다고 한다. 그렇지만 가즈에의 머릿속에는 여기에서 지낸 기억이 전혀 없기 때문에, 반년 정도 있었던 건지, 아니면 3년 정도나 있었던 건지 지금 와서 생각하면 잘 모르겠다. 다만 그 집에서 지내던 동안에 아버지의 생가가 뭔가 특별한 집이고, 이 집과 관련이 있는 자기까지 그저 어린 여자애가 아니라 '요시노의 조카딸'이라고 믿었던 것 같다.

2

이런 가즈에의 사고방식은 좀 특별난 것이었다. 아버지의 생가가 근교에 알려진 부자였다는 게 무슨 상관인가. 하지만 지금부터 74, 5년이나 전에는 모든 사람들이 아무 의심 없이 그렇게 믿고 있었고, 아버지의 생가뿐만 아니라 그 분가의 호주인 아버지까지 특별한 사람으로 대접받고 있었다. 가즈에는 그 속에서 자랐다.

다카모리에서 있었던 일 중에서 딱 하나 들은 이야기가 있다. 가즈에는 몸이 약한 아이였다. 몇 일동안 변이 나오지 않았다. "언

---

15 일본의 실내 난방 장치의 하나로, 숯불이나 전기 등의 열원 위에 나무틀을 놓고 그 위에 이불을 씌워 국소적인 공간을 따뜻하게 하는 기구를 말한다.

제든지 요코 앞에 쑥쑥 나오거라" 하고 큰엄마가 웃으며 말했다. 이 큰엄마는 소문이 자자한 미인이었다. 절름발이 큰아버지의 아내라는 것을 아무도 이상하게는 생각하지 않았다. 가즈에는 이 큰엄마의 정말 아름다운 미소를 잊은 적이 없다. 가즈에는 아가씨가 될 때까지 몇 번이나 다카모리의 집에 갔지만, 그 어느 때고 이 큰엄마의 미소 짓는 얼굴 이외의 다른 표정을 본 적이 없으니까.

다카모리에서 돌아오니 집에는 새엄마가 와 있었다. 아니, 가즈에에게 새엄마라는 의식이 있었나? 가즈에의 기억에는 친엄마나 새엄마라는 구별이 없었다. 자기 친엄마가 죽은 걸 모른다. 새엄마가 이 집에 쭉 있었던 것처럼 생각해서 "엄마"라고 불렀다. 나중에 나이를 세어보니, 새엄마는 열일곱 살에 아버지의 후처로 온 게 된다. 가즈에가 네 살 때 동생 사토루悟가 태어났다. 일곱 살 때 둘째 동생 나오루直가 태어나고, 아홉 살 때 여동생인 도모코とも子가 태어났다. 그리고 열한 살 때 요시오吉雄가, 열네 살 때 히데오秀雄가 태어났는데, 이 형제들에 대해 엄마가 취한 태도와 가즈에에 대한 태도에는 확실히 어떤 차이가 있었다. 언제나 "누님이 드시고나서" "누님이 들어가시고 나서" "누님이 나가시고 나서"라고 말했다. 누님이란 가즈에를 말하는 것으로, 무슨 일이든지 가즈에를 우선으로 했는데 이 일에 대해 가즈에가 깨달은 것은 언제쯤이었을까. 이 엄마가 친엄마가 아니라는 걸 알았다고 해도, 그러나 그게 가즈에에게 무슨 의미가 있을까. 가즈에는 친엄마란 도대체 무언지 모르기 때문이다. 그러나 그 일은 아주 조금이라도 가즈

에를 불행하게 만들었나? 극히 자연스럽게 가즈에는 자기 가족 안에서의 자기의 위치를 깨달았다. 그리고 극히 자연스럽게 그 안에서 처신을 했다. 아니 처신했던 건 아니다. 그게 자기가 놓인 위치라는 것을 아무 고민 없이 믿었다. 그리고 그 상태에서 그 엄마를 사랑했다.

가즈에는 엄마한테 자주 들은 이야기가 있다. 엄마는 열일곱 살에 아버지의 후처가 되었다. 엄마가 그저 젊은 아가씨였던 데 반해, 아버지는 그 반생을 방탕하게 살아온 마흔 살짜리 남자였다. 둘 사이에는 매사에 생활의 명암이 달랐다. 엄마는 울기도 했다. 어느 야심한 밤중에 더 이상 이 집에서는 살 수 없다고 생각해서 자기 집으로 도망간 적이 있었다. 엄마의 친정은 아버지의 집에서 불과 1리 떨어진 가와시타川下라는 시골 마을에 있었다. 불과 1리밖에 안 떨어진 데 살면서 아버지가 어떤 남자인지 몰랐던 걸까? 알고 있던 건 그저 아버지가 그 다카모리의 요시노라는 부잣집의 차남이라는 사실뿐이었을까. 그러나 지금부터 70 몇 년이나 전의 옛날 시골에서는 그런 건 드문 일이 아니었다. "엄마, 엄마" 하고 부르며 사라진 엄마의 뒤를 따라가니 하녀 하나가 힘겨워하며 가와시타의 집까지 가즈에를 업고 갔다고 한다. 가즈에의 눈에 엄마를 따라가며 우는 자기 모습이 보인다. 가와시타의 집은 대나무숲이 이어진 제방 아래에 있다. 지금도 대나무숲의 사악사악 하고 울리는 소리가 들린다. 가즈에는 이 대나무숲 옆에서 울었다고 한다. "그 때 니가 나를 안 따라왔으면 이 집엔 안 돌아왔을지도 몰러"

엄마는 그렇게 말했다. 남동생 사토루가 태어난 건 그 후이다.

그러나 엄마는 그런 가즈에를 원망하는 건 아니었다. 그 뒤에 많은 동생들을 낳은 엄마는 그저 자기 운명의 조화를 말로 표현해 본 것뿐이다. 엄마는 그런 유쾌하다고 할 수 없는 생애를 충분히 인내하고, 혹은 감수하고 있었던 것 같으니까.

아버지에 대해서는 어떤 기억을 가지고 있을까? 가즈에가 철들고 난 후의 기억으로는, 우선 탁탁하고 말발굽 박는 소리를 밤이고 낮이고 들은 것 같은데, 집 뒤편에 있는 마구간의 초가지붕은 금방이라도 쓰러질 것 같은 상태였고 그 안에 말이 있던 기억은 없다. 그런데 아버지는 말을 몇 마리나 길렀다고 한다. 가겟방 안쪽의 어두운 골방 서랍 속에서 어느 날 가즈에는 엄청난 양의 경마 목록을 본 적이 있다. 수신자는 모두 아버지로 되어 있었다. 아버지는 자기 말을 경마에 내놓고 있었던 건가? 그럼 왜 그걸 그만두었을까? 이상한 일이지만 이 집에서는 아버지에 대해서 뭔가를 물어보는 습관이 없었다. 가즈에의 기억으로는 아버지 일을 엄마에게조차 물어본 적이 없었다. 아버지에 대해 뭔가 알려고 한 적은 있었나? 그건 비가 올지 눈이 올지 내일 날씨에 관해 남에게 묻지 않은 농부의 마음과 닮았다고나 할까.

가즈에의 기억 속의 아버지는 시계방에 앉아 있었다, 시계방에서 뜰의 연못이 보인다. 연못에는 커다란 잉어가 있었다. 그 건너편 밀감밭에는 밀감뿐만 아니라 여러 종류의 감귤류가 심겨 있다. 포도 덩굴도 있다. 시계방에서는 집 밖도 안도 모두 보인다. 아버지는 거기에서 입술을 굳게 다문, 좀 독특한 표정을 하고 앉아 있었다. 훨씬 뒤의 일이지만 카나리아며 꾀꼬리며 구관조 같은 작은 새를 키운 적도 있다. 언제나 대체로 아무 말도 없이 앉아 있었는데, 그 똑같은 아버지가 말이랑 잉어랑 개를 키우고, 그들 생물과 교류하고 있는 모습은 뭔가 불가사의한 일 같기도 했지만, 또 그게 자연스럽게도 생각됐다. "가즈에" 하고 부른다. 그런 아버지의 목소리에 즉각 시계방의 장지문 앞까지 간다. 그건 나중에 연극 같은 데서 본 주종관계의 의식하고 똑같았는데, 가즈에는 아버지가 있는 시계방 안에는 들어가지 않고 밖에 앉은 채 아버지의 말을 기다렸다. 아버지의 말은 언제나 명령이었다. "별꽃을 따 오거라. 바구니 가득" 별꽃이란 어린 새에게 주는 풀을 말한다. 가즈에는 뒤쪽 대나무숲 속으로 달렸다.

3

아버지의 명령에 따라 무언가를 한다는 게 고통스럽지는 않았다. 아니, 아무리 즐겁지 않은 일이라도 해야만 했다. 즐거운 일인지 아닌지 판단할 문제가 아니었다. 판단을 초월함으로써 그것은 고통이 아니었다. 아버지는 술 마시는 일이 많았는데 밤늦게 밖에서 돌아와 갑자기 술을 사오라고 하기도 했다. 왜 집 안에 술을 사두지 않았는지 모르겠다. 술이 이 집안에서 없어서는 안 될 물건이라면 언제나 그게 당연히 있어야 할 터였다. 그러나 술은 없었다.

가즈에는 사토루의 손을 끌고, 혼자가 아니라 동생 사토루의 손을 잡고 둘이서 술을 사러 갔다. 술파는 가게는 오키노마치沖の町에 있었다. 거기는 큰 술집이었는데 집에서 멀었다. 그런데 집에서 30미터 정도 안쪽에 생선구이집이 세 군데 정도 있었다. 마부나 농부가 숲속의 고개를 넘어가다가 잠깐 쉬면서 한 잔 하는 가게이다. 가게에 조린 생선을 늘어놓은 메대가 놓여있다. 술집은 아니지만 물론 술도 있다. 가즈에는 언제나 여기에서 술을 샀다. 도쿠리 술병에 술을 넣어준다. 그리고 나서 가즈에는 메대에 무슨 생선이 놓여있는지 묻는다. "볼락죽순 조림허구 초된장 고래무침허구 오징어조림이 있구먼. 병 똑바로 들고 어여 가" 생선가게 아줌마가 말한다. 병이란 술병을 말한다. 불쌍허게, 하고 덧붙인다. 가즈에는 그런 말을 듣는 걸 좋아하지 않는다. 가즈에는 불쌍하지 않기 때문이다. 가즈에는 한 손으로 술병을 안고, 다른 손으로 사토루의 손을 잡는다. 그리고 걸으면서 "볼락죽순 조림이랑 초된장 고래무침이랑 오징어조림"하고 반복해서 말해본다. 아버지는 언제나 안주가 뭐가 있었는지 묻기 때문이다. 그리고 한 번 더 되돌아가서 볼락죽순 조림을 사러 간다.

생선가게까지 가는 길에는 염색집과 술집과 약국이 있다. 그들 가게 처마에 희미하게 불빛이 보일뿐 길은 어둡다. 어느 집이나 일찍 덧문을 닫기 때문이다. 도중에 고미조小溝라는 작은 개천이 있고 돌다리가 걸려 있다. 거기에서 멀리 있는 논밭으로 나가는 길이 있어서 돌다리를 건널 때 언제나 획 하고 바람이 분다. 가즈에는 이 다리 위를 서둘러 건넌다. 무섭기 때문이다. 그러나 그녀는 다리에서 개천으로 빠져나가는 이 어두운 길을 자기가 두려워하는 건 아니라고 생각한다. 아이들 말로는 그 밭으로 나가는 길에서 여우가 나온다고 한다. 무섭지 않아 하고 생각한다. 그리고 사토루의 손을 힘껏 잡아끌면서 서둘러 다리를 건넌다.

가즈에의 이 이야기를 들은 사람들은 아버지는 그렇다 치고 왜 엄마가 이런 아버지를 말리지 않았냐고 묻는다. 또 아이들 대신에 왜 엄마가 심부름을 가지 않았냐고 한다. 이 집에서는 그런 일은 있을 수 없었다. 아버지는 엄마가 아니라 가즈에한테 심부름을 시킨 거니까. 이상한 일이지만 어린 가즈에는 누구한테 들은 것도 아닌데 이것을 이해했다. 엄마가 좀 말려줬으면 하고 생각한 적이 있었나?? 하물며 엄마가 대신 가주었으면 하고 생각한 적이 있나? 가즈에가 사토루를 데리고 어두운 길을 심부름하러 간 것은, 그건 가즈에니까 가는 것이다. 아버지가 그것을 명령했기 때문에 가는 것이다. 구름이 끼고 비가 내리는 것과 마찬가지로 그것은 바꿀 수 없는 일이기 때문에 가는 것이었다.

이 집에서는 그게 관례였다. 남들에게는 잔혹하게 보이는 일도 여기에서는 그렇지 않았다. 초등학교에 입학한 후의 일이다. 가즈에는 언제나 짚신을 신고 학교에 다녔는데 집에 돌아올 때 비가 오는 날이 있었다. 옷자락을 높이 걷어 올리고 가즈에는 맨발이 된다. "발은 젖어도 썩지 않지만, 짚신은 썩으니까"하고 언젠가 아버지가 말한 것을 기억하고 있기 때문이다. 겨울이 되어 집에 가는

길에 눈이 내리면 가즈에는 언제나 걸어서 돌아가는 오키노마치沖の町는 지나가지 않았다. 동네 뒤를 제방으로 돌아, 개천 옆의 뒷길로 나간다. 거기는 남들 눈이 없기 때문이다. "딱허게두. 가즈에님은 또 맨발로 가시더구만유" 남들한테 그런 말을 듣는 게 가즈에는 제일 싫었기 때문이다. 눈 위를 맨발로 걸어도 가즈에는 불쌍하지 않았기 때문이다.

학교에서 돌아오면 가즈에는 밖에 나가지 않았다. 언제 그렇게 명령을 받은 건지 모르지만 가즈에는 나가지 않았다. 이 동네에도 인형극단이나 원숭이공연단이 돌아다닐 때가 있다. 가즈에의 집 앞은 헌옷 가게였는데 그 가게 앞에 조그만 광장이 있었다. 유랑단은 으레 거기에 짐을 푼다. 딱따기를 치는 소리가 들린다. "왔구나 왔어" 하는 소리가 들린다. 금방 아이들이 모여들어 떠드는 소리가 난다. 그러나 그런 소리를 들으면서도 가즈에는 한 번도 그 아이들하고 같이 있었으면 좋겠다고 생각했나? "왔구나 왔어" 하는 소리가 들려도 그게 가즈에에게 나와 봐, 하고 말하는 거라고 생각했나? 그 아이들은 다른 집 아이들이라서 인형극을 보는 거다. 가즈에는 이 집의 아이이기 때문에 그것을 보지 않는 거다.

지금 가즈에는 그 어린 시절의 엄격한 생활을 생각하며 어떤 감회를 느끼곤 하는데, 그 아이가 그래서 너무 불쌍하다고 생각한 적은 없다. 아마도 아버지는 그런 훈육방식이 아이들에게 가장 적합하다고 생각했던 건 아닐 것이다. 아버지는 그 성격상 그것 말고 다른 훈육방식을 생각한 적이 없었을 뿐이다. 아버지가 이 동네에 집을 가진 것은 마흔이 지나서라고 한다. 그때까지 아버지가 어디에서 뭘 했는지 모른다. 여기에 집을 갖고 나서도 이렇다 할 일을 했던가? 한 달에 두 번, 다카모리의 집에서 돈이 도착한다. "계세요, 우편입니다" 하고 말하며 큰길에서 배달원이 편지상자를 주러 온다. 배달원이란 하루에 한 번 다카모리에서 이 동네까지 왔다 갔다 하는 짐꾼을 말한다. 편지상자 안에는 큰아버지의 편지와 돈이 들어있다. 낡은 주홍빛 상자로 엄중하게 자물쇠가 잠겨 있다. 가즈에는 이 돈을 본 적은 없다. 왜 그 돈이 다카모리에서 오는 건지 가즈에는 모른다. "가즈에, 오늘 시세를 받아오거라" 오후가 되면 아버지는 언제나 그렇게 말한다. 오늘의 시세란 뭔지 가즈에는 모른다. 오키노마치에서 가류쿄臥龍橋를 건너 혼마치本町로 내려간다. 그 제방 아래에 있던 마쓰무라松村라는 가게를 가즈에는 잊을 수 없다. 가즈에는 매일 거기에서 시세를 쓴 종이를 받아왔기 때문이다. 어느 날 아버지가 이틀 정도 집에 돌아오지 않았다.

4

가즈에와 엄마는 도시락을 싸서 경찰서로 갔다. 경찰서는 가류쿄 옆에 있었다. 아버지는 거기에서 이틀이나 잡혀있었다. 아버지는 뭘 한 건가? 나중에 들은 일인데 어딘가에서 도박을 하다가 잡혔다고 한다. 어두운 방 안에 쭈그리고 앉아 있었다. 도박이란 어떤 걸 하는 건지 가즈에는 모른다. 시계방에서 본 것과 완전히 똑같은 표정을 하고 앉아 있는 그 아버지를 보고 법률로 금지된 일을 해서 잡힌 거라고 누가 생각이나 할 수 있을까. 아버지는 왜 거기에 앉아 있는 걸까? 그러나 가즈에는 그 일을 묻지 않았다. 앞에서도 말했듯이 아버지에 대해 뭔가를 묻는 일은 없었다. 묻는다는 건결코 생각할 수 없다. 있는 그대로를 그저 보는 것만으로 이해하는 것이었기 때문에 가즈에는 이런 경찰서 한 구석에서 입술을 꽉 다물고 앉아 있는 아버지를 보고 그게 부끄러운 짓을 해서 잡혀있는 거라고는 생각하지 않았다.

어쩌면 아버지도 그때 부끄러운 짓을 해서 잡혔다고는 생각하지 않았을지도 모른다. 나중에 다른 사람한테 들으니 아버지는 상습 도박자였다고 한다. 아버지의 생애는 생각하기에 따라서는 모든 것이 도박이었을지도 모른다. 지금부터 하는 이야기들은 모두 아버지가 돌아가신 후에, 확실히 언젠지는 모르지만 가즈에의 귀에 들어온 것인데, 아버지는 젊었을 때부터 집을 나가 자기가 하고 싶은 일은 뭐든지 했다고 한다. 아버지에게 돈은 언제나 있었다. 다카모리의 요시노 집안의 차남이었기 때문에 돈에 궁핍할 일은 없었다. 어디에서든 방탕하고 불량한 생활을 했다고 한다. 이 가와니시에 집을 갖게 된 것도 마흔이 지나서이다. 소문에 의하면 다카모리의 집은 아버지가 상속받을 예정이었다. 모두가 태어날 때부터 절름발이인 큰아버지가 가업을 이어나가지는 못할 거라고 생각했다. 누구 눈에나 아버지 거라고 생각됐는데 아버지는 스스로 그것을 거부하며 여행을 떠났다고 한다. 자기 스스로 집을 버렸으면서, 아버지는 그 생가의 돈에 평생 의지할 생각이었나? 그럴 리는 없다. 그럴 리는 없는데 아버지도, 그리고 아버지를 둘러싸고 있는 사람들도 마음 어딘가에 그런 생각을 숨기고 있던 걸까. 아버지의 생활 어디에도 가업 같은 것을 가지려는 기색이 없었던 것은 그 때문인가. 평생 가업 같은 것을 갖지 않고 도박을 상습적으로 하면서도 부끄러워하지 않은 것도 그 때문인가.

아버지의 일생에 대해서는 여러 가지 전설이 있다. 사람들은 그걸 이야기할 때 속수무책인 난봉꾼의 행적으로 말하는 게 아니라, 어떤 경외심을 가지고 이야기하는 것 같으니 이상한 일이다. 아버지는 다이묘코지大名小路 라고 불리는 이 동네의 유곽에 자주 다녔다. 거기에서는 소탈하고 익살스러운 난봉꾼으로 통했다고 한다. 때로는 가즈에를 잘 차려 입혀서 같이 데려갔다고 하는데 가즈에에게는 그런 기억이 없다. 어느 날 아버지는 그 유곽에서 많은 손님을 치렀는데 요리사와 짜고 국사발 안에 이제 막 부화한 병아리를 넣어두었다고 한다. 손님이 사발의 뚜껑을 열었을 때 아직 깃털이 다 나지 않은 병아리가 삐약 삐약 하고 울며 나왔다고 한다. 재미있는 이야기지만 반밖에 안 믿는 사람도 있다. 요리를 방으로 옮겨 손님 한 사람 한 사람 앞에 그걸 놓을 때까지 사발 안에서 병아리가 움직이지 않고 있을까. 어쩌면 이 이야기는 지어낸 이야기일지도 모르겠다. 또 아버지는 말을 몇 마리나 가지고 있었는데 어느 날 새로운 말을 한 마리 더 사기 위해 다카모리에 염치없이 돈을 요구했다. 그러나 큰삼촌은 말 취미를 정도껏 하는 게 어떠냐고 말하며 그 돈을 보내주지 않았다. 아버지는 말을 타고 다카모리까지의 4리 길을 튀어가서 그대로 큰아버지가 앉아 있는 고다쓰의 각로 위까지 말을 탄 채로 들어갔다고 한다. 이렇게 해서 아버지의 난폭함은 언제나 눈감아 주게 되었다. 눈감아준다는 걸 알고 횡포를 부린 건지도 모른다. 이 이야기는 지어낸 이야기는 아닐 거라고 가즈에는 생각했다.

이런 전설을 엄마도 역시 가즈에에게 들려준 적이 있다. 엄마의 말투도 역시 아버지의 방탕한 행위를 자랑하고 있는 것처럼 들렸다. 아버지는 특별한 인간이다. 무슨 일을 하든 용서받는다. 그렇게 말하는 것처럼 들렸다. 하지만 그런 일이 있을 수 있을까? 이 대답은 아버지 자신이 죽을 때 나온 거 같다. 이 일은 나중에 말하고 싶다.

아버지와 엄마의 일로 가즈에가 생각나는 건 딱 하나다. 엄마는 아버지에게 있어 딸이라고 생각될 만치 어렸다. 엄마가 하는 일은 무슨 일이건 노발대발 혼냈다. "멍청이"하고 아버지가 말했다. 이 말은 하루에도 몇 번이고 아버지 입에 올랐다. 부부라는 것이 어떤 형태의 것인지 생각해본 일도 없는 가즈에는 젊은 엄마를 멍청이라고 부르는 아버지를 어떤 피하기 어려운 현상으로서 감수했던 걸 잊지 못한다. 어느 날 밤의 일이다. 문득 잠이 깬 가즈에의 귀에 당연히 잠들어 있을 줄 알았던 아버지 방에서 엄마의 우는 소리가 들렸다. 아, 엄마가 울고 있구나 하고 생각한 순간에 마치 그런 엄마를 달래기라도 하는 듯한 아버지의 낮은 목소리가 들렸다.

저게 그 아버지의 목소리인가 하고 의심될 정도로 그것은 상냥한 목소리였다.

젊었을 무렵의 엄마의 모습 중에 가즈에의 기억에 남아있는 것은 미용사한테 머리 손질을 맡기고 있는 모습이었다. 미용사는 오키노마치의 오요네라는 여자였다. 한쪽 눈이 애꾸눈처럼 가는 여자였다. 왜 미용사 이름 같은 걸 기억하고 있는 건지 모르겠다. 툇마루에 종이를 깔고 미용도구를 늘어놓은 뒤에 손때가 묻은 옛날풍의 거울을 세워놓고 미용사가 엄마의 머리를 올려주고 있다. 가즈에는 그런 엄마 옆에 서서 뭔가 말을 하는 아버지의 모습을 잊을 수 없다. 어쩌면 오요네를 상대로 농담을 한 건지도 모르지만, 그 광경은 가즈에가 생각지도 못한 일 중의 하나였다. 엄마는 피부가 하얀, 예쁜 여자였다. 어쩌면 쾌활한 성격이었을지도 모른다. 아버지가 외출하면 우물가에서 빨래를 하면서 노래를 부르곤 했는데 엄마의 그 목소리는 가즈에의 귀에 어떤 해방의 기분을 전하는 것 같았다. 가즈에는 이런 노래를 기억하고 있다. "매화나무 가지의 푼주, 두드려서 돈이 나오면" "나는야 너에게 시금치, 빨리 쑥부쟁이로 해줘" 가즈에도 역시 무슨 뜻인지 모른 채 따라 불렀다.

5

가즈에의 집의 생계는 어떻게 유지됐나? 어렸을 때 가즈에는 이 일에 대해 한 번도 생각한 적이 없었다. 그러나 매달 1일과 15

일에 배달원 편으로 보내오는 돈이 있다는 건 알고 있었다. 그 편지상자 속에 들어 있는 돈은 얼마일까, 아마 그건 가족의 생활비와 아버지의 유흥을 충분히 조달할 정도의 액수였을 것이다. 그럴까? 그러나 가즈에가 철이 들 무렵에는 집안에 있던 하인의 모습이 하나 줄고 둘 줄더니 드디어 아무도 없어졌다. 뒷밭에 심어놓는 감귤류도 포도도 열매가 맺히면 중개인이 사러왔다. 죽순이 나올 무렵도 마찬가지다. 나중에는 뜰의 매화꽃까지 히로시마에서 꽃집 주인이 사러 왔다. 그것은 노란 매화꽃이었다.

"납매라는 꽃이여유. 향기가 억쑤로 좋아유" 하고 엄마가 말했다. 그런 것들을 판 돈도 생활비에 보탬이 되었다. 가즈에가 그것을 알았다고 해도 집이 가난하다고 생각이나 했을까? 언제부터 그리고 어떤 이유로 집이 가난해졌는지 가즈에는 그것도 몰랐다. 정말이지 눈에도 보이지 않을 정도의 완만한 속도로 가난해졌으니까.

초등학교에 다니게 되자 가즈에의 모든 학용품은 다른 학생들과 달랐다. 습자책은 첫 장은 새 종이였지만 나머지는 그 종이의 뒷면이나 신문지였다. 연필도 짧고 불과 6센티 정도밖에 안 남아도 버리지 않고 붓끝에 씌우는 그 작은 얇은 대나무 연필집에 끼워 실로 단단히 묶어서 사용했다. 이런 지혜를 도대체 누가 가즈에게 가르쳐줬는지 기억하지는 못하지만, 이상하게도 가즈에는 이런 궁리를 해서만 학용품을 사용할 수 있는 자신을 부끄러워했던 기억이 없다. 다른 아이들이 하얀 종이에 습자를 하고 아직 짧아지지 않은 연필을 간단하게 버리는 것을 보아도 부럽다고 생각하지 않았다. 그건 다른 집 아이니까 저렇게 하는 거야. 가즈에는 우리 집 아이라서 이렇게 하는 거야, 하고 확실하게 분리해서 생각했다. 이건 아이의 생각치곤 비참한가? 그런 일들을 가즈에는 비바람과 마찬가지로 처음부터 바꿀 수 없는 것으로 받아들였다. 다만 그 일로 남들에게 "가즈에님 진짜 불쌍하셔"라는 말을 듣는 걸 빼면.

아버지가 살아있는 동안에 가즈에가 받은 대우에는 일관된 규칙이 있었다. 어쩌면 아버지의 성격에서 비롯된 그때그때의 즉흥적인 생각이었을지도 모르지만 가즈에에게 그것은 일관된 규칙처럼 보였다. 아버지가 지금 뭘 원하고 있는지 즉시 그것을 헤아리고 원하는 대로 한다. 굳이 말하자면 가즈에는 그 일에만 기쁨을 느끼고 있던 것 같다. 아이에게 그건 가혹한 일이다. 그러나 가혹하다고 할 수 있을까. 왜냐하면 가즈에는 언제나 기꺼이 스스로 그것을 했기 때문이다.

이렇게 쓰다 보니 가즈에는 아이라고 할 수 없는 어떤 암울한 성질을 가지고 있었던 것 같다. 하지만 그녀는 아이다운 지혜로 몸 어딘가 감지한 것처럼 이런 생각을 떠올린 것에 불과하다. 아버지의 무의식적인 계획에 따른 스파르타식 교육도 가즈에의 아이다움을 손상시키는 일은 없었던 것 같다. 그러기는커녕 가즈에는 자기가 스스로 그 속에 들어감으로써 상처받지 않는 법을 배웠던 것이다.

가즈에는 학교에서 품행이 올바른 학생이었다. 매년 봄에 상을 받았다. 상은 군수상과 마을의 구旧영주가 주는 상이 있었다. 구영주상은 선물을 주는 상이었다. 벼룻집일 때도 있고, 붓글씨 종이가 한 다발일 때도 있었다. 어린 가즈에는 그 상이 무거워서 들고 갈 수 없었다. 언제나 으레 그 날만은 아버지가 함께 왔다. 가즈에에게는 소매가 긴 명주실로 짠 보라색 비백무늬 기모노를 입혔다. 매년 이 옷을 입는다. 이건 가즈에가 일곱 살 생일 때 다카모리에서 받은 기모노이다. 가즈에는 이 옷을 좋아한다. 소매가 긴 옷을 입은 조그만 가즈에와 상을 든 키 큰 아버지가 나란히 동네를 걷는다. 곧장 집으로 돌아가지 않고 여기저기 지인들 집에 들른다. 다이묘코지의 요릿집이며 가지야쵸鍛冶屋의 기생집이며 고물상이며, 그리고 가즈에가 매달 종이를 받으러 가는 시세가게 같은 데에 들렀다. "오늘은 이 녀석 학교에서 불러서" 하고 아버지가 설명한다. 가게 사람들이 몰려와서 "어머, 가즈에님이요?" 하고 말한다. 가즈에는 이런 아버지를 보는 게 의외였다. 아버지가 뭔가를 설명한다. 그런 일이 있을 수 있나? 아버지를 돌변시킨 게 바로 자기라고 생각하자 가즈에의 가슴 속에 따뜻한 물같은 게 퍼졌다. 가즈에는 기뻤다. 오늘만은 짚신이 아니라 빨간 끈의 골풀이 달린 막신을 신은 가즈에의 발걸음은 가볍다. 막신이란 나막신을 말한다. 지금도, 일흔 몇 살이 된 지금도 어린 시절의 이런 자기 모습을 가즈에는 잊지 못한다. 가즈에는 이때 남을 기쁘게 하는 것은 자기도 또한 기쁜 일이라는 걸 깨달은 걸까. 이 기쁨을 위해서 가즈에는 무슨 일이든 했나? 무슨 일이든. 아니, 그렇지 않다. 다만 그게 자기가 하고 싶은 일의 범위를 넘어서 아버지를 위해서만은 가능했던 것이다.

6

어느 여름의 일이다.

가즈에는 이제 동네에 있는 여자고등학교에 다니게 되었다. 학교에서 돌아오는 길에 갑자기 뒤에서 누군가 불러 걸음을 멈췄다. "가즈에 님" 가즈에의 집이 가난해졌지만 사람들은 옛날과 마찬가지로 가즈에님이라고 불렀다. 개천을 따라 좀 올라간 곳에 히라타平田촌으로 가는 둑방이 있다. 그 둑방 근처에 구이집이 있었다. 가즈에를 부른 것은 그 구이집 아주머니였다. "가즈에님. 저그에 이모님이 와 계시구먼유. 오늘로 사흘이나 가즈에님 돌아오기만 기다리구 계셨슈" 하고 말한다. 아주머니 뒤에 줄무늬가 들어간 기모노를 입은, 처음 보는 뚱뚱한 여자가 가즈에에게 미소를 짓고 있다. "가즈에. 이모야. 네 죽은 엄마 언니야" 하고 말한다.

그 순간의 기분을 뭐라고 하면 좋을까. 네 죽은 엄마의 언니란 뭘까. 가즈에의 엄마는 집에 있다. 그 엄마 말고 죽은 엄마가 있었나? 그리움이라는 기분과는 전혀 다른 일종의 불신감이 스쳐지나간 것을 가즈에는 잊지 못한다.

그러나 이모는 가게 앞의 걸상에 자기도 앉고 가즈에도 같이 앉혔다. "아주머니 여기 벼꽃떡 좀 주세요" 하고 말한다. 벼꽃떡이란 이 지방의 시골스런 떡을 말하는데 떡소를 넣은 떡 위에 노랑, 빨강, 파랑으로 물들인 밥알을 입힌 것이다. 가즈에는 그 벼꽃떡을 좋아한다. 그러나 그렇다고 해도 왜 거기에서 이모하고 나란히 벼꽃떡을 먹었는지 모르겠다. "너를 불러 세운 건 지금이 처음이지만, 나는 이 가게에서 몇 번이나 너를 지켜봤어. 학교에서 돌아오는 걸 보고 있었어" 하고 말한다. 이모는 가즈에의 머리를 쓰다듬으며 "머리카락이 곱구나. 예쁘게 따서 올리면 얼마나 귀여울까" 하고 말한다. "근데 집에 돌아가면 여기에서 나를 만났다는 얘기 엄마한테 하지 마" 하고 말한다. 계속 웃는 얼굴을 하고 부드러운 음성으로 이야기하는 이런 이모의 모습을, 또한 이 첫 만남을 가즈에는 믿었나? 이모와 나란히 걸상에 앉아 벼꽃떡까지 같이 먹었는데도 가즈에는 이 이모를 자기와는 상관없는 먼 사람으로 보았다. 이모한테 말을 들을 필요도 없이 이 일들을 가즈에는 엄마에게도 그리고 아버지에게도 말하지 않았다.

그러나 이모를 만난 것은 가즈에의 운명에 하나의 전환점이 된 것 같다. 어느 날 아버지가 가즈에를 불렀다. 생각지도 못한 일이지만 아버지는 지금부터 이모네 집에 놀러갔다 오라고 했다. 왜, 어째서, 갑자기 이모네 집에 놀러가라는 건가? 도대체 지금까지 단한번이라도 남의 집에 놀러간 적이 있었나? 그렇다. 이모네 집은 남의 집이다. 그러나 가즈에는 아버지의 이 명령에 아무 저항도 하지 않고 "네"하고 대답했을 뿐이었다.

이모네 집은 뎃포코지鉄砲小路의 고급주택가 안에 있었다. 나이

든 이모부는 동네 재판소에 다녔다. 하얀 담장 너머까지 석류꽃이 흐드러지게 피어 있었다. 가즈에는 이모네 집이 같은 동네에 있다는 것도 몰랐다. 하얀 벽 안의 집은 보기만 해도 밝았다. 사촌오빠인 게이치経一와 그 동생 죠지譲二가 있었다. 가즈에를 둘러싸고 웃으며 이야기하는 시끄러운 목소리도 가즈에에게는 생소한 것이었다. 왜 아버지는 가즈에를 이 집에 보낸 걸까. 그건 아버지만 알고 있는 일이다.

이모는 가즈에를 위해 사두었다는 핑크색 리본을 가즈에의 머리에 꽂았다. "어머, 잘 어울린다. 그치, 게이치?"하고 말했다. 거울에 비친 자기 모습을 가즈에는 지금까지 본 적이 있었나? 짧은 머리를 달랑 묶고 거기에 리본을 꽂은 자기 모습을 가즈에는 눈을 들어 볼 수가 없었다. 가즈에는 겨우 겨우 "어, 너무 늦었어요. 저, 집에 갈게요" 하고 낮은 소리로 말했다. "게이치, 가즈에를 가와니시까지 배웅해 주럼" 하고 이모가 말했다.

이제 곧 날이 저문다. 가즈에는 게이치와 나란히 아무 말도 하지 않고 동네를 걸었다. 게이치는 하얀 잔무늬가 있는 기모노를 입고 있었다. 가즈에도 잔무늬의 기모노를 입고 있었다. 노란 모슬린 허리띠를 매고 있었다. 거기에 리본을 꽂은 자기 모습을 가즈에는 우스꽝스럽다고 생각했다. 태어나 처음으로 만난 사촌오빠가 가즈에의 바로 옆을 걷고 있다. 게이치는 동네에 있는 고등학교 학생이다. 고등학생인 게이치와 가즈에가 나란히 걷는다는 건, 이건 말도 안 되는 일이 아닌가? 등하굣길에 학생들이 시끄럽게 놀려대는 바로 그 상태가 아닌가? 그래도 가즈에는 조금도 몸이 떨리지 않았다. 왜 몸이 안 떨리는 건지 자기도 이상하다고는 눈치채지 못한 것이다.

가류쿄를 건너 오키노마치에서 제방으로 나간다. 제방 위에서 가즈에 네 집의 대나무숲이 보인다. 거기에서 보리밭으로 바람이 불고 있는 게 보인다. 그리고 개천을 따라 논두렁길을 내려간다. 여기까지 오자 가즈에가 멈춰 서서 게이치를 본다. 그게 안녕이라는 인사이다. 그리고 게이치가 걸어가기 시작하는 걸 보자 서둘러 머리에 꽂았던 리본을 잡아떼고는 그대로 타타타닥하고 부엌으로 통하는 쪽문에서 마구간까지 뛰어갔다.

"가즈에" 하는 아버지의 꾸짖는 소리와 함께 아버지의 손이 날라 왔다. "이렇게 늦게까지 남자하고 같이 걷다니. 이게" 하고 외치며 다시 때렸다. 아버지가 마굿간 있는 데까지 나와서 개천의 논두렁을 돌아오는 가즈에와 게이치를 보고 있으리라고는. 가즈에는 자기가 이렇게 날이 저물 때까지 돌아오지 않은 일이며, 또 남자와 같이 걸은 일로 아버지를 화나게 만든 건 당연하다고 생각했다. 게이치는 고등학생이었지만 엄연히 남자니까.

그렇다고 해도 자기가 시켜서 가즈에를 놀러가게 만들어 놓고 귀가가 늦었다고 가즈에를 때린 아버지의 진의는 어디에 있는 걸까. 아버지는 이 일이 있기 전부터 가끔 낮에도 시계방에 잠자리를 펴고 쉬는 일이 많았다. 의사가 오게 된 것은 나중 일이다. 어느 날 이모네 집에서 사람이 왔다. 가즈에를 게이치의 신부로 들이고 싶다고 알리러 왔다고 한다.

더구나 의외로 아버지는 이 일을 승낙했다고 한다. 아버지는 가즈에를 불러 "근시일 내에 너는 이모네 집에 시집가는 거야. 흥, 넌 그 때 말이야, 그렇게 깜깜해졌는데 게이치하고 같이 걸어다녔으니까" 하고 말했다. 그럼 어두워지고서 게이치와 걸었다는 이유로, 그 벌로 이모네 집에 시집가지 않으면 안 된다는 건가? 그래도 가즈에는 한마디도 저항하지 않고 그저 "네" 하고 대답했다.

어느 가을 날, 이모네 집에서 붉은 색깔의 술통이 도착했다. "시집간다는 건 형식상의 일이구먼. 싫은 일도 있겠지만 참구 살아야 혀" 가즈에를 그늘로 불러 그렇게 말한 엄마의 말을 가즈에는 잊지 못한다. 저녁이 되고 중매인이 된 사람이 마중하러 온다고 한다. 엄마는 가즈에를 목욕시키고 머리를 묶어 주었다. 이제 이 집을 떠나는 거라고 생각하면서도 그 슬픔의 분량은 가즈에로서는 알 수 없었다. 엄마와 동생들을 남기고 가는 거라고 생각하니 마치 전혀 본 적도 없는 광활한 바다에 흘러가는 것 같은 막연한 불안감이 가슴에 퍼졌다. 그러나 그렇다고 해서 가즈에가 뭔가 할 말이 있을까?

드디어 마중하는 사람이 오고 가즈에는 집을 나섰다. 중매인은 도다戸田라는 옛 사족士族인 나이든 부부였다. 부부 모두 몸집이 작고 마른 사람들이었다. 달이 떴다. 밝은 달밤인데도 중매인 부부 모두 손에 초롱을 들고 있었다. 대낮같이 밝은 큰 길에 세 사람의 그림자가 드리워져 있는 것을 가즈에는 믿을 수가 없었다. 가즈에는 작은 짐을 들고 있었다. 그 속에는 가즈에가 갈아입을 옷과 학교의 책이 들어 있었다. 그래도 역시 시집가는 거였다.

아버지가 죽은 건 이듬해 2월이었다. 어쩌면 아버지는 자기가 살아있는 동안에 가즈에의 앞날을 정해놓고 싶었던 건 아닐까?

7

가즈에가 이모네 집에서 산 것은 불과 10일 정도였다. 지금은 기억도 흐릿하지만 "가즈에, 오늘 밤부터 넌 이 방에서 자는 거야" 이모한테 그렇게 말을 듣고 게이치가 자고 있는 방에서 잔 것 같다. 확실히 게이치한테 시집을 온 것이지만 그게 남자와 여자의 동침을 의미한다는 것은 모르고, 시키는 대로 같은 방에서 잔 것 같다. 게이치도 역시 가즈에에 대해서 그 언젠가의 여름날 저녁에 가즈에를 가와니시의 집까지 바래다주었을 때와 마찬가지로 특별하게 뭔가를 이야기하려고 하지 않았다.

저녁이 되면 게이치는 옷을 갈아입고 매일 밤 같이 어딘가로 나갔다. 이 집에서는 아들이 어딜 간다고 말도 안하고 나가도 이모부도 이모도 혼내거나 하지 않았다. 누군가가 가즈에에게 그건 덤불 둑 뒤편에 있는 술집에 가는 거라고 가르쳐주었다. 덤불 둑에는 니시키자錦座 라는 극장이 있는데 연극이 없을 때도 오두막 뒤편에는 네 다섯 개의 술집이 불을 켜고 가게를 열고 있었다. 아직 열일곱 살도 되지 않은 게이치가 거기에서 무슨 놀이를 하는 건지는 모른다. 그러나 고등학생들 사이에서는 밤이 되면 모자를 소맷자락에 숨기고 술집에 놀러 가는 건 파워가 있다는 뜻이었다.

가즈에는 그런 게이치를 배웅하고도 그게 자기가 온 게 싫어서 그러는 거라고는 생각하지 않았다. 열세 살 신부 가즈에는 게이치의 행동이 자신에게 무엇을 의미하는 건지 생각하지 못했다. 아내라는 이름으로 여기에 온 가즈에에 대해, 그것이 안하무인적인 행동이라고는 생각하지 않았다. 가즈에는 자주 잠들어 있었다. "게이치, 잠옷은 고다쓰에 들어있다" 밤늦게 뒤쪽 덧문을 열고 게이치가 돌아오면 언제나 이모의 목소리가 들린다. 가즈에가 그 잠깐 사이에 어둠 속에서 떠올리는 건 떠나온 가와니시의 집이다. 시계방에서는 하루 종일 아버지가 두드리는 담뱃대 소리가 들린다. 가게방인지 건넌방에서 뭔가를 하고 있는 엄마 주위로 참새들처럼 동생들이 몰려있다. 가즈에의 마음은 거기에서 떠나지 못했다.

"가즈에, 오늘 저녁엔 가지야쵸에서 샤미센 공연이 있어" "가즈에, 혼마치의 야채가게에서 오늘 세일을 한대" 이모는 매일 같이 그렇게 말하고는 가즈에를 데리고 나갔다. 이모와 동네를 걷고 있는 그 잠깐 동안에 가즈에의 눈에 떠오르는 건 가와니시 집의 뒷밭에서 남의 집에서 올린 지연(종이연)을 목이 빠지도록 뒤로 젖힌 채 질리지도 않고 바라보던 동생들의 모습이었다. 커다란 식탁을 둘러싸고 소리 높여 이야기하며 마치는 이 집의 식사 시간 동안에, 가즈에의 눈에 떠오르는 건 널빤지가 깔린 어두운 부엌에서 각자 하나씩 상자로 만든 밥상을 앞에 두고 아무 말도 하지 않고 식사를 마치는 가와니시 집의 그 엄한 풍습이었다. 생각지도 못한 일이지만 이런 이모네 집안의 극히 보통의 밝기도 가즈에를 당황하게 만들고, 이상해서 익숙해질 수가 없었다.

　어느 날 학교에서 돌아오다가 가즈에의 발은 이모네 집 쪽으로 가지 않고 가와니시 집 쪽으로 향했다. 이모네 집으로 가는 길에는 긴타이쿄錦帶橋라는 유명한 다리가 있었다. 5개의 홍예다리 위의 계단을 올라갔다 내려갔다 하면서 이모네 집으로 가는 것이었는데, 그 날 가즈에는 그 홍예다리를 도저히 건널 수 없었다. 집에는 아버지가 몸져누워 있었다. 그렇다. 나는 아버지를 병문안하러 돌아온 거다. 무슨 일이 있어도 그 집에는 돌아가지 않을 거다. "가즈에가 왔슈" 안에서 엄마가 말하는 소리는 들렸지만 아버지의 소리는 들리지 않았다. 아버지는 가즈에가 이 집에서 나가고 난 뒤에 줄곧 누워 있었다고 한다. 피를 토했다고 한다. 아버지가 누워 있는 방 밖에서 카나리아가 우는 소리가 난다. 가즈에는 아버지를 보았다. 감긴 눈은 푹 들어가고 코만 깍은 듯이 높다. "아버님" "다리를 주물러 줘" 왜 돌아왔느냐고도, 당장 돌아가라고도 하지 않았다. 그날 밤 엄마는 이모네 집에 갔다. 아버지가 병들어 누워 있는 동안 가즈에가 와 있는 것에 대해 양해를 구하러 간 건데, 어둠 속의 뜰의 봉당에서 본 방한용 쓰개를 쓴 엄마의 모습이 아름답다고 느꼈던 것을 가즈에는 잊을 수 없다.

　아버지가 죽기 사흘 전에 눈이 내렸다. 남쪽에 있는 이 동네에서 눈이 오는 건 드문 일이다. 이 눈을 아버지는 어떻게 봤을까. 아버지의 방에 아무도 없던 잠깐 사이의 일이다. 알아차렸을 때는 이미 아버지는 가게방의 귀틀에서 뜰로 내려와 무릎걸음으로 큰길에 나와 있었다. "옆에 오지마, 옆에 와서 다치지마" 하고 소리치면서 뭔가를 휘둘렀다. 햇빛 속에 빛난 것은 칼이었다. 아버지의 기모노 아래로 똥오줌이 흘러내렸다. 그 몸으로 어떻게 부엌에서 식칼을 가지고 나올 수 있었을까. 눈이 그치고 겨울날이라고 여겨지지 않을 만큼 강한 햇살이 반짝반짝 하고 비쳤다. 그 눈 위로 아버지는 엄청난 피를 토했다. "여보. 시방 어떻게 된 거여유" "아버님" 많은 사람들이 모여든 가운데 가즈에는 아버지에게 매달렸다. "누구, 누가 좀 도와주소" 혼이 끊어질 것 같은 엄마의 소리가 들렸을 때 "너, 가까이 오지마" 하고 소리를 지르고는, 아버지는 그대로 눈 위로 엎어졌다.

믿기 힘든 일이지만, 이 눈 온 날의 처참한 광경은 가즈에의 칠십 몇 년인가의 인생에서 그 참혹함만이 사라졌다. 눈이 내렸기 때문일지도 모르지만 그건 뭔가 아름다운 그림 같다고 할 수 있는, 그런 것으로 바뀌었다. 지금 이 나이가 되고 보니 눈 위에 나와 피를 토한 아버지의 마음속을 가즈에는 이해할 수 있을 것 같은 기분이 든다. 죽기 전 한순간 광기를 띠었을 때 아버지는 칼로 자기 목숨을 끊을 생각이었을까. 어쩌면 원망스럽게 생각하던 누군가를 죽이려고 한 걸까. 아니, 그렇지 않다고 가즈에는 믿어 의심치 않는다. 방탕한 일생을 지금 이 순간 가능하다면 처음부터 다시 시작하고 싶다. 인간 세상에 정해진 성실한 생활을 만약 가능하다면 처

음부터 다시 밟아가고 싶다. 그런 초조함에 휩싸인 광기 띤 인간의
마지막 표현이 아니었을까 하고.

8

아버지의 장례식을 마친 뒤에 가즈에는 시계방에 아버지가 없
다는 사실을 오랫동안 믿지 않았다. 아버지가 누워 있던 이불은 치
워졌고 거기엔 아무도 없었다. 창밖에서 카나리아가 시끄럽게 우
는 소리가 들린다. 아버지는 죽고 카나리아만 울고 있는 걸 어떻게
믿을 수 있단 말인가. "사토루! 나오루! 도모코!" 가즈에는 동생들
의 이름을 차례로 부르고는 그 소재를 확인했다. 뒤뜰에는 밀감밭
이 있고 확실히 대나무숲도 포도밭도 있는데 아버지는 없다. 그 빈
공간의 넓이를 어떻게 믿을 수 있을까. 하지만 그래도 가즈에는 울
지 않았다.

아버지가 죽었다고 바로 이 집안의 습관이 바뀌지는 않았다.
멀리 오키노마치 쪽에서 인형극단의 북소리가 들려도 아이들 중
누구 하나 큰길로 나가지 않았다. 다른 집 아이들도 밖에서 우리
집 애들한테 말을 걸려고 하지 않았다. 그러나 변한 게 있다. 매일
카나리아와 다른 생물에게 먹이를 줄 때 아이들도 함께 엄마를 거
들게 되었다. 물놀이도 시켰다. "어! 얘 다리는 절름발이야" 카나
리아 한 마리의 다리가 짧은 것을 보고 사토루가 큰 소리로 말했
다. "아, 하하" 하고 나오루도 도모코도 소리내어 웃었다. 이 아이

들의 웃음소리를 멈추게 하는 사람이 없다니. 확실히 이걸 멈추는 사람이 없다는 걸 알게 되자 한순간 아이들은 불안해져서 조금 전보다도 더 큰 소리로 웃었다.

그 날을 경계로 아이들은 변했다. 집안은 그 이모네 집과 마찬가지로 언제나 누군가의 웃는 소리가 들리고, 방을 뛰어 돌아다니는 아이들의 발소리가 났다. 어느 날 큰길에 인형극단이 오자 아이들은 얼굴을 마주보다가, 우선 장남인 사토루가 맨발로 북소리 나는 곳으로 뛰어나가고 이어서 나머지 아이들이 한 마리 새를 뒤따라가는 새들처럼 타타타탁 하고 그 뒤를 쫓았다. 이 일은 혁명에 필적할 만한 대사건이었다. "그런 일이 있었어? 우린 언제나 인형극단이 오면 맘대로 나갔는데" 어른이 된 후에 그 이야기가 나오면 여동생 도모코는 믿을 수 없다는 식으로 그렇게 말했다. 도모코 나이 다섯 살 때 아버지가 죽었으니.

터부는 모두 해제됐다. 그건 터부라는 게 원래 없던 집의 모습과는 달랐다. 가즈에는 어떤 일을 하든지 일단, 이 일은 터부였지, 하고 생각하지 않을 수 없었다. 그 일은 두 가지 해방을 의미한다. 가즈에는 바람이 부는 들판에 서서 바람이 부는 대로 그대로 맞고 있는 것 같다고 생각하면서도 역시 해방된 방향으로 달려가는 것이었다. 그러나 터부가 해제됨으로써 가즈에는 기뻐했나? 그럴 때 언제나 그녀의 앞에 아버지의 그림자가 가로막고 서있는 것 같아, 한순간 가즈에는 그 아버지의 그림자를 밀어내면서 달려 나가는 것 같은 착각에 휩싸인다. 마침내 그 그림자가 아무데도 나타나지 않게 될 때까지는 얼마간의 세월이 필요했다. 이 일은 가즈에에게 어떤 상처를 주지 않은 건 아니다.

아버지의 사후 가즈에는 다시 이모네 집으로 돌아가려고 하지 않았고 이모네 집에서도 가즈에를 데리러 오지 않았다. 아버지는 죽었다. 아버지가 죽었는데 이모네 집으로 돌아갈 필요가 있을까. 누구 하나 그 일을 입에 올리는 사람도 없었고 그러는 사이에 자연스럽게 모르는 척 지나가게 되었다. 이대로 이모네 집과의 인연은 끝난 것 처럼 보였다. 하지만 그 뒤에 생각지도 못한 일이 일어날 줄은 아무도 예상하지 못했다.

옛날 시골에서도 열네 살이라는 나이는 불안정한 것이었다. 가즈에는 학교에서 돌아오면 항상 '염색집'이라고 불리던 맞은 편 집에 놀러 갔다. 바로 맞은 편 집인데도 아버지가 살아 있는 동안에는 한 번도 그 집 안을 들어가 본 적이 없었다. 감색 포렴을 열고 가게로 들어가면 눈앞에 넓은 봉당이 펼쳐지고 한쪽에는 셀 수 없을 만큼의 염료항아리가 늘어서 있고, 안에 담긴 두꺼운 실다발을 남자 하인이 작대기로 휘젓고 있다. 상상도 못한 광경이었다. "아, 오셨슈?" 가게 안에서 말을 하는 건 언제나 이 집 아주머니였다. 아주머니는 언제나 카운터에 앉아서 가게를 지휘하고, 남편은 일꾼들과 함께 가게에서 일하고 있었다. 그건 아버지의 생전에 우리 집의 모습과 정반대였지만, 아주머니의 목소리는 밝고 생기가 있었다. "하루코, 가즈에님 오셨구만" 하고 불러 준다. 이 집에서는 아주머니의 이 목소리에 따라 모든 일이 진행되는 것이었다. 하루코가 나왔다. 하루코는 이 집안의 맏딸로 이제 곧 시집간다는데, 엄마를 닮지 않아 온순한 성격이라 가즈에를 봐도 그저 방긋하고 미소 지을 뿐이었다.

둘은 방에서 놀았다. 아니, 논 건 아니다. 아주머니도 같이 하루코의 춤 연습을 보면서, 가즈에는 그 흉내를 냈다. 가즈에는 어렸을 때 한번이라도 이런 경험을 한 적이 있나? 하루코의 춤에 맞춰 그 흉내를 내고 있자니 가즈에는 꿈속에 있는 듯한 기분이 들었다. "샤링, 샤링, 칭 탁, 치링치링, 칭탁" 춤에 맞춰 장구를 치는 흉내를 낸다. 가즈에는 하늘에라도 오른 것 같은 기분이 들었다.

염색집 아주머니의 눈에 이런 가즈에의 모습이 얼마나 가슴 아프게 보였을까. 터부가 풀어지기 전의 몫까지 춤추게 해도 좋지 않은가. "어유! 가즈에 님 증말 잘 하시네유. 어디, 한 번 더 하루코하구 같이 서서 그 부분을 춤춰 보셔유"하는 말을 듣자, 가즈에는 몰입해서 볼이 빨개지면서 하루코의 흉내를 내었다.

마을의 시이노椎尾신사의 축제가 바로 코앞으로 다가왔다. 하루코는 그날 축제용 수레를 타고 화장하고 무대 위에서 춤춘다고 한다. 빨간 비단 어깨띠를 두르고 소매를 걷어 올린 하루코의 하얀 손이 북을 치겠지. 가즈에는 자기도 역시 같은 일을 할 수 있다고 생각하자 뭐라 비할 수 없는 기분이 들었다. 가즈에도 고등학교만 마치면 같은 일을 할 수 있다. 아버지의 죽음을 경계로 가즈에의 마음은 산속의 단단한 돌 같은 것에 둘러싸여 있던 것이, 갑자기 태양을 향해 꽃을 피워나가는 듯한 말할 수 없는 기분이 되었다. 하지만 이 기분은 아버지가 그 온힘을 다해 자기 아이들에게는 금지시켜온 것이 아니었나? 그걸 알고 있지만 지금 와서 어쩌겠는가.

가즈에의 마음은 이제 노래를 부르는 법을 알아버렸다. 되돌릴 수는 없었다. '염색집'이 그 금단의 열매의 존재를 가르쳐 주었던 것이다. 그 집에서는 아주머니의 지휘로 자주 안방에 사람들을 모아놓고 유랑극단을 불러 하룻밤이나 이틀 밤 샤미센 공연을 시켰다. 샤미센 공연이란 샤미센 반주에 맞춰 부르는 창을 말한다. 그 노래 마디와 샤미센 소리 사이에 넣는 '아'라든지 '하'라는 추임새는 가즈에의 마음을 찢어놓는 것 같았다. 가즈에는 그 유랑극단이 공연하는 것은 뭐든지 좋았다. 그게 아무리 야비한 것이라도 가즈에의 마음을 찢어놓을 수 있었다. 밤이 깊어져 유랑극단은 샤미센을 가방에 정리하고 인사를 한 뒤 자리를 떴다. 가즈에는 그 뒤를 쫓아 오키노마치의 싸구려 여인숙까지 따라가 유랑인들이 들어간 뒤에도 오랫동안 숙소 밖에 서 있었다.

다음날이 되자 유랑인들은 각반을 신고 으레 그렇듯이 산 속의 시기노師木野촌으로 가는 길로 나섰다. 거기에서 다카모리로 가는 지름길로 나가는 것이었다. 가즈에는 집 뒷방의 툇마루에 서서 대나무숲을 넘어 그 모습이 작아져 드디어 노리모토法本 산 속으로 사라질 때까지 싫증도 안 내고 바라보았다. 학교를 마치기만 하면 가즈에는 저 뒤를 따라갈 거다. 엄마도 동생들도 이 집에 남기고 저 뒤를 따라갈 거다. 그렇게 생각했다.

9

염색집에는 모리토守人라는 하루코의 남동생이 있었다. 말수가 적고 사람을 만나면 그저 싱긋하고 미소를 짓기만 하는 것도 누나를 닮았다. "남매 모두 지네 아버지를 닮아서" 하고 사람들이 말했다. 모리토는 동네 고등학교를 도중에 그만두고 히로시마의 육군유년학교에 들어갔다. 봄방학이 되면 카키색 군복 비슷한 제복을 입고 이 마을로 돌아온다. 가즈에는 나이가 하나 아래인 이 소년을 좋아했다. 아직 노리토가 고등학교에 다니고 있을 때 안방에서 하루코와 같이 춤을 추고 있는데 모리토는 그것을 보려고는 하지 않고 슬쩍 그 방을 지나가다가 가즈에와 눈이 마주쳤다. 그저 그것 뿐이었고 말을 섞은 적도 없는데 그래도 모리토를 좋아했다. 기다리던 모리토가 어느 날 돌아왔다. 가즈에는 그때 마음먹고 편지를 썼다. 열다섯 살 봄에 가즈에가 태어나서 처음으로 쓴 편지는 그러나 러브레터는 아니었다. '오늘 아침엔 날씨가 좋아요. 우리 집 뒷밭에서 종이연이 잔뜩 떠 있는 게 잘 보여요. 가즈에' 라고 썼다. 가즈에는 그 편지를 자기네 건넌방 처마에 달려있는 양철 빗물받이 입구에 넣었다. 맘만 먹으면 빗물받이는 염색집에서 나와 두세 걸음만 가면 큰길을 사이에 두고 바로 정면으로 보이기 때문이다. "모리토, 우리 집 건넌방 빗물받이 입구에 편지를 넣어뒀어" 모리토와 스쳐지나가면서 가즈에는 그렇게 말했다.

가즈에의 가슴은 두방망이질하듯 뛰었다. 모리토는 그 편지를

찾아낼까. 가즈에는 몇 번이고 큰길로 달려 나가 그것을 보았다. 모리토가 편지를 발견했다. 빗물받이 입구에는 아무 것도 없다. 지금도 가즈에는 이 때의 유치한 사랑의 감동을 생각하면 따뜻한 물 같은 게 가슴에 퍼진다. 그 정도 일로 가즈에는 그 유치한 사랑이 성취됐다고 생각했다. 그 후로 하루에 몇 번이고 가즈에는 큰 길로 달려나갔다. 그리고 드디어 봤다. 그 똑같은 빗물받이 입구에 모리토의 편지가 놓여 있는 것을. '내일 나도 연을 올릴게요. 술잔가게 아저씨가 만들어 주신 거예요. 오다이시산ぉ大師山 위까지 올릴 거예요. 천황폐하 만세. 모리토' 라고 쓰여 있었다. 모리토는 육군유년학교 생도였다. 60년이나 옛날의 시골 소년이 천황폐하만세 라는 말에 나타낸 유치한 감정에 대해 지금도 가즈에는 웃을 수가 없다. 가즈에도 역시 그 편지 말미에 같은 말을 반복해서 썼다. 그건 단지 둘만이 주고받는 어떤 암호 같았다. 비가 오는 날은 걱정이었다. 비가 내리기 시작하면 가즈에는 큰길로 뛰어나갔다, 혹시 노리토가 넣은 편지가 비에 젖는 건 아닐까 하고 생각해서였다. 이 빗물받이를 우편함으로 한 둘의 편지는 그때부터 모리토가 히로시마의 학교로 돌아갈 때까지 계속되었다. '나는 지금부터 히로시마로 가요. 여름방학이 될 때까지 편지를 못 보내요. 천황폐하만세. 모리토' 라는 편지를 마지막으로 이 유희는 끝나게 되었다. 여름방학 전에 모리토는 병에 걸려 히로시마의 야전병원에 입원했기 때문이다. 어느 가을날 모리토는 히로시마에서 집으로 돌아왔다. 병이 중해져서 집에서 요양하기 위해서라고 했는데, 해를 넘기고

정확히 그 1년 전에 가즈에의 아버지가 죽었던 2월 초쯤에 죽었다.

모리토가 염색집의 안방에 누워 있는 동안 가즈에는 가끔 그 방에 가서 모리토가 누워 있는 베개 맡에 잠자코 편지를 두고 오기도 했다. 뭘 썼는지, 아마 그건 편지라고도 할 수 없는, 감정이 표출되지 않은 것임에 틀림없지만 그러나 가즈에 딴에는 헤아릴 수 없이 많은 마음을 표현했다고 생각한 것이었다. 모리토의 커다란, 푹 꺼진 눈이 벙긋하고 웃었다. 모리토의 이 미소는 가즈에가 일생동안 자기 애인들의 얼굴에서 갈구했던 그 원형이 아닐까 하고 생각했다.

모리토의 장례식은 아버지의 장례식을 제외하면 가즈에가 태어나서 처음으로 참석한 것이었다. 노리모토까지 가는 풀이 우거진 좁은 산길을 많은 사람의 뒤를 따라 올라가면서 가즈에는 목 놓아 울었다. 징소리와 함께 모리토의 뒤를 따라 그 구름 속으로 사라져 버리고 싶었다. 가즈에는 지금도 노리모토의 차가운 하늘에 검은 까마귀 그림자가 몇 마리나 어지럽게 날아가던 모습이 눈에 선하다. 노리토의 묘는 아버지의 묘와 그리 멀리 떨어지지 않은 산 중턱에 있었다,

그 이듬해 가을에 염색집에서는 하루코가 시집을 갔다. "가즈에 님, 놀러 좀 오셔유. 노리토가 기뻐할 거구만유" 가즈에의 모습을 보자 아주머니가 말을 했다. 안방의 불단 안에 있는 노리토의 위패를 말하나 싶어서 가즈에는 그 때마다 노리토의 위패가 웃으면서 아직 거기에 있다고 생각했다. 자식들이 없어지고 난 뒤에도

염색집에서는 가끔 유랑단의 연주가 있었지만 가즈에는 씌었던 마귀가 나간 것처럼 다시 그런 마음이 들지 않는 걸 자기도 이상하게 생각했다. 열일곱 살 봄에 가즈에는 고등학교를 졸업했다.

아버지가 죽은 뒤에 가즈에의 집에서는 뭘로 생계를 유지했을까. 아버지의 죽음을 경계로 다카모리에서 더 이상 배달부는 오지 않았다. 한 집안의 가장이 죽고, 뒤에 남은 많은 아이들을 어떻게 엄마 혼자서 키울 수가 있겠나. 그 일은 누구 눈에나 자명한데 다카모리에서는 돈을 보내오지 않았다. 그건 당연한 일이었다. 아버지가 집을 나와서 죽을 때까지 다카모리에서는 아버지를 위해 어느 정도의 돈을 보내왔을까. 그 돈의 대부분은 아버지의 방탕한 생활을 지키기 위한 것이었다. 남들한테는 말할 수 없는 울분의 심정이 다카모리의 사람들 속에 없었다고 할 수 있을까.

가즈에가 고등학교를 졸업하자 그 대신에 사토루가 중학교에 들어갔다. 생계비 외에 그 비용도 들었을 터이다. 이제 겨우 서른을 넘은 젊은 엄마가 어떻게 그 역경을 빠져나왔는지 가즈에는 지금도 불가사의한 일이라고 생각한다.

10

엄마가 아이들을 키우면서 일가의 생계를 유지하려면 한 가지 방법밖에 없었다. 아버지가 살아 있는 동안에 집 안에 남겨놓은 것 중에서 돈으로 바꿀 수 있는 걸 만드는 일이다. 쌀은 얼마 안 되지만 소작미가 있었다. 작은 셋집도 두 채 있었다. 넓은 뒷밭을 경작하여 농작물을 재배하고, 대나무숲에서는 죽순을, 감귤, 포도. 감, 매실씨, 대추씨 까지 거두어 팔았다. 아버지가 심심풀이로 키우던 작은 새들도 역시 돈을 만드는 기반이 되었다. 가즈에는 이 기간 동안 한 번도 자기 집이 가난하다고 실감한 적이 없었던 걸 지금도 이상하게 생각하지만. 어쩌면 엄마도 역시 아버지가 죽음으로써 뒤에 이어진 이런 고난의 생활조차 그다지 고난이라고는 생각하지 않았던 걸지도 모른다. "지금쯤 한시치는 어디에서 뭘 하고 살고 있을까"하는 노래를 부르곤 했던 것을 가즈에는 지금도 그 엄마의 모습과 함께 떠올리기 때문이다.

고등학교를 졸업한 가즈에가 엄마의 고향인 가와시타촌의 초등학교 교사가 된 것도 자기 집이 가난해서 돕기 위해서 한 것은 아니었다. 가와시타촌에는 엄마의 엄마가 살고 있었다. 죽은 아버지보다도 젊은 외할머니는 억척같은 일꾼으로 학교 옆에서 문방구를 하고 계셨다. 이 할머니의 도움으로 학교에 근무하게 된 것 같다. 옛날 시골에서는 학교의 교사가 되는 것이 여자의 유일한 일거리였다.

가즈에의 집에서 가와시타까지는 1리 정도 된다. 그 길의 반 정도를 전차가 달리고 있었다. 전차가 달리는 것을 옆쪽으로 보면서 가즈에는 그 철길 옆의 시골길을 걸었다. 전차는 타지 않기로 하고 걷는다. 그것은 자제심 때문이 아니라 자연스럽게 그렇게 하는 것이었다. 그래서 가즈에의 첫 월급은 한 푼도 손을 안대고 고스란히 남았다. "에구 우리 가즈에, 이걸 다 받아두 되는겨?" 엄마 눈에 눈물이 고인 것을 보고 가즈에는 자기 집이 가난하다는 건 눈치 채지 못 하고 그저 이 일로 태어나서 처음으로 엄마를 기쁘게 했다고만 생각했다.

아버지가 살아있을 동안에는 아버지를, 또 지금은 이 엄마를 기쁘게 하는 것이 가즈에에게는 얼마나 즐거운 일이었는지 지금도 잊을 수 없다. 남을 기쁘게 만드는 일의 즐거움, 그 속에 숨어 있는 자기애를 가즈에는 아직 몰랐다. 그것은 사랑을 닮았지만 달랐다. 어떻게 하면 남이 기뻐할지 그것을 아는 것은 헌신이 아니었다.

가즈에에게 학교 교사라는 일은 싫지 않았다. 마을 사람들은 교사를 "선생님" 하고 불렀다. 가즈에가 처음 맡은 것은 초등학교 2학년이었다. 나중에 그 2학년을 남학생과 여학생을 합해서 2반으로 나누었는데 가즈에는 그 중에 열등생반을 맡았다. 우등생과 열등생을 나눈 것은 뭔가 의도가 있었을 것 같은데 신참인 가즈에에게 우등생반을 맡기지 않은 것은 어쩌면 힘이 달린다고 생각해서 그런 게 아닌가 싶다. 콧물을 흘리는 아이가 있었다. 머리에 마마가 생긴 아이가 있었다. 침을 흘리는 아이가 있었다. 가난과 무능은 비례하나 하고 생각했지만 그렇지만은 않았다. 어제 못했던 걸 오늘 하기도 한다. "어머, 이렇게 어려운 걸 오늘은 해냈구나. 넌 정말 똑똑한 아이야" 반은 상주는 기분으로 그렇게 칭찬하자 무능하다고 여겼던 아이의 얼굴에 생기가 돌았다. 어쩌면 교사가 생각하는 방향으로 아이들을 끌고갈 수 있지 않을까. 그녀의 뇌리에 이런 생각이 스쳐지나간 것을 가즈에는 하나의 사건으로서 지금도 잊지 못한다. 남을 칭찬함으로써 자기가 생각하는 방향으로 남을 가게 할 수 있다. 가즈에는 이때 그 일을 확인했다. 아이는 그 일로 어떤 능력을 보였기 때문이다. 어떤 아이는 우등생반의 수석과 거의 비슷한 능력을 보이게까지 됐기 때문이다. "선상님, 이거 저희집에서 오늘 아침에 만든 건데요" 하고 말하며 아이의 할아버지가 찬합에 수수팥떡을 넣어서 들고 오기도 했다. 남을 칭찬함으로써 남을 움직이는 일의 즐거움. 그러나 그것은 어떤 악마 같은 마음과 길동무가 아니었을까 하고 먼 훗날 깨달은 것을 이 당시 가즈에는 몰랐다.

어느 여름방학 저녁 무렵의 일이다. 가즈에는 목욕탕 선반에 오래 사용한 하얀 분이 상자 안에서 흘러나와 있는 걸 발견했다. 발견했다는 건 아니다. 그건 엄마가 사용했던 것이지만, 기억도 없을 정도로 먼 옛날부터 거기에 있었기 때문이다. 그때부터 그대로 상자에서 흘러넘치게 된 채 거기에 놓여 있었다. 가즈에는 문득 그 것을 유심히 봤다. 그 무렵엔 그런 걸 사용해서 분을 발랐는지, 상자 안에 토끼 발끝을 자른 것이 놓여 있고, 옆에는 여기저기 벗겨진 거울이 세워져 있다. 목욕탕에는 어두운 칸델라가 켜져 있을 뿐이라서 수증기 속에서는 그렇지 않아도 거울이 확실하게 보이지 않았다. 거울이 확실하게 보이지 않아서 가즈에는 그걸 해 볼 생각이 들었던 걸지도 모르겠다. 토끼발에 분을 묻혀 얼굴에 발랐다. 또 발랐다. 가즈에의 얼굴색은 태어날 때부터 까맸다. 어렸을 때 아버지는 '숯검댕이'라고 불렀다. "그렇게 피부가 까매 가지고 시집이나 갈 수 있으려나" 하는 말을 들었다. 자기 얼굴이 까만 것에 익숙한 가즈에의 눈에 하얀색 분을 칠한 얼굴이 어떤 변모를 이루었을까. 가즈에는 전율했다. 이게 내 얼굴을 바탕으로 해서 변모한 모습인가?

그건 상상할 수조차 없는, 이 세상 사람이라고 할 수 없을 정도로 아름다운 아가씨의 얼굴로 보였다. 단지 분만 칠했을 뿐인데 겉과 속을 뒤집어놓은 것처럼 이렇게 변하다니.

아름다운 아가씨란 뭘까. 단 한번이라도 가즈에는 자기 피부가 까만 것을 창피하다고 생각한 적이 있었나. 자기 얼굴에 조금이라도 관심을 가진 적이 있었나. 그때까지 가즈에는 한 번이라도 아름다운 아가씨가 되고 싶다고 생각한 적이 있었나. 그저 있는 그대로의 얼굴로 충분했다. 하지만 지금은 달랐다. 그 밤을 경계로 가즈에는 변신했다. 가즈에는 검은 피부가 아닌 자기 얼굴을 보았다. 지금은 검은 피부여서는 안 되었다. 가즈에는 태어나서 처음으로 하얀 분을 샀다. 정성들여 화장을 했다. 화장이라고 좋게 말했지만 사실은 전혀 닮지도 않은 까만 얼굴에 하얀 분을 칠해서 남의 눈을 속이는 거다. 이 하얀 분칠이 벗겨지면, 이 가면이 벗겨지면 도깨비 거죽이 벗겨지는 거다. 이 공포는 가즈에가 지금까지의 인생에서 꿈에도 생각해 본 적이 없던 일이었다.

11

여름방학이 반 정도 지났을 무렵이었다. 매년 열리는 거지만 가류쿄 아래 강가에서 본오도리[16]가 있었다. 북 소리가 지금 가즈에를 부르고 있었다. 화장한 가즈에는 초롱불에 뒤섞여 사람들이 붐비는 속을 걸었다. 교사인 가즈에는 춤추는 무리에는 들어가지 않았지만 그러나 가슴이 방망이질 하는 것처럼 울렸다. 가즈에는 화장을 하고 있다. 지금까지의 까만 피부의 아가씨가 아니다. 얼음을 파는 가게가 늘어서 있다. 그 그늘에서 갑자기 젊은 남자가 나왔다. "가즈에, 가즈에 아냐?" 가즈에의 앞을 가로막으며 갑자기 가즈에의 한쪽 팔을 잡았다. 얼음가게 등불로 그게 누군지 확실히 알 수 있었다. 모미지다니紅葉谷 안쪽에 사는 오쓰카大塚의 아들이다. 가즈에가 고등학교에 다니는 동안 그도 마찬가지로 고등학교에 다니다가, 지금은 도쿄의 학교로 전학 가서 불량소년이 되었다고 한다. 가즈에는 그 아들에게 잡힌 팔이 벌에 쏘인 것처럼 부어

---

16 오본(お盆)은 양력 8월 15일에 조상의 영을 기리는 일본의 명절로 우리나라의 추석과 비슷하다. 본도오도리는 이 기간 중의 행사의 하나로 남녀가 모여서 추는 윤무를 말한다.

올랐던 것을 잊을 수 없다. 정신 차리고보니 가즈에는 가류쿄 위까지 도망치고 있었다.

가즈에는 나중에 왜 그때 도망쳤는지 생각하곤 한다. 오쓰카의 아들이 불량소년이라는 게 무슨 상관인가. 불량소년이라는 게 가즈에에게 뭘 남길지, 가즈에는 그걸 자기 눈으로 보고 싶었던 건 아니었을까, 이 기억은 가즈에에게 어떤 대담한 감정이 숨어 있다는 걸 알려주는 것이었다. 여름방학이 끝나고 그 아들이 잡았던 한쪽 팔이 아직도 벌에 쏘인 것처럼 부어올라 있던 것을 가즈에는 잊을 수가 없다. 화장을 한 가즈에의 얼굴이 그 아들을 붙든 것이다. 학교가 시작돼도 가즈에는 화장을 멈추지 않았다.

그 후 오랫동안 가즈에는 화장한 자기 얼굴을 한 시도 잊지 못했다. 그러나 가즈에는 화장한 얼굴이 환상적이라는 것을 한 순간이라도 자랑으로 생각한 적이 있었나. 아니, 그 얼굴이 실은 가면이었다는 걸 들키지 않으려고 어떤 희생도 마다하지 않았다. "가즈에 님, 증말 예뻐지셨구면유" 마을 사람들이 이렇게 말하는 걸 있는 그대로 사실로 믿었을까. 이 속임수의 무게는 한시도 열일곱 살 가즈에의 마음에서 떠나지 않았다.

이런 가즈에의 화장한 얼굴에 보이는 일말의 어둠을 누가 눈치 챌 수 있을까. 학교 출퇴근 때 "요시노 선생님, 이거" 하고 말하며 뭔가를 건네주는 사람이 있었다. 또 교실 책상 서랍에 뭔가 들어 있는 게 있었다. 그것은 모두 가즈에 앞으로 쓰인 러브레터였다. 그 중에는 "이건 제 새끼손가락 피로 쓴 겁니다"라는 거무스

름한 혈서도 있었다. 가즈에는 그 섬뜩함에 몸서리를 침과 동시에 이런 수많은 러브레터가 가즈에의 속임수에 의해 쓰인 거라고 생각하자 말할 수 없는 기분이 되었다. 체조 시간에는 운동장 담벼락 주위에 자전거를 세우고 가즈에가 채조를 가르치는 모습을 보는 젊은 남자들도 있었다. "요시노 선생님의 체조에는 젊은 사람들이 모이는군요" 교장선생님이 그렇게 말하며 놀린 것을 가즈에는 잊을 수 없다, 그러나 어느 편지에도 가즈에는 답할 수 없었다.

지금은 이 기억을 가벼운 농담처럼 이야기할 수도 있다. 화장한 얼굴과 하지 않은 얼굴이 어느 정도의 차이가 있다고 해도 그게 무슨 문제인가? 그건 그대로 아무렇지도 않게 있어도 되는데 가즈에는 그러질 못했다. 가즈에에게 화장한 얼굴은 가면이었다. 가면이 벗겨질 때의 두려움을 생각하면 어느 편지에도 답할 수 없었던 것이다. 남자한테 호의를 받고 싶다고 생각하면서도 받는 게 두려웠다. 그건 단지 받았다고 생각만 하고 거기에 멈춰 설뿐이지 그 다음 단계로 나가는 건 무서웠다. 그런데 가즈에는 그 다음 일이 무엇인지 자기 몸으로 시험해보고 싶었다. 아니, 얼마나 시험해 보고 싶어 갈망했던가. 하지만 그 일이 남녀 관계를 결정하는 걸 생각하면 그 결정의 순간에 가즈에의 화장한 얼굴이 반드시 벗겨지는 순간이 있을 것이다. 그 공포가 가즈에를 대담한 상념에서 지켜주었다. 가즈에의 이 공포는 남자와 여자 사이에 오랫동안 연애하는 것조차 바라지 않았다. 하물며 남자와 여자 사이에 결혼하는 걸 어떻게 바라겠나. 가즈에의 욕망은 그 소극성 때문에 뻔뻔한 것이었다. 젊은 여자가 결혼을 바라지 않는다는 걸 누가 믿겠는가. 가즈에는 아무한테도 들키지 않고 자기가 만든 희극 속에 있었던 것이다.

교사가 되고 1년이 지난 봄에 가즈에는 가와시타촌의 어느 농부의 별채를 빌려 이사왔다. 가즈에는 열세 살 때 자기 집을 떠나 이모집에 갔었다. 그건 아버지의 명령에 따라 갔던 거지만 이번엔 다르다. "학교 옆의 논을 넘으면 흙다리가 있거든. 그 흙다리 근처에 사는 스기야마杉山 씨 집의 별채가 비었대. 그 집 아버지가 하와이에 가서. 올봄부터 누에를 키우게 됐대" 하고 가즈에가 말했다. "학교 종소리가 바로 들려서 뛰어가면 시간에 맞게 갈 수 있어" 하고 말했다. 학교 바로 앞에는 할머니 네 집이 있다. 거기로 이사 가지는 않았다. 가와니시에서 가와시타촌으로 다니는 건 조금 멀다. 그게 표면적인 이유라는 건 알고 있기 때문에 엄마도 동생들도 가즈에를 말리려고 하지는 않았다. "이번 일요일에 놀러 갈 거야. 할머니네 집하고 두 군데나 갈 데가 생겼다" 동생들은 그렇게 말하며 기뻐했다.

다다미 6장의 방과 3장의 마루방이 있었다. 마루방에는 돗자리가 깔려 있었다. 봉당에는 부시깨도 있었다. 부시깨란 부뚜막을 말한다. 이 부시깨와 흙으로 만든 풍로 하나를 놓고 자취를 시작했다. 이불과 작은 책상을 옮기고, 갈아입을 몇 벌의 옷과 거울과 하얀 분을 가지고 가즈에는 이사왔다. 이런 최소한의 가재도구를 옮기고는 새롭게 생활을 시작한 것이 그 이후 가즈에의 생애에 몇 번이나 있었던가. 그 어느 때도 가즈에는 이 최초의 이사가 자기의 방랑의 시작이었다는 것을 꿈에도 몰랐다. 아침 일찍 일어나 우물가에서 얼굴을 씻고, 책상에 거울을 세워놓고 화장한다. 아침밥은 냄비에 검은콩을 넣어 볶은 후에 쓱 하고 간장을 뿌려 즉석 콩자반을 만들어 먹는다. 그 황폐한 생활이 오히려 가즈에의 마음을 부추긴 건 아닐까. 그것은 열네 살 겨울에 샤미센에 맞춰 노래하던 유랑극단패들의 뒤를 따라 산을 넘어 가고 싶었던 가즈에의 생각과 비슷하다. 자기가 태어난 집을 버리고 젊은 여자가 혼자서 살려는 것이다. 그것은 죽은 아버지가 가장 금지했던 일이 아니었나. 방탕한 생활이란 무언가. 아버지는 얼마나 자기가 일생동안 했던 것과 같은 일을 그 아이들에게는 금지하고 싶어했나. 가즈에는 그러나 이제 혼자서 걷기 시작했다.

12

여름이 시작되던 어느 날, 야나기이柳井에 있는 초등학교에서 교원 연수회가 있었다. 그 후에 거기에 모였던 한 남자로부터 가즈에 앞으로 한통의 편지가 왔다. 그건 가즈에와 결혼하고 싶다는 프로포즈의 편지였다. 결혼이라는 글자를 보고 가즈에는 그 편지를 버렸다. 가즈에는 결혼은 하지 않을 거다. 어떤 남자한테 프로포즈가 와도 결혼은 하지 않을 거였다. 하지만 4, 5일 지난 어느 날 가즈에는 교장선생님의 부름을 받았다. "기타고치北河内의 교장선생님

댁에서 사람이 오셨어요. 교장선생님 아드님이 요시노 선생님을 부인으로 맞이하고 싶다고 하신다는데" 기타고치의 교장선생님 댁은 근처에 알려진 재력가이다. 가즈에도 벌써 열여덟 살이다. 열여덟에 시집가는 건 결코 빠른 편이 아니다. 교장선생님은 그렇게 말했다. 가즈에는 그 프로포즈를 거절했다. 집에 돌아오니 집에는 할머니가 와서 기다리고 있었다. "가즈에, 어젯밤에 하치만八幡궁의 신주인 요네무라米村씨가 왔구먼. 기타고치의 교장댁 아들내미가 꼭 너허구 결혼하고 싶다구 헌다누만. 그 아들내미는 야마구치山口의 사범학교를 나왔구, 풍채도 좋다는디" "할머니, 난 시집 안가. 안 갈 거야" "뭔 바보곁은 소리여 그게, 그런 말 허다가 나중에 가고 싶어져도 그 땐 난 몰러" 강단 있는 할머니는 화를 내며 돌아갔지만, 그리고 나서 4, 5일 지난 어느 날 그 남자가 직접 가즈에를 찾아왔다.

그리고 그 뒤에도 남자는 자주 왔다. 가즈에에게 결혼의 의지가 없다는 걸 알면서도 오는 걸 멈추지 않았다. 어느 날 해가 저물어도 돌아가지 않았다. 가즈에는 램프에 불을 켰다. 그건 남자가 돌아가지 않는 것을 허락하는 것처럼 보였다. "저녁밥 들고 가세요" 가즈에는 그렇게 말하며 풍로에 감자를 삶았다. 밭에는 하얀 감자꽃이 피어 있었다. 가즈에는 그 감자알을 본채에서 받아와 남자를 위해 삶았다. 결혼은 싫어하면서 왜 남자를 위해 음식을 준비하나. 남자는 잠자코 그것을 먹었다. 근처 밭에서 시끄럽게 개구리 우는 소리가 들린다. 이제부터 무슨 일이 일어날지 가즈에는 알고 있었다. 남자는 창백한 얼굴을 하고 있었다. 램프의 불이 가물가물 거린다. 바람이 들어온 것이다. 가즈에는 일어나 창문을 닫으려고 했다. 그 때 갑자기 남자의 손이 가즈에의 옷자락에 닿았다. 발이 걸려 가즈에는 그대로 돗자리 위에 쓰러졌다. 이 마루방에서는 바로 얼마 전까지 누에를 키우고 있었다. 베틀이 놓여 있었다. 돗자리와 베틀 사이의 그 좁은 공간에 가즈에가 쓰러지자 남자는 그 위로 달려들었다. 가즈에는 소리도 내지 않았다. 남자의 손이 자기 가슴에 닿는 것을 반사적으로 뿌리치면서 가즈에는 스스로 돗자리 위에 누웠다. 누에 냄새가 강하게 났다. 허리띠가 풀리고 알몸이 된 등이 돗자리 코 위로 미끄러졌다.

이윽고 가즈에는 움직이지 않았다. 소리를 내면 본채에서 사람이 와서 가즈에를 도와줄 것이다. 그러나 가즈에는 사람을 부르지 않았다. 남자의 손이 가즈에의 몸을 안았다. 가즈에는 안겨서 움츠린 상태로 움직이지 않았다. 지금이라면 도망갈 수 있다. 그렇게 생각은 하면서 도망치지 않았다. 가즈에는 나중에 몇 번이고 이 일을 다시 생각해봤지만 남자의 팔이 꼼짝 못하게 뒤로 둘러져 가즈에를 끌어안았을 때 그래도 가즈에는 지금이라면 도망칠 수 있을 거라고 생각했다. 땀 냄새가 났다. 가즈에는 자기가 자기 몸을 쓰러뜨릴 생각이었다. 가즈에는 저항하지 않았다. 남자 밑에 짐승처럼 몸을 누이면 거기에서 무슨 일이 일어날지 자기 눈으로 보고 싶었다. 결혼도 하지 않을 건데 그저 그 일만을 갈망한 건가? 한순간 뭐가 끝났는지도 모를 사이에 그게 끝났다. 이것이 남자와 여자의 결합이라는 건가? 가즈에는 남자에게서 도망치지 않고 스스로 거기에 몸을 던진 거라고 생각하니 그 수치심에 얼굴을 들 수 없었다. 어떻게 하지. 어떻게 남자에게 얼굴을 들지. 갑자기 가즈에는 큰 소리로 외쳤다. 큰 소리로 종잡을 수 없는 소리를 질렀다. 그렇다. 나는 미쳤다. 그것 때문에 미쳤다고 생각하게 만들고 싶은 건지, 정말로 미친 건지 자기도 알 수 없었다. 누가 온다. 와도 상관없다. 나는 미쳤으니까 누가 와도 상관없다. 아, 그건 뭐라 말할 수 없는 해방감인가. 나는 미친 거다. 결혼도 안 할 거면서 남자와 잤으니. 남자는 큰 소리로 가즈에의 이름을 불렀다. 가즈에의 몸을 흔들며 큰 소리로 부르면서 가즈에를 정신 차리게 하려고 했다. 그러나 그래도 가즈에가 소리를 멈추지 않는다는 걸 알자 당황해서 장지문도 열어놓은 채 봉당의 덧문을 열고 맨발로 뒤뜰에서 흙다리로 빠져나가 도망갔다. 발소리는 이윽고 들리지 않았다.

그리고 그 후 오랫동안 가즈에는 이 기억을 기억으로써 소환하기를 거부했다. 스스로 남자 앞에 몸을 던진 그 수치심을 감추기 위해서 광기를 가장했던 일을 스스로도 굉장하다고 생각한다. 그럼 어떻게 결혼을 수긍하지 않으면서 남자와 잔 것을 남에게 알릴 수 있겠나. 남자는 그때를 마지막으로 다시는 가즈에의 집에 오지 않았다. "니 아부지가 죽기 전에 미쳐 가지구 칼 휘둘렀던 걸 어서 들었다는구먼. 요시노 가문은 미치광이 집안이라구 생각한 겐지, 신주인 요네무라 씨가 어젯밤에 취소헌다구 오셨더랬구먼" 어느 날 할머니가 와서 우스갯소리처럼 그렇게 말하는 걸 들었을 때도 가즈에는 동요하지 않았다. 미치광이 집안이란 이 지방 말로, 유전성 정신착란을 말하는데, 다만 가즈에의 몸속에 남았다고 여겨지는 남자의 흔적과 먼 짐승소리처럼 가즈에를 부르던 남자의 목소리를 제외하면 이 소문조차도 가즈에를 당황스럽게 만들지는 않았다.

가을이 되고 새로운 교사 한 명이 학교에 왔다. 면도자국이 색칠한 것처럼 파란 남자였다. "시노다篠田 선생님이시고. 요시노 선생님과 상대반 담당이니까. 자주 연락하고 하세요" 교장선생님이 그렇게 말하며 소개했다. 상대반 담당이란 가즈에와 같은 3학년의 시노다는 우등생반 담당이라는 말이었는데, 그때 교직원실에 있던 사람들의 시선이 일제히 가즈에 위로 쏟아졌던 걸 느끼며 가즈에는 깜짝 놀랐다. 이렇게 많은 사람들이 있는 가운데 교장선생님이 소개하지 않았더라면 시노다와의 그 후의 일은 결코 일어나지 않았을 거라고 가즈에는 종종 생각하곤 한다.

13

가즈에와 시노다 사이는 뭔가 일어날 게 뻔하다는 인상을 사람들에게 주었다. 남자와 여자 사이에 처음부터 일어날 게 뻔한 일을 정말 그런지, 자기 눈으로 확인해보고 싶어하지 않는 사람은 없다. 교장선생님의 호기심으로 가즈에와 시노다의 커플은 정해진 거라고, 나중에는 가즈에까지 그렇게 생각했다.

"시노다 선생님, 내일 A반은 국어 수업을 어떻게 하실 건가요?" "요시노 선생님, 오후 체조는 AB반 합동으로 하치만신사까지 달리기로 하죠" 두 사람 사이에 연락하려고 맘만 먹으면 할 건 얼마든지 있었다. 또한 연락하지 않으려고 해도 그건 불가능한 일이었다. 때로는 방과 후에 한 쪽 교실에서 상의하기도 했다. 그럴 때 가즈에는 다른 교사들 손에도 흔히 있는 거지만, 시노다의 손끝에 백묵가루가 묻어 있는 것을 보았다. 그 손가락은 길고 가느다랗고 털이 좀 나 있었다. "요시노 선생님하고 같이 일하는 게 너무 재미있어요. 뭔가 배우는 것 같은 흥미가 있어요" 시노다는 그렇게 말했다. 실제로 AB 두 개 반의 성적 비교는 어떤 종류의 연구의 토대가 되기도 했는데, 가즈에는 그것을 말하는 시노다가 실은 그 일과는 아무 관계도 없는 다른 일을 말하고 있는 것 같은 느낌이 들었다.

시노다는 가즈에의 집에서 100미터 정도 떨어진 솔숲 밖에 있는 작은 집을 빌려서 살고 있었다. 가즈에는 어느 날 아이들 성적표를 들고 그 아이를 급제시킬지 말지를 상담하러 간 적이 있다. 그것은 그 날 중으로 결정할 만큼 시간을 다투는 일이기도 했지만 다음날 해도 상관 없었다. 가즈에는 그 일이 긴급을 요한다는 이유로 아무 거리낌 없이 시노다의 집으로 갔지만, 남들이 그걸 보아도 틀림없이 별 일 아닌 거로 여길 거라고 생각했다. 비슷한 일이 종종 있었다. 나중에는 그저 시노다를 만나기 위해서 그 집에 가기도 했는데, 자연스런 흐름으로 여기고 그걸 두려워하지 않았다. 시노다의 집은 혼자 사는 남자 집처럼 어수선했다. 가즈에는 가끔 장지문을 열어젖히고 솔숲에서 불어오는 바람을 집 안으로 들이기도 했다. 하지만 지나가는 사람들이 가즈에가 하는 일에 별로 신경 쓰지 않는 것도 잠깐 동안이었다.

남녀 간의 일에 관심을 갖는 건 시골 마을에서는 당연한 일이었다. 그렇지 않아도 교원 수가 적은 그 학교에서는 누구랑 누가 사귈 것 같은지 금방 짐작이 되었다. 가즈에와 시노다는 그런 뭇사람들의 환경 속에서 예상은 하면서도 그만 부주의한 행동을 했다. 수업을 하는 도중에도 가즈에는 갑자기 아무 관련도 없는 시노다의 얼굴을 눈에 떠올리기도 했다. 그것은 불가항력적인 것처럼 여겨졌다. 가즈에는 생각을 정리할 수가 없었다. 아이들을 자습시키고 교단 책상 위에서 시노다 앞으로 짧은 편지를 썼다. '매화꽃이 피었어요. 저녁에 꽃을 가지고 꼭 찾아뵐게요. 가즈에' 그저 이런 정도의 일을 편지로 쓸 필요가 있을까. 가즈에는 지금 바로 그것을 알리고 싶었다. 그 편지 종이를 작게 접어 아이 하나를 불러서 시노다 네 교실에 가져가게 했다. 타타타탁 하고 뛰어가는 아이의 발소리가 교실의 긴 복도를 돌았다. 물론 시노다로부터 답장은 없었지만 가즈에는 그것으로 비로소 마음이 놓였다.

어느 날 찬비가 내렸다. 가즈에는 자기가 만든 다시마 야채조림을 들고 시노다의 집으로 갔다. 밤이 되어도 비는 그치지 않았다. 어두운 램프 아래에서는 익숙한 시노다의 얼굴이 한층 창백하고 떨고 있는 것처럼 보였다. 지금까지 밤이 될 때까지 그 집에 머물렀던 적이 없는 가즈에는 오늘은 둘 다 그렇게 하고 싶은 마음으로 있는 거라고 생각했다. 가즈에는 그 긴박한 공기 속에 있으면서 조금의 공포도 느끼지 않았던 것을 지금도 이상하게 생각한다. 생각해 보면 그 무렵이 되어 두 사람 사이에 당연하게 거론될 '결혼'에 대해 시노다는 단 한 마디도 하지 않았다. 그것은 신중한 남자가 젊은 여자에 대해 취하는 자연스러운 태도인 건지, 아니면 소심한 남자가 그 화제를 꺼내기를 주저하고 있기 때문인지, 그 둘 중 어느 쪽인지 알 수 없었다. 그러나 가즈에게게 있어 이 남자의 모습은 조금도 싫기는커녕 일종의 안도감마저 갖게 만들었다. 시노다는 결혼을 원하지 않는다. 결혼은 하지 않아도 그저 이런 관계만은 유지하고 싶어 한다. 가즈에에게는 그렇게 보였다. 그래도 가즈에는 시노다가 가즈에에 대해 불성실하다고는 생각하지 않았다. 앞에도 말했지만 어떤 불가해한 이유로 가즈에는 결혼을 원하지 않았다. 결혼은 하지 않을 거지만 시노다를 좋아했던 것이다. 시노다를 좋아한다고 생각하면 할수록 결혼은 싫어졌다. 그렇다고는 해도 젊은 아가씨가 이렇게 사리에 안 맞는 생각을 얼마나 유지하며 살아갈 수 있을까. 가즈에는 그러나 견고하게 이 생각을 고집했다. 결혼을 원치 않는 여자가 최종적으로는 어떻게 될지 생각해 보려고도 하지 않았다. 최종적으로는 어떻게 될지 가즈에는 그 일은 생각할 필요가 없었다. 아니, 생각할 필요는 있었을지도 모른다. 하지만 가즈에는 그 일은 생각하지 못했다. 그 일은 때가 되면 하면 된다고 생각했던 걸까. 아니, 그 조차도 생각해 보지 않았다. 툭 툭 하고 지붕을 때리는 빗소리가 들린다. "자고 갈래요?" 시노다는 가즈에를 보며 그렇게 말했다. 그리고 일어나서 벽장에서 이불을 꺼냈다.

가즈에는 나중에 몇 번이고 그 밤의 일을 떠올리곤 했다. 가즈에에게 시노다는 첫 남자가 아니라서 그런 건지, 아니면 가즈에가 시노다를 좋아해서 그런 건지 모르지만 가즈에는 시노다의 포옹을 아무 저항 없이 받아들였다. 가즈에에게 그것은 하나의 계약이었을지도 모르지만 결혼을 전제로 관계를 맺는 거라고는 꿈에도 생각하지 않았다. 결혼을 전제로 하지 않고 남자와 정분을 승낙하는 아가씨가 없다는 것을 가즈에는 알고 있다. 그러나 그래도 역시 가즈에는 시노다와 결혼은 하지 않을 것이다. 가즈에는 역시 새삼스럽게 그 일을 확인하면서 시노다도 역시 그걸 언급하지 않았다는 사실에 다시금 안도했다.

이 기간 동안의 가즈에 만큼이나 행복한 사람은 없었을 것이다. 가즈에는 자주 시노다 네 집에 가서 자고 왔다. 안개가 짙은 어느 날 아침이었다. 가즈에는 시노다 네 집 뒤에 있는 우물가에서 물을 길어 얼굴을 씻고 있었다. "안녕하세요, 요시노 선생님" 지나가던 한 노파가 그렇게 말을 걸었다.

14

요즘 가즈에와 시노다의 사이는 마을 전체에 모르는 사람이 없다고 한다. 다만 당사자인 두 사람만은 그걸 눈치 채지 못한 거라고 했다. 시노다가 부임해 오고 딱 1년이 지난 이듬 해 3월 중순 무렵의 일이었다. 어느 날 오후 수업이 끝난 뒤에 가즈에는 교장실로 불려갔다. "요시노 선생, 안 됐지만 당신은 이번 학기가 끝나면 그만두셨으면 해요. 관청에서 연락 온 거라 어떻게 할 수가 없어요" 명예퇴직이라는 말을 가즈에는 처음으로 들었는데, 이 때 가즈에는 교장의 가느다란 눈에서 일종의 만족스런 부드러운 미소를 본 것 같았다.

지금 와서 생각하면 가즈에는 그 때 그 찰나의 순간에 뭘 생각했는지 확실히는 기억나지 않는다. 시노다에게는 아무 징계도 없이 가즈에 혼자만 해고를 통고받았다는 사실을 알았지만, 그에 대해 가즈에는 불합리하다고 생각하기는커녕 남자인 시노다에게 벌이 가해지지 않기를 몰래 바랐던 것 같다. 가즈에는 여자였다. 60년이나 옛날 시골에서 여자에게만 큰 벌이 내려지는 건 극히 보통 있는 일이었기 때문에 아무도 그 일을 이상하다고 생각하지 않았다. "당신 이제 어쩔 거에요?" "저, 전 조선에 가 있는 선생님한테 편지를 써볼래요" 조선에는 가즈에의 고등학교 시절에 가즈에를 눈여겨 본 여교사가 가 있었다. 거기에 가려는 것이었다. 그러나 그것은 시노다에게 질문을 받은 그 순간까지 생각도 못해봤던 일이었다. 그 여교사는 경성에서 마찬가지로 고등학교 교사를 하고 있었다. 고이케小池 선생님이라는 젊은 국어교사였다. 그 무렵 조선은 지금의 조선이 아니었지만 그런데도 여전히 가즈에의 시골에서 시모노세키下関로 가서 관부関釜 연락선을 타고 목적지인 경성에 도착하기까지는 꼬박 이틀이나 걸렸다. 그 몇 백리나 되는 먼 땅으로 간다는 것도 그 당시의 가즈에의 어떤 분발하는 마음에는 쉽게까지 여겨졌던 것이다.

그렇긴 해도 가즈에는 자기가 해고당해서 시노다와 헤어지는 것을 슬프다고는 생각하지 않았을까. 믿을 수 없는 일이지만 가즈에는 자기의 해고로 어쩔 줄 몰라 하는 남자의 모습을 보고 자기가 조선에 감으로써 그 남자를 곤궁에서 구할 수 있을 거라고 생각하자 이별의 비극과는 상관없이 어떤 이상한 환희의 감정이 일었던 것을 잊을 수 없다. 둘의 이별은 불가항력적인 일이었다. 그 일이 또 가즈에를 비극에서 멀어지게 하기도 했다. "엄마, 다음 학기부터 나는 조선의 고이케 선생님한테 갈 거야. 경성은 좋은 곳이래. 학교도 많이 있고, 어디서든 선생님이 돌봐주신대" 엄마에게 그렇게 말했을 때, 그 땅이 갑자기 희망에 찬 곳으로 여겨졌던 것도 이상하지는 않았다.

적어도 가즈에의 이런 모습에 해고로 당황해 하는 여자라는 느낌이 없었던 것은 남들 눈에는 이해할 수 없는 일이었다. 그 학교에서의 마지막 날, 더 이상 이 학교에 오지 않아도 되는 그 날, 아이들을 교정에 세워놓고 그 앞에서 송별식이 있을 예정이었다. 가즈에는 그 전날 시마다에게 머리를 올려달라고 했다. 소매가 긴 명주 기모노를 입고, 자수를 놓은 동정깃을 달고 자줏빛 하카마를 가슴 높이까지 올려 입은 그 날 아침의 가즈에의 모습을 놀라서 쳐다보지 않은 사람이 없었다. "아니, 요시노 선생, 그 머리로 식에 참석하려구요?" 교장은 어이가 없다는 듯이 말했다. 그 무렵에는 학교 교원이 일본식 머리로 올리는 일이 없는 것도 아니었다. 이 학교에서도 재봉 담당 여교사가 가끔 올린 머리를 하고 학교에 오기도 했다. 교장은 가즈에의 그 머리를 말하는 게 아니었다. 정성껏 화장을 하고 가장 좋은 기모노를 입은 가즈에의 모습에, 해고를 당한 여자의 자숙하는 조신한 모습이 안 보인다는 데 놀랐던 것이다. "그 상태로 학생들 앞에 나가서 어쩌려구요. 아니 됐어요. 학생들한테는 내가 잘 말할 테니, 선생은 그 사이에 행정실에서 기다리세요" 그렇게 말하고 교장은 식장으로 향했는데 이윽고 교정에서 가즈에가 있는 데까지 들려오는 그의 훈시는 이랬다. "요시노 선생님은 4월부터 도쿄의 대학에 진학하시게 되었다. 그래서 오늘 여러분들에게 이 자리에서 작별 인사를 하려고 했는데 갑자기 건강이 안 좋아져서 못 오셨다. 선생님과 헤어지는 건 실로 아쉽지만 선생님의 공부를 위한 것이니 어쩔 수가 없다" 이 훈시를 누구 하나 진짜라고 생각하는 사람은 없었다. 가즈에의 해고에 대해서는 그 날 중으로 마을 전체에 퍼졌기 때문이다. 가즈에가 그 일에 조금도 마음을 빼앗기지 않았던 건 그녀가 철면피였기 때문이 아니다.

식이 끝난 뒤에 억지로라도 시노다와 헤어져 돌아가지 않으면 안 된다. 오늘 이 식장에서 만나는 게 마지막 기회라고 생각하니 다른 사람이 아닌 그 시노다가 아, 정말 예쁜 여자라고 생각해 주기를 바랐다. 오직 그것만이 가즈에의 바람이었고, 그 때문에 좋은 기모노를 입고 왔던 것이다. 훈시가 끝난 뒤에 교직원실에서 송별회가 있었다. "시노다 선생님" 가즈에는 행정실 앞을 달려가는 시노다를 뒤에서 불렀다. 시노다는 계단 중간에서 분명히 가즈에를 뒤돌아보았지만 남들 눈을 꺼려 그 가즈에가 예쁜 여자인지 아닌지 조차 제대로 볼 수 없었던 것을 가즈에는 알고 있었을까.

그 날 중으로 가즈에는 가와시타의 농가 별채를 나왔다. 가와니시의 집에서는 엄마와 아이들이 기다리고 있었다. 엄마는 가즈에의 해고를 알고 있었지만 한 마디도 그에 대해 비난하려고 하지 않았다. 비난하지 않고 당연히 가즈에가 받아야 할 세상의 공격까지도 같이 받아줄 생각이었다. 이런 엄마와 딸 사이에는 친모녀 사이에서 조차 받아들여 지지 않는 어떤 암묵적인 이해가 있는 것 같았다. 엄마는 조선은 머니까 가는 건 그만두는 게 좋겠다고도 하지 않았다. 멀어도 가즈에는 갈 것이다. 엄마는 그렇게 생각했다. 그것은 어딘가 그 죽은 남편이 하는 일을 먼발치에서 보고 있던 그 옛날 추억을 닮았다. "가즈에, 너" 하고 엄마는 말했다. "마관馬関 꺼정 기차루 가지 말구, 배로 가. 기차요금보다 뱃삯이 훨씬 싸니께 배로 가" 배라면 다다미 위에서 자면서 갈 수 있기 때문에 몸이 편하다는 것이었다. 마관이란 시모노세키를 말한다. 확실히 뱃삯도 쌌지만 엄마의 의도는 딴 데 있었다. 기차를 타고 남의 눈에 띄는 것보다, 아침에 동트기 전에 항구에서 떠나는 배로 가면 아무도 모르게 끝난다고 생각한 것이었다. 엄마는 역시 딸이 도망가는 걸 남들한테 알리고 싶지 않았던 것이다.

그 날 아침에 엄마와 딸은 동트기 전에 집을 나섰다. 신미나토新港라는 작은 항구까지는 집에서 2리 정도 됐다. "엄마, 갈게" "감기 걸리지 말구" 거룻배가 와 있었다. 어두운 바다 위는 안개가 자욱하고 희미하게 배의 불빛이 보였다. 부앙, 부앙 하며 기적이 울리자 해안가에 남겨놓은 엄마의 검은 그림자가 흔들리는 것 같았다. 가즈에는 그 때 엄마의 모습과 겹쳐지면서 아직 자기 집에서 자고 있을 시노다의 모습을 보았다. 가즈에는 먼 곳으로 간다. 그걸로 남자의 무사함이 지켜졌다고 생각하니 타오르는 듯한 연모의 정과 함께 다시 한 번 기쁨이 끓어올랐다.

15

"고이케 선생님" 가즈에는 선생님 집 현관에는 들어가지 못하고 앞에서 불렀다. 조선식 집이 아니라 일본식의 보통 집이었다. 창이 열리더니 선생님이 모습을 드러내었다. "요시노, 아니 너" 선생님은 말을 잇지 못했다. 그 시골 마을에서 이렇게 멀리까지 찾아온 가즈에의 행동을 반은 비난하고 반은 받아들였다. 지금은 가즈에도 이때의 선생님의 당황스러움을 잘 안다. 요즘은 가즈에도 당시의 가즈에와 마찬가지로 무모한 젊은이에게 비슷한 편지를 받는 일이 있기 때문이다. 그러나 선생님은 그날 밤에 가즈에와 함께 베개를 나란히 하고 누워 말했다. "내일부터 당장 일하는 건 말이지, 일단 좀 기다려, 우리 학교 선생님이 아이를 낳았거든. 너 기저귀 빨래 할 수 있지. 잠깐 거기 있는 동안에 본격적으로 일할 데를 어딘가 찾아줄게" 기저귀 빨래 같은 게 어때서. 가즈에는 무슨 일을 하든지 괴롭다고 생각하지 않는다. 이런 일은 그 뒤의 가즈에의 인생에 몇 번이나 닥치기도 했지만, 그 어느 때고 가즈에는 자신이 닥친 눈앞의 곤혹스런 일 속으로 그대로 쑥 들어갔다. 다만 그것은 피할 수 없는 일이라고 생각했기 때문은 아니다. 하물며 운명에 순종한다는 것도 아니다. 그것을 하는 게 당연하기 때문이라는 것도 아니다. 자기의 앞길이라고 결정된 일을 향해 그저 척 척하고 앞으로 걸어가는 것이었다. 그것은 먼 옛날 어린 시절에 아버지가 명령했던 수많은 일들에 대해, 그게 아무리 남들 눈에는 무리라고 여겨지는 일에도 그저 "네" 하고만 대답했던 그때의 그 기분의 흔적이라고 생각된다. 이 이론을 초월한 기분이 언제나 가즈에를 도왔다.

경성의 4월은 아직 추웠다. 낮은 민둥산에 흰 옷의 조선 사람들이 움직이지 않고 웅크리고 있었다. 동네 집들도 형태가 달랐다. 확실히 먼 이국에 와 있는데도 가즈에 안에는 특수한 땅에 와 있다는 자각조차 없었다. 가즈에는 그저 한 가지 일만 생각하고 있었다. 그것은 얼마 동안이었는지 모르겠다. 시노다와 가즈에 사이를 바라보는 세상의 눈이 그렇게 험해지지 않을 때까지 가즈에는 기다리고 싶었다. 그런데 험해지지 않는다는 건 무언지. 가즈에는 모른다. 그래도 역시 그 때가 올 것을 가즈에는 확신하고 있었다. 가즈에는 밤이 되면 매일 같이 시노다에게 편지를 썼다. 시노다한테 답장은 가끔밖에 오지 않았지만 그것 때문에 그의 마음을 의심하는 일은 추호도 없었다. 시노다는 그런 성격이었다. 가즈에의 진한 연모의 마음에 똑같이 응해주지 않는 남자의 스타일에도 가즈에는 아무 의심없이 동의했던 것이다. 가즈에는 그 집에서 일을 잘했다. 아이가 우는 소리는 가즈에의 마음을 순간적인 안도감으로 이끄는 것처럼 여겨졌기 때문이었다.

드디어 본격적인 일을 찾았다고 선생님께 연락이 왔다. 그것은 재한일본인을 위한 종합잡지 사장 집에 가정교사로 들어가는 일이었다. 그 집에는 아이가 둘 있었다. 유복한 가정이었다. 아침에는 청소를 돕고, 오후에는 아이들의 공부를 봐주면 나머지는 자유시간이었다. 시골 출신인 가즈에의 눈에는 잡지를 발행하다는 그 집 주인의 일이 위대하게 생각됐다. 지금도 가즈에는 60년 전에는 실제로 위대한 일이었을지도 모른다고 생각한다. 가즈에는 그 일 중에 가장 허드렛일을 자청해서 돕겠다고 했다. 지인의 집을 집집마다 돌면서 잡지의 예약을 받는 일이었다. 경성의 거리를 하루 종일 걸었다. 경성이라는 땅은 어쨌든 도회지였다. 일은 재미있다고만은 할 수 없었지만, 매일 긴장하며 일하는 게 가즈에가 가진 남자에 대한 긴장감을 지탱해 주는데 딱 알맞았다고 할까. 그래도 가즈에는 그곳에 있던 3개월 동안에 어떻게 편하게 지낼 수 있었는지 지금도 이해할 수가 없다. 앞으로 몇 년 이대로 지낸다고 해도 기다릴 생각이었다.

　어느 비 내리는 아침의 일이었다. 시노다한테 두꺼운 편지가 도착했다. 우선 편지의 두께를 보고 가즈에의 마음은 두근거렸다. 편지 뒤에 언제나 적어 보내던 주소가 없고 이름만 있었다. '이 편지를 차분하게 읽어 주세요. 저는 이번 7월 30일부로 히로세広瀬 촌의 학교로 전근가게 되었습니다. 당신이 보내는 편지는 지금까지는 어떨까 싶었지만 히로세촌의 학교에서는 한 통도 받을 수 없습니다. 저는 역시 벌을 받은 겁니다. 또한 앞으로 당신한테 편지가 오거나 하면 어떻게 될지 당신도 아시죠. 아무쪼록 저를 도와준다 생각하시고 앞으로 편지는 물론 엽서 한 장도 보내지 말아 주세요. 저는 이것을 마지막으로 더 이상 편지는 보내지 않겠습니다.' 장황하게 반복해서 쓰여 있었지만 요점은 이랬다. 다 읽은 가즈에는 마음이 싸늘하게 식어가는 걸 느꼈다. 히로세촌이란 가와시타촌과는 비교가 안 되는 벽촌의 산속 마을이었다. 그 순간의 기분이 어땠는지 나중에도 생각이 잘 나지는 않지만, 아무튼 가즈에는 그대로 자기 방에 달려가 짐을 정리했다. "사모님. 어머니가 위중하시다는 연락이 왔습니다. 대단히 죄송하지만 오늘 밤에 야간열차로 고향으로 돌아가고 싶습니다" 주인의 거실에 가서 작별 인사를 했을 때와 똑같은 말을 고이케 선생님과도 만나서 했다. 방향이 이렇게 정해지자 스스로 자신을 제어할 수 없는 가즈에의 성격이 기차의 선로를 따라 전력으로 질주했다.

16

지금부터 56년 전, 가즈에는 아직 열여덟 살 아가씨였다. 자기 딴에는 어엿한 한 사람의 성인 여자가 되었다고 생각했지만 그러나 역시 유치한 아가씨일 뿐이었다. 지금 가즈에는 그 비슷한 나이 또래의 아가씨를 서너 명 두고 일을 하고 있지만, 그 아가씨들 중에도 딱 56년 전의 자기와 마찬가지로, 지금 무슨 일을 하건 그 다음엔 뭘 할지 모르는 그런 위험한 아가씨가 있다. 그 아가씨는 좋은 여성도 나쁜 여성도 아니다. 단지 무엇을 할 건지 남들도 모르지만 자기 스스로도 모르는 그런 아가씨였다. '이 여자 위험해' 가즈에는 옆에서 보면서 끊임없이 그렇게 생각한다. 그런 아가씨가 있다. 딱 56년 전의 가즈에가 그랬다.

그날 밤에 가즈에는 연락선으로 조선에서 시모노세키에 도착했다. 시골 마을까지 가는 기차가 오려면 아직 시간이 있었다. 어슬렁어슬렁 거리를 걷다보니 철물점이 있었다. 그 불과 100미터 정도 밖에 안 되는 동네에 왜 철물점이 있었을까. 시골 마을에서는 볼 수 없는 눈부신 전등 빛 아래에 여러 칼들이 놓여 있는 것을 보고 가즈에는 쓰윽 그 가게로 들어갔다. 가위가 있었다. 톱이 있었다. 나이프가 있었다. 식칼이 있었다. 단도가 있었다. 가지런히 정돈되어 놓여 있었다. "이거 주세요" 가게를 지키던 노인은 주저하지 않고 종이에 싸서 그것을 가즈에에게 건넸다. 주머니칼 같은 손잡이가 짧은 단도였다. 무더운 여름밤이었다. 가즈에는 지금 자기가 무슨 짓을 하는 건지 생각해 보지도 않았다. 본인은 의식하지 못하지만 가즈에의 마음속에는 죽기 3일전에 큰길까지 기어 나와 칼을 휘두르던 그 아버지의 모습이 있던 걸까. 어쩌면 지극히 아무 것도 아니고 장난삼아 시노다에게 "이것 봐요. 돌아오는 길에 시모노세키에서 이걸 샀어요. 선물로 당신에게 주려구요" 그렇게 말하고 보여줄 작정이었던 건지, 전혀 모르겠다.

시모노세키에서 기차로 시골 마을에 도착한 것은 한낮 조금 전이었다. 마을의 모습은 하나도 변하지 않았다. 가즈에는 그게 이상했다. 여름날의 강한 햇살이 내리쬐고 있었다. 전차가 다니는 길을 걸으면서, 거기가 바로 작년 봄까지 걸어서 가와시타에 다녔던 그 길이라고 생각하자 먼지에 휩싸인 길가의 닭의장풀에 파란 꽃이 피어 있는 것까지 기억이 났다. '맞다, 양산을 사자' 그렇게 생각했다. 그 무렵에는 이 시골 마을에도 양산을 쓰는 사람이 있었지만 그러나 가즈에가 그것을 산 건 부담스런 마음 때문이다. 짐은 역에 맡겼다. 단도만 꺼내어 마치 옛날 사무라이가 하는 것처럼 허리띠에 비스듬히 꽂아 숨겨놓았다. 혼마치로 나가 잡화점에 가서 우산을 샀다. 빨간 우산이었다. 가즈에는 그 우산으로 얼굴을 가리면서 걷기 시작했다. 긴타이교錦帶橋를 좌우로 보면서 세차게 흐르는 강여울 소리를 들으며 제방을 걸었다. 이윽고 산에 다다랐지만 우산을 쓰고 있어서 가즈에의 마음은 가벼웠다. 시노다가 있는 히로세 촌이 어딘지 가즈에는 한 번도 간 적이 없었다. 그러나 시골 아가씨에게는 그게 어느 방향인지 태어날 때부터 알고 있는 것 같은 감이 있었다. 아니, 감이 아니다. 어렸을 때부터 누구한테 배운 것도 아니지만 안다. 다카모리로 가는 것과 반대 방향으로 계속 강을 따라 올라가면 된다고 생각했는데 틀림없었다.

끊임없이 골짜기를 흐르는 물소리가 났다. 나무들이 무성하고 길이 어두워졌다. 매미 소리가 시끄럽다. 가끔 말을 끄는 마부를 만난 것 외에는 거의 아무도 만나지 않았다. 마부는 가즈에의 빨간 우산을 눈여겨보았다. 그리고 잠자코 지나갔다. 다카모리로 가는 길의 고개에는 찻집이 있었지만 이 길에는 그것도 없다. 큰 메밀잣밤나무 그늘이나 지장보살 옆에 쭈그리고 앉아서 가즈에는 땀을 닦았다. 이미 족히 5리는 걸은 것 같은데 조금도 피곤하지 않았다. 바로 시노다를 만날 수 있다고 생각하니 기쁨으로 몸이 떨렸다. 아, 잘 왔어. 가즈에는 그렇게 생각했다. 가즈에는 자기가 허리띠 사이에 단도를 숨기고 있다는 것도 이미 잊었다. 해가 점점 저물어 간다. 드디어 길가에 2, 3 채의 집이 보였다가 안 보였다가 다시 보인다. 그 장지문에 등불 그림자가 비친다. 가즈에는 우선 학교를 찾아가 사환 할아버지에게 시노다가 절간의 별채를 빌려서 살고 있다는 이야기를 들었다. "잠깐 기다리슈. 덤불 뒤가 어둡구먼유" 하고 말하며 노인이 초롱불을 찾고 있는 것을 뿌리치며 가즈에는 달려 나왔다. 노인에게 얼굴을 보여도 되나? 비로소 가즈에의 가슴에는 공포가 솟아올랐다. 그 공포는 시노다의 마음에도 끓었던 게 아닐까. 그렇게 생각한 순간에 가즈에는 자기가 지금 허리띠 사이에 단도를 숨기고 있다는 것을 떠올렸다. 이걸 버려야 한다. 어렴풋이 그렇게 생각했지만 그러나 버리지 않았다. 우산으로 풀을 가르며 달렸다. 덤불 뒤에 절의 별채가 있었다. 덧문이 닫혀 있었지만 그 틈으로 불빛이 보였다. "시노다 선생님" 아무 소리도 나지 않았다. 다시 한 번 불렀다.

"시노다 선생님. 요시노에요. 조선에서 돌아왔어요"

휙 하고 문이 열리더니 하얀 유카타[17] 를 입은 시노다가 거기를 지나가지 못하게 가로막고 섰다. 램프의 등불을 뒤로 하고 있어서 그 순간에 그 눈은 보이지 않는데, 갑자기 툇마루로 뛰어나와 가즈에의 어깨에 손을 댔다. "요시노 선생님, 당신은"하고 목소리가 떨리더니 "편지 못 읽으셨어요? 여기까지 와서 도대체 어쩌시겠다는 거에요?""선생님" 가즈에는 뭐라고 하면 좋을지 몰랐다. 아니, 뭘 말하면 좋을지 잘 알고 있었다. 혹시 시노다가 잘 돌아왔다. 많이 피곤하겠다. 나도 엄청 보고 싶었다. 그저 그렇게 말해주기만 해도 가즈에는 지금 당장 조선으로 되돌아갈 생각이었다. 여기에 이대로 눌러앉을 생각은 아니었다. 그 때문에 짐을 역에 맡겨놓은 것이다. 그렇게 말하고 싶었다. "선생님, 저는 잠깐 돌아왔을 뿐이에요. 사환 할아버지만 만났을 뿐 아무도""사환을. 당신은 사환을 만나셨어요? 아 이제 글렀어. 사환을 만났으면 이제 온 동네에 소문났을 거야. 진짜 당신이란 사람은 자기밖에 모르는군요"

---

17 여름철이나 목욕한 후에 입는 무명 홑옷.

한 순간에 가즈에는 자기가 한 일이 남자에게 어떤 일이었는지 모든 것을 똑똑히 알았다. 남자의 공포가 그대로 자신에게 튕겨돌아오는 것이었다. "선생님" 그 공포 때문에 가즈에는 시노다의 무릎에 매달렸다. 시노다는 잽싸게 물러났다. "자, 곧장 돌아가요. 바로 가면 오늘 밤 안에는 마을에 도착할 거에요. 자 빨리 가요" 하고 낮은 목소리로 말했다. "빨리 가라니까요" 하고 다시 말하면서 시노다는 있는 힘껏 가즈에의 어깨를 밀쳤다. 가즈에는 정원의 속새숲 속으로 비틀거렸다. 그 탄력으로 가즈에가 입고 있던 얇은 홑옷 위로 단도의 손잡이가 삐져나왔다. "아니, 당신" 깜짝 놀라는 목소리와 함께 시노다가 정원으로 뛰어내렸다. "당신은 이걸로 나를 위협할 생각이에요?" 하고 말하자마자 가즈에를 쓰러뜨리고 그 단도를 빼냈다.

17

어스름하게 달이 나왔다. 시노다는 지금까지 한 번도 본 적이 없을 정도로 무서운 얼굴을 하고 있었다. 어깨로 심하게 호흡하고 있었다. "이런 걸로" 하고는 다시 가즈에 쪽을 뒤돌아보았지만 아무 말도 하지 않고 툇마루로 기어올라가더니 그 대로 방으로 들어가 탁하고 덧문을 닫아 버렸다. 차가운 밤공기가 가즈에의 몸을 감쌌다. 무슨 일이 일어난 건지 가즈에에게는 아무 감각이 없었다. 확실히 가즈에는 허리띠 사이에 단도를 끼웠는데 뭣 때문에 그걸 하고 온 건지 모르겠다. 아니. 알고 있다. 결코 그걸로 시노다를 다치게 할 생각은 없었고, 단지 자기가 그것을 가지고 있다는 것을 시노다에게 알리고 싶었던 것이다. 무엇 때문에. 무엇 때문에 그걸 알리고 싶었던 건가. 단도까지 사올 정도로 시노다가 마음을 바꾸기를 바랐던 건가.

여기까지 생각하다가 가즈에는 마음이 얼어붙었다. 어디서 어떻게 뒤틀렸던지 이제는 돌이킬 수 없다. 시노다에게 안긴 기분을 가즈에는 손바닥 보듯이 알 수 있었다. 시노다와 이어졌다고 믿었던 기분이 툭하고 끊어져 버렸다. 이상한 일이지만 가즈에는 울지 않았다. 열여덟 살 밖에 되지 않은 아가씨가 남자의 변심을 알고도 울지 않다니. 가즈에는 시노다의 변심이 당연하다고 생각했기 때문이다. 시노다에게 가즈에는 더 이상 사랑하는 여자가 아니라, 자신의 신변을 위협하는 무서운 여자였던 것이다. 가즈에는 그런 일을 했다. 남자가 가즈에로부터 도망쳤다고 해도 그건 당연하다고 생각했다. 가즈에의 눈에 정원의 연못과 나무와 풀 그림자가 어슴푸레하게 비쳤다. 풀벌레 소리가 들렸다. 정원의 땅의 냉기가 가즈에의 무릎에 전해졌다. 이제 가즈에는 여기에서 무슨 일이 일어났는지 모든 것을 똑똑히 알았다. 마귀가 떨어져 나간 것처럼 확실히 알게 되었다. 그 순간의 기분은 어디에 비유하면 좋을까. 먼 옛날 아버지가 살아계실 무렵에 그 모든 명령에 순종했던 그 기분이, 가즈에의 마음에 되살아났다. 그게 괴롭지 않았다고 해도 거짓이 아니었다.

가즈에는 긴 인생을 살아가면서 그 뒤에도 이것과 똑같은 결심을 하는 순간이 종종 있었다. 매달리지 않겠다는 생각조차 하지 않았다. 마치 꿈에서 깨어난 사람처럼 거기에 꼼짝 않고 있었다.

가즈에는 일어섰다. 습관적인 손놀림으로 흙을 털어냈다. 우산을 집어들자 뒤도 안 돌아보고 왔던 길을 되돌아가기 시작했다. 달이 나왔다. 그것은 마치 가즈에가 돌아갈 길을 비춰주는 것 같았다. 남자에게 버림당하고 풀이 죽어 걷고 있는 여자. 그게 아니었다. 가즈에는 그저 자기가 결정한 길을 걷고 있을 뿐이었다. 자기가 그렇게 되도록 한 것이니 그것은 당연했다. 달각달각 하는 나막신 소리가 밤하늘에 울리는 것을 들으며 가즈에는 그러나 역시 떨고 있었다. 마을까지는 5리 정도 되지만 마치 하늘을 걷듯이 가즈에는 빨리 걸었다. 마을의 집들은 덧문을 닫고 잠들어 있었다. 가즈에는 자기 집 앞까지 와서 거기도 덧문이 닫혀 있는 것을 보고 비로소 양 볼에 눈물이 흘러내리는 것을 느꼈다. 달콤한 눈물이었다. "엄마, 엄마" 가즈에는 밖에서 소리를 질렀다. "엄마, 돌아왔어, 조선에서 돌아왔어"

18

그날 밤을 경계로 가즈에는 시노다에 관해 아무한테도 그리고 아무 말도 하려고 하지 않았다. 하물며 남자에게 버림받은 그 애절함을 남에게 호소하려고 하지 않았다. 가즈에는 그것을 참고 견딘

것도 아니다. 시노다 일은 그 히로세촌의 절의 뜰에서 끝난 일이었
다. 가즈에는 그 일을 이해했을 뿐이다. 가즈에의 마음이 박정한
것 같지만 그렇지 않았다. 시노다와의 일은 이제 끝났다. 가즈에는
엄마와 동생들이 있는 집안에서조차 시노다 이야기는 하지 않았
다.

"엄마, 좋은 일이 있어" 하고 가즈에는 엄마에게 말했다. 이렇
게 오랜만에 만나는 엄마에게 '좋은 일' 빼고 뭘 말할 수 있겠는가.
"이번에 조선에서 돌아온 건 그 잡지 일을 우리 동네에서 하게 되
어서야" 이 말은 반은 사실이고, 반은 거짓이었다. 가즈에는 돌아
올 때 그 잠깐 사이에도 짐 속에 잡지 신청서를 넣어오는 것을 잊
지 않았다. 가즈에 안에 있는, 언제나 뭔가 일을 하지 않으면 안 된
다는 기분이 그렇게 시킨 것이다.

가즈에는 언제나 뭔가 일을 해야 한다는 이런 마음이 어디에서
비롯된 건지 모른다. 가즈에는 열여섯 살 봄에 교사가 된 것을 시
작으로 일흔 몇이나 된 지금까지도 언제나 뭔가 일을 하고 있다.
일은 뭐라도 상관없다. 언제나 일로 돈을 얻는 게 목적이었지만 그
뿐만은 아니었다. 가즈에는 무언가를 하는 것이 습관이었다. 그것
은 가즈에가 특별히 근면한 성격이기 때문은 아니었다. 그저 벌레
가 기어 다니고 새가 나는 것과 마찬가지였다. 어쩌면 본인도 눈치
채지 못한 시골 처녀의 습성일지도 모르겠다. 일이라면 엄마를 안
심시킬 수 있다. 가즈에는 그렇게 생각했기 때문에. 이런 가즈에의
모습 어디에서도, 바로 어제 단도를 사서 남자를 찾아간 아가씨라

는 흔적을 발견할 수 없었던 것은 아무도 믿지 못할 일이었다.

그러나 가즈에가 생각한 이 새로운 일은 엄마와 중학생이 된 남동생 사토루의 경외심에 의해 지탱되었다고도 할 수 있다. 60년 전에는 신문, 잡지, 그 밖의 간행물이 시골 사람들 눈에 얼마나 커다란 존재로 비쳤는지 상상할 수도 없다. 그 잡지의 독자를 획득한다는 일이, 나중에 일본 전역에 확대된 보험 권유와 비교해도 일이라고는 할 수 없을 정도의 열악한 것이라고는 전혀 생각지 못했던 것이다. "다카모리에 가면 되겠네. 다카모리에서 요시노 가문의 분가들이 전부 신청하도록 소개장을 써 달라고 하면 되잖아" 사토로는 흥분해서 그렇게 말했다.

사토루의 이 제안은 그대로 다카모리에서 받아들여진 것 같았다. 가즈에가 그 집에 가니 큰엄마는 아버지 생전과 조금도 달라지지 않은 태도로 말했다. "어머 가즈에 아냐? 너무 달라져서 누군가 했어" 그건 화장한 가즈에를 처음 본 놀라움의 표현이기도 했다. 혼자서 조선까지 간 아가씨. 가즈에의 해고에 관해서는 오직 단 한 사람 가즈에만 잊어버렸을 뿐이고, 그 소문은 여기 다카모리까지나 있었다. 게다가 이미 아버지가 죽었다. 해고당한 가즈에는 일가의 호기심의 표적이었다. 잡지 신청이라는 듣도 보도 못한 일 역시 마찬가지였다. 다카모리 사람들에게는 그 방탕한 동생이 죽은 뒤에 남겨진 가족들과 뚝하고 인연이 끊긴 게 가장 가슴 아픈 일이었다. 가즈에의 자잘한 부탁 같은 게 뭐 대수인가. "좋구 말구. 친척들한테도 여기저기 편지를 써 줄게. 가즈에 일은 의외로 알고 있는 집들도 있어서 말이야" 하고 말하다가 갑자기 입을 다문다.

해고당해 조선까지 갔다 온 이 아가씨를 여기에서 누군가 말려야 하지 않나? 지금 이 아가씨는 그 방탕한 아버지와 마찬가지 길을 걷기 시작한 게 아닌가? 여기서 누군가가 이 아가씨를 말려야 하지 않나? 지금이라면 아직 늦지는 않았다. 이 아가씨를 평범하게 시집갈 수 있는 보통 아가씨로 만들려면, 이런 영문도 모르는 잡지 일 같은 건 지금 당장이라도 그만두게 해야 하지 않을까. 큰엄마는 그렇게 생각했다. 그러나 이 아가씨에게 어떻게 그것을 설명할 수 있을까. 큰엄마는 애처로운 것을 바라보듯이 이 화장한 아가씨의 얼굴을 바라보았다. "자, 오늘 밤은 묵고 가렴. 오코토. 저녁에 날이 선선해지면 가즈에를 성묘하러 데리고 가줘" 여자 종 한사람에게 그렇게 말함으로써 큰엄마는 일단 자신의 생각을 도중에 멈추었다.

시골에 있는 옛날 집에서는 성묘는 그 집에 왔다는 보고이기도 했다. 이 집안 선조들의 위패를 모신 절은 바로 코앞의 큰길 맞은편에 있었다. 어두컴컴한 경내에 이어 요시모토 본가의 묘들이 34기나 늘어서 있는 앞에서 향을 피우고 꽃을 올리는 동안에 가즈에는 말할 수 없는 기분이 들었다. 거대한 위용을 자랑하는 묘도 있었다. 그저 작은 돌을 포개놓은 것도 있었다. 이 묘들이 요시노 선조 대대의 것들이라면 아버지도 그리고 자신도 거기에 들어갈 거라는 어떤 형용하기 힘든 기분이 들었다. 그것은 방랑에서 돌아온 아가씨에게는 절실한 감회였지만 가즈에는 그걸 깨닫지는 못했다. 절 안쪽에 이어져 있는 울창한 느티나무 사당도, 해질녘의 하늘도 이런 아련한 정감을 감싸고 있는 것 같아 가즈에는 자기가 바로 어제 단도를 가지고 남자한테 갔던 일 따위를 믿을 수 없었다. "가즈에 님, 봐요, 각다기가 나와요" 하고 오코토의 재촉을 받을 때까지 가즈에는 그곳을 뜰 생각을 하지 않았다.

19

시기노師木野촌, 가와고에川越촌, 후지우藤生촌, 다부세田布施촌, 마리후麻里布촌, 미쇼御庄촌으로 가즈에는 다카모리에서 써 준 편지를 들고 다녔다. 그들 집들은 다카모리 정도의 부자는 아니어도 어느 집이나 그 마을에서는 명문가였다. 가즈에는 모든 집에서 다카모리에서 받은 것과 마찬가지 순서로 비슷한 분위기의 환대를 받았다. 어느 집에서나 우선 가즈에의 화장한 얼굴을 놀랜 눈으로 쳐다보고, 그리고 그 신청에 대해서는 기분 좋게 승낙하면서도 지금 이 아가씨를 평범한 아가씨로 돌려놓으려면 어떻게 하면 좋을까 하고 가슴 아프게 생각하지 않는 집이 없었다. 단지 가즈에 혼자만 그것을 눈치 채지 못하고, 어느 집이나 돌아갈 때는 다카모리와 마찬가지로 편지를 써 주었기 때문에 언제나 일은 더할 나위 없이 잘 되고 있다고만 생각했다. 누구나 젊을 때는 이와 비슷하게 자기가 한 일이 성공이라고 생각하기도 한다. 가즈에도 엄마도 동생들도 가즈에가 하는 일에 아무 불안도 느끼지 않았기 때문에 아주 짧은 기간이었지만 가와니시의 집에서는 떠들썩한 웃음소리가 끊이지 않았다.

어느 날 저녁에 가즈에는 동생들을 데리고 가류쿄 아래 강가로 얼음을 먹으러 갔다. 본오도리는 끝났지만 강가에는 아직 얼음집이 빨간 초롱불을 켜고 의자를 늘어놓고 있었다. 가즈에는 호주머니에 얼마 안 되는 돈을 가지고 있었다. '얼음을 먹으러 가는' 일은 여름 동안의 유일한 사치였다. 동생들을 데리고 그 사치를 부리러 가는 거다. 가즈에는 나들이옷으로 새로 산 하카마를 입고, 뒤에 따라 오는 동생들을 보며 얼마나 행복한가 하고 생각했다. "어이구, 가즈에 님. 돌아오신 거에유?" 지나가는 사람이 그렇게 인사했을 때, 그 순간 가즈에는 그것이 조선에서 돌아온 것을 의미한다는 것을 눈치 채지 못했다. 이 시골에서는 젊은 처녀가 한 일은 노트에 기록해 놓는 건지 사람들이 잊어버리는 법이 없었다. "저 할망구" 중학생인 시토루가 밉살스럽다는 듯이 말했다. 그래도 가즈에는 못 들은 척 했다.

달은 없었다. 강가는 어두운데 온통 빨간 초롱불이 흔들거리고 있고 그 그림자가 강에 비추고 있었다. 의자에 앉아 있는 어느 손님의 얼굴이나 모두 등불 때문에 빨갰다. 강바람이 싸악 스치고 지나간다. "누나. 난 팥빙수" "나도 팥빙수" "아줌마. 팥빙수 주세요. 팥빙수 6개" 팥빙수란 얼음 위에 달게 삶은 팥을 가득 얹은, 얼음 중에서도 가장 비싼 것이었다. "예이, 팥빙수 6개요" 그 때 옆테이블에 앉아 있던 여자 손님이 갑자기 말을 걸었다. "가즈에 아냐. 어머, 진짜 가즈에네. 완전히 딴 사람이 돼서 못 알아보겠어"
그 달콤한 소리는 틀림없이 뎃포코지의 이모였다. "쵸지, 봐, 가즈
에야" 같이 있는 젊은 남자는 그래도 이쪽을 쳐다보지 않았다. 하
얀 하카마를 입고 밤에도 확실히 보이는 하얀 선이 세 줄 있는 모
자를 쓰고 있었다. "교토의 삼고三高[18] 아냐. 삼고 학생이야" 낮은
소리로 사토루가 말했다. "이게 얼마만이야. 그때부터 몇 년 됐
지? 쵸지, 이 의자 좀 이쪽으로 붙여봐" 젊은 남자가 못들은 척 하
자 이모는 자기가 그 의자를 가즈에 형제들 옆으로 끌어오려고 했
다. "어머, 이모" 가즈에는 일어나서 이모의 의자를 같이 끌며 말
했다. "아! 쵸지" 그건 이모 집에서 살았던 그 짧은 기간 언제나 게
이치의 등 뒤에 숨어 있어서 가즈에하고는 한 번도 말한 적이 없던
동생 쵸지였다.

　이모 말에 따르면 게이치는 지금 도쿄에 가 있다. 쵸지도 교토
의 대학교에 다니는데, 젊은 남자가 혼자서 하숙하는 게 마음에 걸
려 자기가 같이 교토에 가고 싶지만 "아버지가 있어서" 그렇게도
못한다고. 남자가 혼자서 하숙하는 것 보다 누군가 같이 사는 쪽
이 오히려 비용이 안 드는데 하고 말했다. 그것은 암암리에 가즈에
한테 거기에 갈 생각은 없냐고 묻는 것처럼 들렸다. 그러나 거기에
간다는 건 무슨 말인가. 단 10일이지만 형인 게이치의 부인이었던

---

18 교토에 있던 旧制 고등학교로 현재의 교토대학 종합인문학부를 말한다.

가즈에를 거기에 보낸다는 건 무슨 뜻인가. 이상하게도 가즈에는 혈육인 이런 이모의 말이 언제나 뭔가 달콤하지만 그러나 미덥지 않게 들렸다. "어머, 너희들도 팥빙수니? 우리도 팥빙수 2개요. 계산은 내가 같이 할게"

그날 밤 집에 돌아가자 동생들은 엄마한테 이모가 팥빙수 값을 전부 내줬다는 걸 이야기했다. "누나 돈을 안 써서, 아이고, 이런 하고 생각했어" 하고 말한 뒤에 "엄마, 그 죠지형은 삼고 학생이야" 하고 말했다. 그 후에 종종 가즈에는 이모가 그 때 한 말을 문득 떠올리기도 했다. 그리고 그 때 같이 의자에 앉아 있으면서도 끝까지 쌀쌀맞게 입을 다문 채 있었던 죠지의 모습까지 떠올렸다. '닮았어' 하고 가즈에는 생각했다. 그것은 열다섯 살 봄에 가즈에의 아련한 사랑의 상대가 됐다가 죽어버린 모리토의 그 모습과 닮았다고 생각했다.

어쩌면 두 사람의 모습은 하나도 안 닮았을지도 모른다. 다만 그 무뚝뚝하게 입을 다문 채로 있는 모습 속에 뭔가 있는 것처럼 여긴 걸지도 모른다. 어쩌면 모리토의 엄마가 줄곧 야무진 목소리로 집안을 지휘하던 모습과 죠지의 엄마가 저렇게 조금도 쉬지 않고 떠드는 요설이 닮아 있을 뿐인지도 모른다. 이 일은 그 뒤에도 가즈에의 마음속에 종종 떠오르곤 했다. 그리고 그럴 이유는 전혀 없는데 죠지가 틀림없이 자기를 좋아한다고 확신하며 믿어 의심치 않았다. 이 느낌은 어디에서 오는 건지 가즈에도 모른다. 다만 그렇게 생각함으로써 가슴에 따뜻한 물 같은 것이 퍼지는 느낌이 들었다.

어느 10월의 아침, 교토에 간 죠지로부터 갑자기 편지가 왔다. 그건 이렇다 할 내용이 없는 짧은 편지였다. "저는 지금 지온인知恩院이라는 절속에 방을 빌려 살고 있습니다"라고 쓰여 있었다. 가류쿄 아래 강가에서 만났을 뿐 말 한마디도 안 나눴는데 죠지는 편지를 보내온 것이다. 가즈에의 눈에 죠지가 빌렸다는 절의 방이 떠올랐다. 그러나 가즈에는 그 편지의 황당함이 모리토가 빗물받이 통 속에 넣었던 편지와 닮았다고 생각했다. 가즈에 역시 그 편지에 답하여 별 것 아닌 짧은 편지를 썼다. 둘이 이렇게 편지를 주고받는 것은 아무 일도 일어나지 않을 거라고 여겨질 정도로 별 일 아니었다. 그러나 죠지가 그 겨울방학 끝 무렵에 가즈에에게 보낸 편지에는 이렇게 쓰여 있었다. "저는 23일 오후 3시발 급행으로 교토를 떠납니다. 그리고 히로시마 역에 저녁 9시 26분에 도착합니다. 혹시 괜찮으면 그 시간에 히로시마역까지 와 주시지 않겠어요?"

20

지금부터 손꼽아 세어보니 50 몇 년인가 전의 그 무렵 엄마는 아직 서른을 하나인가 둘 지났을 정도였다. 어쩌면 그 옛날의 여자 나이 서른둘이 젊다고는 할 수 없다고 해도 남편이 죽은 뒤에, 한참 자랄 나이의 아이들을 다섯이나 끌어안고, 게다가 하루라도 같은 환경에 정착하려고 하지 않는 의붓딸 가즈에의 안부를 걱정하면서 살았던 매일이 어땠을까. 지금 와 보니 가즈에도 그걸 알 수 있었다. 아이들 일을 젖혀놓고 어쩌면 자기 자신의 마음이 바람에 흔들리듯이 누군가 남의 마음을 생각해 본 일도 없었나? 가즈에는 언제나 이 시기의 엄마의 심정을 생각하면 안절부절 못했다. "엄마, 죠지가 교토에서 오늘 돌아온대. 잠깐 마중 나갔다 올게" 하고 말하고 옷을 갈아입고 나간 채 밤이 되어도 가즈에는 돌아오지 않았다.

이날 밤에 엄마는 가즈에를 기다리는 동안에 몇 번이나 뎃포코지에 사는 이모의 얼굴을 떠올렸다. 죠지를 마중 간다고 나간 채 돌아오지 않는 가즈에와 이런 이모 사이에 뭔가 연관이 있는 건 아닐까. 엄마는 가즈에가 어렸을 때 뎃포코지로 시집가던 그 날 밤의 가즈에를 떠올렸다. 형인 게이치의 아내로 시집갔던 건데, 이번에는 다시 그 동생인 죠지와 뭔 일이 있어도 괜찮을까. 아니, 괜찮을지도 모른다. 불쌍한 그 딸은 지금은 평범한, 아무데나 시집갈 수 있는 순진무구한 딸이 아니다. 혈연이 있는 그 이모 집에 다시 한 번 시집가서 교토나 아니면 도쿄에서 살게 된다면 말 많은 시골 사람들한테 무슨 소리를 듣는 일도 없이 오히려 가즈에에게 좋지 않을까. 엄마는 그렇게 생각하며 가즈에의 대담한 그 밤의 행동을 아무 일도 아닌 것처럼 생각하려고 노력했다.

"다녀왔어요" 다음 날 정오 지나 가즈에는 돌아왔다. "히로시마까지 마중 나가서 같이 시내를 돌아다녔더니 그만 늦어져서 못

돌아왔어. 그래서 변두리에 있는 작은 여관에서 잤어" 하고 아무렇지도 않게 말하는 것이었다. 젊은 남자인 죠지와 함께 여관에 묵었다는 걸 들어도 엄마는 더 이상 놀라지 않았다. 그러나 그 걸 말하는 가즈에가 하나도 숨기지 않고 말하는 모습에 오히려 더 놀랐다.

죠지와의 일은 죠지와 가즈에가 사촌 사이이기 때문에 암묵 중에 육친끼리 같이 잔 걸 용서해 줄 거라고 생각한 건지, 아니면 죠지에 대한 가즈에의 감정이 그다지 정열적으로 사랑하는 게 아니었기 때문에 오히려 아무렇지도 않았던 건지 아무도 모르는 일이었다.

나중에 가즈에는 죠지와의 이 일을 생각할 때마다 왜 또 어느 사이에 둘이 결혼하게 된 건지 믿을 수 없었다. 확실히 가즈에는 죠지의 편지에 있던 것처럼 히로시마역으로 마중하러 갔다. 아직 한 번도 간 적이 없는 이 히로시마라는 지명이 모리토가 다녔던 육군유년학교가 있던 곳이고, 또한 모리토가 입원한 야전병원이 있던 곳이라고 생각하니 가즈에는 가슴이 두근거렸다. 죠지와 함께 변두리 여관에 묵고 난 다음날 아침에도 군대의 기상나팔 소리를 들었고 동네에 넘치는 군인들의 모습을 보았다. 그러나 가즈에의 바로 옆에 있는 것은 모리토가 아니라 분명히 사촌인 죠지였다. 가즈에는 이 죠지를 모리토 못지않게 좋아한다고 생각했다.

죠지의 겨울방학은 그때부터 반 달 정도 이어졌다. 가즈에는 가끔 뎃포코지의 집에 가는 일이 있었지만 신정이 되고나서 동생 사토루를 같이 데리고 가기도 했다. 가즈에와 죠지 둘만이 아니라 가족하고 같이 왕래하게 되고부터는 죠지와의 일은 누구 눈에나 명백한 일이 되었다. 죠지가 우선 교토로 가고 가즈에가 그 뒤에 죠지의 집으로 간다는 건 누가 생각할 것도 없이 정해져 있었다. "가즈에가 갈 때 죠지 겹옷 2벌 좀 가져가 주렴" 이모는 아무렇지도 않게 말했다. 가즈에가 죠지 집으로 간다. 누구 하나 이 일을 신경 쓰는 사람이 없었던 게 이상했다.

　그 해 2월의 어느 추운 날 아침, 동트기 전에 가즈에는 배로 떠났다. 그건 마치 가즈에가 출발한다고 하면 언제나 배로, 그리고 동트기 전에 떠나는 게 정해져 있기라도 한 것처럼 그렇게 되어 있었다. 신미나토에서 떠난 배는 세토나이카이瀬戸内海를 항해하여 고베, 오사카에 도착했고, 거기서부터 기차로 교토로 갔다. 왜 동네 역에서 기차로 곧장 교토로 안 갔을까. 그건 조선에 갈 때도 그랬던 것처럼 뱃삯 쪽이 더 싸기 때문이었지만 역시 전과 마찬가지로 남의 눈에 띄기 쉬운 역에서가 아니라, 이렇게 아직 해가 뜨지 않은 작은 항구에서 떠나는 쪽이 누구한테도 비난받지 않아도 되기 때문이었다.

　가즈에는 이 생각에 자기도 모르는 사이에 길들여졌다. 누군가에게 비난을 당하면 곤란한 일을 가즈에는 했던 건가? 이렇게 고향을 뜨는 것은 언제나 무언가로부터 도망가기 위해서인가. 아침 이슬 속에 부웅 하고 기적이 울렸다 "엄마, 갈게" "감기 안 걸리게 조심허구" 그런 이별의 말도 전과 똑같았다. 작은 섬들의 그림자 때문에 이윽고 뿌옇게 돼서 안보이게 될 고향 산들이 그립다는 건 아니다. 가즈에는 먼 옛날, 고향을 버리고 타지로 떠났던 자기 아버지와 같은 코스로, 같은 기분으로, 자기도 지금 떠가는 게 아닌가 하고 생각했다.

그 날 오후에 가즈에는 교토에 도착했다. 하카마를 입은 죠지가 마중 나와 있었다. 가즈에를 본 순간 죠지는 씩하고 웃었다. 잘왔어, 라고도 하지 않았다. 가즈에는 그런 죠지가 웃으면 짙은 눈썹 그늘에 눈동자가 빠지는 것 같이 되는 걸 처음 본 것 같았다. 교토는 피부가 찢어질 정도로 추웠다고 가즈에는 지금도 생각한다. 지온인이라는 절의 한 구역에 있는 그 절은 그게 사람들에게 알려진 절 중의 하나인가 할 정도로 황량했다. 그게 나중에 아파트라고 불리는 건물의 원형이었나? 몇 개인가 똑같은 방이 늘어서 있고 밖에 봉당이 있었다. 죠지는 그 방 중의 하나로 가즈에를 안내했다.

방안에는 책상과 책장과 화로가 있고, 벽에 죠지의 옷이 걸려있었다. 죠지가 검은 망토와 모자를 집어 그걸 그 벽에 걸자, 가즈에도 그 벽에 자기 옷을 걸었다. 방에 벽장은 없었다. 검은 망토와 자줏빛 여자옷이 걸리자 생각지도 못한 어떤 느낌이 확하고 퍼졌다. "여기에서 학교는 가까워?" "응" 이것이 둘이 처음으로 주고받은 말이었다. 가즈에는 이런 아무것도 없는 방을 좋아했다. 오늘부터 여기에서 시작될 단순한 생활이, 그것이 남자와 여자의 생활이 되는 걸까. 이 얼마나 편안한 일인가. 이런 죠지 앞에서 가즈에는 그 모든 남자 앞에서 지켜야 한다고 생각했던 그 '가면'이 벗겨질 때의 공포도 없었다. 죠지는 가즈에가 열세 살 때, 그녀가 화장하지 않았을 때의 '숯검둥이'의 비밀도 전부 알고 있었다. 이것이, 이 비밀이 지금까지 남자들과의 사이를 어둡게 만들었나? 이곳에는 아무 비밀도 없다고 생각하자 가즈에의 마음에 말할 수 없는 따뜻한 것이 퍼져나갔다. "숯은 있어? 불을 피워야지, 추워 죽겠어" 농담처럼 그렇게 말하고 가즈에는 일어섰다. 이것이 두 사람의 생활의 시작이었다.

21

가즈에와 죠지의 새로운 생활을 뭐라고 불러야 할까. 극히 자연스럽게 가즈에한테는 결혼이라는 관념이 없다는 것을 어떻게 설명하면 좋을까. 가즈에는 자기의 화장한 얼굴이, 가면이 벗겨져서 검은 피부가 폭로될 순간을 두려워하여 그것 때문에 결혼하지 않겠다고 결심했다. 그러나 그런 일이 있을 수 있을까. 가즈에는 자기의 화장한 얼굴이 얼마나 예쁜지 알고 있었다. 지금은 가즈에를 본 모든 사람들이, 가즈에를 정말 아름다운 아가씨라고 생각하고 있다. 그 가면이 벗겨질 걸 생각하니 가즈에는 공포 때문에 몸이 오그라드는 느낌이 들었다. 그럼 도대체 얼마 동안 이 공포가 계속될까? 가즈에는 여기에서 언제나 생각하는 걸 멈추고 그저 결혼을 꺼려했던 것이다.

이런 가즈에의 생각 때문에 가즈에는 자연스레 결혼을 신성시

하는 세상의 일반적인 관념에서 자기를 제외시켰다. 지금까지 남자들과의 관계가 그랬듯이 가즈에는 죠지와의 관계도 결혼이라고는 생각하지 않았다. 죠지에 대해서만은 이 가면의 공포를 느끼지 않아도 된다는 확고한 차이가 있는데 그래도 역시 결혼한 건 아니라고 생각했다. 결혼을 꺼릴 이유가 아무 것도 없는데 그저 자기가 결심한 그 사고방식의 원형 때문에 가즈에는 이런 습관을 고집했던 것이다. 남들은 믿지 못하겠지만 가즈에는 그 이후의 긴 인생 동안 언제나 이 사고방식의 원형이 자기를 지키는 본능이기라도 한 것처럼 극히 자연스럽게 자신을 결혼이라는 말에서 해방시켰다.

남녀가 둘이서 영위하는 생활을 결혼이라고 하지 않고 뭐라고 할까. 가즈에는 죠지를 시골말로 오빠를 부를 때처럼 '오라버니'하고 불렀다. 죠지는 남이 아니라 혈연인 사촌이다. 그런 죠지를 '오라버니'라고 부르는 마음은 반은 진짜고 반은 거짓이다. 가즈에들을 부부가 아니라 남매라고 생각하게 만들고 싶다는 속임수는 너무 유치하고 순진한 것이었지만, 그러나 때로는 이런 호칭에 속는 사람들도 있었다. 가즈에와 죠지의 모습은 사촌 사이다 보니 어딘가 닮았다. 둘의 연령이 단 한 살 차이가 나는 유치함 때문에 부부가 아니라 형제로 보이는 게 자연스럽기도 했다. 이 절 안에 있는 셋방은 여러 개가 옆으로 쭉 늘어서 있는데 그 바깥쪽에는 공동 세탁실이 있었다. 여기에서 세입자들은 접시나 작은 사발도 씻고 쌀도 씻고 얼굴도 씻었다. "여동생이 와서 너무 편하고 좋겠네" 하고 말하는 사람이 있어도, 과묵한 죠지는 굳이 정정하려고 하지 않았다. 학교 친구들 중 누군가가 "여동생 예쁜데, 어디 좀 같이 가도 괜찮지?" 하고 말해도 마찬가지였다. 이런 착각은 황당한 사건을 일으킬 것 같았지만 현실적으로는 아무 일도 일어나지 않았다. 가즈에는 자신의 생애 중에 어느 때고 이어지는 그 '가면'의 공포의 본능적인 원형에 따라 자기 몸을 지켰기 때문이었다.

"오라버니, 숯이 이거 밖에 없는데" 방구석에 놓여 있는 신문지에 싼 숯 조각을 보고 가즈에가 물었다. 그리고 보자기를 가지고 지온인 아래의 동네로 가서 숯을 사왔다. "오라버니, 쌀 없는데" 쌀집역시 숯가게 옆에 있다. 이런 생활필수품이 떨어져도 죠지는 알아차리지 못할 때가 있었다. 아니 알아도 걱정하지 않는다. 가즈에는 자기가 가진 얼마 안 되는 돈으로 그런 것들을 샀지만 그 뒤에는 가즈에가 이모한테 부탁받아 가지고 온 죠지의 겹옷 2장도, 그리고 죠지가 학교에서 사용하는 교과서 중에서 오늘 내일 중에는 필요하지 않은 것들도 전당포에 맡겼다. 책이 얼마 안 남으면 그게 들어있던 책장도 팔아버렸다.

죠지의 아버지는 작년 봄에 재판소를 퇴직했다. 고향에서 죠지에게 용돈을 보내오지 않을 때도 있었다. 이 사실을 알았을 때 가즈에는 놀랐을까. 사실을 말하자면 가즈에는 교토에서 죠지의 생활이 무엇으로 유지되는지 생각해 본 적이 없었다. 그리고 이게 학생 생활이라고 생각할 뿐, 곤란하다고는 생각하지 않았다. 굳이 말하자면 가즈에는 가난한 생활에 익숙해져 있기 때문이었다. 때로는 가난한 생활을 좋아하기까지 했다. 이 생활을 다른 어떤 생활과 비교하면 좋을까? 가즈에는 그게 자기들의 생활이라고 생각함으로써 조금도 그것을 걱정하지 않았을 뿐 아니라, 가끔은 자기가 궁리해서 곤궁에서 벗어나면 가난을 즐겁게 조차 생각했다. 그리고 이런 것이 죠지에 대한 일종의 사랑 때문에 그런 것이라고는 전혀 깨닫지 못했다.

교토로 와서 2, 3일 지나 가즈에는 일을 하기 시작했다. 그것은 어느 학교 학생인 중국인의 집에 정오부터 저녁까지 가사도우미를 하는 일이었다. 그 집은 오카자키岡崎의 조용한 주택가에 있었다. 거기까지 가는데 전차가 있었다. 그러나 2년 전에 시골 가와니 시에서 가와시타까지 다닐 때도 전차를 타지 않았던 것처럼 가즈에는 걸어다녔다. 얼굴만 정성껏 화장하고 옷은 전당포에 저당 잡히고 남은 것을 입고 있었기 때문에 그 인상은 누더기를 입은 인형처럼 동네 사람들의 이목을 끌었지만 가즈에는 그렇다는 걸 몰랐다. "교토는 볼 데가 많아요. 제가 있는 절에서 시내에 벚꽃이 피어 있는 게 보여요" 하고 쓴 그림엽서를 시골에 있는 엄마에게 보내는 걸 잊지 않았지만, 그러나 8월이 되어 죠지가 도쿄의 대학으로 진학하기 위해 이 동네를 떠날 때까지 가즈에는 이 동네에 어떤 관광지와 유적지가 있는지 몰랐을 뿐더러 그것을 보고 싶다고도 생각하지 않았다. 생활은 그녀의 단순한 혼을 강하게 끌고 갔기 때문이다.

22

교토를 떠난 뒤 3년간, 죠지가 대학을 졸업할 때까지 가즈에는 도쿄에서 살았다. 그 동안에 죠지의 집에서는 돈을 전혀 보내오지 않았기 때문에, 죠지는 학교에는 그저 적만 두고, 실제로는 어느 관청의 직원으로 일했다. 가즈에도 역시 처음에는 어느 잡지사의 사무원을 하거나 어느 집 아이들의 공부를 봐주거나 했는데 둘이 월급을 받는 날까지 끼니를 때우지 못하기도 했다. 그럴 때 가끔은 그 날 중에 돈이 들어온다고 해서 호텔이나 레스토랑에서 아르바이트를 하기도 했다. 언제나 누더기를 입은 인형이었던 가즈에는 그런 손님 장사를 하는 가게에서는 채용을 꺼려했다. 그렇지 않으면 점주나 손님 눈에 어떤 연민과 욕망을 수반하는 대상이 되었다. "좋은 일거리가 있으니까, 오늘 밤 여기가 끝나면 찾아오지 않을래?" 하고 말하며 주소를 건네주기도 했다.

거기에서 무슨 일이 있었던걸까. 가즈에는 나막신을 신고 그 집 뜰에서 밖으로 도망쳐 나왔다. 나막신의 끈이 끊어졌다. 그대로 그걸 버리고 맨발로 뛰기 시작했다. 가즈에는 그러나 그 집에서 일어난 일을 죠지에게 조차 말하지 않았다. 언제나 여기에서 잘못된 일은 마무리가 된다. 밤에 늦게 돌아오는 가즈에에게 죠지는 "늦었네" 하지는 않는다. 방의 장지문이 열리면 가즈에를 보고 그저 씩하고 웃을 뿐이었다. 만년이 되어 가즈에는 자주 이 일에 대해 생각했다. 그 때마다 이런 죠지의 웃는 얼굴이 눈에 보듯 선명하게 떠올랐다. 가즈에와는 대조적으로 죠지는 부모의 사랑을 받으며 자란 아들이었다. 어떤 환경에 있든 거기에 앉아 있었다. 가즈에가 하는 일을 한 번이라도 제지한 적이 있나? 그건 가즈에가 하는 일을 기다리고, 가즈에가 하는 일에 의지하고 있는 것처럼 보이기도 했다. 그렇기 때문에 가즈에는 언제나 자기가 하고 싶은 일을 눈 깜짝할 사이에 해치워 버릴 수 있었다. 이런 가즈에에게 죠지는 더할 나위 없는 상대 같았다.

도쿄에 도착한 첫날 가즈에가 본 것은 무얼까? 둘은 일단 죠지의 형 게이치의 셋집에 얹혀살기로 했다. 그곳은 유시마텐만궁湯島天満宮 뒤에 있는 어느 집 2층이었다. 게이치는 6년 전, 가즈에가 열세 살 때 시집간 적이 있는 상대였다. 고등학교를 졸업하자 바로 도쿄로 올라와 두세 군데의 대학교에 합격한 뒤에 이렇다 할 직업은 얻지 못했다. 하지만 분명히 뭔가 일은 하고 있을 것이다. 고향 집에서 죠지한테 보내오던 송금이 끊긴 것처럼 게이치한테도 오지 않을 테니까. "야, 엄청 예뻐졌는데" 하고 가즈에에게 말을 건 뒤에, 옆에 깔린 이불에서 자고 있던 여자를 향해 "어이, 죠지네가 왔어" 하고 말했다. 진한 모기향 냄새가 났다. 머리를 은행잎 모양으로 올린 창백한 얼굴의 마른 여자가 몸을 일으켰다. "아직 머리가 아파. 어머, 어서 오세요" 하고 가즈에와 죠지를 보고 말했다. 아침이라고는 해도 벌써 11시가 지났다. 그 때 쿵 쿵 하고 계단을 올라오는 발소리가 나며, 그 집 안주인 같은 여자가 얼굴을 내밀었다. "잠깐 실례" 하고 말하며 여자가 누워 있는 발치의 이불을 넘어서 반쯤 덧문이 닫혀있는 베란다로 나가 빨래를 널기 시작했다.

가즈에는 자기 눈으로 본 이 아침 광경 때문에 죠지의 형인 게이치를 경멸하고 또 혐오했을까. 게이치도 죠지와 마찬가지로 부모의 사랑 속에 자란 아들이었다. 이제 막 고등학교를 졸업한 어린 나이에 그는 세상으로 나왔다. 사람이 살아가는 데 필요한 규제를 모르고 약속을 몰랐다. 뭐가 남들 눈에 흉한지 알 수 있는 기간도 없었다. 아마 비할 데 없이 호인이었을 그가 자기에게 가능한 형태의 생활을 그대로 표현했다면 그건 그 날 아침의 광경이 아닐까? 가즈에는 그 순간에 이만큼이나 생각한 건 아니다. 다만 그녀의 사물을 보는 본능이 동물처럼 이것을 감지한 것이었다.

게이치와 그의 정부와 함께 그 2층 집에 산 건 불과 10일 정도였다. "또 놀러 올게. 너네들도 놀러 와. 아사쿠사浅草는 전부 우리 영역이니까" 그렇게 말하고 게이치는 어느 날 이사 갔다. 게이치는 아사쿠사의 연회장에서 뭔가 일을 하고 있었다. 여자는 거기에서 차 심부름 하는 여자였다. 그러나 그 후 6개월도 채 안 되서 게이치는 급성 결핵에 걸려 여자하고 같이 하치죠섬八丈島에 요양하러 갔지만, 거기에서 죽었다.

가즈에는 죠지 대신에 하치죠섬에 병문안을 간 적이 있다. 54, 5년 전의 하치죠섬은 지금의 섬이 아니었다. 그 때 가즈에는 이게 옛날 유배자의 섬이구나 하고 생각했다. 사람 키 만큼이나 큰 참억새가 무성한 황량한 벌거숭이 섬이었다. 바람이 휘몰아치는 제방에 서서 이별을 고했던 게이치의 피골이 상접한 모습을 가즈에는 오랫동안 잊을 수 없었다. 그리고 자신도 모르는 사이에 도쿄에 도착한 날 아침에 봤던 그 광경도 뭔가 한 컷의 정경을 본 것처럼 받아들였다. 이것은 게이치한테 받은 영향이라고 할까. 어린 시절 노리모토法本 저쪽으로 사라져 가던 유랑단의 뒤를 쫓았던 그 기분이 아직 남아 있다고 할까. 가즈에는 누더기를 입은 인형인 채로 가끔 돌발적으로 샤미센을 배우고 춤을 배우러 다녔기 때문이다.

가즈에가 쫓아다닌 일은 어느 것 하나 제대로 된 일이 아니었다. 사진 모델이 되어 어느 소녀잡지의 연재소설의 권두에 나오기도 했다. 거기에서 일당으로 얼마 안 되는 돈을 받는다. 그 어느 일이나 가즈에가 화장한 얼굴이 밑천이 되었지만 그러나 그 일로 조금이라도 자기를 비하하는 생각이 들었을까? 한편으로 가즈에는 노리모토에서 사라진 그 유랑단의 뒤를 쫓으면서도 한편으로는 그 반대로 아버지가 남기고 간 대인기피 기질 때문에 그런 자기 행동을 스펀지처럼 빨아들여 버렸다.

쿄지가 학교를 졸업하기 한 달 정도 전인 어느 날, 그 무렵 둘이 살고 있던 고이시카와小石川 가고쿄駕籠町의 미용실 2층에 찾아온 손님이 있었다. 다카모리 집안의 친척으로, 가즈에한테는 육촌뻘인 사람이었는데, 일찍부터 홋카이도로 건너가 거기에서 신문사업을 시작해 성공한 남자였다. "고향에서 너희들 이야기를 들어서" 하고 말하며 쿄지가 학교를 졸업하면 홋카이도로 오지 않겠냐. 신문 일은 재미있다고 말하고는 뭉칫돈을 두고 갔다. 누가 그 남자한테 가즈에와 쿄지에 관해 말했을까. 지금까지 둘은 그 남자에 관해서 들은 적이 없었다. 아니 있다. 가즈에는 그 다카모리에서 소개해 준 편지를 가지고 다카모리에서 더 안쪽의 가와코시촌에 가서 거기에서 이 육촌 아저씨네 집안사람들을 만난 적이 있다.

그 풍모의 어디에도 홋카이도에서 성공했다는 감각의 편린조차 없는 온화한 그러나 듬직한 인상이었다. 가즈에와 죠지는 죠지의 졸업 후의 일 같은 걸 생각하고 있었나? 무엇보다도 그 일로 사람의 감정을 구속할 것 같지 않은 이런 육촌 아저씨의 인상이 둘의 마음을 끌었다. 죠지는 홋카이도에 가기로 결정했다. 아저씨가 놓고 간 돈은 둘이 주변을 정리하고도 여비를 남기기에 충분했다. 8월 초에 죠지가 먼저 떠나고, 가즈에가 나중에 떠났다. 가즈에에게 있어 이것은 태어나서 처음으로 목적 있는 출발이었다.

23

삿포로의 아저씨 집은 미나미산죠南三条 일곽에 있는 커다란 저택이었다. 가즈에와 죠지는 그 집 별채에 일단 짐을 풀고 죠지는 거기에서 신문사로 출근했다. 삿포로에 있었던 1년 남짓한 기간 동안에 가즈에의 마음을 강렬하게 흔든 것은 무엇이었을까. 한참 세월이 흐른 뒤에 가즈에는 자주 생각해 보곤 한다. "이 버선 좀 보렴. 이건 내가 13년 동안이나 신은 거야" 어느 날 아줌마는 그렇게 말하며 가즈에에게 한 켤레의 버선을 보여주었다. 발끝도, 나막신의 끈에 닿는 부분도, 물론 바닥도 온통 가늘게 흰 실로 기워져 있는데, 수도 없이 물에 빠졌을 텐데도 더러운 흔적이 전혀 없는 아름다운 버선이었다. 아줌마는 아저씨와 결혼한 지 벌써 30년이나 된다고 한다. 가즈에는 그 버선이 상징하는 것이 무얼까, 그 버선으로 아줌마는 뭘 말하고 싶은 걸까, 아저씨네 집의 이 막대한 재산이 그 버선이 말하는 것이 축적되어 이루어진 것이라고 말하고 싶은 걸까 하고 생각하면서 감탄하며 아줌마의 손을 본 기억이 있다.

가즈에와 죠지는 반 달 정도 그 집에 살다가 신문사에 가까운 미나미이치죠南一条의 큰 길 뒤편에 있는 집을 빌려 자기들만의 생활을 시작했다. 낡은 집이었다. 입구에 넓은 봉당이 있었다. ㄱ자 모양으로 된 안쪽 한 칸은 노부부가 살고, 길 쪽에 붙은 한 칸에는 가즈에 네가 살았다. 두 방 사이에는 유리문이 있을 뿐이었는데, 아직 이 동네에 익숙하지 않은 가즈에와 죠지에게 노부부는 이 유리문을 열고 이것저것 도와주었다. 어느 날 할아버지가 "계 안 들래? 남편한테 돈 받지 않아도 새댁 혼자 벌어서 할부로 부을 수 있는데" 하고 말했다. 그리고 바느질만 할 수 있으면 일은 얼마든지 있다는 것이었다.

이것이 홋카이도라는 땅의 풍습이라는 걸 깨닫기까지 그다지 시간이 걸리지는 않았다. 53, 4년 전의 홋카이도 사람들에게는 그 누구에게나 개척자 정신이라고 할 만한 것이 숨겨져 있었다. 한시라도 빨리 일해야 한다. 그리고 그 일로 번 돈을 축적하지 않으면 안 된다. 가즈에는 바로 이것을 이해했다. 가즈에의 목적은 그와 같지는 않았지만 그러나 한시라도 빨리 일하고 싶었다. 가즈에 는 우선 이 집 사람들의 옷을 만들어 주고 돈을 받았다. 기모노를 만드는 일은 일찍이 고향의 여학교에서 1주일에 12시간의 수업 시간이 있었다. 노부부의 소개로 여관이나 요릿집 여자들의 기모 노도 만들었다. "이봐요, 재봉집 언니" 그 여자들은 가즈에를 이 렇게 불렀다.

기모노를 만들고 받는 돈은 얼마 안 되었다. 가즈에는 그 돈으 로 노부부가 권한 대로 곗돈을 부었다. 또 한 구좌를 죠지의 월급 으로 부었다. 매달 모임이 있고 그 자리에서 제비를 뽑는다. 생각 지도 못했는데 큰돈이라고 할 만한 액수의 돈이 2, 3개월 뒤에 가 즈에의 손에 들어왔다. 요즘으로 치면 부동산 중개업자 정도 되는 남자가 계원 중에 있어서 그 돈으로 가즈에가 집 한 채 사는 걸 도 와주었다.

그 집은 히가시쥬이치죠東十一条라는 변두리에 있었다. 현관이 다다미 2장, 도코노마[19] 가 있는 객실이 10장, 객실과 ㄱ자 형태로 이어진 8장의 거실에는 이로리[20] 가 설치되어 있었다. 거기에 커다 란 부뚜막이 달린 넓은 부엌과 4장 반의 문간방. 뒤에는 숯과 장작 을 저장하는 헛간까지 있었는데 찢어진 문과 미닫이가 있을 뿐 어

---

19 일본식 집에서 바닥을 한층 높게 만들어 벽에는 족자를 걸고, 바닥에 꽃꽂이로 장식해 놓은 방

20 일본 집에서 마룻바닥을 사각형으로 도려내고, 그 안에 난방이나 취사용으로 불을 피 우는 장치

느 방에나 다다미는 깔려 있지 않았다. 이렇게 폐허 같은 집을 봤을 때, 여기에선 못 살아 하지 않고, 이 집을 살 수 있게 만드는 게 즐겁다고 가즈에는 생각했다. 언제나 그렇듯이 가즈에가 결정한 일에 죠지는 한 마디도 참견하지 않았다. 일단 이로리가 있는 방에만 다다미를 깔았다. 이로리가 있으면 그 방만으로 생활할 수 있을 거라고 가즈에는 생각한 것이다. 그 거실에서 바로 부엌으로 내려갈 수 있다. 곤란한 건 아무 것도 없다고 생각했다. 어느 가을 일요일에 가즈에와 죠지는 짐수레를 끌고 이 집으로 이사 왔다. 이런 가즈에를 볼 때 단 한 가지 일만 빼면, 가즈에는 자기가 이 홋카이도라는 땅에 정착하는데 가장 적합한 여자라고 생각했다. 단 한 가지 일이란 뭘까. 그 일은 바로 뒤에 판명된다.

홋카이도의 가을은 빠르다. 뒷밭에 뿌리 달린 양파를 묻으러 갔다가 가즈에는 거기에 지붕 위까지 덮을 만큼 큰 벚나무가 있고 멋지게 단풍든 것을 보았다. 이 집이 황폐하지 않다는 하나의 표시처럼. 어느 날 아침 가즈에는 맞은편 집 부인의 권유로 겨울을 대비해서 준비해 둘 숯과 장작을 사러 나갔다. 아직 날이 밝지 않은 시간이었다. 이치죠—茶의 대로를 곧장 빠져나가자 거기에 있는 어느 큰 광장에 시市가 들어선다고 한다. "제가 좋은 숯을 찾아줄 테니까. 나쁜 숯을 집지 마세요" 하고 맞은 편집 여자가 말했다. 이 여자 역시 어느 은행 지점장의 부인이다. 아직 어두운 대로를 한 사람은 짐수레를 끌고, 다른 한사함은 밀면서 올려다볼 정도로 높이 쌓아올린 숯장작을 날라 오니, 집의 지붕 위 근처까지 새

빨간 태양이 올라와 있었다. 이 아침의 그 태양빛은 그 후 53, 4년이 지난 지금까지도 가즈에의 눈에 선명하게 보인다. 다다미가 없는 집에 살고는 있지만 헛간에는 굉장히 많은 숯과 장작이 쌓여 있다. 겨울 준비가 끝났다는 이 기쁨을 뭐라고 표현할 수 있을까. 지금까지 가즈에가 한 번도 경험한 적이 없는 일인 만큼 가즈에는 자신을 믿기 어려웠다.

첫 겨울이 왔다. 깊게 쌓인 눈에 갇힌 밤에 가즈에는 무엇을 했을까. 죠지의 신문사 일은 밤늦게까지 이어질 때가 많았다. 이제는 모든 방에 다다미가 깔려있다. 스토브도 있다. 매달 내는 곗돈도 어렵지 않다. 아무 것도 힘든 일이 없다. 굳이 말하자면 가즈에는 뭔가 곤란한 일이 있는 쪽에 익숙해져 있었다. 매일 밤 눈에 갇혀서 거리를 달리는 눈썰매의 종소리를 듣고 있다가 문득 '그래. 나도 뭔가 쓰는 거야' 하고 생각했다. 이 일은, 즉 소설을 쓴다는 것은 두말할 필요도 없이 죠지의 영향이다. 죠지는 도쿄에 있을 때 어느 신문에 한 번인지 두 번 소설을 써서 돈을 받았다. 그 일을 하는 거다. 가즈에는 그리고 무엇을 했을까. 오랫동안 곗돈으로 부었던 돈으로 집을 사고 헛간에는 숯과 장작을 쌓아놓고 이 땅에 20년이고 30년이고 살아야겠다고 결심했는데. 그러나 생각지도 못한 일이 여기에서 일어났다.

24

앞에도 말했지만 가즈에가 소설을 쓰기 시작한 것은 죠지의 영향이었다. 남 흉내 좀 내는 정도로 소설을 쓸 수 있다고 생각한 건가? 가즈에가 소설을 쓰는 목적이 있다고 하면 그건 쓴 게 돈이 되기 때문이었다. 가즈에가 자기 힘을 과신한 것은 아니다. 다만 쓴 게 돈이 안 된다면 그건 일이라고 할 수 없다. 가즈에는 글쓰기로 일을 할 생각이었다. 이 생각은 가즈에가 어느 정도 나이가 들 때까지 바뀌지 않았다. 글을 쓴다는데 그 밖에 다른 목적이 뭐가 있었겠는가. 그러나 이 때 가즈에는 글을 쓰는 게 돈을 얻기 위한 수단이었다.

이 일은 젊은 시절의 가즈에의 자부심이 착각하게 만들어서 그런 건 아니다. 가즈에는 마침 그해 겨울에 도쿄의 어느 신문사에서 모집하고 있던 단편소설에 1등으로 당선되었다. 7, 8장정도의 짧은 단편이었는데 그 상금으로 일의 보수로서는 생각하지 못할 정도의 돈을 받았을 때 가즈에는 반은 그것을 우연으로 기뻐하고, 반은 당연한 보수인가 하고 기뻐했다. 이 일이 가져온 우연은 나중에 생각지도 못한 결과를 초래하는 원인이 되었지만 누구 하나 그 일을 눈치 챈 사람은 없었다. 가즈에는 낮이고 밤이고 새로운 일을 계속했다. 소설을 쓴다는 건 가즈에가 지금까지 해왔던 어느 일하고도 비교가 되지 않는 유익한 것이라 여겨졌다. 한 가지 일을 시작하면 그 일에만 집중하고 다른 일은 눈길도 주지 않는 것이 가즈에의 성격이었다. 부엌에는 씻다만 그릇들이 설거지통 안에 얼어 붙어 있었다. 잠깐 닦는 걸 잊고 있는 동안에 냉기 때문에 물이 얼어 그렇게 된 것이다. 그리고 매일 그 얼음산은 그 위에 물을 뒤집어쓰고 높아져갔지만, 그 첫 북극 경험도 가즈에는 신경 쓸 겨를이 없었다.

드디어 어느 날 작품이 완성되었다. 가즈에는 그것을 어디로 보낼지 쓰기 전부터 정해 놓았다. 그것은 도쿄의 홍고本鄕에 있는 어느 잡지사였다. 거기에는 가즈에를 잘 알고 있는 편집장이 있었다.

가즈에는 고이시카와小石川의 가고駕籠쵸에 있을 때 홍고의 어느 레스토랑에서 일한 적이 있다. 그 가게는 그 잡지사의 맞은편에 있었다. 점심시간이 되면 언제나 그 남자가 가게로 왔다가, 돌아갈 때는 테이블 위에 50전 은화 한 개를 놓고 허둥지둥 나갔다. 50 몇 년인가 전의 그 돈이 지금 돈으로 얼마나 될까? 그러나 가즈에는 그 남자가 보여준 것이 가즈에에 대한 특별한 관심이 아니라는 것을 알고 있었다. 단지 그 남자에게는 그게 습관인 것이다. 가즈에는 그런 일들을 떠올린 후에 자기가 쓴 소설을 거기로 보냈다.

3개월이 지나도 답이 없었다. 가즈에는 옷을 만들 때 언제나 솜씨가 좋다는 말을 들었다. 가즈에로서는 자기가 쓴 소설이 그 잡지에 맞지 않는다고는 생각할 수 없었다. 뭔가 사고가 있었나? 그렇게 생각하는 건 가즈에가 불손해서가 아니다. 가즈에는 그저 자기 일이 뭔가 어떤 사고 때문에 목적을 이루지 못했나보다, 그렇게 생각했다. 4월 초의 어느 날, 가즈에는 도쿄로 떠났다. 사고가 무엇이었는지, 자기 눈으로 확인하고 싶었기 때문이다. 홋카이도의 봄은 늦다. 가즈에는 뒤뜰의 벚꽃 나무 아래에 눈이 약간 녹고, 그 눈 사이에 가련한 제비꽃이 2, 3송이 피어 있는 것을 봤을 때, 이게 그녀가 이 땅에서 본 마지막 것들이 될 줄은 생각지도 못했다. "도착하면 바로 돌아올 게. 이틀도 안 걸릴 거야" 가즈에는 역까지 배웅 나온 죠지에게 몇 번이고 그렇게 속삭였다. 기차가 움직이기 시작하자 갑자기 양쪽 눈에 눈물이 넘치고 플랫폼에 서 있는 죠지의 모습이 그 눈물 때문에 흐릿해져서 안보였다. 단 이틀간도 헤어지는 게 아쉬웠던 건가. 그렇지 않았다. 그렇지는 않았다고 가즈에는 나중에 종종 이 광경을 떠올리며 그 눈물의 원인을 짐작해 보려고 했다.

도쿄에 도착하자 가즈에는 곧장 그 잡지사로 갔다. 그곳은 원래 가즈에가 일하던 레스토랑의 앞에 있었는데 조금도 주저하지 않고 계단을 올라갔다. 편집장은 있었다. "제가 쓴 걸 읽으셨나요?" "여기 실려 있어요" 하고 말하며 옆에 있던 한권의 잡지를 집어 던지듯이 책상 위에 놓았다. 그 목소리는 화가 난 것처럼 무뚝뚝하게 들렸다. "원고료도 가져가시겠어요?" 하고 말하며 회계에게 그 돈을 가져오게 했다. 그 엄청난 돈다발을 본 가즈에는 이게 이 일의 보수란 말인가? 그럼 사고가 아니었나 하고 생각하며 몸을 떨었다. 감사 인사도 잊은 채 큰길로 뛰어나갔다.

그 돈다발을 들고 큰길로 뛰어나오며 가즈에는 무슨 생각을 했을까? 그곳은 도쿄에 있던 3년 동안 끊임없이 오가던 길인데도 아무 것도 보지 않고, 아무 것도 생각하지 않고 걸었다. 그저 그 돈다발에만 마음이 사로잡혀, 몸이 떨리는 게 멈추지 않았다. 가즈에 눈에 먼 고향 집이 보였다. 그 집을 떠난 지 5년이나 된다. 어디에 있든 그 집에서 뭔가 소포가 왔다. 파래, 죽순, 잔멸치(국물용 멸치), 말린 통무, 매실장아찌, 여름밀감, 그런 것들을 계속해서 보내왔다. 그러나 가즈에는 어디에 있든 그런 것들을 그저 받기만 하고 아무 것도 보내지 않았다. 지금은 여기에 돈이 있다. 열렬한 갈망 같은 생각이 갑자기 끓어 올랐다. 그러나 나중에 가즈에는 이 때 일을 자주 떠올리곤 하는데, 이틀 후에는 돌아간다고 말해 놓은 홋카이도가 아니라 갑자기 시골 자기 집으로 돌아가고 싶어졌던 걸 생각하면 일종의 찌르는 듯한 수치심 같은 감정에 사로잡히곤 했다. 홋카이도와 고향에 각각 전보를 치고는, 그날 야간기차로 고향으로 떠났다.

25

"누나" "언니" 기차가 고향 역에 도착하자 네 명의 동생들이 한꺼번에 가즈에를 둘러쌌다. 고등학생인 사토루는 나고야의 학교에 가 있었다. 그때부터 5년이 지난 지금 고향역에는 가즈에를 기억하는 사람이 없었다. 그러나 고향을 떠날 때 언제나 도망치듯, 날이 밝기 전에 신미나토 항구에서 배를 타고 떠났을 때에 비하면 지금의 가즈에는 다르다. 쇼핑백 안에는 엄청난 돈다발이 들어있다. 이 빈한한 동네에는 많은 사람들이 하와이로 돈을 벌러 갔다.

"하와이에서 돌아왔다" 하면서 얼마나 많은 사람들이 떠들썩했는지. 가즈에는 지금 자기가 그 '하와이 귀향'이 된 것 같았다. 다만 사람들이 그것을 모를 뿐이다. 가즈에는 그 일을 과시했나? 그 일을 과시하고 싶어서 홋카이도가 아니라 여기 고향 마을로 돌아온 건가? "요시오, 도모코, 나오루, 히데오" 가즈에는 한 명 한 명 동생들의 이름을 불렀다. "가와니시까지 모두 차로 가는 거야" 하고 말하며 역 앞 광장에서 채를 들고 손님을 기다리는 인력거를 불렀다.

왜 그렇게 되었는지 가즈에는 모른다. 네 명의 동생들은 당황해서 부산을 떨며 앞 다투어 인력거에 올랐다. 가장 앞 차에 발을 디딘 막내 동생 히데오만이 인력거 바닥에 벗은 신발을 가지런히 놓고 무릎에 손을 올린 채 반듯하게 앉았다. 히데오는 인력거를 탄 적이 없을 뿐 아니라, 왜 타는지조차 몰랐다. "히데오, 바닥에 앉는 게 아니야" 하고 가즈에가 말했다. 히데오는 급히 일어나 형들을 따라 다시 의자에 걸터앉았다. 가즈에를 포함해서 5대의 인력거가 동네를 달려갔다. 그것은 다른 사람들 눈에는 언제나 니시키자라는 이 마을의 극장에 연극이 걸릴 때, 배우들이 장대를 들고 온 동네를 돌아다닐 때와 비슷할 거라고 가즈에는 생각했다. 지금 그 성대함을 흉내 내는 게 아무렇지도 않은가? 가즈에는 자기도 믿을 수 없는 기분이 들었다. 집에 도착하자 가즈에는 엄마를 부르며 "엄마, 이거 봐. 이거 전부 내가 번 거야" 하고 가져온 돈을 보여주었다. 그리고 그 얼마를 나누어 엄마 손에 쥐어주었다. "아니, 이거 진짜루 진짜루 받아두 되는 겨?"엄마는 얼굴을 들지 못하고 울고 있었다. 햇빛이 들지 않는 어두운 뒷방에서였다. 가즈에는 그 돈다발을 쥐고 있는 엄마의 손을 보았을 때, 여자 손이라고는 생각되지 않을 정도로 울퉁불퉁 마디지고, 갈라져 있는 것을 알아차렸지만 그러나 이 일은 효도라는 행위와는 전혀 다른, 일종의 절박한 원초적인 감정이라는 것을 알고 있었다. 이 돈을 보여주고 얼마 정도를 드리고 싶다. 그게 시골로 돌아온 목적이었다. 왜 주고 싶었을까? 왜 보여주고 싶었을까? 그것은 가즈에도 알 수 없는 일이었다.

"가지무라梶村에도 갈껴?"이윽고 엄마가 물었다. 가지무라란 그 뎃포고지의 이모집을 말한다. 5년 전 이모부가 재판소를 퇴직하고 나서 가지무라에서는 뎃포고지 집을 접고, 후죠藤生촌의 본가에 들어가 살고 있었다. "안 가. 가지무라엔 안 갈 거야"하고 가즈에는 대답했다. 이모네가 이사 간 후죠촌이 여기에서 5리나 떨어진 먼 곳에 있기 때문이 아니다. 가즈에는 이모를 만나 이 돈을 보이고 싶지는 않았기 때문이다. 자기 고향 집 엄마에게는 돈을 주고, 가지무라의 이모에게는 그것을 주지 않는 게 의리에 벗어나지 않나? 그렇다고 알고 있지만 가즈에는 그렇게 하지 않았다.

가즈에는 이 때, 홋카이도에서 자기가 돌아오기를 기다릴 죠지에 관해서도 생각하지 않았다. 그것은 홋카이도와 이 시골이 몇 백리나 떨어져 있기 때문일까? 홋카이도는 아직 눈이 남아 있는데 여기는 벚꽃이 마을에 넘치도록 피어있기 때문일까? 가즈에의 눈에는 그 풍경이 낯설게 여겨지지도 않았고 이미 훨씬 전에 봤던 것의 연속이라 생각됐다. 아니, 그 먼 홋카이도 같은 데서 살았다는 사실 조차 믿을 수가 없었다. '찍찍 찍찍' 하고 카나리아가 울었다. 아버지의 사후 이 집에서는 생계를 위해 카나리아를 기르고 있었다. 뒤쪽 대나무숲에서는 죽순을 캐러 인부가 와 있었다. 가즈에는 아침 늦게까지 옛날에 아버지가 누워 있던 시계방에 누운 채, 그런 소리들을 들으면서 이 생가가 자신에게 아직도 뭔가 마음을 찢는 것 같은 강력한 흡인력을 갖고 있는 것을 이상하게 생각했다. 이 힘은 뭘까? 여기가 내가 태어난 집이기 때문인가? 여기에서의 생활이 너무 어둡고 너무나 참혹했기 때문인가? 아니, 그렇지 않다. 그런 일조차 지금은 그 무엇과도 바꿀 수 없이 자신을 감동시켰기 때문이었다.

그 날 오후 가즈에는 동생들과 함께 가와시타의 할머니 집에 가기 위해 집을 나섰다. 벚꽃이 마을을 감싸고 있었다. 6년 전 가와시타까지 걸어다니던 길은 지금도 변함없었다. 바로 거기를 돌면 학교가 있다. 그 학교에서 2년 동안 교사를 했던 일도 가즈에에게는 먼 옛날일 같았다. 동생들은 가즈에를 가운데 두고 뛰어갔다가 돌아왔다가 소란을 피우면서 걷고 있었는데, 갑자기 도모코가 멈춰섰다. "언니, 시노다 선생님은 여기 마쓰모토松本 가문에 양자로 들어가셨어. 저거 봐, 저기 시노다 선생님이" 하고 도모코가 가리킨 것은 이 가와시타에서도 재력가로 알려진 마쓰모토라는 포목집의 뒤뜰이었다. 가즈에의 눈이 그걸 봤다. 거기 툇마루에 웅크리고 앉아 뜰을 향해 아기의 몸을 흔들면서 오줌을 누이고 있는 남자가 확실히 그 시노다인 것을. 그러나 그것은 다른 어떤 남자의 같은 모습을 보았을 때보다 더 가즈에의 마음을 사로잡지는 않았다. 그때부터 5년의 세월이 지났기 때문이 아니다. 가즈에는 그 때의 자기의 타올랐던 감정조차 지금은 기억이 없었다. 그런데도 불구하고 시노다를 본 걸로 가즈에의 마음에 어떤 따뜻한 것이 퍼지는 것을 가즈에 자신은 알아채지 못한 채, 갑자기 큰 소리로 말했다. "자, 모두 할머니 집까지 달려가는 거야. 모두 같이, 와~하고 들어가는 거야"

26

가즈에가 시골집을 떠난 것은 이틀 뒤의 밤이었다. 도쿄에서 기차를 환승할 때 시간이 조금 있었다. 왜 그 때 시간이 남았을까 하고 가즈에는 나중에 몇 번이고 이 때 일을 생각하곤 한다. 잠깐 시간이 있었기 때문에 그 사이에 홍고의 그 잡지사에 들러 정식으로 요 전의 일에 대해 감사 인사를 하고 다음 일을 상담하고 가야겠다고 생각했다. 편집장은 있었다. 거기에는 손님도 있었다. 한 사람은 가즈에도 이름을 들은 적이 있는 비평가인 무로타室田이고, 다른 한 사람은 양복을 입은 젊은 남자였다. "야, 이거 우연인데. 요시노 씨, 이 분은 노자키 시치로野崎七郎 에요. 당신과 같이 매일신보의 문학상에 당선됐던" 무로타는 입가에 짓궂은 엷은 웃음을 띠우며 그렇게 말했다. 이 사람이 노자키 시치로인가? 그 신문의 문학상에 가즈에가 1등으로 당선됐을 때 2위였던 노자키 시치로란 말인가. 가즈에는 자기가 이 남자보다도 상위로 당선되었다는 걸 자랑스럽게 생각한 건 아니다. 짙은 갈색의 아주 멋진 양복을 입은 데다가 넥타이도 반쯤 풀린, 어딘가 될 대로 되라는 식의 남자의 옷차림에 마음이 끌렸던 것도 아니다. 눈을 든 순간에 남자가 올려다 본 눈이 일종의 말하기 힘든 미소를 품은 채 "제, 제가, 그, 그 2등이었던 노자키에요" 하고 말할 때의 장난치는 듯한 그 말더듬는 버릇까지 가즈에를 생각지도 못한 감정의 나락으로 끌어들였던 것이다. 아니 그 말더듬는 버릇에 끌린 건 아니다. 그 순간, 가즈에는 뭔가 오랫동안 의식하지 못하고 지냈던 건조한 생활 속에서 갑자기 감정이 흘러넘쳐 둑을 무너뜨리고 흘러나오는 것 같은 감각에 휩싸였다.

이 감정을 뭐에 비유하면 좋을까. 그것은 무방비한, 저항하기 힘든 것이었다. 그러나 그렇다고 해도 이 감정이 가즈에에게 그 먼 홋카이도 집에, 얼음 속에 묻힌 설거지 그릇을 남기고 온 것을, 그 집에 아직 몇 년이나 되는 곗돈 부을 것이 남아 있다는 것까지를 잊게 만들었다고 어떻게 생각할 수 있겠는가. "어쨌든 자네 호텔에 가서 이 우연을 건배하지" 무로타의 말에 낚여 세 사람은 그 잡지사를 나왔다. 가즈에에게 있어 그 일도 생각지 못한 일의 하나였는데, 노자키 시치로의 호텔이란 곳은 잡지사를 나와 25미터 정도 걸어서 올라간 언덕 중간에 있었다. 호텔이라고는 해도 괜찮은 여관 정도이고, 노자키는 거기 별채의 방 하나를 빌려서 살고 있었다.

술이 왔다. 언제 날이 저물었는지도 몰랐다. 가끔 짓궂은 눈을 들어 뭔가 말하는 무로타를 옆에 두고, 노자키는 술잔을 내려놓고 눈을 감은 채 어느 샌가 노래를 부르고 있었다. 노래는 아니다. 시 낭송 이었는지도 모르겠다. 그건 뭐든 상관없었다. 그 뭔가 호소해 오는 영탄조의 노랫소리가 갑자기 가즈에의 마음속에 어린 시절 노리모토의 숲 속으로 사라져 간 유랑단에 대한 그 애절한, 사모 하는 마음을 닮은 그런 감정을 불러일으켰다. 이 감동은 연모라고 도 사랑이라고도 하기 힘들었다. 일종의 방탕함 같은 아니, 더 절 실한 것이었다. "자, 이 정도에서 난 사라질까?" 하고 말하며 무로 타가 혼자 자리에서 일어나서 갈 때도 가즈에는 그를 따라 자기도 일어서야 한다고 생각했지만, 그러나 그럴 수 없었다. 둘만 남았을 때 둘 사이에 어떤 말이 오고 갔는지, 아마 대화다운 대화도 나누 지 않았던 것을 나중에 가즈에는 이상하게 생각하곤 한다. 홋카이 도로 돌아가는 열차 시간은 이미 지나 있었다. 밤이 깊어 노자키는 가즈에를 위해 방 하나를 더 준비시켰는데 그것은 둘 사이에 주고 받은 불타오르는 감정을 억제하는 데 도움이 되지는 않았다. 이 첫 날 밤 가즈에는 홋카이도에 자신을 기다리는 남편이 있다는 것을 정식으로 노자키에게 이야기해야 했을까. 그러나 가즈에는 말하 지 않았다.

27

가즈에가 홋카이도로 돌아오지 않는다는 걸 알고 죠지는 자기 부모님을 시골집에서 삿포로로 불렀다. 희로애락을 드러내는 버릇이 없는 죠지가 이 때, 그 생활 속에서 표현한 것이 무엇이었을지 가즈에는 상상도 할 수 없었다. 이 일이 있고 반년이 지난 뒤에 가즈에는 고향에서 온 편지를 통해 조심스럽게 알게 되었는데, 엄마는 그 편지 속에서 가즈에를 힐난하지는 않았다. 가즈에의 행동 하나 하나를 엄마는 손바닥 보듯 너무 잘 알기 때문이었다. 엄마는 그 옛날 죽은 남편이 하는 일을 그저 옆에서 바라보고만 있었을 때를 떠올리고 있었다. 그 남편이 한 일과 가즈에가 이번에 한 일이 같다는 건 아니다. 둘 사이에는 언제나 어떤 공통된 안하무인적인 행동이 있다는 것도 아니다. 단지 그건 나중에 남들이 제어할 수 없을 정도로 뭔가 충동적이라는 점에서 닮은 데가 있는 것 같았고, 이상하게도 측은함을 불러일으켰다.

노자키와 동거하고 얼마 지나지 않아 가즈에는 오모리大森의 해안에 가까운 길가의 작은 집과 산노山王의 숲 속에 있는 집, 그리고 우스다사카시타臼田坂下의 하숙 등으로 전전하며 이사를 다닌 뒤에 도와준 사람이 있어서 마고메馬込의 밭 가운데에 한 칸 뿐인 작은 집을 짓고 거기에 살았다. 그 작은 집은 근처에 사는 농부가 쓰던 헛간을 거저나 다름없는 가격으로 양도받아 밭 가운데까지 끌고 와 창문을 만든 것으로, 다다미가 깔려 있는 것은 6장 1칸 뿐이고, 나머지는 봉당인 그야말로 이름뿐인 집이었다. 잠도 일도 6 장 다다미 위에서 가능하다. 취사는 봉당의 처마 밑에서 했는데 그 장난 같은 집이 둘의 절박한, 빼도 박도 못하는 감정을 숨기는 데 적합했다고 나중에 가즈에는 생각했다. 그런데 가즈에는 언제나 생활을 처음 시작할 때 왜 집을 지으려고 하는 걸까? 가즈에는 언 제나 생활이 왠지 불안정하다고 생각하면 일단 집을 지어 그 불안 함을 감싸려고 그러는 건가? 그건 지금도 모르겠다.

그 집은 마고메의 큰길에서 낮게 언덕진 좁은 길을 조금 내려 가 넓은 무밭 가운데 있었다. 밤이 되고 불이 켜지면 파란 커튼을 통해 멀리서 그 빛이 보였다. 친구 하나 없는 가즈에에 비해 노자 키는 아는 사람이 많았다. 나중에 안 일이지만 노자키는 그 무렵에 유행이었던 사회운동을 하는 패거리였을지도 모른다. 상하이에 서 도망 왔다는 남자가 여자를 데리고 들른 적도 있었다. 그런 일 에 가즈에는 뭔가 관심이 있었나? 오는 사람은 누구라도 상관없었 다. 가즈에는 그 손님들을 위해 술을 사러 달리고, 처마 밑의 의자 에 앉아 무를 깎았다.

어느 날의 일이었다. 언덕을 내려서 한 남자가 찾아왔다. 가즈 에는 그 때 밖에서 빨래를 널고 있었다. 남자는 멈추어 섰다. "가 즈에?" "어머, 아버님" 낡은 양복을 입었지만 틀림없이 죠지의 아 버지인 가지무라였다. "어떻게 살고 있나 해서" 죠지의 아버지는 가즈에 앞의 그 작은 집을 보았다. "시골에 다녀왔다, 이제 홋카이 도로 돌아가는 길이다" 그 주름진 입술에 미소를 띠며 눈을 내리깔듯이 하고 말했다. 죠지가 시켜서 가즈에를 보러 온 것은 아니다. 그럼 왜 아버지가 혼자서 왔을까 하고 생각하니 갑자기 가즈에의 눈에 죠지와 그 부모님이 사는 그 집 안 풍경이 확하고 나타났다가 사라졌다. "그럼 또 오마"하는 말을 남긴 채 구부정한 자세로 언덕을 올라갔지만, 그러나 그 때의 모습이 언제까지고 가즈에의 마음에 남은 것은 아니다.

28

누구나 자기가 한참 뭔가를 하는 도중에는 자기가 지금 하는 일이 뭔지, 남한테는 어떤 영향을 미칠지 확실히 모를 때가 있다. 가즈에 역시 마고메의 집에서 노자키와 사는 동안에 그 일에 너무 마음을 뺏겨 있었기 때문에 그게 진정한 의미로 어떤 일인지 생각해보지도 않았다. 그 여름 끝자락의 더운 날에 죠지의 아버지가 찾아와 이렇다 할 이야기도 하지 않고 돌아갔을 때 언덕길을 올라가는 그 뒷모습을 봐도 그 일의 진정한 의미를 생각해보지 않았다. 낡은 삼베옷을 입고, 오후의 강한 햇살이 등 뒤에서 바로 내리쬐는 언덕길이라 조금 부스스해 보이는 백발이 반짝반짝 빛나고 있던 것까지 확실히 보았는데 그러나 그 뒷모습이 가즈에의 눈에 또렷하게 어떤 인상으로 떠오른 것은 그로부터 수년이 지난, 훨씬 뒤의 일이었다.

"아, 시치로, 그 옷" "웅, 추워서 좀 입었어" 하나 밖에 없는 방에 살고 있는데 어느 날 아침에 장에 다녀온 사이에 노자키는 가즈에가 본 적이 없는 옷을 입고 창가에 걸터앉아 있었다. 기모노가 아니다. 방한복이라는 걸지도 모른다. 가즈에는 그러나 그게 네덜란드에서 수입된 도잔이라는 특수한 옷감으로 만든 옷이라는 걸 알고 있었다. 언제나 그렇듯 목깃을 벌린, 될 대로 되라는 식의 그 인상이 이 옷의 경우에는 마치 난봉꾼처럼 보였다. 노자키는 가끔 가즈에가 모르는 사이에 옷이나 꾸러미를 들고 돌아오는 일이 있었다. 가즈에는 그게 전당포에 맡긴 물건이라고 알고 있었는데 이런 독특한 옷을 입은 건 처음 보았다. 가즈에는 그의 모습에서 눈을 뗄 수가 없었다. "깜짝 놀랐어. 딴 사람 같아" 가즈에는 그렇게 말했지만 허락만 된다면 다른 말을 하고 싶었다. 말로 표현하면 뭐라고 하면 좋을까? 그 옷을 입은 남자가 가즈에의 혼을 녹일 정도로 좋았다고 할까. 같이 사는 남자의 그런 모습을 싫어하기는커녕, 마음이 사로잡혀 떠나지 않는 것을 가즈에는 넋 놓고 바라보고 있었다. 이 현상도 역시 사랑이라고도 연모라고도 하기 힘든, 일종의 방탕함 같은 것임에 틀림없지만 가즈에는 그걸 꿈에도 알아차리지 못했다.

군이 말하자면 가즈에와 노자키의 생활은 그저 좋아하는 사람끼리의 생활이라는 것과도 달랐다. 가즈에 쪽에서 보면 남자의 일거수일투족이 싫증나지 않을 정도로 마음을 끄는 것이었다. 별것도 아닌데 노자키가 하는 일 하나 하나가 특별한 것으로 보였다. 그 때문에 가즈에의 모든 생활은 노자키의 기분에 맞추고 그 마음을 끄는 일에 몰두하고 있었지만, 그러나 그런 행위 안에는 희생이나 헌신이라고 할 수 있는 건 전혀 없고, 어쩌면 그렇게 하고 있는 것이 단지 쾌락일 뿐일지도 몰랐다. 그런 행위들은 인간이 하는 게 아니라 뭔가 동물들이 하는 것 같은 그런 본능적인 것이었을지도 모른다. 가즈에는 노자키가 뭘 좋아하는지 알고 있었다. 도잔이라는 방한복은 사회운동을 하는 사람들이 입기엔 안 어울린다. 그래도 가끔은 그런 것을 입고 싶은 거다. 그건 술자리에서 시중드는 여자들의 취향일지도 모르겠다. 이제 와서 생각해 보면 가즈에 역시 검은 동정이 달린 한텐[21]을 입고 머리를 옛날식의 올림머리로 묶거나 했었는데 그때 왜 그랬을까 하고 의아해 하곤 한다.

앞에도 말한 것처럼 노자키는 친구가 많았다. 아니 방금 만난 사람과도 금방 친구가 되었다. 그리고 그 친구들 모두가 가즈에가 노자키에 대해 품었던 것과 똑같은 심정으로 우정 어쩌고 하는 것과는 아주 다른, 어떤 밀착된 감정을 갖게 된 경위는 믿기 힘들 정도였다. 이것은 단순히 노자키가 가진 인간적인 매력이라고만 할 수 있을까. 그렇지 않다. 그렇지 않았다, 가즈에는 나중에 종종 이 일을 떠올리곤 하지만 그러나 그런 노자키가 가진 어떤 연약함까지 사람들의 마음에 남는 건 무슨 이유일까.

그 해 가을에 가즈에와 노자키는 위쪽 땅에 집을 한 채 더 지었

---

21 일본의 전통적인 겨울 코트로, 짧은 상의에 앞가슴에는 끈이 없고 옷깃을 접지 않고 입는 옷

다. 젊은 회사원 부부가 이사 왔지만 아내가 다리미 불을 끄는 걸 잊어버려 금방 불이 났다. 가즈에의 집은 밭 한가운데 있었기 때문에 옮겨 붙지 않았다. 그 불난 땅을 빌려 가즈에와 노자키는 다시한 채, 이번에는 다다미 14, 5장 정도나 되는 서양식 방만 딱 하나있는 집을 지은 것은 그해 말이었다. 그런 돈이 어디 있었을까. 아마 두 사람이 일해서 번 돈으로 나중에 갚으면 된다는 조건이었던 같은데, 언덕 위에 세운 집이다보니 창의 등불이 저녁에는 멀리서도 보였다. 그 때문에 아래 집에 있을 때보다도 손님이 더 많이 와서 저녁 늦게까지 이야기꽃을 피웠는데 그 뒤는 대개 술로 이어졌다. 노자키는 그런 손님들을 상대로 말더듬는 버릇이 있는 그런 말투로 끊어지듯 말했다. "그, 그건 너, 틀렸어. 복수를 받다니 그, 그게 네 사고의 방향이야?" 이야기의 내용이 아무리 날카로워도 그어조에는 조금의 악의도 없었다. 이게 노자키가 생각한 남에게 상처주지 않는 어떤 특색이었는데, 이렇게 만인에게 사랑받을 수 있다는 습성이 노자키 자신에게 무엇이었을까 하고 나중에 가즈에는 생각해 보았다. 가즈에는 여기에서 한 컷의 정경을 떠올린다. 그건 관동대지진이라고 불리는 대지진이 있던 직후의 일이었다. 조선인이 습격해 온다는 소문이 나서 바로 도망치라는 반상회의 통지가 왔다. "어, 어디로 도망가라는 거야. 어느 방향으로 습격해온다는 거야" "몰라" 가즈에와 노자키는 밭 가운데에 멈춰서 있었다. "있잖아, 우리 아무데도 도망가지 않는 거야. 집 안에 있는거야. 알았지? 이 천정 속에 숨는 거야" 둘은 아랫집 봉당의 기둥

틈새로 들어가 두꺼운 초가지붕과 더그매 사이를 기어 올라갔다. 아무 소리도 나지 않았다. 어두운 지붕의 서까래 사이로 어렴풋이 햇살이 비쳤다. 둘은 숨을 죽였다. 아마 주변의 집들은 어딘가로 도망친 뒤였을 것이다. 무더운 여름 오후였다. 노자키가 꼼지락 거렸다. "오줌 눠도 돼?" 그건 무슨 착각이었을까. 그 오줌이 밑으로 떨어져 여기 사람이 있다는 걸 들킨다. 순간적으로 가즈에는 그렇게 생각했다. "여기다 해, 이 안에다가" 가즈에는 유카타 소맷자락을 벌렸다. 기세 좋게 그 안에서 물이 흘러내렸다. 그게 그 때 둘이 취한 최선의 조치였다. "하하하하" 하고 갑자기 노자키가 웃기 시작했다. "이제 밑으로 내려가도 돼?" 가즈에는 이 때 노자키의 눈에 담긴 그 천진한 웃음을 바로 눈앞에 보는 것처럼 선명히 기억한다. 이거였다. 언제나 누구의 기분도 거스르는 일이 없는데 남의 마음을 잡고 놓지 않는 것이.

29

어느 여름 날 두 사람은 가즈에의 고향에 있는 산에 가서 일을 하면서 지낸 적이 있다. 신미나토 바다의 바로 위에 있는 약간 높은 소나무산의 중턱에 작은 집이 있었다. 유별난 것을 좋아하는 사람이 지은 산 속의 집으로 아마도 가와시타의 할머니가 빌려놓은 것 같은데, 하루 밤낮의 기차 여행 뒤에 그곳에 도착하여 바다 쪽으로 난 툇마루 장지문을 열면, 소나무 가지 끝에 섬들이 떠 있는 바다 풍경이 펼쳐졌다. 그러나 가즈에는 바로 그곳이 불과 6, 7년 전에 거기에서 배를 타고 동트기 전의 어두운 항구를 도망치듯 여러 번 떠났던 똑같은 항구라고는 생각지도 못했다. 동트기 전에 사방이 깜깜한 가운데 출범하는 배의 기적소리가 부웅 부웅 하고 울리는 것을 가즈에는 잠든 채로 비몽사몽간에 들었다. 과거는 아무데도 남아 있지 않았다. 똑같은 하나의 풍경이 지금은 얼마나 밝고 아름답게 보이는지. 거기에 있던 20일 남짓 동안 아침에 일어나면 가즈에는 소쿠리를 들고 마른가지를 주우러 나갔다. 돌을 쌓아 만든 부뚜막에 가마솥을 얹고 그 마른 가지로 밥을 지었다. 물은 골짜기에서 흐르는 용수를 퍼 올렸다. 가와니시의 집에서 가끔 엄마와 동생들이 찾아왔는데, 여기에서도 노자키는 아직 말도 섞지 않았는데 그들과 친해졌다. "노자키는 좋은 사람이구면" 하는 말을 들었다. 행복의 형태가 있다면 그건 이런 것이다. 가즈에는 그렇게 생각했다. 그 때의 가즈에는 두 사람의 이런 생활을 자신의 전 생애를 통해 기피했던 '결혼생활'과 마찬가지라고는 도저히 생각할 수 없었다. 이 생활 속에서 그 '가면'이 벗겨질 공포 같은 건 어찌되었나? 지금 와서 생각하면 가즈에는 자기가 끝까지 고집했던 그 생각이 얼마나 하잘 것 없던 것인지 자기 마음이면서도 그것을 믿을 수가 없었다.

산속의 집에서 보내는 마지막 날이었다. 폐 원고지와 잘못 쓴 편지 같은 휴지를 정리하기 위해 계곡의 우묵하게 들어간 데를 찾아 거기에 그것들을 쌓아놓고 성냥으로 불을 붙였다. 바람도 없는

데 불은 활활 타올랐다. 나중에 안 일이지만 계곡의 그 움푹 들어
간 곳에서 불을 붙이면 그 주변이 계곡에 둘러싸여 있기 때문에 결
코 불길이 세지 않다고 생각한 건 오해였다. 골짜기 밑바닥에서 불
을 붙였는데 갑자기 괴엥하는 소리를 내며 타올랐다. 순식간에 계
곡 주변의 소나무 가지에 옮겨 붙더니 빠직 빠직하고 나뭇가지가
튀는 굉장한 소리가 나면서 주변일대로 점점 퍼져갔다. "시치로,
빨리 와" "뭐야, 어, 어떻게 된 거야?" 그러나 노자키가 왔을 때는
불은 새롭게 바람을 부르며 사방으로 퍼진 뒤였다. "누가 좀, 누가
좀 와 주세요" 그 때의 공포는 지금 생각해도 등줄기가 서늘해질
정도였다. 꿈에도 나타나는 광경이었는데 그 낮은 소나무산 기슭
을 빙 둘러 있는 하얀 국도에서 손에 손에 대나무 빗자루를 든 마
을 사람들이 일제히 달려 올라와 주었다. 노자키가 양동이를 들고
계곡 물을 떠오는 모습은 그 속에서 인형이 움직이는 것 같았다.
불이 꺼진 것은 그로부터 30분도 채 안 되었을 때였다. 두 사람은
계곡에서 가만히 웅크리고 있었다. "불 끄는 게 익숙혀서. 올 봄에
도 산불이 났었구먼" 마을 사람들은 위로하듯 그렇게 말했다. 사
람들이 모두 산에서 내려간 것은 해가 지기 조금 전이었다. 저녁놀
아래에 50미터 정도 탄 산 자락이 보였다. 그 옆에서 갑자기 저녁
매미가 우는 소리가 강하게 들렸다.

　이 산에서 있었던 기억은 언제나 노자키가 양동이를 든 모습과
함께 가즈에에게 나타난다. 노자키는 불을 끈 건 아니었다. 그런
데도 가즈에의 기억 속에서는 언제나 그 하얀 옷을 입고 계곡 물을

천천히 길어 올리는 노자키의 모습이 무엇보다도 더 선명히 나타나곤 했다.

그 해 겨울의 일이다. 노자키의 형이 가즈에 네 집과 붙은 땅에 집을 짓고 이사 왔다. 형의 집에는 형수와의 사이에 세 명의 아이와 프리츠라는 강아지가 한 마리 있었다. 노자키의 어머니도 함께 살고 있었는데 그 어머니는 나중에 가즈에 네 집으로 왔다가 아랫집인 초가집의 봉당에 방을 증축하여 거기에 살게 되었다. 그와 함께 가즈에의 고향에서도 고등학교를 졸업한 여동생 도모코가 상경해서 노자키의 어머니 옆에서 살게 되었다.

집의 윤곽이 갑자기 커졌다. 아침이건 저녁이건 언덕을 내려오는 사람들의 발소리가 나면 일단 강아지 프리츠가 짖었다. 형의 집도 역시 같은 울타리 안에 있었기 때문에 남들 눈에는 세 채의 집이 하나의 작은 부락을 이루고 있는 것처럼 보였다. 강아지 프리츠까지 포함해서 그 한 개 부락의 단란함이 어떤 형태로 언제까지 유지될 것 같았다. 가즈에와 노자키의 생활은 이제 떠돌이가 아니었다. 아침에 일어나 창을 열면 형네 아이들이 뜰에 나와 있었다. 저녁이 되면 도모코가 노자키의 어머니의 손을 잡고 언덕 위의 잡화점으로 장을 보러 가는 모습이 보였다.

요즘 가즈에와 노자키는 일 때문에 이즈伊豆의 유가시마湯ヶ島에 가곤 한다. 그 무렵의 유가시마는 아직 강을 끼고 밭 가운데 2, 3채의 작은 여관이 있는 촌스러운 온천장이었다. 여관에 도착하여 목욕을 하고 2층의 손잡이에 수건을 걸 때 가즈에는 문득 어떤 해방감을 느꼈던 것을 그 때로부터 훨씬 나중이 되어 종종 생각하곤 했다. 그것은 도쿄에 집이 있다고 생각하는 안도감이기도 할까. 누구에게나 집은 기분을 규제하는 물건이다. 집이 없는 가즈에를 생각할 수 있을까. 가즈에는 흡족해 하고 있었다. 이 이상 뭘 더 바라겠는가. 이 평화로운 생각이 깨질 리가 없다. 가즈에는 그렇게 믿어 의심치 않았다. 어느 날 저녁의 일이었다. 산보하는 도중에 다리 위에서 하얀 유카타를 입은 두 명의 목욕 손님을 만났는데 한 사람은 가즈에와 마찬가지로 신진작가인 다바타田端였고, 다른 한 사람은 아직 문학청년이라고 불리는 후지이藤井였다. 다바타하고는 같은 숙소에 있어서 아는 사이였기 때문에 노자키는 금방 같이 있던 후지이와도 친해지고 그 뒤에는 후지이가 있는 세코노타키瀬古の滝의 숙소에도 자주 왕래하게 되었다. 하지만 이런 교류가 나중에 생각지도 못한 사건의 원인이 되었다.

30

후지이는 과묵한 남자 같기도 하고 때로는 말 잘하는 사람 같기도 했다. 노자키와 마음이 맞았는지 아니면 맞췄는지, 처음에 유가시마의 다리 위에서 만난 뒤로 매일같이 숙소로 오게 되었다. 골격이 장대한 청년 같아 보였는데 실은 그렇게 보였을 뿐이고 아주 말랐다. 결핵 2기가 이미 지났다는 걸 나중에 남들한테 들었는데, 후지이 자신도 이걸 마음에 두지 않았고, 남들도 역시 신경 쓰지 않았다. 눈을 가늘게 뜨고 잘 웃는다, 그 웃음소리에는 특징이 있어서 "하하하하"하고 웃는 것 같기도 하고 "호호호호"하고 웃는 것처럼도 들리는 약간 신경질적이고 높은 울림이 있었다.

후지이의 나이는 가즈에나 노자키보다 훨씬 젊을 터였다. 그러나 그 사고방식에는 원숙한 데가 있어서 남들에 대해 실수가 없었다. 나중에 이런 외관이 실은 정반대였다는 것을 알았지만, 그것은 그가 죽은 뒤의 일이었다. "내 이름을 하카요시墓吉라고 쓰는 놈들이 있어요" 하고 말하며 웃는다. 후지이 모토요시藤井基吉가 그의 이름이었는데, 그 불길한 착각도 농담처럼 말하곤 했다.[22]

일이 생겨 노자키만 마고메로 돌아가고 가즈에는 아직 일이 덜 끝나서 여관에 남아 있었다. 그 무렵 같은 마고메에 살고 있는 어느 중견작가의 부인도 와 있어서 밤에는 방에서 같이 식사를 하기도 했는데, 후지이는 그 식사가 끝날 무렵에 자주 놀러왔다. 오면 오래 눌러앉아 있는 편이라 12시가 지나도 돌아가지 않을 때가 많아서 여관의 하인들이 복도에 빗자루를 세우고 수건을 씌워 후지이가 돌아가는 주문을 외기도 했는데 후지이는 그것을 눈치 채지 못하고, 아니면 눈치 챘어도 모른 척 했다. 정중한 면과 뻔뻔한 면이 공존하는 것처럼 보였는데, 가즈에는 그러나 그런 후지이 안에 겉보기와는 다르게 어떤 꾸밈없는 솔직한 면이 있다는 것을 알고

---

22 하카(墓)와 모토(基)의 한자가 비슷하여 장난삼아 부른 것인데, 하카(墓)는 묘지라는 의미이기 때문에 불길해서 사람 이름으로는 쓰지 않는다.

있었다. 오래된 온천장의 극히 아무것도 아닌 일이었지만 아무 것도 아닌 것 같았기 때문에 아무도 신경 쓰지 않았던 것이다.

뭔가의 계기로 어떤 일을 시작하면 그럴 의도는 전혀 없지만 자기도 모르게 같은 일을 반복해 버리는 게 가즈에의 버릇이었다. 만약 이것을 확실하게 의식하고 있었다면 어쩌면 그것을 피할 수 있었을지도 모르겠다. 마고메의 집이 커지고 거기에 여동생 도모코가 와서 집안일을 돌봐 주었다. 그런 안도감도 있어서 가즈에와 노자키는 그 후에도 종종 마고메와 유가시마 사이를 왕복했다. 때로는 일의 형편 때문에 노자키는 집에 남아 있고 가즈에만 가는 일도 있었다. 한 시도 떨어진 적이 없는 노자키를 집에 두고 어떻게 유가시마 같은 데에 가 있을 수 있었는지 가즈에는 자기 행동의 진짜 의도를 자기도 가늠하기 어려웠다. 지금부터 실로 50년이나 옛날 일인데 가즈에의 눈에 그 유가시마 강이 보이는 여관 방안에 저녁놀이 비쳐서 장지문이 밝아지는 것까지 선명하게 보인다.

쏴 쏴 하면서 강물 소리가 나고 때로는 기생개구리가 우는 소리가 들린다. 후지이는 거기에 앉아 극히 별 거 아닌, 세상 이야기라는 범주를 넘지 않는 이야기를 하고 있다. "하하, 색이 너무 좋네요" 후지이는 거기에 있던 찻쟁반을 손에 들고 말했다. 그 찻쟁반은 언젠가 후지이의 숙소에 갔을 때 거기에 놓여 있던 것과 똑같은 것이었다. 후지이는 엽차를 좋아해서 느티나무 파낸 것을 나무꾼에게 부탁해서 쟁반으로 만들고 행주로 닦아 광을 낸 것인데, 가즈에가 그걸 흉내 낸 것이다. 이럴 때의 후지이는 어딘가 유별난 것을 좋아하는 노인 같았지만 가즈에는 그게 후지이의 일면일 뿐이라는 것을 알고 있었다. 문학청년인 후지이가 가즈에의 앞에서 문학 이야기를 한 적은 없다. 그러나 가즈에는 언제나 후지이의 방에서 책상 옆에 놓여있던 휴지통 안에 엄청나게 많이 버려진 폐 원고지를 보았다.

이런 후지이와 사이에 뭔가 특별한 마음의 교류가 있었던가? 가즈에에게는 뭐든지 남의 흉내를 내는 성질이 있었는데 그게 남들 눈에 후지이의 영향으로 보였을까? 그 해 여름 어느 오후의 일이었다. 유가시마에 있던 대여섯 명의 지인끼리 산책을 하는 중이었다. 다리 밑에 흐르는 계곡물을 보고 누군가가 말했다. "이래 가지곤 도저히 수영은 못 하겠네" "아니, 할 수 있어요" 후지이가 이렇게 말했다. 예의 그 가느다란 눈으로 웃고 있는 얼굴을 보았을 때, 아무도 그 일을 예상하지 못했다. 거의 말과 동시에 갑자기 허리띠를 풀더니 알몸인 채로 뛰어든 것이다. 20미터 정도 강 아래로 헤엄쳐 가더니 물속에서 사람들을 뒤돌아보며 또 웃었다. 가즈에는 그런 후지이의 행동을 그저 웃는 얼굴만으로 드러나지 않은, 뭔가 무서움을 느꼈던 것을 잊을 수 없다. 가을이 되어 아마기天城의 산이 단풍으로 덮였을 때 후지이는 어느 날 아마기에 올라갔다 오겠다는 말을 숙소에 남겨놓은 채, 저녁이 되어도 돌아오지 않았다. 숙소 주인이 걱정이 되어 다음날 아침에 사람들을 모아서 산으로 갔지만, 후지이의 모습은 찾을 수 없었다. 그 날 오후 늦게 후지이는 돌아왔다. 마을 사람들이 찾으러 갔다는 이야기를 듣고도 미안

하다고 사과하지도 않았다. 정말 산에 오른 건지 아닌지도 설명하지 않았다.

후지이에게는 가끔 남들이 이해하기 힘든 구석이 있었다. 가즈에는 그런 후지이를 있는 그대로 받아들였다. 가즈에는 후지이가 쓴 글을 어느 잡지에서 읽은 적이 있다. 간결하고도 강한 문장이었다. 가즈에는 거기에 쓰여 있지 않은 것까지 이해할 수 있을 것 같았다. 그에 대해 가즈에는 한 번이라도 후지이와 이야기를 나누었나? 하지만 가즈에는 후지이가 쓴 글이 좋았다. 유가시마에서 마고메로 돌아간 가즈에에게 어느 날 후지이로부터 편지가 왔다. 마고메에 오고 싶다는 것이었다. 그건 무슨 기분이었던 건지. 그 편지를 읽자 가즈에는 그 일을 사람들에게 알리고 싶어져서 갑자기 뛰쳐나갔다. "후지이 씨가 마고메에 온대요"

나중에 가즈에는 이 일이 사람들에게 준 인상이 어땠는지를 이해했다. 후지이가 마고메로 오는 일은 극히 아무 일도 아닌 것이었다. 그걸 동네방네 사람들에게 알리려고 돌아다닌 가즈에는 어떻게 된 게 아닐까? 가즈에는 그러나 자기가 어떻게 됐다는 걸 조금도 눈치 채지 못했다. 제한된 작은 교우관계 그룹 속에서 가즈에가 후지이에 대해 어떤 특별한 감정을 가지고 있다는 소문이 돌았다.

31

가즈에는 나중에 이 무렵의 자신이 과연 어떤 마음으로 생활하고 있었는지 의심하지 않을 수 없었다. 만약에 가즈에에게 그런 의식이 있어서 자기가 하는 일을 생각할 여유가 있었다면 어쩌면 그 일은 일어나지 않았을 것이다. 그럴까? 가즈에에게 그런 의식이 있어도 자연발생적으로 그것은 그렇게 될 수밖에 없는 자연현상이지 않았을까?

"장편 발표 제 1회 지금 읽음. 축하. 기쁨. 가즈에" 하는 전보를 유가시마에서 마고메에 있는 노자키에게 친 것은 어느 가을 아침이었다. 가즈에는 마이아사신문每朝新聞에 노자키가 장편소설을 쓴다는 사실을 몰랐다. 그 날 아침에 숙소로 온 신문을 펼치다가 거기에 노자키가 쓴 글이 실려 있는 것을 보고 깜짝 놀랐다. 왜 가즈에한테는 그걸 알리지 않았을까 하고 생각하기보다도, 그걸 본 순간 노자키가 비로서 큰일을 시작했다는 기쁨이 확하고 가슴에 퍼졌다. 같이 있었더라면 어깨를 껴안고 기뻐했을 텐데, 그 기쁨을 노자키는 가즈에에게 전하지 않았다. 마고메의 집에 전화가 없었기 때문에 전화로 알려올 수는 없었다. 편지로 알리는 것도 아마 나중에 해야지 하고 생각했던 걸까? 자기 일을 대체로 자세하게 말하지 않는 노자키였기 때문에 그것도 자연스럽게 생각됐다.

마이아사신문의 학예부 기자 한 사람이 마고메에 사는데, 노자키의 집에 자주 와 있었다. 그렇다기보다도 늘 그렇듯이 노자키를 만나면 술이 되고, 노래가 되고, 논쟁이 되는 노자키와 밀착된 교우관계의 한 사람이라고 할까? 그 남자가 소개해서 노자키에게 장편을 쓰라고 했을지도 모른다. 그게 우정이라는 것이다. 가즈에는 그 남자에게 그만큼의 호의가 있었다는 걸 헤아리고 노자키의 기쁨을 느꼈다. 아마 오늘밤은 마고메의 그 윗집은 한창 술판이 벌어져 도모코가 술을 사러 무밭을 달려갈 풍경까지 눈에 선했다. 그 광경이 눈에 떠오른 순간에 가즈에는 하던 일을 정리하고 마고메로 돌아가야 하지 않았을까? 그러나 가즈에는 한 고비만 남았다. 그걸 마치고 나서 가야겠다고 생각하고 가즈에는 그날 아침에 바로 돌아가지는 않았다.

이런 마음의 틈을 남들은 어떻게 봤을까? 가즈에 자신은 어떤 소문이 마고메에 떠도는지 몰랐고, 그걸 안 것은 그로부터 훨씬 나중이 되어서였다. 한 쌍의 부부를 둘러싸고 그들과 친한 사람들이 무엇을 기대하는 건지 가즈에는 몰랐다. 그 부부는 한 시도 떨어져 있던 적이 없을 정도로 사이가 좋았다. 사람들은 그 모습을 하나의 볼거리로 바라봤다. 그것은 기분 좋은 광경이었다. 어느 날 갑자기 그 사람들 마음속에 그 광경의 균형이 깨지는 걸 보고 싶다는, 단지 장난일 뿐인 이상한 기분이 끓어올랐다면 어떨까? "내가 가서 이 눈으로 확실히 보고 올게" 하고 말하며 그 무리 중의 하나가 유가시마로 왔다는 것을 가즈에가 안 것은 이것 역시 훨씬 나중이 되어서였다. 가즈에와 후지이 사이는 그 남자의 눈에 어떻게 비쳤을까. "이런 바보 같은, 노자키 혼자 천치 같은 역할을 해서야 되겠어?" 그 남자는 마고메에 돌아가서 그렇게 전했다고 한다.

가즈에가 이 일을 똑똑히 기억하면서 언제까지고 잊지 못하는 것은 남자에게 버림받은 여자인 자신을 위로하기 위한 자기 혼자만의 해석이기 때문이다. 가즈에는 남자에게 버림받은 게 아니다. 버림받도록 계획된 어떤 장난이 그런 결과가 된 거라고, 그렇게 믿고 싶었기 때문이다. 남자에게 버림받은 여자는, 자기가 버림받을 정도의 여자였다는 걸 결코 인정하지 않는다. 거꾸로 확실한 이유가 있어서 그래서 버림받은 거라고 생각하고 싶어 한다. 가즈에도 이런 종류에서 벗어나지 않았다. 가즈에가 유가시마에 남아 있는 동안에 마고메의 집에서는 무슨 일이 일어나고 있었을까. 밤이 되면 으레 많은 패거리들이 술집으로 돌아다닌다. 때로는 노자키도 아침까지 돌아오지 않을 때가 있었다. "가즈에는 도대체 왜 안 오는 거니?" 노자키의 어머니가 몇 번이고 그렇게 말했다고 한다.

마이아사신문의 원고료가 통 크게 많은 친구들을 데리고 거리로 다니는 돈이 되었다. 노자키는 그게 재미있었다. 그거 말고 노자키가 그런 감정이 생긴 이유가 뭐가 있겠는가? 가즈에가 마고메로 돌아온 어느 날 밤의 일이었다. 노자키는 집에 없었는데 심부름꾼이 와서 오모리의 해안에 있는 사와다야沢田屋라는 곳에 모두 모여 있는데 오지 않겠냐고 했다. 사와다야라는 곳은 음식은 게뿐이고 그 이외엔 맥주와 술로 간단하게 한 잔 할 수 있는 게요리집이었는데, 좌석이 넓고 창을 열면 바닷바람이 들어와 기분이 좋았다. 기회만 있으면 노자키하고 친구들이 모이는 가게인데 가즈에에게도 익숙한 곳이었다. 장지문을 열고 그 방에 들어가자 익숙한 얼굴들이 모여 있었다. 어느 얼굴이나 모두 충분히 술이 돌고 있었다. "어, 가즈에 씨" "여기, 여기, 여기로 와요. 아, 타마 짱을 소개해야지" 하고 말했다. 일부러 친한 척 하는 게 그들의 버릇이었는데 오랜만에 얼굴을 보는 노자키 옆에 처음 보는 젊은 여자가 있는 걸 보고 "타마짱, 가즈에 씨야" 하고 말했다. 머리를 뒤로 잡아당겨 트레머리를 하고 잔무늬가 있는 기모노를 입은 아직 어린애 같아 보이는 여자였다. 가즈에의 얼굴을 똑바로 쳐다보면서 "안녕하세요" 하고 말했다. 가즈에도 "안녕하세요" 하고 말했다. 그 여자를 본 순간에 그 여자가 노자키의 뭔가일 거라고 어떻게 상상이나 하겠는가. 볼에 홍조를 띠고 아이처럼 눈을 반짝거리고 있는 그 모습에는 가즈에 뿐만이 아니라 옆에 있는 많은 어른들의 모습도 눈에 들어오지 않는 몰입하게 만드는 풍취가 있었다. "여! 타마짱" "아, 그 맨날 부르는 그거 있잖아. 그 노래 불러줘" 하는 요청이 있었다. 여자는 어깨를 잠깐 흔들었다. 그리고 노래하기 시작했다. 그것은 노자키가 취하면 언제나 부르는, 어쩌구 하는 시낭송 같은 영탄조의 노래였다. 눈을 감고 어깨를 흔들며 노래하는 그 모습까지 노자키가 부를 때와 똑같은 것을 봤을 때도 사람들은 와~하고 소리를 지르며 갈채를 보냈다. 여자의 순진함이 사람들의 눈을 속인 거라는 걸 누가 알겠는가? 가즈에에게 그 노래만큼 잔혹한 노래는 없었다. 가즈에의 얼굴에 어떤 질린 듯한 표정이 나타나는 걸 보고 여자는 도중에 노래를 멈추었을까? 그것을 멈추기에는 여자는 너무 행복했다. 그 노래로 누군가 상처 입는 사람이 있다는 걸 깨닫기에는 그녀는 너무 어렸다. 아이는 그 순진함 때문에 아무렇지도 않게 잠자리의 날개를 쑥 뽑는다. 그리고 그걸 누가 말릴 수 있을까. 사람들은 박수갈채를 보낸 뒤에도 아직 이 일을 깨닫지 못했다.

32

그 밤을 경계로 가즈에와 노자키 사이에는 어떤 묘한 변화가 생겼다. 가즈에는 잠자리에서 노자키를 끌어안는 걸 주저했다. 노자키가 무얼 바라는지, 그걸 알고 싶었다. 노자키에게 말을 듣기 전에 그것을 알고 싶었다. 그리고 노자키가 바라는 대로 해주고 싶었다. 설령 그게 가즈에가 가장 두려워하는 일이라고 해도. 이 일은 가즈에의 노자키에 대한 사랑이었을까. 그렇지는 않다. 그렇지는 않았다고 가즈에는 나중에 이 일을 떠올릴 때마다 생각하곤 했다. 하지만 가즈에는 한번이라도 노자키에게 사와다야에서 본 여자에 대해 물어보고 싶었나? "시치로, 어떤 옷이 좋아?" 하고 물었다. 어디에 나가냐고는 절대로 물어보지 않았다. 노자키는 전보다 더 친절했다. 저녁에는 늦기는 해도 꼭 들어왔다. 다만 그 돌아오는 시간이 때로는 새벽 가까운 시간일 때가 있었다. 가즈에는 혼자 이불 속에서 노자키의 나막신이 언덕을 내려오는 딱 딱 하는 끊는 듯한 특징이 있는 발소리를 기다렸다. 밤이 깊어지면 강아지 프리

츠가 짖는 소리가 들렸다. 가즈에는 노자키를 기다리는 동안 몇 년
인가 전에 자기도 남을 기다리게 만든 일이 있었던 걸 떠올렸을까?
그 일과 이 일이 같은 일이라고 생각했을까? 그러나 가즈에는 지금
자기가 옛날에 남을 기다리게 했다는 걸 잊어버렸다. 그 잔혹함을
떠올리지 않는 대신에 지금 자기가 똑같은 처지가 되었다고 해도,
그 일로 남을 원망하려고는 하지 않았다. 의식해서 그런 건 아니었
다. 가즈에가 살아가면서 스쳐지나가는 바람처럼 단지 그 일을 몸
으로 받을 뿐이었다.

　어느 날 노자키는 아침이 되어도 돌아오지 않았다. 그리고 그
일은 그 이후로도 자주 계속됐다. 잠자리 옆의 큰 창문 커튼을 열
고 밖을 보다가, 가즈에는 이게 무슨 일인지를 깨달았다. 노자키는
아자부麻布 쪽에 있는 어느 호텔에서 작업하고 있다고 알려준 사
람이 있었다. 이 때도 가즈에는 몇 년인가 전에 자기가 홋카이도의
집을 버리고 왔다는 사실을 떠올리지는 않았다. 부엌 싱크대 안에
얼어붙은 설거지 거리를 남겨둔 채, 아직 몇 년 동안 부어야 할 곗
돈을 그대로 둔 채로 떠나온 일도 생각하지 않았다. 창에서 본 풍
경이 아무리 가혹하다 해도 가즈에는 몇 년 전인가 옛날에 똑같은
생각을 남에게 안겼다는 것을 꿈에도 생각해 보지 못했다. 그저 자
기 혼자만의 사건으로 그 일을 견뎌내려고 했다.

　그러나 노자키가 없는 집이 기즈에에겐 너무 넓었다. 낮이고
밤이고 그렇게 사람들이 붐볐던 집 안에, 지금은 아무도 오지 않았
다. 누구 하나 혼자가 된 가즈에를 보러 오는 사람은 없었다. 어쩌

면 어디 다른 데서 노자키를 만나서, 전에 이 집에서 하던 것과 마찬가지로 술을 마시고 노래를 부르고 있는 건지도 모르겠다. 그게 그 사람들의, 사람 좋은, 친구로서 당연한 일인지도 모른다. 가즈에는 혼자 남겨졌다. 그 집 안에 그저 가만히 앉아 있을 수는 없었다. 무슨 일인가를 가만히 견뎌낸다는 것만큼 가즈에에게 서툴고 어려운 일은 없었다. 가즈에는 꿈틀댔다. 남들은 이 일을 가즈에가 노자키에 대한 사랑이 식어서 그런다고 해석했을까. 가즈에의 성격이 경박했다고 해석했을까. 자기도 역시 집을 나와 어딘가로 가고 싶었다. 아니면 뭔가 하고 싶었다. 그럼으로써 노자키를 잊을 수 있다고는 전혀 생각하지 않지만, 그러나 가만히 있을 수는 없었다. 도모코를 데리고 시내로 나가거나 개를 데리고 밭을 뛰어다니거나 했다. 그리고 어느 날 시내에 나가 머리를 자르고 돌아왔다.

"어머, 가즈에" "무슨 일이야, 가즈에" 노자키의 엄마와 형수가 깜짝 놀라며 가즈에의 모습을 보았다. 그 무렵엔 아직 머리를 자른 여자는 극히 드물었다. '단발'이라고 해서 좀 더 첨단 스타일로 취급되었다. 머리를 자른 가즈에의 얼굴은 다른 사람인가 할 정도로 변모되어 보였다. 스물일곱이라는 나이가 아직 스무 살도 안 돼 보일 정도로 젊게 보였지만 시어머니와 형수에게는 정말 애처롭게 보였던 것이다. 가즈에의 의식 속에 그 사와다야에서 보았던 여자처럼 젊어지고 싶다는 심정이 있었나? 가즈에는 믿을 수 없을 정도로 쾌활해졌다. 남자에게 차인 여자가 맞나 싶을 정도로 기분이 좋았다. 마고메의 집은 그저 노자키가 없다는 것뿐이고, 전과 조금도 다를 바 없어 보였다. 노자키의 형도 어머니도 노자키가 나간 것을 눈치 채지 못한 척을 하며 가즈에와 왕래했다. 노자키는 없어졌지만 아직 그 집이 있다. 노자키의 형과 어머니가 있다. 그리고 아이들도 개도. 가즈에를 둘러싼 그런 것들이 가즈에의 파탄을 믿지 않으려고 바라는 것처럼. 어느 날 그 일은 그렇게 되었나 싶었다. 노자키는 집에서 나간 지 반 달 정도 지나서 돌아왔다. 그리고 하루인가 이틀 있다가 다시 돌아오지 않았다. 아니 가끔 돌아왔다가 다시 나갔다. 그것은 노자키와 가즈에가 아직 헤어진 게 아니라는 것을 모두에게 믿게 하려는 것처럼. 어쩌면 진정한 이별이 올 때까지 그 고뇌를 조금씩 줄여가서 느끼지 못하게 하려는 것처럼. 절반 이상 이 일은 성공한 것 같았다. 가즈에는 노자키와의 이별이 언제 일이었는지 확실히 모를 정도로 그것은 완만한 형태로 나타났다. 그리고 둘이 정말로 헤어진 뒤에도 마고메의 집이 아니라 시내 어딘가의 집에서 만나거나 하면서 언제라도 다시 만나는 동료처럼 돌아왔기 때문에.

그 무렵의 어느 날 오후에 가즈에 앞으로 한 통의 편지가 도착했다. 보낸 사람의 이름이 낯설었다. 고향 마을에서 조금 산으로 올라간 데 있는 '기타코우치北河内촌'이라는 주소는 기억난다. 두루마리에 붓으로 쓴 삐뚤삐뚤하고 엉성한 글자였다. '당신은 벌써 잊으셨을지 모르지만, 나는 기타코우치촌의 촌장의 아들이다. 아버지의 뒤를 이어 역시 촌장이 되어 옆 마을로 가는 산길에 신작로를 만드는 공사를 감독하다가 다이너마이트가 터져서 부상을 당했다. 그 때문에 양손과 양발이 모두 절단되어 지금은 입으로 글자 쓰는 법을 배웠다. 아침저녁으로 관음경을 옮겨 쓰는 것이 지금 하는 일이다. 이제는 옛날 일이 되어 버렸지만, 그 때 일은 잊지 못한 다' 그런 의미의 내용이 쓰여 있었다. 가즈에의 뇌리에 먼 옛날 일이 떠올랐다. 미치광이 흉내를 내서 그 남자를 내쫓았던 그 아침의 일이 꿈처럼 떠올랐다. 그러나 그건 단지 슬라이드의 그림자처럼 금방 사라져버리는 기억이었다. 그 남자가 손발이 절단되어 아침저녁 입으로 관음경을 베끼고 있다는 이 소식도 가즈에의 마음을 지나가는 어떤 영상에 불과했다. 가즈에는 천천히 그 편지를 찢었다.

33

"도모코, 집 좀 봐 줘" 하고 말하며 가즈에는 집을 나섰다. 고향집에서 불러온 도모코는 외출하는 가즈에의 분신처럼 집 지키는 일만 하기 위해 고용된 것 같았다. 도모코가 집을 봐줌으로써 가즈에와 그 집 사이에 극히 얼마 안 되는 연계가 유지되기를 바라듯이 가즈에는 언제나 바구니 안에 갈아입을 옷과 일거리를 들고 나가곤 했다. 어디를 가면 안 된다는 장소가 이 세상에 있을까. 가즈에는 종종 일하러 간다고 하고는 유가시마로 갔다.

유가시마에는 후지이가 있었다. 그러나 가즈에는 요 1, 2년 동안 후지이에게서 발견했던 설명하기 어려운 인간적인 흡인력이 지금은 그림자를 감춘 것 같다고 생각했다. 같은 인간이 때에 따라 매력이 넘쳐 보이다가, 역시 때에 따라 그렇지 않을 수 있을까. 후지이가 변한 게 아니라 가즈에가 변한 것이다. 가즈에는 허물을 벗은 매미처럼 전혀 달라졌기 때문이다. 가즈에가 있던 여관에 문학을 좋아하는 중년 남자와 젊은 남자가 같이 머물고 있었다. 둘 다 자주 가즈에 방에 놀러 왔다. 중년 남자는 밤에 잠이 오지 않는다면서 어쩌구 하는 독일제 수면제를 상용하고 있었다. "나한테도 주세요, 수면제가 뭔지 먹어 보고 싶어요" 하고 가즈에가 말했다. 가즈에는 처음으로 먹어 본 수면제가 자는데 도움이 되는 게 아니라, 일종의 황홀한 꿈속에 있는 것 같은 기분을 만들어 준다는 것을 알았다. 가즈에는 그게 지금의 가즈에에게 어떤 작용을 할지 잘 알고 있었다. "재미있는 기분이네, 좀 더 받아도 돼요?" 하고 말하기도 했다. 나중에는 직접 주문해서 도쿄에서 보내오게 했다. 어느 날 밤, 약을 먹은 채 여러 사람들과 같이 반딧불이를 잡으러 갔다. 몽유병환자 같아서 발밑이 위험했는데 남들이 눈치 채지 않게 발을 힘껏 내딛으며 걸었다. 강바람이 상쾌했다.

정신을 차리고 보니, 가즈에는 무리에서 벗어나 풀밭 속을 걷고 있었다. "괜찮아요. 제 어깨를 붙잡으세요" 하고 말하며 가즈에의 팔을 꼭 잡은 사람이 있었다. 그는 같은 여관에 묵고 있는 새로 온 젊은 남자였다. 가즈에는 그 남자가 누군지 몰랐다. 가즈에가 알고 있는 것은 그 남자가 키가 크고 얼굴이 희고 손가락 모양이 예쁘다는 것뿐이었다. "기분 좋아. 당신 이런 곳에 나를 데려

왔네" 하고 말하며 남자의 얼굴을 올려다보려고 하는 순간에 가즈에는 풀숲 위로 자빠졌다. 가즈에는 저항하려고도 하지 않았다. 마치 술에 취해 있는 것 같은 뜨거운 몸에 썰렁한 풀숲의 감촉이 오히려 상쾌하다고 느꼈다. 뭐 하는 거야, 하고도 묻지 않았다. 어두운 들판 건너편에 어떤 여관의 등불이 반짝반짝 거리는 게 보였다. "강물에 몸을 씻을래요?" 하고 남자가 물었다. 그건 임신을 방지하기 위해서인가? 가즈에는 살짝 고개를 흔들었다. 이런 황홀함이 약 때문인지 남자 때문인지 몰랐다. 이 알지도 못하는 남자의 난폭한 행동에 찬사의 말을 보내고 싶다는 생각이 들었던 것을 잊을 수 없다.

그 다음 날 남자는 여관을 떠났다. 가즈에는 그 남자가 소문을 듣고 가즈에가 남자한테 버림받은 여자라는 걸 알고 있었는지 아닌지는 모른다. 남자한테 버림받아 자포자기가 되었군. 한 번 놀아줄게 하는 기분으로 가즈에를 꼬신 건지 아닌지 모른다. 그러나 지금의 가즈에에게 있어서 그 해석은 조금도 자존심이 상하는 일이 아니었다. 가즈에 스스로 그건 아무래도 상관없었다. 남자가 한 일이 가즈에에게 하나의 해방을 의미한다고 확실하게 생각한 건 아니지만, 그러나 이때부터 가즈에는 전보다도 더 변한 것 같았다. 겨울이 되자 여관에는 고급 공무원시험 공부를 하러 온 학생들이 네다섯 명 있었다. 그 온천장은 혼욕은 아니었지만 목욕탕에서 나오는 남자들의 모습을 보고 방으로 되돌아가는 건 부자연스럽다고 생각됐다. 그게 학생들이거나 하면 가즈에는 그대로 옷을 벗기도 했다. 강을 향한 돌로 만든 목욕탕에서는 그 쪽이 더 자연스러웠다. 가즈에는 그 목욕탕에서 한 학생의 나체에 눈을 멈췄다. 빨갛게 햇볕에 그을린 단단한 근육질의 그러나 소박하고 젊은 몸이었다. 허리띠를 매려고 하다가 반짝하고 그 눈이 빛났다. "아, 당신" 하고 가즈에가 말했다. 그 사람은 그날 아침에 가즈에가 산책하러 나가려는데 여관집 개가 장난으로 그녀의 나막신을 물고 도망간 걸 쫓아가서 뺏어다 준 학생이었다. 잔무늬의 기모노를 입고 있었고 어린아이 같은 인상이었는데 지금 목욕탕에서 본 젊은 남자와 같은 남자라고는 생각되지 않았다. "놀러 와요" 하고 말을 걸었을 때 가즈에에게 아무 사심도 없었다고 할 수 있을까. 저녁 무렵에 학생이 가즈에의 방에 찾아왔다. 이 낡은 온천장에서는 식전에 손님끼리 한 방에 있으면 같이 밥상을 차려주는 게 관례였다. 식사 후에 둘은 먼 고갯길 까지 걸어갔다. 돌아온 것은 밤이 깊어지고 난 뒤였다. "여기로 들어가. 여기라면 아무도 눈치 못 채" 가즈에는 남자를 뒤편 세탁장 옆에서 좁은 사다리를 타고 올라가게 하여 자기 방으로 안내했다. 왜 그런 짓을 했는지 모르지만 그 일을 함으로써 그 뒤의 일은 뭐든지 가능했다. 남자는 다음날 아침 아직 동이 트기 전에 어제 그 사다리를 타고 내려가 자기 방으로 돌아갔다.

이윽고 남자는 시험을 치르기 위해 도쿄로 돌아갔다. "떨어질지도 몰라. 떨어져도 상관없어" 돌아가기 전날 밤에 몇 번이나 그렇게 말하며 웃었다. 시험을 망쳐도 그 일로 가즈에를 원망할 수 있을까? "추우니까 그걸 입고 가" 어느 날 가즈에는 손으로 짠 민소매를 입혀 보냈다. 그 화려한 털실 색이 언제나 재킷 아래에서 갑옷을 입은 것처럼 보였을 때, 뭔가 이 남자가 어리다는게 느껴지면서 그 일로 가즈에는 자기가 유혹녀라도 된 것 마냥 마음이 아팠지만 어쩌겠는가? 고향인 노토能登로 돌아간 남자에게서 시험에 떨어졌다는 연락이 온 뒤로 둘 사이는 끊겼다. 이 일을 시작으로 적어도 가즈에는 자기가 한 일로 남이 상처받는 일이 있어도 자신에게는 책임이 없다고 생각하기로 결심했다. 아니 결심한 건 아니다. 남녀 간의 일로 어떻게 남이 상처를 입는지 가즈에는 이해하지 못했다. 가즈에의 생애에 자기 쪽이 피해자라고 여기는 비슷한 일은 몇 번이나 있었다. 그럴 때 가즈에는 한 번도 남자를 원망하거나 하지 않았기 때문이다.

34

온천장이라는 곳이 남녀가 서로 쉽게 접근할 수 있는 곳이라는 걸 가즈에도 알고 있었다. 그러나 유가시마에서 도쿄로 돌아온 뒤에도 가즈에의 이 습관은 고쳐지지 않았다. 가즈에는 마고메의 집이 아니라 시나가와品川 해안에 있는 작은 호텔에서 일을 한 적이 있다. 머리를 단발로 자르고 화장한 가즈에의 모습은 남들 눈을 끌었다. "요시노 씨이신가요?" 하며 말을 걸어온 사람이 있었다. 호텔이라고는 해도 3층짜리 목조 건물로, 지금으로 말하면 다세대주택 같은 건물이었는데 2층으로 올라가는 계단 있는 데에서였다. "역시 맞네. 너무 달라지셔서" 하고 말했다. 양복을 입은 아직 젊은 남자였다. 가즈에는 기억이 없었다. "아니, 잘못 봤나?" 하고 그 남자는 말했다. "니혼바시은행 지하 레스토랑에서" 하고 말했을 때 가즈에의 뇌리에 완만하게 기억이 되살아났다. 7, 8년이나 된다. 죠지와 도쿄에서 사는 동안에 가즈에는 그 지하 레스토랑에서 일한 적이 있다. 그러나 그 남자의 얼굴은 본 기억이 없다. "잘못 봤다면 용서하세요. 그 식당에서 같이 일했던 요네다라고 합니다. 요네다 아사키치米田淺吉입니다" 지금은 그 남자가 이 시나가와 호텔을 경영하고 있다고 한다. "잊어 버렸어요, 기억이 안 나요" 가즈에는 고개를 갸우뚱하며 말했다. 그러나 잊었다, 기억이 없다는 것은 이 때만 그런 게 아니었다. 가즈에의 기억에는 인상이 강한 뭔가의 일을 제외하고는, 대부분의 일이 남아 있지 않았다. 좋은 일인지 나쁜 일인지 모르지만 그건 사실이었다. 어쩌면 가즈에의 기억에는 그런 많은 일들이 인상에 남지 않을 정도로 재빨리 지나가 버렸는지도 모른다. 아니면 그런 많은 일들이 마음에 남아 있지 않을 정도로 그 뒤의 일들에 마음을 뺏겨 버렸는지도 모르겠다. 그러나 그 남자의 짙은 눈썹의 그늘에 있는 커다란 움푹 파인 눈에 떠오른 수줍은 듯한, 사람 좋아 보이는 미소를 보았을 때 확실히 어딘가에서 본 남자라고 생각했다. 그 표정을 파악하자 남자는 갑자기 이렇게 말하며 계단을 뛰어내려갔다. "나중에 마실 걸 좀 가져다 드릴게요" 이윽고 가즈에의 방에 술이 오고 남자가 들어왔다. 옷을 갈아입고 있었다. "기억해 주셔서 고마워요" 하고 말하며 몇 번이나 글라스를 비웠다. 창에서 바다의 등불이 보였다. 도쿄가 아니라 마치 먼 타국 같았다. "저는 요시노 씨를 좋아했어 요" 남자가 그렇게 말했을 때 가즈에는 확실하게 자기도 이 남자 를 좋아했던 것 같은 착각에 사로잡혔다. 둘은 같이 호텔을 나왔 다. 해안에는 남녀가 같이 잘 수 있는 집이 몇 채나 늘어서 있었다. 그 집들 중의 하나에서 둘은 쉬었다.

다음 날 가즈에는 그 호텔을 나왔다. 사람들은 이 기간 동안의 가즈에의 행동을 보고 남녀가 잠자리나 매미처럼 잠깐 사이에 단 지 몸만 섞고 헤어진다는 걸 못 믿겠다고 할까. 가즈에도 이 기간 동안의 일은 이해하지 못할 때가 있다. 그러나 가즈에는 이 일을 그저 하나의 행동으로만 해석함으로써 자기 기분을 정리했다. 가 즈에는 남자와 몸을 섞은 일을 금방 잊어버렸다. 그렇게 하는 것이 가즈에가 그 동안 문제를 해결하는 중요한 방법이었기 때문은 아 니다. 그건 쾌락조차도 아니었기 때문이다. 상대로 했던 남자를 어 디 사는 누구라고 해서 골랐나? 그저 되는 대로 잤을 뿐이었다. 나 중에 가즈에는 이 일이 자기의 의식 밑바닥의 숨겨진 장소에서 교 묘하게 계산된 행위가 아니었을까 하는 생각이 들었다. 무의식이 라고 생각되는 행위 속에서조차도 사람들은 계산을 잊어버리지 않는 걸까? 그만큼 교류가 있었던 후지이와의 사이에서조차 조금 의 관계도 남기지 않았던 걸 보면 어떤 설명이 되지 않을까.

마고메에 돌아오고 나서 가즈에의 주변에는 사람들이 가득 모이게 되었다. 노자키와 헤어진 지 1년이나 됐을까? 혼자 남겨진 가즈에를 보고도 그 일로 사람들은 마음 아파하지 않게 되었다. 가즈에는 밝았다. 노자키를 매개로 하지 않아도 충분히 즐겁게 사귈 수 있을 정도가 되었다. 노자키가 있을 때와는 멤버들이 전혀 달랐지만 많은 사람들이 와서 술을 마시는 일도 있었다. 그리고 어느 날 저녁 누군가가 "여기에서 모두 자고 갈까?" 하고 말했을 때 아무도 그걸 말리는 사람은 없었다. 리놀륨이 깔린 넓다란 단 하나 뿐인 방에 이불이 깔렸다. 어머니와 도모코가 있는 아랫집과 노자키의 형부부가 있는 집과는 경사진 곳에 떨어져 있었다. 집이라는 것이 사람의 기분을 제어한다는 게 무슨 일일까? 여자 혼자 사는 집이란 게 모두의 기분을 그만큼이나 느슨하게 만들었다기보다도, 무엇보다도 가즈에 자신이 그것을 거부하려고 하지 않았던 것이다. 불이 꺼졌다. 가즈에 옆에서 자던 남자가 가즈에를 끌어안았다. 누가 거기에 있었는지 기억도 안 난다. 날이 밝고서 그게 우스다자카臼田坂 위의 빨간 지붕의 서양식 집에서 아내와 사는 젊은 남자라는 것을 알고도 가즈에는 당황하지 않았다. 그리고 그 뒤에 이번에는 그 남자의 젊은 아내가 같이 놀러오게 되고 나서도 마찬가지였다.

그 해 가을이 되고 가즈에는 관서 지방에 갈 일이 있었다. 지지츠호時事通報에 장편을 쓰게 되어 그 취재 때문이었는데, 일이 끝나고 교토의 시죠四条 거리에 있는 어느 카페에서 쉬고 있을 때 한 남자를 만났다. "몇 년이나 됐지? 10년, 아니 더 됐을 거야" 하고 말했다. 죠지의 친구 중 하나로 지온인知恩院에 있던 둘의 방에도 자주 놀러 왔었는데, 지금은 교토의 어느 사립대학의 교수를 하고 있다는 것이었다. "야, 깜짝 놀랐어. 이런 데서 널 만나다니. 죠지 녀석 들으면 뭐라고 할까? 아무튼 10년만의 우연한 만남이네. 같이 밥 먹어도 괜찮지?" 하고 말했다. 그리고 "그 녀석도 부르자. 그 녀석이 너를 더 좋아했으니까" 하고 말하며 서둘러 거기에서 전화를 걸었다. 그날 밤 그곳에서 나중에 온 남자와 만나 셋이서 마루야마円山공원의 요정에서 밥을 먹고 난 뒤 하루 이틀 사이의 일이었다. 가즈에는 남자들이 원하는 대로 두 남자와 모두 잤다. 어느 남자와 잘 때건 "그 사람한테는 말하지 말아줘"라고는 하지 않았다. 지금은 이미 만날 일이 없어진 죠지이기는 하지만, 그의 친구 두 사람과 거의 시기를 같이 하여 그렇게 됐다는 것 때문에 조금이라도 가즈에의 마음에 그늘이 드리워졌을까? 그건 바로 그 해 봄에, 불과 1년 전까지 노자키가 살았던 마고메의 그 집에서 그저 스쳐지나가는 남자와 잤을 때도 그랬던 것처럼 가즈에의 마음을 심란하게 만드는 일이 아니었다. 하물며 그 남자의 아내가 아무 것도 모르고 가즈에 네 집에 놀러오게 되고 나서도 마찬가지였다. 남녀가 같이 잤다는 데에 뭔가 의미가 있다는 건가? 가즈에는 젊었을 때부터 이유가 어찌됐건 남녀가 어떤 약속에 따라 같이 생활하는 '결혼생활'에 결코 중대한 의미를 부여하지 않는, 어떤 특수한 사고방식을 가지고 있었지만, 지금은 그게 더 넓은 의미에서 남녀 한 쌍의 결합에 아무런 가치도 인정하지 않게 되었다. 이 일은 가즈에에게 갑자기 일어나게 된 현상일까? 어쩌면 그 일에 가치를 두지 않음으로써 뭔가 다른 걸림돌이 없어지기라도 한다는 건가? 적어도 가즈에의 삶에서 남녀간에 일어나는 어떤 일에도 번민하는 마음이 사라지게 되었다.

35

"같이 가자. 어서 이 차를 타" 거부할 틈도 없었다. 그러나 그게 있었다고 해도 거부했을까? 가즈에는 남자가 잡은 차를 같이 타고 그 집에 갔다. 오모리역 앞의 술집에서 함께 했을 뿐이었다. 여자들이 시끄럽게 이야기하는 걸 들을 필요도 없이, 가즈에는 그 남자가 다나베 도코田辺東洸라는 화가로 한 달 정도 전에 어느 젊은 여자와의 정사사건으로 세상을 떠들썩하게 만든, 파리에서 돌아온 남자라는 사실을 알고 있었다. 6, 7년 전에 홍고의 그 레스토랑에도 자주 와서 거기에서 일하던 가즈에를 잘 기억하고 있다는 것이었다. 봄날 아직 추운 밤이었다. 교외의 그 집까지 가자 남자는 큰 소리로 누군가를 불렀다. 사람은 없었다. 높은 노송나무 울타리를 돌아 뒤쪽 별채로 들어갔다. 등불도 없는 방에 확하고 불이 켜졌지만 가즈에는 방안을 보려고도 하지 않았다. 가즈에는 취했지만 그 때문에 여기에 온 건 아니었다. 밤이 되면 자기 집으로 돌아가서 자는 거라는 규칙이 가즈에 속에서 사라졌을 뿐이다. 그렇다고 해도 하필이면 남들 눈을 쫑긋거리게 만드는 남자와 하룻밤을 같이 지낸 가즈에를 남들은 뭐라고 봤을까? 가즈에는 그 행동의 취사선택조차도 하려고 하지 않았다. 굳이 말하자면 그런 남자라는 것이 오히려 가즈에를 거기까지 오게 만들었나? 아니, 그런 기분조차도 없었다.

다음 날 아침에 일어나서 둘이 덮고 자던 이불을 개려다가 거기에 엄청난 양의 혈흔이 묻어 있고, 그 혈흔이 굳은 채 딱딱해져 있는 것을 발견했을 때, 가즈에는 안색이 변했을까? 가즈에의 뇌리에 그 젊은 여성과의 정사사건은 이 별채의 방에서 이루어진 것이라는 사실이 완만한 속도로 번뜩였다. 그러나 가즈에는 옆에서 보고 있던 다나베에게 "이건 그 때의 피인 거죠?" 하고 묻지 않았다. 그 일이 있었던 것은 불과 한 달 정도 전이었다. 생생한 사건이 있었던 방에서 지난밤에 같이 잤다는 것도, 또 사건 후에 그 여자와의 관계가 어떻게 되었나 하는 것도 가즈에가 관여할 바가 아니었다. "잘 있어요. 또 올게요" 하고 말하며 다음 날 가즈에가 떠나려고 하자, "상관없잖아, 하루 더 묵고 가" 하고 다나베가 말했다. 무엇이 가즈에를 거기에 머물게 했는지 모른다. 남자 집의 썰렁한 분위기에 가즈에의 퇴폐스런 감정이 그대로 받아들여진 것 같은 게, 어쩌면 지금의 가즈에는 즐거웠던 건가? 어디에서 상처 입었는지 모르는 두 마리 개처럼 보이는 남녀가 서로 몸을 섞는 게 즐거웠던 건가? 가즈에는 그대로 사흘이고 나흘이고 다나베의 집에서 돌아가지 않았다. "당신 이상한 여자야. 이렇게 총구를 들이대도 꿈쩍도 안 하다니, 무섭지 않아?" 어느 날 다나베는 가즈에에게 총으로 겨누는 흉내를 냈는데, 가즈에가 태연하게 있는 것을 보고 이렇게 말했다. 순간적으로 가즈에는 다나베가 그저 흉내만 내고 있을 뿐이고 쏠 생각은 없는 거라고 생각한 건지, 아니면 맞아도 상관없다고 생각한 건지 모르겠다. 다만 그 때는 그걸로 끝났다. 갑자기 총구를 대는 일은 아무 암시도 없었다고 할 수 있을까. 그래도 역시 가즈에가 그 집에 머물러 있던 걸 생각하면 정상적인 사고로는 가늠하기 어려운 일이었다.

어느 날 밤의 일이었다. 다나베는 볼일이 있다고 하며 외출했다. 나중에 가즈에는 이 때 다나베가 말한 볼일이란 것이 어쩌면 그 집에서 잠시 동안 둘이 지내기 위한 돈을 마련하러 간 게 아닐까 하고 생각했다. "금방 돌아올 거니까. 내가 돌아올 때까지 가지 말고 기다려줘" 하고 말하며 나갔지만 어쩌면 가즈에가 기다릴 걸 믿지는 않았을 지도 모르겠다. 화려한 머플러를 두를 때 얼핏 목 언저리의 상처가 보였다. 두 시간인지, 세 시간인지 가즈에는 그 어두운 방에서 혼자 기다리고 있었다. 이 4, 5일 동안 항상 다나베와 같이 있다가 혼자가 되자 이 방 안이 본적도 없는 방처럼 느껴지고, 이 1, 2년 사이의 그 황폐했던 생활과는 전혀 닮지도 않은 어딘가의 구멍 안에 있는 것 같은 느낌이 들었다. 가즈에는 갑자기 그런 자기 자신이 뭔지, 무얼 하려는 건지 마치 꿈에서 깨어난 사람처럼 생각했다. 조용한 교외의 주택가 안이었다. 멀리서 바람 부는 소리가 들렸다. 그것은 생각지도 못한 일이었지만, 가즈에는 벌써 몇 년 동안이나 돌아간 적이 없는 그 고향집에 혼자 있는 것 같은 착각에 휩싸였다. 바람 소리는 아래 대나무 숲에서 들려오는 것 같았다. 그 소리다. 그건 옛날 어린 시절의 일과 또 그 뒤의 여러 가지 일들을 통과하며 그 위를 빠져 나가는 바람 소리 같았다. 눈 내리는 아침에 큰 길로 기어나가서 피를 토한 아버지 몸 위로도 지나가던 바람 소리 같았다. 가즈에는 다나베가 나간 뒤에 이 알지도 못하는 구멍 같은 방안에 있으면서 왠지 갑자기 몸이 떨리는 느낌이 들었다. 가즈에는 도대체 무얼 하며 살아왔던가. 그건 아버지가 그 눈 내리는 아침에 목숨을 걸고 막으려고 했던, 그 금지된 일만 해온 게 아닌가. 그리고 무참하게도 아버지 자신도 역시 그 금하고 싶었던 일밖에 하지 않았던, 그 똑같은 길을 가즈에도 역시 걸어온 게 아닌가.

가즈에는 방구석에 떨어져 있던 숄을 주워들었다. 그것을 어깨에 걸치고는 그대로 방 밖으로 나갔다. 다나베가 없는 동안에 거기에서 빠져나갈 생각이었는지, 빠져나가서 어디로 갈 생각이었는지 가즈에는 알 수 없었다. 생울타리 사이로 재빨리 몸을 피했다. 집 밖은 어두웠다. 어둠 속에 먼 동네의 불빛이 보인다. 가즈에는 멈춰섰다. 앞뒤를 돌아봤다. 그리고 숄로 볼을 감싸고는 그대로 쏜살같이 어두운 길을 달려갔다.

■ 우노 지요

우 노 지요는 다이쇼大正, 쇼와昭和, 헤이세이平成 시대에 걸쳐 활약한 일본의 소설가이자 수필가로, 1897년 11월 28일에 야마구치山口현에서 태어났다. 이와쿠니岩国고등여학교를 졸업 후, 초등학교에서 교편을 잡았지만 남교사와의 염문으로 해고당한 뒤에 잠깐 경성에 머문 적도 있다. 경성에서 귀국한 후에 지요는 사촌인 후지무라 타다시藤村忠와 교토에서 동거를 하다가, 1919년에 정식으로 결혼한 뒤에 후지무라가 홋카이도 척식은행에 취직하게 되어 홋카이도에 거주한다.

작가로서는 1921년(24세)에 처녀작인 『분칠한 얼굴脂粉の顔』이 「지지신보時事新報」의 현상단편소설에 당선되면서 문단에 데뷔한다. 1922년(25세)에 『묘를 파헤치다墓を暴く』가 「주오고론中央公論」의 연재소설로 채택되면서 본격적으로 집필활동에 전념하기 위

해 도쿄로 상경한 그녀는 후지무라와 아직 결혼 상태인데도 불구하고 오자키 시로尾崎士郎와 동거를 시작한다. 그 후 미요시 다쓰지三好達治, 가지이 모토지로梶井基次郎, 가와바타 야스나리川端康成, 하기와라 사쿠타로萩原朔太郎와 같은 유명 작가들과 친분을 쌓는데, 이때 가지이와 친하게 지내면서 그 사이를 의심받아 오자키 시로와는 헤어지게 되고, 1930년에 소설 취재 때문에 만난 서양화가인 도고 세이지東鄕靑児와 동거하며 초기 대표작인 『색참회色ざんげ』(1933-35)를 발표한다.

도고와 헤어지고 난 후 『이별도 즐거워別れも愉し』(1935), 『미련(未練)』(1936)을 발표하고, 1936년에는 출판사인 스타일사를 창립하고 잡지 「스타일」을 발행한다. 이 때 창간호의 편집을 맡은 기타하라 다케오北原武夫와 1939년에 제국호텔에서 성대한 결혼식을 올리는데, 이 때 지요의 나이 42세, 기타하라는 32세로 세간의 화제를 불러 모았다. 이 잡지는 전시 중에 폐간되었다가 1946년에 다시 간행하여 성공을 거두는데, 이후 지요는 복식 디자인도 시작하여 스타일지에 소개하고 판매도 한다.

전후 10년간 작품 활동을 쉬고 있던 그녀는 1960년대부터 다시 집필을 시작한다. 1964년에 27년간의 긴 결혼생활을 해 온 기타하라와 이혼을 하고 이후 1인칭 고백체 소설을 다수 발표하는데 『찌르다刺す』(1963-66), 『바람 소리風の音』(1969) 등이 있으며 1970년에 발표한 『행복幸福』으로 일본예술원상을 수상한다. 또한 10년 걸려 완성한 『오항おはん』으로 제1회 노마문예상과 제9회 여류

문학자상을 수상하는데, 이 작품은 TV드라마와 영화로 제작될 만큼 인기가 많았고, 1983년에 발표한 『살아가는 나生きて行く私』와 더불어 이후 우노 지요의 대명사가 된다. 만년에 이르기까지 왕성한 활동을 하다가 1996년 6월 10일 급성 폐렴으로 향년 99세의 생애를 마감했다. 영화보다 더 영화 같은 삶을 살았던 그녀는 자기의 사랑과 일에 대해 고백한 다수의 작품을 남겼다.

『분칠한 얼굴脂粉の顔』(1921)은 카페 여급인 오스미가 스위스인 후버와 60엔의 거래를 통해 암울한 현실에서 벗어나는 상상을 하다가 결국은 제자리로 돌아온다는 내용으로 7-8매 정도의 초단편 소설이다. 소설의 배경은 요코하마이고, 카페, 가스등, 큐라소, 파로 등과 같은 근대를 상징하는 키워드들이 많이 등장하는데 주인공인 오스미와 다른 여주인공의 비교를 통해 전근대와 근대를 대비시키고 있으며, 서양인 남자와 일본 여자 사이가 돈과 서비스를 매개로 이루어진다는 점에서 권력과 젠더의 문제도 제기되고 있다. 아울러 화장과 맨얼굴이라는 주제 또한 이후 지요의 여러 작품에서 다뤄지는 중요한 키워드이다.

이 작품은 작가 소개에서도 잠깐 언급했지만 「지지신보時事新報」의 현상단편소설에 1등으로 선정된 지요의 데뷔작인데, 그 외에도 이 때 받은 상금으로 글을 쓰는 직업이 돈을 벌 수 있는 수단이 된다는 것을 알고 본격적으로 작가가 될 결심을 하게 했다는 점, 아울러 이 때 2등이 오자키 시로, 4등이 가와바타 야스나리였는데 오자키와는 이를 계기로 동거를 하게 됐다는 점에서 지요 개인에게 여러 가지로 의미 있는 작품이라고 하겠다.

『찌르다刺す』(1966)는 지요의 자전적 고백소설로, 실제 남편인 기타하라 다케오를 연상케 하는 남편과 '나'의 사랑과 이별, 그리고 출판사의 창업과 잡지 창간에 얽힌 에피소드를 1인칭 주인공 시점으로 그리고 있다. 사랑은 열정적으로 그러나 헤어질 때는 매달리지 않고 쿨하게, 라는 작가의 연애관이 돋보인다. 그녀의 유명한 수필『살아가는 나生きて行く私』에서 그녀는 여성독자들에게 '실연당했다고 문을 두드리거나 남자 이름을 부르거나 하지 말라'고 권하고 있는 것만 보아도 남녀 동등한 연애, 여성이 주도적인 연애를 부르짖는 여성운동가처럼 보이기도 한다. 하지만 작품 내부를 들여다보면 남편이 애인이 있어도 모르는 척 하는 그 심리의 이면에는 은폐된 질투가 내재되어 있고, 자신의 감정을 숨기고 드러내지 못하는 전근대적인 여성의 순종의 미학이 엿보이는 것도 사실이다.

『들불野火』(1971)은 작가 본인이 밝히고 있듯 자전적 중편소설이다. 70을 넘긴 여자 주인공 가즈에—枝는 자기가 지은 집 정원에 이끼를 심어 언젠가 교토의 이끼절 같은 정원을 만들 꿈을 꾸며 살고 있다. 사람을 사랑할 수 없는 나이에 물건을 쫓아간다는 주인공은 집을 짓고, 정원을 꾸미고 그 속에서 자연을 느끼며, 현실을 포기한 것도 초월한 것도 아닌 삶을 살아간다. 그런 평온한 삶 속에 갑자기 두 남자에 얽힌 자신의 과거가 떠오른다. 섹스에 있어 첫 경험의 상대와 일탈의 상대. 결국은 두 사람 모두 비극적인 결말을 맞이하는데 이 또한 작가 지요의 경험담이기도 하다. 첫 경험의 대담함, 일탈 행위에 대한 무감각은 지요 자신의 사고방식이 투영됐음을 알 수 있는데, 그렇다고 작가는 그러한 파국을 초래한 데 대한 자신의 죄책감을 인정하고 회개하는 것은 아니다. 제목에서 암시하듯 결국 모든 것은 들불 연기가 공기 중에 흩어지듯 부질없고 허망한 것이라는, 인생무상을 이야기하고 싶었던 걸까?

『빗소리雨の音』(1974)는 70대의 여주인공 '나'가 자신의 인생에 대해 되돌아보는 회고록 같은 소설로, 특히 남편 '요시무라'와의 결혼, 이혼 그리고 임종을 둘러싼 감상이 주를 이루고 있다. 화려한 남성편력과 형식에 얽매이지 않은 자유로운 필체라는 지요 문학의 매력이 집약되어 있는 작품이다. 작가 자신의 실체험을 바탕으로 하면서도 여기에 픽션적 요소를 가미하여 읽는 묘미를 더해주고 있다. 원조 육식녀라고 할 만한 대담한 성의식은 긍정적으로는 성적 주체로서의 여권 신장에 앞장서고 있다고 평가할 수 있지만, 부정적으로는 성적 모럴이 결핍된 것으로 비춰질 수도 있어 이에 대한 평가는 엇갈린다.

구로야나기 테쓰코의 '테쓰코의 방'이라는 프로그램에 등장해서 여러 남성들과의 에피소드를 이야기하자 구로야나기는 "이 남자하고 잤다, 저 남자하고도 잤다, 우노 씨는 남자랑 자는 걸 마치

낮잠 자는 것처럼 이야기하신다'고 하며 놀라워했다. 세토치쟈쿠쵸瀬戸内寂聴는 지요에 대한 애도문 중에 다음과 같은 에피소드를 소개했다.

> 남녀 이야기를 할 때는 감자나 무 이야기를 하듯 시원 시원한 말투였습니다.
> "동시에 몇 명하고 사랑을 했든 상관없죠. 잘 때는 한 사람씩 이니까요."
> 내가 웃기 전에 엄숙한 표정으로
> "남녀 사이란 다시 말해 수컷, 암컷 동물이에요. 그걸 승화시켜 멋진 사랑을 한다는 건 극히 드물게 선택된 사람들만 가능하죠" 라고 말했습니다.

언뜻 분방해 보이는 성의식 속에 나름의 철학을 가지고 있었던 지요는 그러나 이 작품 내에서 주인공 '가즈에'가 자신의 동생 산키치三吉에 대해서는 애절함을 느끼면서도, 동거남의 아들인 마사오나 남편의 전부인 소생 딸인 유키에 대해서는 아무 감정도 느끼지 못하는, 메마르고 굴절된 애정의 양상을 보이고 있다.

『어느 한 여자의 이야기或る一人女の話』(1972)는 일본판 '여자의 일생'이라고 할 만한 작품으로 우노 지요의 자서전이라고도 할 수 있다. 주인공 요시노 가즈에吉野一枝가 일흔을 넘기고 자신이 살아

온 인생의 굴곡을 담담하게 회상하는 작품으로, 봉건적인 전근대 사회의 일면을 엿볼 수 있는 다양한 주제를 다루고 있다. 평생을 방탕 속에서 살아온 가부장적인 아버지와 권력에 길들여져 순종하는 나이 어린 부인과 딸, 일하는 여성에 대한 편견과 부조리, 하지만 가즈에는 그러한 전통이나 세상에 속박당하지 않고, 그에 맞서 당당하고 주체적으로 살아가고자 한다.

남녀관계에 있어서도 적극적이고, 자신이 선택한 일에 후회하지 않는 가즈에는 동거와 결혼, 이혼, 자유분방한 연애관계를 이어간다. 그녀는 평등한 성관계, 동등한 남녀관계를 통해 성에 담백하고 주도적인 신여성으로서의 면모를 보이지만, 무감각과 무절제를 넘어 혼돈과 일탈의 비일상적인 일상 속에서 결국은 자신이 그 방탕했던 아버지와 같은 길을 걷고 있다는 자각을 하며 현실로 복귀하게 된다. 작가는 가즈에를 통해 사회나 관습, 성에 종속되지 않고 모든 역경과 고난을 이겨냄으로써, 누군가의 '아내'나 '여자'가 아니라 '한 인간'으로 살아가기로 결심하는 주체적인 여성의 의지를 표현했다고 할 수 있다.

작가가 야마구치현 출신이라, 등장인물들의 대사가 야마구치 사투리로 되어 있지만 옛날 사투리로 현대에는 사용하지 않는 표현들도 많고, 문맥을 자연스럽게 이어가기 위해 몇 몇 인물들만 사투리로 번역하고, 나머지는 현대어로 번역했다.

0세	1897년	11월28일, 야마구치(山口)현 구가(玖珂)군 요코야마(橫山)촌에서 우노쥰지(宇野俊次)와 토모의 장녀로 출생
2세	1899년	폐결핵으로 토모 서거. 다음해 5월에 아버지는 사에키 류(佐伯リュウ)와 재혼
13세	1910년	3월, 이와쿠니 보통소학교(岩国尋常小学校)를 졸업 후, 이와쿠니고등여학교(岩国高等女学校)에 입학.
14세	1911년	이모를 통해 친엄마의 존재를 알게 됨. 아버지의 명령에 따라 사촌인 후지무라 료이치(藤村亮一)에게 시집가지만 10일만에 돌아옴
16세	1913년	아버지 서거. 문학에 흥미를 느끼기 시작. 가명으로 「여자문선(女子文壇)」에 투고. 문학 서클 시작.
17세	1914년	여학교 졸업, 가와시타촌 초등학교(川下村小学校) 교사가 됨
18세	1915년	동인지 「바닷새(海鳥)」를 간행. 동료와의 연애를 이유로 해고. 조선의 경성으로 건너감.
19세	1916년	경성에서 귀국. 사촌 후지무라 타다시(藤村忠, 료이치의 동생)과 교토에서 동거

20세	1917년	동경제국대학(東京帝國大學)에 입학한 타다시와 도쿄로 상경. 잡지사 사무원, 가정교사 등의 직업을 전전. 며칠 간 일한 레스토랑에서 많은 작가를 알게됨.
22세	1919년	타다시와 결혼. 다음 해 타다시가 홋카이도 척식은행에 취직한 것을 계기로 삿포로로 이주.
24세	1921년	「지지신보(時事新報)」의 현상단편소설에 응모한 처녀작 「분칠한 얼굴(脂粉の顔)」이 1등으로 당선(상금 200엔). 이어서 「묘를 파헤치다(墓を暴く)」를 집필하여 주오고론사(中央公論社)에 송부.
25세	1922년	이 원고의 채택을 확인하기 위해 삿포로에서 상경. 같은 해 5월 「주오고론(中央公論)」에 발표됨(원고료 366엔). 오자키 시로(尾崎士郎)와 만나 그가 머물고 있던 기쿠후지(菊富士)호텔로 옮김
26세	1923년	미바라군(荏原郡) 마고메쵸(馬込町)에 집을 지음. 단편집 『분칠한 얼굴(脂粉の顔)』을 가이조샤(改造社)에서 처녀출판
27세	1924년	후지무라 타다시와 협의이혼 후 오자키 시로와 결혼. 「주오고론(中央公論)」에 「어느 여자의 생활(或る女の生活)」을 발표하며 작가로서의 입지를 굳힘. 작품집 『행복(幸福)』을 긴세이도(金星堂)에서 간행
30세	1927년	가와바타 야스나리(川端康成)의 권유로 이즈(伊豆)의 유가시마(湯ヶ島)에 체류하면서 카지이 모토지로(梶井基次郎), 미요시 타쓰지(三好達治) 등과 알게 됨.

32세	1929년	유행에 민감한 지요에 이어 하기와라 사쿠타로(萩原朔太郎)의 부인, 가와바타 야스나리(川端康成)의 부인도 단발머리를 하여 주위의 이목을 끔. 명작 단편집『신선 우노 지요집(新選宇野千代集)』을 가이조샤(改造社)에서 간행.
33세	1930년	동반자살 미수사건을 일으킨 도고 세이지(東郷青児)와 취재를 통해 만나 동거 시작.『양귀비는 왜 빨갛지(罌粟はなぜ紅い)』를 주오고론사에서 간행.
34세	1931년	세타가야(世田谷)에 아틀리에가 딸린 집을 신축. 도고 세이지가 표지와 삽화를 그린 호화한정판『어른의 그림책(大人の絵本)』을 하쿠수이샤(白水社)에서 간행.
37세	1934년	도고 세이지가 동반자살미수 사건을 일으켰던 여성과 관계가 회복되어 별거. 그해 도고는 그 여성과 결혼함.「문학적 자서전(文学的自叙伝)」을 「신쵸(新潮)」에 발표.
38세	1935년	도고 세이지의 이야기를 듣고 쓴『색참회(色ざんげ)』를 주오고론사에서 간행.
39세	1936년	스타일사를 창립 후 잡지「스타일」을 간행. 일본 최초의 패션잡지로 인기를 얻음.『이별도 즐거워(別れも愉し)』를 다이이치쇼보(第一書房)에서 간행.
40세	1937년	「스타일」의 편집에 참가했던 기타하라 다케오(北原武夫)와 가까워져 시부야의 센다가야(千駄ケ谷)로 이사.

41세	1938년	스타일사에서 미요시 다쓰지의 편집으로 문예지 「문체(文體)」를 창간. 기타하라는 소설 『처(妻)』를 발표하여 주목을 받음
42세	1939년	4월1일에 제국호텔에서 기타하라와 결혼식 올림
44세	1941년	기타하라와 함께 만주, 중국 여행. 남동생 미쓰오(光雄) 병사. 문체사를 설립하고 잡지 「문체」를 복간. 기타하라가 아카사카(赤坂) 1연대에 입대. 태평양전쟁 촉발
46세	1943년	기타하라가 자바섬에서 귀환. 『인형사 덴구야 히사키치(人形師天狗屋久吉)』『러일전 청취서(日露の戰聞書)』를 문체사(文體社)에서 간행
47세	1944년	스타일사를 해체하고 아타미(熱海)로 피난
48세	1945년	아타미에서 다시 도치키현(栃木県)으로 피난. 종전.
49세	1946년	기타하라를 사장, 지요를 부사장으로 해서 스타일사를 재개. 잡지 「스타일」을 복간하여 기록적인 매상을 올림. 다음 해에 「문체」를 복간하여 「오항(おはん)」을 연재. 긴자의 미유키거리(みゆき通り)의 사옥으로 이주
52세	1949년	「우노 지요 기모노 연구소」를 설립
53세	1950년	주오구 고비키쵸(木挽町)에 집을 신축, 스타일사의 1층에 「스타일 가게(スタイルの店)」를 개점. 「주오고론」에 「오항(おはん)」 연재
54세	1951년	미야타 후미코(宮田文子)와 유럽 여행. 「마이니치신문(毎日新聞)」에 「파리통신(巴里通信)」을 기고. 계모 사망

55세	1952년	스타일사의 탈세 혐의로 곤궁에 처함
58세	1955년	아오야마 미나미쵸(青山南町)로 이사
60세	1957년	시애틀 박람회에 기모노를 출품하기 위해 미국에 40일간 체재. 주오고론사에서 『오항(おはん)』을 간행. 제10회 노마문예상 수상
61세	1958년	제9회 여류문학상 수상
62세	1959년	스타일사 도산
63세	1960년	『여자의 일기(女の日記)』를 고단샤(講談社)에서 간행
64세	1961년	도널드 킹 번역의 『오항』이 영미에서 간행됨
67세	1964년	오자키 시로 병사. 「텐푸카이(天風会)」에 입회. 기타하라 다케오와 이혼
69세	1966년	『찌르다(刺す)』를 신쵸사(新潮社)에서 간행
70세	1967년	나스(那須)에 토지 매입. 기모노 일을 정리해서 「주식회사 우노 지요」를 설립, 「이 분첩(この白粉入れ)」을 「신쵸(新潮)」에 발표.
71세	1968년	기후현(岐阜県) 네오촌(根尾村)에 「묽은 먹빛의 벚꽃(薄墨の桜)」을 보러 감
74세	1971년	제28회 예술원상 수상. 『어느 한 여자의 이야기(或る一人の女の話)』 『행복(幸福)』을 분게이슌주(文藝春秋)에서, 『나의 문학적 회상기(私の文学的回想記)』를 주오고론사에서 간행
75세	1972년	심부전으로 입원해 있던 기타하라 다케오 서거
76세	1973년	삼등훈장 서보장(瑞宝章) 훈장 수상. 소설「야에산의 눈(八重山の雪)」의 취재를 위해 마쓰에(松江)로 여행

77세	1974년	『묽은 먹빛의 벚꽃(薄墨の桜)』을 신초사에서, 『야에산의 눈(八重山の雪)』을 분게이슌주(文藝春秋)에서 간행. 「문학계(文学界)」에 나카자토 쓰네코(中里恒子)와의 「왕복서간」 연재
79세	1976년	주오고론사에서 『우노 지요 전집(宇野千代全集)』의 간행 시작
80세	1977년	도고 세이지(東郷青児) 서거.
82세	1979년	『아오야마 지로의 이야기(青山二郎の話)』를 주오고론사에서 간행
84세	1981년	제30회 기쿠치칸(菊池寛)상 수상
85세	1982년	『살아가는 나(生きて行く私)』를 마이니치신문에서 간행, 베스트셀러가 됨.
93세	1990년	이와쿠니(岩国)시 명예시민으로 위촉. 문화공로자로 표창됨
95세	1992년	니혼바시(日本橋) 다카시마야(高島屋)에서 「우노 지요전(宇野千代展)」 개최.
99세	1996년	야마나시(山梨)현립 문학관에서 「우노 지요의 세계전(宇野千代の世界展)」 개최. 6월 10日 서거. 2등 훈장 서보장을 수상.

조주희趙柱喜

한국외국어대학교와 일본 간사이關西대학에서 문학박사를 학위 취득하였고. 일본근현대문학을 전공하였다. 서경대학교, 한양여자대학교, 상명대학교에서 겸임교수를 지냈고 현재 고려대학교 글로벌일본연구원의 연구교수로 재직 중이다.

저서로서는『무라카미 하루키 문학연구』(2010, J&C, 2011년 대학민국학술원 우수도서)가 있으며, 공저로는『世界文学としての村上春樹』(東京外國語大學出版會, 2015), 역서로는『하루키, 하루키』(2012, 지학사)가 있다. 포털사이트 네이버 지식백과「낯선문학 가깝게 보기—일본문학」코너에서 일반인들에게 잘 알려지지 않은 일본문학 작품들을 소개하고 있다.

일본 근현대 여성문학 선집 8

우노 지요 宇野千代 2

초판 1쇄 발행일 2019년 3월 31일

지은이 우노 지요
옮긴이 조주희
펴낸이 박영희
편집 박은지
디자인 박희경
표지디자인 원채현
마케팅 김유미
인쇄·제본 태광인쇄
펴낸곳 도서출판 어문학사
　　　서울특별시 도봉구 해등로 357 나너울카운티 1층
　　　대표전화: 02-998-0094 / 편집부1: 02-998-2267, 편집부2: 02-998-2269
　　　홈페이지: www.amhbook.com
　　　트위터: @with_amhbook
　　　페이스북: https://www.facebook.com/amhbook
　　　블로그: 네이버 http://blog.naver.com/amhbook
　　　　　　　다음 http://blog.daum.net/amhbook
　　　e-mail: am@amhbook.com
　　　등록: 2004년 7월 26일 제2009-2호

ISBN 978-89-6184-911-1 04830
ISBN 978-89-6184-903-6(세트)
정가 17,000원

이 도서의 국립중앙도서관 출판예정도서목록(CIP)은 서지정보유통지원시스템 홈페이지(http://seoji.nl.go.kr)
와 국가자료공동목록시스템(http://www.nl.go.kr/kolisnet)에서 이용하실 수 있습니다.
(CIP제어번호: CIP2019014635)